Le tendre secret d'une infirmière

*

Miracle au réveillon

*

Une inexplicable attirance

ALISON ROBERTS

Le tendre secret d'une infirmière

Traduction française de
MICHELLE LECOEUR

BLANCHE

HARLEQUIN

Collection : Blanche

Titre original :
ALWAYS THE HERO

Ce roman a déjà été publié en 2013

HARPERCOLLINS FRANCE
83-85, boulevard Vincent-Auriol, 75646 PARIS CEDEX 13
Service Lectrices — Tél. : 01 45 82 47 47 - www.harlequin.fr
ISBN 978-2-2804-4719-5 — ISSN 0223-5056

Composé et édité par HarperCollins France. Achevé d'imprimer en décembre 2020.
par CPI Black Print - Barcelone - Espagne
Dépôt légal : janvier 2021.

MIXTE
Papier issu de sources responsables
FSC® C108412

Pour limiter l'empreinte environnementale de ses livres, HarperCollins France s'engage à n'utiliser que du papier fabriqué à partir de bois provenant de forêts gérées durablement et de manière responsable.

1.

— Qu'y a-t-il de si intéressant dehors, Abby ? demanda Ruth.

— Rien, répondit Abigail Miller, détournant aussitôt le regard de la fenêtre avec un sourire d'excuse.

Elle se sentait gênée d'avoir été prise en flagrant délit d'inattention par une patiente, d'autant plus que sa réponse n'avait pas été tout à fait sincère. En réalité, il y avait beaucoup de choses à voir depuis le centre médical de l'île de Kaimotu. Le bâtiment moderne comprenait les salles de consultation, les équipements chirurgicaux étant rattachés au vieil hôpital de bois, construit bien des années auparavant.

Comme l'ensemble se trouvait au sommet d'une colline, on y bénéficiait d'une vue exceptionnelle sur le village et le petit port abrité avec, en toile de fond, d'un côté et créées par un ancien volcan, des collines parsemées de buissons, et de l'autre, l'infinité de l'océan.

De là, elle pouvait admirer une splendide journée d'automne, le bleu intense du ciel rivalisant avec celui, plus profond, de la mer. La plage de sable doré était bordée d'arbres pohutukawas géants. Elle distinguait même l'étoile rouge de leurs fleurs, qui continuaient à s'épanouir de façon inhabituelle en cette période de l'année.

Dans la rue principale du village, les gens vaquaient à leurs occupations tout en s'arrêtant régulièrement pour bavarder, car ici, la douceur alentour vous incitait à prendre le temps de vivre.

Certes, Abby adorait cette vue, mais elle l'avait si souvent admirée tous les jours depuis maintenant plus de cinq ans qu'elle n'avait plus aucune excuse à rester ainsi le nez à la fenêtre pendant ses heures de travail. En particulier maintenant, alors que le seul médecin de l'île, Ben McMahon, était allé rendre visite à un patient.

Elle eut un petit soupir. Cela faisait des semaines qu'elle s'efforçait de persuader les mères d'amener leurs enfants en consultation, afin de s'assurer que chaque bébé et chaque enfant d'âge préscolaire était à jour de ses vaccinations. Il lui revenait de faire en sorte que tout se déroule le mieux possible, car elle détesterait que Ben trouve la pagaille à son retour.

Ruth tenait dans ses bras Daisy, son bébé de six semaines, et avait également avec elle le petit Blake, plein d'énergie. Bien que sachant à peine marcher, il tentait de grimper sur la table d'examen.

— Tu veux venir t'asseoir ici ? lui dit Abby en le soulevant pour le déposer où il le désirait. Mais tu ne bouges pas, d'accord ? On aura tous les deux des ennuis, si tu tombes.

Elle lui sourit. Approchant de ses deux ans, Blake était en retard pour ses vaccins. Il devait être immunisé contre les virus les plus dangereux de l'enfance, tels les oreillons, la rougeole et la varicelle. Bébé Daisy devait également avoir ses premiers vaccins.

Pour le moment, Blake souriait également à Abby, mais malheureusement il n'allait pas tarder à se mettre à pleurer. Ce n'était jamais agréable d'infliger une douleur à de tout jeunes enfants, même si c'était pour leur bien. Un pincement au cœur, elle se dit qu'au moins elle pouvait rapidement consoler ceux qui étaient un peu plus grands en leur offrant un autocollant imprimé de la phrase « J'ai été courageux », et en leur donnant un bonbon sans sucre.

Peut-être, après tout, s'attardait-elle à la fenêtre parce qu'elle appréhendait la réaction de ces bouts de chou ?

Mais elle savait qu'il y avait autre chose. Elle était l'infirmière la plus expérimentée des consultations externes et, en vraie professionnelle, ne laissait pas, en principe, les sentiments personnels interférer avec son travail.

Alors, qu'est-ce qui la dérangeait tant ? Elle jeta un coup

d'œil préoccupé dehors avant d'aller chercher les vaccins dans le réfrigérateur.

Ruth retira le bout de son sein de la bouche de Daisy et se leva pour regarder dehors à son tour, tout en berçant son bébé qui protestait d'avoir été ainsi interrompue.

Elle fronça les sourcils.

— Vous regardez dehors parce qu'il y a une atmosphère étrange, n'est-ce pas ? Moi, j'ai une drôle d'impression en tout cas.

— Ah, vous le sentez aussi ? dit Abby.

Elle réchauffait les ampoules entre ses mains afin que les injections soient moins douloureuses.

— C'est bizarre, non ? reprit-elle.

— Pourtant, on ne voit rien.

— Non. C'est le genre de sensation que l'on éprouve quand on part en vacances et que, une fois dans l'avion, on se demande si on n'a pas oublié de fermer le gaz ou de débrancher le fer à repasser.

Ruth se mit à rire, ce qui détendit l'atmosphère.

— Ma mère disait toujours que j'étais une éternelle anxieuse, ajouta Abby. Je n'étais pas satisfaite tant que je n'avais pas un sujet d'inquiétude, et si je n'en trouvais pas, j'en inventais un.

Elle leva les yeux au ciel, se moquant intérieurement d'elle-même. Dès l'âge de trois ans, elle était devenue experte dans l'art de ce qu'elle avait appelé « ses prémonitions ». Ce n'était en fait qu'un jeu mental qui consistait à imaginer un désastre en passant en revue toutes les raisons qu'il avait de se produire, puis à prendre les mesures nécessaires pour l'éviter.

N'était-ce pas la raison principale pour laquelle elle était venue sur l'île de Kaimotu ? C'était aussi à cause de cela qu'elle n'avait pas lutté pour garder le compagnon dont elle était pourtant certaine qu'il était l'homme de sa vie.

— C'est peut-être à cause du tremblement de terre d'il y a quelques semaines, suggéra Ruth. Il y avait de quoi rendre n'importe qui un peu nerveux, d'autant plus que le vieux Squid en a rajouté avec ses prédictions de fin du monde imminente. De quoi faire fuir les derniers touristes de la saison.

Abby rit à son tour.

— Et au bout du compte, on a juste eu droit à une légère secousse que la plupart des gens ont à peine remarquée. Tout le monde s'est moqué du pauvre Squid.

— Pourtant, il persiste et a dit récemment que les gens n'allaient pas tarder à rire jaune.

— Je sais. Pour lui, ce n'est qu'un avertissement, et il faut s'attendre à la même catastrophe que son grand-père a connue. En tout cas, mon fils Jack m'a dit qu'ils s'étaient bien amusés à l'école, en s'entraînant aux exercices d'évacuation d'urgence. Ils se sont retrouvés accroupis sous leurs bureaux, serrés comme des sardines.

Elle cassa une ampoule et en aspira le contenu à l'aide d'une seringue.

Ruth hocha la tête.

— Ah, je comprends pourquoi vous êtes aussi inquiète. Votre fils vient à peine de commencer l'école. Et aujourd'hui, vous vous souvenez qu'ils ont leur première excursion en car. Ce matin, ils doivent aller voir l'épave du bateau,et cet après-midi, ils vont visiter les vieilles mines de cuivre après le pique-nique. Mes deux aînées, Brooke et Amber, font aussi la sortie.

— Ah oui ? J'aurais aimé être parent accompagnant, mais je ne pouvais pas reporter les consultations, dit Abby.

Elle secoua la tête. En tout cas, Ruth avait raison. Son inquiétude pour son précieux petit garçon était sans doute à l'origine de sa sensation de malaise.

Réprimant un soupir exaspéré, elle songea à tous les petits qui attendaient en salle d'attente avec leurs mamans et qui devaient commencer à s'impatienter. Ce n'était pas le moment de s'attarder sur ses états d'âme.

Réussir à faire venir Ruth était exactement le résultat qu'elle avait espéré en s'embarquant dans ce projet. L'île de Kaimotu étant isolée du continent, elle attirait toutes sortes de gens désireux de vivre de façon peu conventionnelle. Ruth et son mari Damien habitaient avec leurs six enfants dans un ancien wagon réaménagé, en bordure du bush. Ils subvenaient à leurs besoins en fabriquant des poteries qu'ils vendaient aux touristes l'été.

Farouchement opposés à la vaccination, tous deux avaient eu une grosse frayeur l'année précédente, lorsque l'un de leurs enfants avait dû être évacué vers un grand hôpital du continent suite à une rougeole mal soignée. Par bonheur, il avait pu être transporté rapidement.

A son arrivée sur l'île, Abby en était au début de sa grossesse et, selon son habitude, elle s'était inquiétée en imaginant toutes les complications possibles. Elle avait finalement été rassurée par les compétences impressionnantes du médecin local, Ben McMahon, et par l'organisation du centre médical, où tout était prévu pour faire face à une évacuation d'urgence ou pour stabiliser un patient en attendant son transfert.

En fait, ce n'était pas si loin par la voie des airs : seulement deux heures. Et il y avait plusieurs avions privés disponibles sur l'île, au cas où l'hélicoptère de sauvetage du continent serait retenu ailleurs.

Grâce à son paysage à couper le souffle et aux équipements hôteliers mis en place par certains vignerons, l'île de Kaimotu était de plus en plus recherchée pour les mariages et les lunes de miel, d'où ce précieux équipement aérien.

Elle s'approcha doucement du bébé. Comme c'était à craindre, les yeux de Daisy s'arrondirent d'effroi quand elle sentit la piqûre de l'aiguille, et elle se mit à pousser des cris perçants. Abby soupira en voyant la lèvre inférieure de Blake trembler. Elle s'était laissé distraire. Pourquoi n'avait-elle pas commencé par lui ? Daisy était trop petite pour pouvoir être raisonnée, et risquait d'entraîner son frère dans sa détresse.

Ruth vint à la rescousse en présentant le sein à sa fille pour qu'elle reprenne sa tétée interrompue, et Abby sortit des friandises d'un bocal avant de les poser sur son bureau.

— Pour moi ? demanda Blake avec espoir.

— Tout à l'heure, dit-elle en souriant.

— Non, maintenant !

La tension montait, et elle s'efforça de garder le sourire en jetant un coup d'œil à la photo qui trônait sur son bureau, près du téléphone. Elle avait été prise le premier jour d'école de Jack, il y avait tout juste deux mois de cela. Un sourire hardi éclairait son visage encadré de boucles brunes, et ses yeux marron foncé fixaient malicieusement l'objectif.

Le cœur d'Abby se gonfla et elle sentit sa tension diminuer. Il lui était toujours si agréable de penser à son fils. Il était la raison de sa venue ici : elle avait voulu qu'il soit en sécurité, et lui donner le meilleur départ possible dans la vie.

Elle était ravie pour lui qu'il vive une journée d'aventure avec son école. Il y aurait les professeurs et d'autres parents pour veiller sur lui. Il fallait décidément qu'elle cesse de s'inquiéter pour tout et pour rien : non, il ne se perdrait pas, et ne tomberait pas dans un puits de mine désaffecté.

Bien sûr, elle était ridicule d'imaginer toujours les pires scénarios, mais ils ne la quittaient pas depuis que Jack avait commencé à marcher et à lui donner du fil à retordre.

Non seulement il avait la même personnalité que lui, mais Jack était physiquement le portrait craché de son père, l'homme qu'elle avait tant aimé et qu'elle avait choisi de perdre.

— Alors, il paraît que tu as encore fait des tiennes ?

Thomas Kendrick sourit nonchalamment à la collègue qui l'interpellait ainsi, avant d'aller s'asseoir dans l'un des confortables fauteuils de la base de sauvetage située sur le continent.

Felicity, la recrue la plus récente de l'équipe d'élite des paramédicaux, secoua la tête.

— Avant même d'arriver ici, j'avais entendu dire que tu te comportais un peu comme un cow-boy. Mais hier, c'était la première fois que je te voyais faire quelque chose d'aussi téméraire.

Tom haussa les épaules. Le sauvetage de la veille avait été difficile. Et en effet, il avait pris le risque de se glisser sous une voiture accidentée en équilibre instable au bord d'une falaise, mais il n'avait pas trouvé d'autre moyen d'atteindre la conductrice inconsciente.

— Tu te sentais aussi concernée que moi, répondit-il en souriant. Tu aurais même rampé à ma place, si je t'avais laissée faire.

Elle ne protesta pas et sourit à son tour.

— C'était génial ! Et on a réussi à la sortir de là vivante.

Il acquiesça. Certes, mais il s'était douté qu'il y aurait des retombées. Durant l'intervention, Felicity avait eu le bras sérieusement lacéré, nécessitant des points de suture, et elle avait maintenant un pansement devant toujours rester au sec. Elle ne pouvait plus participer aux actions pendant plusieurs jours, et Tom avait reçu un savon du directeur de la base, exaspéré.

— Tout le monde sait que tu apprécies les montées d'adrénaline, Tank. Et on sait aussi que tu es le meilleur. Mais il y a des limites, bon sang. Il faut que tu en tiennes compte, ou bien je ne me contenterai pas d'un simple avertissement verbal. Tu as failli abîmer un des membres de l'équipe. Ce n'est pas acceptable.

N'était que ça n'avait pas été sa faute si Fizz s'était blessée. Elle ne l'avait pas écouté et était restée près de lui, jusqu'à ce qu'il sorte leur patiente de la voiture. Elle était trop jeune, trop impatiente. Et pas seulement pour ce qui concernait le boulot : les regards qu'elle lui lançait étaient à l'évidence sans équivoque.

— Je ne peux plus travailler, Tank. Et je suis… frustrée.

Il ignora l'invitation de ses yeux. Ce serait tellement facile d'avoir une aventure avec Felicity. Les autres types de la base devaient probablement prendre des paris, se demandant combien de temps il mettrait, cette fois. Et ils devaient être étonnés de constater qu'il n'avait pas l'air intéressé.

Peut-être se lassait-il de ce jeu, qui consistait à commencer une histoire à laquelle il aurait rapidement envie de mettre fin. Il en connaissait trop bien les règles peu glorieuses, pour y avoir trop joué.

— Tu pourrais venir m'aider à faire l'inventaire, suggéra-t-elle.

Il secoua la tête. Compter les provisions dans la réserve n'était pas vraiment ce que Felicity avait à l'esprit. Tout de même… Faire ça au travail ? Peut-être allait-il trop loin dans la prise de risques quand il s'agissait de sauver des vies, mais là, dans le domaine privé, il s'était fixé ses propres limites. D'ailleurs, même la perspective d'un rapprochement clandestin au milieu des étagères n'éveillait aucun véritable désir en lui.

Il lui sourit néanmoins gentiment.

— Je vais à la gym. Cela m'étonnerait qu'on ait une autre mission d'ici la fin de notre service.

Pourtant, il savait qu'il lui aurait suffi de claquer des doigts pour mettre Fizz dans son lit. Quel était le problème ? Etait-ce parce qu'il n'y avait aucun défi à relever, que c'était trop facile ?

Quand il arriva dans le petit centre de fitness, Moz, le pilote de l'hélicoptère, était en train de courir sur le tapis roulant et agita sa bouteille d'eau en guise de salut. Quant à Frank, l'infirmier qui remplaçait Fizz, il utilisait le rameur. On l'avait surnommé Frankenstein — puis Frank — suite à un accident qui lui avait longtemps laissé une cicatrice impressionnante sur le visage. Elle n'était à présent plus qu'un souvenir, mais le nom lui était resté.

Après avoir retiré sa combinaison, Tom se rendit vers la machine à soulever les poids, seulement vêtu d'un short et d'un débardeur. Lentement, il commença à s'échauffer.

Se maintenir en forme lui demandait plus d'efforts ces derniers temps, mais cela en valait la peine. Son surnom — Tank — lui avait été donné des années auparavant, en raison de sa taille impressionnante et de sa carrure.

Thomas, la locomotive impossible à stopper…

L'appareil se mit à grincer avec un bruit de ferraille, et il fronça les sourcils ; il n'avait pas encore commencé à s'exercer et tous les poids étaient toujours bien alignés.

Soudain, ils se mirent tous à vibrer.

— Qu'est-ce que c'est que ça ? s'exclama-t-il. Un tremblement de terre ?

— Je n'ai rien senti, répondit Moz, qui continuait à courir d'un bon pas sur son tapis.

— Moi, si, dit Frank, l'air plus intéressé qu'alarmé.

A Auckland, les séismes suffisamment importants pour qu'on les ressente étaient rares, mais cela s'était déjà produit. Il y avait régulièrement des secousses de faible amplitude à travers tout le pays.

— Rien de bien important, ajouta Frank en passant à l'activité suivante.

— Peut-être pas pour nous, mais pour d'autres ailleurs sûrement, dit Tom.

— Dans ce cas, adieu notre soirée tranquille… Enfin, à mon avis, ce ne sera pas pour aujourd'hui.

Tom respira profondément et tous ses muscles se détendirent les uns après les autres. Il se sentait bien. La vie était remplie de possibilités excitantes. Il suffisait d'être au bon endroit, au bon moment. Et de se maintenir en forme.

Il ajouta des poids à sa barre et commença à s'exercer.

Sur l'île de Kaimotu, la secousse débuta comme celles des semaines précédentes : les gens sursautèrent, éprouvant une sensation désagréable.

Mais au lieu de diminuer peu à peu en intensité, elle augmenta à une vitesse vertigineuse. Ce fut seulement lorsqu'elle perdit l'équilibre et se retint de tomber en s'agrippant à son bureau qu'Abby se rendit compte que quelque chose d'énorme était en train de se produire. Le bocal de bonbons vola dans les airs avant de s'écraser au sol en mille éclats de verre. La porte du réfrigérateur s'ouvrit et tout le contenu s'en déversa, pêle-mêle. Le gros meuble de rangement contenant des milliers de dossiers de patients s'agita violemment à son tour, répandant des papiers dans toutes les directions.

Tout cela fut si rapide qu'elle n'eut pas le temps de ressentir de frayeur. Elle rattrapa Blake sur le bord de la table d'examen, juste avant qu'il ne tombe au milieu des morceaux de verre.

— Sous mon bureau, cria-t-elle à Ruth. Vite !

Elle avait été d'obliger d'élever la voix, car, en plus du bruit que faisaient les objets en s'écrasant sur le sol, il y avait ce grondement inquiétant, particulier. Comme si un énorme avion était en train d'atterrir sur la route étroite longeant le centre médical.

Prenant Blake dans ses bras, elle plongea sous le bureau et sentit quelque chose sous ses genoux, mais n'y prit pas garde, car presque au même moment, l'écran de l'ordinateur vint s'écraser juste à côté d'elle. Quant au réfrigérateur, maintenant délesté entièrement de son contenu, il se balançait d'un côté et de l'autre tout en avançant au milieu des débris, comme animé d'une vie propre.

Le bureau constituerait-il une protection suffisante si le réfrigérateur tombait ? Et le bâtiment ? Serait-il assez solide pour rester debout ? De tous côtés, on entendait le bruit de fenêtres qui explosaient, et un cri provenant de la salle d'attente la fit frissonner.

Alors, seulement, elle sentit la peur s'insinuer en elle.

— Tenez bon, dit-elle à Ruth. Ça va s'arrêter.

Elle prit une longue inspiration. Qui essayait-elle de rassurer ? La mère terrifiée qui serrait convulsivement son bébé contre elle, tout en s'accrochant d'une main à un pied du bureau ? Le petit garçon dans ses bras, raidi de frayeur ? Elle-même ?

Tout ça à la fois. On aurait dit que « cela » ne voulait plus s'arrêter. Le sol s'inclina sous elle. Des objets continuaient à tomber des murs et des étagères, comme les diplômes soigneusement encadrés qu'elle avait obtenus en travaillant si dur, et aussi les gros livres médicaux. C'était tout son monde qui s'écroulait littéralement autour d'elle.

Enfin, les secousses diminuèrent, puis s'arrêtèrent. Le tremblement cessa, de même que le grondement et le bruit des objets qui se cassaient.

Elle ne percevait même plus sa respiration.

Jamais de sa vie elle n'avait entendu un silence aussi impressionnant, aussi lourd. Un silence de mort. Le monde venait de changer, irrévocablement.

Ce fut alors que la panique s'empara d'elle.

« Oh ! Mon Dieu. Jack… »

2.

Le pilote de l'hélicoptère de sauvetage amorça un virage avant de s'approcher lentement de l'île de Kaimotu. La plus grande partie de l'île était couverte d'arbustes formant le bush, qui laissait peut de place aux bâtiments. Les habitations étaient concentrées le long de la plus grande plage, bordée de collines.

Là se trouvait le centre de la communauté, avec ses bâtiments publics incluant les écoles et les locaux commerciaux.

C'était également là que le tremblement de terre s'était concentré, à en croire les informations épisodiques que l'on recevait depuis près de deux heures. La secousse que Tom et ses collègues avaient ressentie avait bien été la scorie d'un tremblement beaucoup plus important : un séisme de 7,4 sur l'échelle de Richter, avec son épicentre juste au-dessous de l'île, à l'endroit où se trouvait malheureusement la plus grande partie de la population à ce moment de la journée.

Dans les reportages, on parlait de nombreux blessés, et sans doute y avait-il des victimes ensevelies sous les décombres des bâtiments.

L'atterrissage devait avoir lieu dans le champ proche du centre médical, souvent utilisé pour évacuer les patients de l'île. C'était la première fois que Tom venait ici, mais il ne parvenait pas à apprécier la beauté naturelle de cet endroit, tant il était à la fois excité et tendu, à la perspective de la tâche qui les attendait. Quand ils passèrent au-dessus des bâtiments du centre qui avaient subi le plus fort du séisme, il jeta un coup d'œil à son collègue et vit qu'ils étaient sur la même longueur d'onde.

Ils étaient les premiers sauveteurs à arriver, et sans doute seraient-ils les seuls pendant encore un moment. Or, ils se trouvaient face à la plus grande catastrophe de leur carrière.

— Voilà le centre médical, annonça calmement Moz. Accrochez-vous, les gars. On va se poser.

Revêtus de leur combinaison rouge vif et équipés de leur casque blanc marqué de l'insigne des sauveteurs, Tom et Frank, portant leur sac à dos rempli de matériel d'urgence, sortirent de l'appareil, se courbèrent sous l'hélice qui tournait encore, avant de courir rejoindre les marches menant à l'entrée du bâtiment moderne.

Dès l'extérieur, ils constatèrent que l'hôpital était rempli de monde, ainsi que la galerie du vieil hôpital.

Cela faisait deux heures que le tremblement de terre avait eu lieu. L'alerte au tsunami, d'abord lancée, avait été annulée une fois clairement établi le fait que l'épicentre ne se trouvait pas en mer. Cependant, les gens restaient prudemment sur les hauteurs.

Tom observa les alentours. Combien de blessés avaient-ils pu se rendre d'eux-mêmes à l'hôpital jusqu'à présent ? Combien avaient dû être transportés ? Il n'avait aucune idée de ce qu'il allait trouver en termes de personnel médical et d'équipement. Il ne pouvait qu'espérer qu'une personne compétente soit responsable, et puisse le mettre au courant. Où aurait-on le plus besoin d'eux ? Comment allaient-ils bien pouvoir évaluer les priorités de cette île ?

Ils pénétrèrent dans les locaux. La salle d'attente était pleine à craquer. En entendant les pleurs des enfants et en voyant tous ces visages pâles et effrayés, Tom se sentit poussé à agir.

— Qui est responsable ici ? demanda-t-il à la personne la plus proche de la porte, une femme d'une cinquantaine d'années qui maintenait un pansement taché de sang contre sa tempe grisonnante.

— L'infirmière. Ah — Ahhhh !...

Sa réponse s'acheva dans un cri de peur, le bâtiment s'étant de nouveau mis à trembler. Les enfants hurlèrent, paniqués. Quelqu'un tenta de bousculer Tom pour s'enfuir par la porte et tous les adultes, prenant leurs enfants par la main, se levèrent pour le suivre comme s'ils craignaient que les murs ne s'effondrent sur eux.

Tom fit un pas en avant pour intervenir, mais déjà le tremblement s'était arrêté.

Une voix claire de femme se fit entendre.

— C'est juste une réplique, dit-elle. Nous devons nous y attendre. Mais vous êtes en sécurité ici, Mike et Don ont vérifié le bâtiment et il est solide.

Un frisson parcourut le dos de Tom. Quelque chose dans cette voix lui était familier, mettant ses sens en alerte.

Suivi de Frank, il s'avança dans la pièce et, comme par magie, tout le monde s'écarta. C'était habituellement la réaction qu'ils provoquaient en arrivant : on savait qui ils étaient comme ce qu'ils faisaient, et étaient toujours les bienvenus.

A présent, il pouvait voir la femme de dos. Une longue tresse blonde retombait sur son uniforme bleu marine, et il sentit comme un coup à l'estomac. Les longs cheveux blonds lui faisaient toujours de l'effet, mais c'était surtout depuis… depuis…

Abby.

— Il est bien cassé, disait-elle à l'adolescent dont elle s'occupait tout un finissant d'enrouler un bandage autour d'une attelle en carton pour maintenir son bras.

Comment n'avait-il pas reconnu tout de suite sa voix ? Douce et claire, devenant un peu éraillée quand elle était stressée, ou qu'ils étaient en train de…

Non. Il s'efforça de chasser les images qui lui revenaient en force, mais ce n'était pas facile, car justement sa voix en cet instant était éraillée…

— Maintenant qu'il est immobilisé, il ne devrait plus te faire très mal. Mais je regrette, je ne peux rien faire de plus pour l'instant, Sean, disait-elle. Nous allons devoir attendre les secours.

— Ils sont là ! répondit l'adolescent avec excitation. Juste derrière vous.

La femme pivota sur ses talons avec grâce. Tom lut d'abord le soulagement dans ses yeux à la vue de l'uniforme, puis le choc quand elle croisa son regard… et le reconnut.

— Oh ! Mon Dieu. Tom ?

Il inspira lentement. Le choc était partagé, et tellement fort chez lui qu'il n'était pas encore en état d'analyser sa réaction en la revoyant.

Elle avait toujours ces magnifiques cheveux couleur de miel, terriblement sexy quand ils effleuraient sa peau nue.

Et cette voix… Et ces immenses yeux bleus qui s'assombrissaient lorsqu'elle était d'une humeur particulière. Comme maintenant. Elle devait être perturbée, ou effrayée. Par lui ?

Etait-il stupide ! Comme tout le monde ici, elle venait de subir une catastrophe, et il ne s'agissait pas d'eux pour l'instant. Ce n'était certainement ni le moment ni le lieu pour s'interroger sur leurs états d'âme.

Aussi se contenta-t-il de hocher la tête.

— Abby…

Malgré tout, ce n'était pas n'importe quelle personne qu'il saluait ainsi. Derrière ce prénom étaient enfouis beaucoup de souvenirs personnels. Certains, douloureux, qu'il avait crus enterrés depuis longtemps, avaient paru attendre cet instant pour remonter à la surface. Et c'était encore plus fort que l'émotion suscitée par ses cheveux ou sa voix.

— Peux-tu nous résumer la situation ? lui demanda-t-il avec un calme apparent. Nous n'avons que très peu d'informations précises.

Elle hocha la tête.

— L'antenne pour les téléphones portables est hors service. On communique avec le continent par la radio des garde-côtes, mais personne ne nous avait dit quand l'aide commencerait à arriver. Suis-moi.

Et Abby le mena jusqu'à ce qui avait été son bureau.

Elle s'efforça de calmer sa respiration. Tom Kendrick était ici. Juste derrière elle. Toujours aussi immense, tant par son physique que par sa personnalité. Et plus beau que jamais, avec ces traits puissants, ces yeux sombres et cette voix grave qui la faisait chavirer autrefois. Pour l'instant, elle avait réussi à se montrer autoritaire et professionnelle, mais elle savait qu'il suffirait d'un rien pour qu'elle s'adoucisse.

Oh ! Seigneur… Le passé venait de lui sauter au visage, comme tous ces objets qui avaient surgi dans son bureau pendant le séisme.

Non, ce n'était pas possible. Elle se sentait incapable de gérer ce nouveau choc. Son monde venait déjà d'être beaucoup trop secoué. Elle marchait devant Tom, tentant désespérément d'imaginer une protection mentale et émotionnelle aussi efficace que le solide bureau sous lequel elle s'était abritée.

En fait, son instinct la poussait à s'enfuir, loin d'ici, loin de Tom, pour aller chercher Jack et disparaître avec lui. Comme elle l'avait déjà fait une fois, alors que son fils n'était encore qu'un trait sur un test de grossesse.

A l'époque, en apprenant la nouvelle, son premier geste avait été de se réfugier auprès de Tom, alors que leur relation battait déjà de l'aile. C'était plus tard qu'elle s'était enfuie, après avoir pris le temps de réfléchir à ce qu'impliquait un avenir avec lui.

Elle retint ses larmes. Cette fois, pas question de bouger : on avait trop besoin d'elle ici. Pour clore le tout, elle ignorait totalement où se trouvait Jack en ce moment.

La panique montait en elle. Elle ne savait même pas s'il était tout à fait indemne. Et… si Tom apprenait son existence ?

Il fallait qu'elle se ressaisisse. Elle ne serait utile à personne si elle se mettait à craquer. Elle devait s'accrocher à l'information qu'elle avait reçue de Ruth quelques minutes après le séisme : Jack était sain et sauf, ainsi que tous les enfants participant à l'excursion, y compris Brooke et Amber. Mais ils se trouvaient à des kilomètres du village et de la zone de décombres.

A l'heure actuelle, ils étaient sans doute les habitants de l'île les plus en sécurité, et leurs professeurs étaient là pour s'occuper d'eux. Mais la route de la falaise était bloquée par des glissements de terrains, rendant leur retour immédiat impossible. Peut-être devraient-ils même faire le retour à pied, si la route s'avérait impraticable pour le vieux bus scolaire.

La situation avait évolué depuis les premières minutes de silence stupéfait qui avaient suivi le chaos. La sirène d'avertissement du tsunami n'avait pas duré longtemps.

Très vite, des gens paniqués avaient afflué depuis le port, grimpant sur la colline qui menait à l'hôpital. D'autres s'étaient précipités hors du centre médical, quand ils avaient appris que l'antenne des téléphones portables ne fonctionnait plus et qu'ils n'avaient pas la possibilité d'obtenir des nouvelles de leurs proches.

Les premiers blessés commençaient à arriver, et Abby devait s'occuper des plus âgés dans la vieille aile de l'hôpital.

Elle avait besoin de Ben. Et de Ginny, également médecin, qui les avait aidés récemment, mais refusait d'occuper officiellement le poste laissé vacant par son prédécesseur. A présent, elle ne se ferait sûrement pas prier pour intervenir : on avait besoin de toute l'aide possible.

Grâce au ciel, Ruth s'était révélée à la hauteur de la situation. Après l'avoir rassurée sur le sort des enfants, elle l'avait aidée à organiser les choses. Avec Daisy reposant sur sa poitrine dans son porte-bébé, et après avoir confié Blake à Hannah, la sœur de Ben, elle et Abby avaient contrôlé les patients et dispensé les premiers soins, s'efforçant de rassurer tout le monde. Elles étaient en contact avec la police locale et la brigade des pompiers volontaires, de façon à coordonner leurs efforts.

De plus en plus de gens plus ou moins sérieusement blessés arrivaient au centre, et les pompiers étaient partis au village afin d'y évaluer les dommages. Assise au bureau d'Abby, Ruth tentait de recenser les disparus, les blessés et, parmi eux, ceux qui avaient besoin d'être évacués sur le continent.

Elle poussa un soupir de soulagement en apercevant les hommes qui suivaient Abby.

— Oh ! Grâce à Dieu, vous êtes là…

— Il n'y a que nous pour l'instant, dit le collègue de Tom. Deux médecins nous suivent avec un autre hélicoptère, ainsi qu'une unité mobile de triage et une équipe de recherche avec un chien, mais ils ne seront pas là avant au moins une heure.

Tom se tourna vers Abby.

— Qui est chargé de contrôler la situation ?

Elle fut stupéfaite de constater combien le fait de la revoir au bout de presque six années semblait peut l'affecter. N'avait-il donc aucun souvenir surgissant brusquement de sa mémoire, comme c'était le cas pour elle ? Elle le revoyait, quand il la tenait tendrement dans ses bras, durant ce moment magique après l'amour où le monde avait l'air si parfait.

Peut-être n'avait-elle pas autant compté pour lui qu'il avait compté pour elle, alors…

Elle devait l'imiter et éviter de laisser le passé prendre plus d'importance qu'il ne méritait d'en avoir. Tom était ici en tant que professionnel, pour accomplir un travail sur lequel il semblait parfaitement concentré.

Quant à elle, sa communauté était en danger. C'était un lieu, des gens qu'elle aimait ; l'asile qu'elle avait cherché des années auparavant, qui l'avait accueillie et protégée. Et surtout, qui avait protégé Jack. Jusqu'à ce jour.

Tom la fixait, sans laisser transparaître aucune émotion. Un instant, elle fut de nouveau saisie par l'intensité de son regard sombre et profond, son teint mat et ses traits puissants, hérités de ses ancêtres maoris.

Avec ses cheveux noirs ondulés, il était la version adulte de son précieux Jack.

Mais allait-elle cesser, c'était bien le moment de se laisser aller ! Elle prit une grande inspiration.

— Mike Henley est le chef de la police locale, expliqua-t-elle. Il fait équipe avec Don Johnson, qui est à la tête des pompiers. Une vingtaine de personnes travaille dans la brigade des pompiers volontaires, et tous ont été formés au sauvetage. Nous avons aussi les garde-côtes de l'île, et avons installé notre quartier général dans le centre d'informations situé dans la rue principale, près du terminal du ferry. Pour contacter le continent, nous nous servons de la radio d'un bateau.

— Quel est le personnel médical dont vous disposez ? demanda Tom. Où sont vos médecins ?

— Actuellement, nous n'avons qu'un médecin à plein temps — le Dr Ben McMahon. Il était en visite chez un patient au moment du séisme, et nous n'avons aucune nouvelle de lui depuis. Il y a un autre médecin, une jeune femme qui ne travaille pas officiellement, et je n'ai aucune idée de l'endroit où elle se trouve. Nous avons également quatre infirmières, dont deux sont de service à l'hôpital aujourd'hui. Les deux autres sont en route pour venir nous aider, une fois que nous aurons évalué et stabilisé les blessés.

— Nous ?

Elle se sentit rougir.

— En fait, jusqu'à présent, il n'y a eu que moi. Il est vrai que nous n'avions encore jamais eu de gros problème.

— Nous devons nous rendre au centre d'informations, dit Tom. Et il faut que nous travaillions avec une équipe médicale. Avons-nous des cas sérieux, pour l'instant ?

— Personne qui soit grièvement blessé. Des contusions, des lacérations et quelques fractures. Une des infirmières en chemin a été formée aux premiers soins. Elle est secouriste. Actuellement, tout est sous contrôle.

— Bien. Dans cas, tu peux venir avec nous.

Elle étouffa une exclamation.

— C'est-à-dire que… Je ne crois pas… C'est ici que les blessés viennent se faire soigner.

— S'ils peuvent gagner l'hôpital par leurs propres moyens, c'est que leur cas n'est pas préoccupant. Nous avons des médecins qui vont arriver très bientôt, ils pourront se baser ici. Tu es une infirmière qui a une grande expérience des urgences, Abby. Il nous faudra plus d'une équipe pour arpenter le village et faire le tri des blessés. Frank peut en diriger une, et tu peux venir avec moi. J'imagine que tu connais bien cet endroit ?

— Bien sûr. Je vis ici depuis cinq ans.

Elle croisa son regard. Une fraction de seconde, il fronça les sourcils, comme s'il avait pris conscience qu'elle était venue ici directement après leur séparation. Et aussi… Comme s'il ne comprenait pas pourquoi. Ce fut très fugitif, mais elle constata avec un certain soulagement que Tom n'était pas aussi indifférent qu'il le paraissait.

Il détourna la tête.

— Bien. Tu dois donc aussi connaître les gens, ce qui constitue un précieux atout.

Elle jeta un coup d'œil à Ruth, qui, elle aussi, était un précieux atout. Ici, elle avait accès aux médicaments et à l'équipement médical, et Ben et Ginny allaient venir les aider.

Et c'était probablement ici que quelqu'un lui ramènerait son fils.

Mais les nouveaux arrivants que l'on attendait possédaient des qualifications médicales supérieures aux siennes. Elle n'avait pas vraiment le choix.

— Allons-y, dit Frank, en jetant un coup d'œil impatient par la fenêtre. On perd notre temps, ici.

— Il y a des combinaisons et des casques à l'arrière de la Jeep, leur dit Ruth.

— Vous avez un véhicule à quatre roues motrices ? Excellent, dit Tom en se dirigeant vers la porte.

La Jeep était un des deux véhicules du centre. Elle avait un brancard attaché à l'arrière, et transportait un équipement d'urgence. Sur l'île, elle était l'équivalent d'une ambulance. Ben disposait de l'autre Jeep.

— Allez-y, Abby, reprit Ruth avec insistance. On a besoin de vous ailleurs. Ici, on pourra faire face.

— Si vous avez des nouvelles de Jack, pourrez-vous m'envoyer quelqu'un ? demanda-t-elle, presque suppliante.

— Bien sûr, répondit Ruth. Tout ira bien pour eux, Abby.

Abby la regarda, compatissante. Elle avait parlé d'un ton

déterminé, mais sa lèvre inférieure tremblait. N'avait-elle pas elle-même deux filles qui participaient à l'excursion avec l'école ?

— Qui est Jack ? demanda Frank en suivant Abby dehors. Votre mari ?

— Non.

Elle prit une profonde inspiration, s'efforçant de dominer son inquiétude.

— C'est… mon fils.

Tom l'entendit.

Abby avait un enfant ? Un fils ?

Bien sûr, cela faisait près de six ans qu'elle était partie. Quel âge pouvait avoir Jack ? Etait-ce un bébé ? Peut-être commençait-il à marcher ? Il ne devait pas être beaucoup plus vieux, sinon cela signifierait qu'elle l'avait remplacé incroyablement vite.

— Alors, tu as un fils ? demanda-t-il malgré lui en s'installant à l'avant de la Jeep, à la place du passager, tandis que Frank s'installait à l'arrière. Abby hocha la tête, avant de se pencher pour mettre le moteur en marche.

— Et comme tu travailles, je suppose qu'il est la crèche ?

Il la suivit des yeux. Comme elle avait tourné la tête pour refermer la portière, difficile de dire si elle avait vraiment acquiescé.

Il ne put se retenir d'insister, tout en sachant que ce n'étaient pas ses affaires.

— Quel âge a Jack ?

Il se maudit intérieurement. Il n'avait aucun droit de poser des questions personnelles et, étant donné les circonstances, c'était totalement inapproprié, mais il avait dû mal à accepter l'idée qu'Abby ait pu partir définitivement… et ait eu un enfant avec son nouveau compagnon.

La Jeep fit une embardée, et il se rappela qu'il ne s'était pas attaché.

— Désolée, dit Abby. Cela fait un moment que je n'ai plus conduit cet engin.

— Pas de problème, rétorqua Frank, pince-sans-rire. On évitera simplement de vous confier les commandes de l'hélicoptère.

Pour ne rien arranger, la route avait été très endommagée : à certains endroits, des monticules se dressaient, à d'autres elle était enfoncée et lézardée.

Il y avait des flaques de…

— Qu'est-ce c'est que ça ? demanda Abby.

— C'est un phénomène de liquéfaction, répondit-il. De la vase se répand à travers la terre. Ne roule pas dedans, cela pourrait cacher un trou plus ou moins profond et on risquerait de se retrouver coincés.

A présent, Abby avait apparemment bien le véhicule en main, évitant les obstacles. A la dérobée, il étudia son visage au lieu de regarder dehors. Son profil révélait quelqu'un de déterminé. Pourtant, elle devait avoir peur, car elle n'avait jamais affronté directement le danger. Elle était complètement différente d'une personne comme Fizz — et, d'ailleurs, de toutes les femmes qu'il avait connues avant ou après elle.

C'était sans doute pourquoi cela n'aurait pas pu marcher longtemps entre eux. Il ne fallait pas qu'il l'oublie, ce qui l'aiderait peut-être à lutter contre les sensations qui l'avaient envahi depuis qu'il l'avait revue, et sur lesquelles il préférait ne pas s'attarder. .

Dans cette opération de sauvetage, Abby était encore plus impliquée : elle habitait ici, et il y avait sûrement des gens qu'elle connaissait parmi les morts et les blessés. Par-dessus le marché, elle était sans nouvelles de son enfant. Pourtant, elle était là, totalement concentrée sur ce qu'elle avait à faire.

Il fut pris d'une soudaine envie de la renvoyer à l'hôpital, où elle serait au moins en sécurité. Mais étant donné la situation, toutes les compétences médicales devaient être utilisées, d'autant plus qu'on ignorait pour l'instant où se trouvaient les médecins locaux. Il avait vu Abby évoluer au sein d'un département des urgences, et savait qu'elle était aussi capable que lui de poser une perfusion dans des circonstances difficiles, d'évaluer les blessures d'un patient, ou de l'intuber si nécessaire.

Abby était plus que capable : elle était douée. En travaillant comme infirmière auprès d'un généraliste sur une île perdue, elle n'exploitait malheureusement pas toutes ses compétences.

Leur arrivée dans la rue principale du village le ramena à la réalité.

— Oh ! Mon Dieu ! s'exclama Abby dans un souffle.

Elle ralentit, choquée par la scène qui s'offrait à leurs yeux.

Tom suivit son regard. Quelques instants auparavant encore, le centre commercial avait dû être un endroit très pittoresque, avec ses vieux bâtiments en briques restaurés à des fins touristiques. Mais en cas de tremblement de terre, c'était toujours ce genre de construction qui souffrait le plus. Les façades des boutiques et les cheminées s'étaient effondrées. Les murs s'étaient désagrégés, ne laissant que des squelettes de charpentes et l'intérieur se trouvait exposé aux regards, comme une maison de poupées.

Une voiture était ensevelie sous un tas de briques, seules les roues avant et une partie du capot en étaient encore visibles.

— J'espère qu'il n'y avait personne dedans, dit simplement Frank.

Quelques mètres plus loin, il y avait un autre tas de briques autour d'une poutre. Plusieurs hommes tentaient frénétiquement de dégager les décombres.

Ils firent signe à la Jeep de s'arrêter.

— Nous avons besoin d'aide. Quelqu'un se trouve là-dessous.

— Est-ce qu'on l'entend appeler ? demanda Tom.

L'homme secoua la tête.

— On voit le pied d'une femme qui dépasse.

— Désolé, répondit-il en soupirant. Il n'y a aucune chance qu'elle soit en vie là-dessous.

— Je sais, mais… Nous devons quand même essayer…

— Vous devez surtout vous soucier de votre propre sécurité. Une autre réplique pourrait faire s'écrouler ce qui vous entoure. Si vous voulez aider, suivez-nous jusqu'au centre d'informations. Nous allons mettre en place un plan de recherche systématique et de sauvetage. Tous les renforts seront les bienvenus.

Il se tourna vers Abby qui, l'air horrifié, fixait le tas de décombres sous lequel la femme était ensevelie, et se retint de lui prendre le bras en signe de soutien. Il y avait des limites à ne pas franchir : leur relation n'était plus la même.

— Continue, Abby, ordonna-t-il d'un ton tranquille. On ne peut pas se permettre de s'arrêter.

C'était nettement pire que tout ce qu'Abby avait imaginé. En même temps, cela semblait si irréel qu'elle savait qu'elle ne craquerait pas. Elle avait l'impression d'avoir été transportée sur le lieu de tournage d'un film-catastrophe et qu'elle en était une figurante, attendant les instructions du metteur en scène pour savoir où se placer.

Comme un automate, elle continua à rouler jusqu'à ce qu'ils aient atteint l'autre bout de la rue, près du quai, là où les ferries accostaient. Elle repéra une voiture de police parmi tous les véhicules garés devant le bâtiment des informations, une construction moderne et hexagonale, idéalement située pour devenir un centre opérationnel.

L'île comptait trois officiers de police, avec Mike Henley à leur tête. Jusqu'à présent, le pire accident auquel il avait dû faire face avait été celui d'un un yacht privé échoué par mauvais temps sur Elephant Rocks.

Don Johnson, le chef des pompiers, était le meilleur ami de Mike. Il était aussi responsable de la protection civile, et garde-côte. C'étaient eux qui étaient passés vérifier la solidité des murs de l'hôpital.

Quand ils virent Abby entrer dans le centre d'informations, suivie de Tom et de Franck, leur soulagement fut évident.

Abby fut fière de leur présenter Tom. Si on lui avait demandé vers qui elle se serait tournée en cas de danger, elle aurait placé Tom Kendrick en tête de liste. Même après leur rupture.

Et elle était certaine qu'il n'aurait pas hésité à tout faire pour la sauver, quitte à mettre sa propre vie en danger. Pour autant, il n'était pas une tête brûlée, comme certains se plaisaient à le faire croire. Il savait parfaitement calculer les risques, tout en étant capable de repousser les limites le plus loin possible.

De son côté, Abby, avec son caractère inquiet, imaginait facilement tous les désastres possibles. C'était une sorte d'habitude ancrée en elle, devenue presque plus forte qu'elle.

Elle soupira, agacée par elle-même. Qu'aurait pensé Tom, s'il avait su que depuis des années elle se plaisait à imaginer des situations dramatiques dans lesquelles il finissait toujours par apparaître pour la sauver ? Celles où il la portait dans ses bras, comme si elle était la chose la plus précieuse au monde. Ou encore, celles où il sauvait Jack et le reconnaissait comme son fils.

Oh ! Seigneur…

A présent, il n'était plus question de fantasmes. Le mur derrière eux était couvert de brochures pour touristes invitant ces derniers à louer un bateau de pêche ou à plonger en scaphandre autonome, mais aussi de photos de gens descendant une falaise en rappel, faisant du vélo tout terrain ou encore le tour des vignobles. Le genre d'activités qui faisaient la renommée de Kaimotu et qui, maintenant, n'avaient plus rien de réel.

Sur une carte de la commune dépliée sur la table, on avait délimité des zones. Il y avait un carton rempli de bombes de peinture, qui serviraient à marquer des informations sur les bâtiments qu'ils inspecteraient : là où il y aurait des personnes bloquées, ou dont les blessures devraient être soignées d'urgence. Ou bien qui seraient mortes.

S'ils trouvaient des blessés graves, ils auraient tout juste le temps de les stabiliser, avant qu'ils ne soient transportés à l'hôpital. Ils devraient progresser le plus vite possible.

La seule présence de Tom ne suffirait pas à faire que tout aille bien. Ils auraient besoin de beaucoup de monde, et cela prendrait du temps. Elle soupira de nouveau. Une nuit difficile s'annonçait, leur travail n'étant pas exempt de danger.

Il n'y avait aucune chance que Tom la prenne dans ses bras, et c'était une bonne chose. Elle avait tourné la page le concernant. Comme elle avait mis des années à y parvenir, elle ne pouvait pas se permettre de remettre son cœur à nu.

Et puis Tom ne risquait pas de se reconnaître en Jack. Il ne savait pas exactement quel âge il avait, et il n'y avait aucune raison pour que tous deux se retrouvent au même endroit, en même temps.

Lorsque Jack et les autres enfants seraient de retour, ils seraient pris en charge par le centre médical. Elle pourrait s'y rendre pour s'assurer qu'il allait bien, et ensuite le confier aux parents de Ben, Doug et Ailsa. Ou à Hannah.

De toute façon, il faudrait que Jack reste hors de la vue de Tom.

Du moins, tant qu'elle n'aurait pas pris le temps de réfléchir à la situation.

Elle entendit à peine les dernières instructions données par Tom, Mike et Don, et resserra les courroies de son sac à dos rempli de médicaments.

— Donc, vous faites équipe avec Tom, lui dit Mike. Vous allez effectuer le triage de la moitié nord du village, mais si nous avons besoin de vous, nous vous contacterons par radio.

Abby acquiesça machinalement. La partenaire de Tom. Quelle ironie…

Par chance, ils avaient une mission importante et urgente sur laquelle se concentrer. Pas le temps de laisser interférer des pensées personnelles, ni de revenir sur le passé.

En se disant, notamment, qu'elle avait commis une terrible erreur en ne faisant pas davantage d'efforts pour apprendre à Tom l'existence de Jack…

3.

Lorsque Tom et Abby sortirent du centre d'informations — devenu le quartier général d'où l'on contrôlait tous les problèmes de l'île — le battement syncopé du rotor était suffisamment fort pour empêcher toute velléité de conversation entre eux.

Abby mit sa main en visière pour regarder l'hélicoptère.

— Ce sont sûrement les autres médecins qui arrivent, cria Tom. Et peut-être les premiers membres des équipes de recherche. Avec un chien, j'espère.

Il vit Abby fermer les yeux et prendre une profonde inspiration, comme pour puiser un peu de courage. Il dut se retenir de la toucher, de lui offrir de sa force.

— Qui y aura-t-il, encore, d'après toi ? demanda-t-elle.

— L'armée devrait bientôt arriver. S'ils ont un hélicoptère Iroquois, ils pourront envoyer quelques troupes, ce qui devrait s'avérer très utile. Où se trouve Hickory Lane ? ajouta-t-il en jetant un coup d'œil à la carte qu'il avait à la main. C'est la limite sud de notre zone de recherche.

— A quelques pâtés de maisons d'ici, répondit Abby. Il y a une boulangerie d'un côté de la rue et un café de l'autre. Impossible de la rater.

Tom tiqua en arrivant sur les lieux. Le café en question ne dressait plus fièrement ses murs de briques. Il était enfoui, quelque part sous les décombres. Quelques hommes se tenaient au milieu de Hickory Lane, là où elle croisait la rue principale.

— Hé, Abby, appela l'un d'eux. Est-ce que ça va ?

— C'est Jim, notre boucher, expliqua-t-elle à Tom. Sa boutique se trouve un peu plus bas.

Elle se rapprocha des hommes.

— Je vais bien, Jim. Et vous ? Oh ! Mon Dieu… Regardez vos mains.

L'homme, âgé d'une cinquantaine d'années, portait encore son tablier rayé bleu et blanc, mais il était très sale, de même que ses bras, tout égratignés et couverts d'hématomes. Quant à ses mains, ses jointures tout écorchées étaient ensanglantées.

Tom vit Abby s'emparer des grosses mains de l'homme et remarqua l'expression de son visage. Pour elle, il n'était manifestement pas que le boucher du coin, mais quelqu'un qui comptait à ses yeux et faisait partie de la communauté à laquelle elle appartenait. Pour le coup, lui-même se sentit un étranger — et cela lui laissa une impression très désagréable.

— Ce n'est rien, dit aussitôt Jim en souriant, comme pour couper court à l'inquiétude d'Abby. J'ai juste déplacé quelques briques.

— Quelques briques ! s'exclama un des autres hommes en lui donnant une bourrade amicale dans le dos. Cet homme est un héros. Il a sorti au moins trois personnes des décombres du café en creusant de ses mains.

— Presque tout le monde a pu sortir à temps, dit Jim. Mais la pauvre Miriam a été frappée à la tête par une brique. Et ceux qui s'étaient réfugiés sous la table de pique-nique se sont retrouvés enterrés, mais ils ont été sortis à temps.

— Où est Miriam ? demanda Tom.

— L'un de nous l'a emmenée à l'hôpital avec les autres pour qu'ils soient également contrôlés. Ils devraient y être, à l'heure qu'il est.

— Etes-vous certain qu'il n'y a plus personne au café ? demanda-t-il encore en s'emparant d'une bombe de peinture.

Jim hocha la tête.

— C'était plutôt tranquille à ce moment-là, et Miriam a été la dernière à sortir, après s'être assurée que tout le monde était dehors.

— Parfait.

A l'aide de la bombe, il écrivit le mot « Vide », ainsi que

l'heure de leur passage sur une fenêtre restée intacte. A l'intérieur du café, il vit des tables sur lesquelles des assiettes contenaient encore de la nourriture. Il y avait des chaises renversées, et un sac abandonné avait déversé son contenu dans une flaque formée par un distributeur d'eau renversé.

Il eut un petit soupir. Il fallait qu'ils continuent.

— Allons-y, Abby. Faisons le reste de Hickory Lane avant de revenir dans la rue principale.

— Comment pouvons-nous vous aider ? demanda Jim.

— Le mieux serait de vous rendre au centre d'informations. Ils forment des équipes, et vous donneront du matériel de sécurité et des radios. Vous ne devez pas vous aventurer seuls dans le village, c'est trop dangereux.

— Je ne pense pas qu'il reste encore quelqu'un dans cette rue, dit l'un des hommes. Au moment de la secousse, tout le monde est sorti très vite, et maintenant ils sont tous rassemblés dans le hall de la nouvelle école.

— Nous allons tout de même vérifier, répondit Tom.

Avec Abby, ils remontèrent la rue étroite, grimpant sur les décombres pour mieux voir à l'intérieur des bâtiments, et appelant aussi fort que possible.

— Il y a quelqu'un ? Est-ce que vous nous entendez ?

Il observait attentivement autour de lui. Peut-être y avait-il des personnes ensevelies ou trop faibles pour répondre, mais il y aurait un second passage avec les équipes de sauvetage et de recherche. Pour l'instant, le principal était de se faire une idée globale de la situation et de parer au plus pressé.

De retour dans la rue principale, ils trouvèrent d'autres gens devant la quincaillerie. En voyant les tenues et les casques de Tom et d'Abby, tous s'écartèrent pour les laisser passer.

— On entend gémir quelqu'un, dit un homme d'un air angoissé.

Des plaques de tôle ondulée tombées du toit de la véranda et des poutres de bois empêchaient l'accès à l'intérieur. A cet instant, un objet que Tom n'eut pas le temps d'identifier tomba du toit, venant s'écraser juste à côté d'Abby.

La saisissant par le coude, il la tira en arrière.

— Tout le monde recule, ordonna-t-il. Des équipes de spécialistes vont bientôt arriver.

Il sortit sa bombe de peinture et marqua sur une plaque de tôle : « 1 bloqué — 17 h 25 » avec une flèche désignant l'intérieur du magasin.

Une équipe de recherche dont les membres étaient revêtus de leur combinaison orange vif s'avança dans la rue principale. L'un d'eux tenait un chien en laisse.

— Où est le centre d'informations ? demanda-t-il.

— Continuez tout droit, répondit Tom. Et emmenez tous ces gens avec vous. Il ne doit plus rester de civils dans cette zone.

Il entraîna Abby vers le bâtiment suivant. C'était un magasin de jouets qui faisait aussi librairie. Personne ne répondit à leurs appels et il allait déclarer l'endroit vide, quand il entendit Abby pousser un cri. Il la vit monter sur une étagère en équilibre instable sur un amoncellement de livres en désordre, et s'enfoncer dans le magasin.

— Abby, stop ! C'est peut-être dangereux.

— Mais c'est Millie ! cria-t-elle. Tom, viens vite, vite…

La boutique avait été créée dans un vieux cottage. Une cheminée de briques s'était effondrée, entraînant une partie du toit d'ardoises. Coincée sous une poutre de bois et un tas de briques, se trouvait une vieille femme d'environ quatre-vingts ans. La poutre appuyait directement sur sa poitrine.

Penchée sur elle, Abby guettait désespérément un signe de vie — une respiration, un pouls. Mais Tom vit bien qu'elle n'en trouverait pas.

Il s'accroupit près d'elle.

— C'est trop tard, dit-il d'une voix ferme. Désolé, Abby, nous devons continuer.

— Mais c'est Millie, répéta-t-elle en pleurant. Elle connaît chaque enfant de l'île depuis des générations. Tous les samedis matin, elle organise un cercle de lecture où elle leur lit des histoires. Tout le monde adore Millie. Elle a même aidé Jack à choisir son sac à dos et ses crayons pour l'école…

Il fronça les sourcils.

— Qu'est-ce que tu viens de dire, Abby ?

— Que tout le monde aimait Millie. On ne peut pas l'abandonner comme ça…

— Non, à propos de Jack.

Il la regarda droit dans les yeux. Certes, c'était très triste qu'une vieille dame appréciée de tout le monde soit morte, mais c'était une tout autre question qui préoccupait Tom. Il avait soudain l'impression que quelque chose d'énorme venait d'exploser en lui.

— Jack va à l'école ?

Abby essuya ses larmes, qui laissaient de longues traînées humides sur ses joues couvertes de poussière. Elle hocha la tête, s'efforçant de se ressaisir.

— Il a commencé il y a quelques semaines. Aujourd'hui, c'était sa première excursion avec l'école et je ne sais toujours pas si…

Soudain elle s'arrêta, comme si elle venait enfin de se rendre compte qu'elle en avait trop dit. Elle se figea, silencieuse.

Alors, Tom comprit que son monde venait définitivement de changer.

Lentement, Abby tourna la tête vers lui. Ses yeux étaient immenses dans son visage pâle.

— Oh ! Mon Dieu, murmura-t-elle.

Abby n'avait personne d'autre à blâmer qu'elle-même. Elle venait de dire exactement à Tom quel âge avait Jack : cinq ans et quelques semaines. Il ne lui avait sans doute fallu que quelques secondes pour calculer que, neuf mois avant sa naissance, cela correspondait à l'époque où elle et lui étaient fous amoureux l'un de l'autre ; incapables de rester un moment sans se toucher, et n'ayant pas toujours pris toutes les précautions d'usage.

Trop bouleversée par la découverte de Millie qui suivait le choc d'avoir revu Tom, elle n'avait pu contrôler ses paroles. Sans parler du séisme lui-même, dont elle commençait seulement à prendre conscience du désastre qu'il constituait pour sa communauté.

Comme au ralenti, Tom se leva et, une fois debout, resta aussi figé qu'elle, les mâchoires serrées.

— Qui est le père de Jack, Abby ?

Incapable de répondre, elle ne bougea pas, respirant à peine. Mais elle savait qu'il savait. Il avait juste besoin de l'entendre prononcer les mots. Comme lorsque quelqu'un qu'on aime vient de mourir : ce n'est pas réel, tant que l'on n'a pas entendu les paroles qui le confirment.

— C'est moi, n'est-ce pas ?

Elle fut incapable d'ouvrir la bouche ou d'émettre un son.

De nouveau, il contracta les mâchoires, paraissant à la fois choqué et… furieux.

Quand il parla, sa voix était dangereusement calme.

— Et il ne t'est jamais venu à l'idée de m'en parler ?

— Je… J'ai essayé.

Il poussa un grognement incrédule.

— C'est curieux, je n'en ai pas le souvenir.

— Tu n'étais pas là. Tu étais… en mission.

Elle détourna les yeux. Cela avait été la goutte d'eau — la confirmation que leur relation n'aurait jamais pu marcher si elle avait suivi son premier mouvement, qui avait été d'annoncer à Tom qu'il allait devenir père.

— Oh. Tu étais donc si pressée que tu n'as pas pu attendre une heure ? demanda-t-il d'un ton ironique.

— Je… Tu… C'était après notre rupture, Tom.

Le regard qu'il lui jeta était si noir qu'elle réprima un tressaillement.

— Et alors ?

Au même moment, il y eut un grondement inquiétant et le sol se mit à trembler de nouveau. Cette fois, la réplique était forte, et des tuiles se remirent à tomber.

Elle n'eut même pas le temps de chercher un abri. Ses pieds quittèrent brusquement le sol et Tom l'emporta loin du toit endommagé.

Quand ils atteignirent la rue, la réplique avait cessé. Il la reposa par terre mais ne la lâcha pas, regardant autour de lui pour s'assurer qu'ils étaient en sécurité.

Un 4x4 progressa dans la rue, avec Mike Henley au volant.

— Est-ce que ça va ? leur demanda-t-il.

Abby faillit éclater d'un rire hystérique. Si ça allait ? Millie était morte dans le magasin dont ils venaient juste de s'échapper, et elle aurait pu être tuée, elle aussi. Elle était terrifiée, et ne savait pas où se trouvait son fils ni s'il allait bien. Ou plutôt… Leur fils, à elle et à Tom.

— Je vais vérifier comment est le terrain d'atterrissage après la réplique, poursuivit Mike. Un hélicoptère de l'armée va arriver avec des troupes et deux ingénieurs du génie civil qui vont évaluer l'état des bâtiments. Oh ! Et… Abby ?

— Oui ?

— L'équipage d'un bateau de pêche a repéré le bus de l'école. Il est coincé sur la route de la falaise, entre deux gros éboulements. Les pêcheurs ont vu des enfants et des adultes leur faire des signes, et apparemment tout le monde va bien, y compris votre Jack.

— Oh… Oh…

Elle sentit ses jambes flageoler, et se mit à trembler de tout son corps. Le bras solide de Tom la saisit à point nommé pour l'empêcher de tomber.

— Oh ! Merci, mon Dieu…

— Il ne sera sans doute pas possible de dégager les éboulements pour qu'ils puissent être libérés ce soir, dit Mike. Mais il est question d'envoyer un hélicoptère leur larguer de la nourriture et des couvertures pour la nuit. Bon, j'y retourne. Vous ne devriez pas tarder à faire une pause, tous les deux, ajouta-t-il. Plusieurs équipes sont prêtes à vous relayer, maintenant.

L'une de ces équipes était justement en bas de la rue, devant la quincaillerie. La personne piégée avait été délivrée, et cet homme, attaché à une grande planche, était en train d'être transporté avec précaution au-dessus des décombres.

Au moment où Abby se disait qu'elle ne pourrait plus

échapper à la conversation qu'elle devait avoir avec Tom, la radio de ce dernier se mit à grésiller.

— « Besoin de médecins dans la rue principale, devant la quincaillerie. Un homme a des problèmes respiratoires. »

Tom appuya sur le bouton de la radio.

— Nous y sommes.

Elle inspira doucement. Elle était de nouveau solide sur ses jambes, toute son angoisse évanouie : Jack était sain et sauf. Et les visions d'horreur lui seraient même épargnées puisque, lorsque les enfants pourraient enfin être secourus, les morts et les blessés ne seraient plus visibles dans les rues. Comme elle ne pouvait rien faire pour qu'il revienne plus vite, elle n'avait plus qu'à mobiliser toute son énergie pour aider Tom.

Etait-il toujours furieux contre elle ? Probablement. Pour sa part, elle n'était pas pressée de se retrouver en tête à tête avec lui, tant elle appréhendait leur inévitable conversation.

Curieusement, en même temps, elle était soulagée que la vérité se soit fait jour. Car, depuis le moment où elle avait quitté la base le jour où elle devait parler à Tom, le poids de la culpabilité n'avait fait que lui peser davantage sur les épaules au fil des années.

Cela avait même empiré ces dernières semaines, depuis que Jack avait commencé l'école : la plupart des enfants avaient leur papa et il commençait à poser des questions de plus en plus précises, voulant savoir pourquoi lui, il n'en avait pas.

Son soulagement disparut bien vite quand ils rejoignirent l'équipe de sauvetage, qui avait secouru la victime de la quincaillerie.

— Tu le connais ? lui demanda Tom.

— Bien sûr. C'est Harley, le propriétaire du magasin.

Elle s'accroupit à côté de l'homme et lui toucha l'épaule.

— Harley ? Vous m'entendez ?

Il ouvrit les yeux, puis la bouche, et tenta de parler, mais il avait du mal à respirer.

— Que s'est-il passé ? demanda Tom en sortant son stéthoscope.

— Il est touché à la poitrine et aux jambes, répondit l'un des sauveteurs. Il s'était réfugié sous le comptoir, mais une poutre métallique est tombée. Il a fallu quelque temps pour le délivrer, et sa respiration est devenue très vite plus difficile à partir du moment où on l'a sorti.

Tom se servit des ciseaux qu'il portait attachés à sa ceinture pour ouvrir l'épaisse chemise de Harley.

— Peux-tu me donner le kit de drainage pour la poitrine, Abby ? dit-il après une rapide auscultation. Il a un pneumothorax.

Elle acquiesça. A cause du choc à la poitrine, l'air circulait dans de mauvais endroits, comprimant les poumons de Harley. S'ils ne parvenaient pas à soulager la pression, son cœur risquait de s'arrêter.

Dans le sac de Tom, elle trouva le matériel dont elle savait qu'il aurait besoin. Elle prépara un tampon désinfectant, tandis que Tom enfilait des gants.

Il compta les espaces entre les côtes depuis le haut de la colonne vertébrale, et nettoya la zone où l'aiguille allait pénétrer.

— Peux-tu de ton côté regarder la blessure de sa jambe et lui prendre sa tension ?

Elle coupa le pantalon de Harley à l'aide de ciseaux.

— Fracture du fémur, annonça-t-elle.

— Il faudrait installer une perfusion pour diffuser un calmant.

Ils travaillaient dans des conditions qui étaient loin d'être idéales, leur patient se trouvant installé sur une planche posée sur les décombres de son magasin. Leurs ressources étaient également limitées et autour d'eux, on était pressé de continuer.

Mais malgré la tension ambiante, elle sentit qu'elle et Tom travaillaient comme une équipe soudée.

Il avait perforé l'espace entre les côtes, et fit pénétrer la canule de façon à libérer la pression de l'air remplissant la cavité thoracique. Presque instantanément, la respiration s'améliora. Abby mit un garrot en place sur le bras et glissa une autre canule, tandis que Tom fixait le robinet à trois voies à la canule de la poitrine.

Tout en s'activant, il ne perdait pas un des mouvements d'Abby.

— Joli travail, murmura-t-il. Peux-tu lui donner de la morphine ?

Elle se sentit rosir. Naturellement. Le compliment lui était allé droit au cœur. Et maintenant que, grâce à leur intervention, Harley ne se trouvait plus en danger immédiat, elle éprouvait une certaine fierté devant la tâche que Tom et elle avaient accomplie ensemble.

Pour sa part, elle avait toujours évolué dans le cadre structuré d'un service des urgences. Mais était-ce vraiment le quotidien de Tom que de travailler dans des conditions aussi précaires et stressantes ?

Dès que Harley fut stabilisé, il fut héliporté vers l'hôpital d'Auckland.

Le jour commençait à baisser.

— Vous devriez faire une pause, leur conseilla l'un des membres de l'équipe de recherche. On n'a pas besoin de vous pour l'instant, et nul ne sait ce que la nuit nous réserve.

— Quand as-tu mangé, Abby ? demanda Tom.

— En fait, j'ai sauté le déjeuner. J'avais beaucoup de consultations qui m'attendaient l'après-midi, et au petit déjeuner, j'étais un peu nerveuse parce que… parce que…

— C'était la première sortie de Jack avec l'école ? poursuivit Tom.

Il ne dit plus rien et l'entraîna hors de la quincaillerie. Près du café, il y avait un carré de verdure avec des jeux pour enfants et un banc. Il s'y installa, et elle n'eut pas d'autre choix que de s'asseoir près de lui.

— Les conditions ne sont pas idéales pour évoquer des questions personnelles, dit-il. Mais puisque nous faisons une pause… J'ai vraiment besoin de savoir, Abby. Il me semble que tu me dois bien ça.

Elle sentit son cœur battre plus vite.

— Savoir quoi, exactement ?

— Pourquoi tu ne m'as rien dit.

Ils étaient assis côte à côte, pourtant il lui sembla qu'il y avait un véritable fossé entre eux. Elle regarda droit devant elle, le regard fixe, et retourna mentalement dans le passé, à une époque où elle vivait une situation tout aussi tendue que celle-ci.

— J'en avais vraiment l'intention, dit-elle lentement. Je suis venue te voir à l'hôpital, mais on m'a dit que tu étais reparti contre l'avis des médecins, qui t'avaient ordonné de rester au repos pendant quinze jours avant de pouvoir être jugé apte à voler de nouveau. Alors je suis allée à ton appartement, mais il n'y avait personne. J'en ai conclu que tu devais être à la base, ce qui n'était pas le meilleur endroit pour t'annoncer ce genre de nouvelle. Et tu n'avais répondu à aucun de mes appels.

— Mais tu n'as jamais laissé aucun message.

— A présent, je suppose que tu comprends pourquoi.

— Justement non, dit-il sèchement.

Elle tourna la tête et rencontra son regard sombre et déterminé. Il était toujours en colère, attendant manifestement des réponses. Il avait raison, il méritait de connaître la vérité. Après tout, c'était lui qui lui avait donné Jack.

— Je ne comprends pas pourquoi tu n'as pas attendu, pourquoi tu n'as pas insisté pour me dire que tu étais enceinte de moi.

— Parce que tu étais parti en mission… Alors que les médecins te l'avaient déconseillé à cause de ton poumon perforé. C'est alors que j'ai su que je ne pouvais pas te le dire.

Sentant les larmes monter, elle se mordit fortement la lèvre inférieure. Décidément, elle n'arrêtait pas de pleurer, aujourd'hui. Surcharge émotionnelle, trop de stress successifs. Rien que le fait de revoir Tom après toutes ces années était déjà un choc suffisant. Et elle ne savait même pas si sa petite maison était encore debout ni si elle pourrait bientôt prendre son enfant dans ses bras.

Oh ! Mon Dieu… Elle aurait tant voulu serrer Jack contre

elle et le garder en son sein, pour qu'il ne puisse plus jamais rien lui arriver.

— Je ne t'ai jamais beaucoup parlé de mon enfance, n'est-ce pas ? demanda-t-elle à Tom.

— Je sais que tu as perdu tes parents très jeune, et que ce sont tes grands-parents qui t'ont élevée à la campagne.

— Mes parents étaient tous deux alpinistes et réputés pour leurs exploits. En l'espace de sept mois, ils avaient gravi sept des plus hauts sommets du monde et en avaient tiré un livre.

— Et c'est ainsi qu'ils sont morts ? Dans un accident de montagne ?

— Oui. Ils ont été emportés par une avalanche et leurs corps n'ont jamais été retrouvés.

— Oh ! C'est affreux. Quel âge avais-tu ?

— Neuf ans.

Dans les yeux de Tom, elle vit de la compassion, mais aussi une interrogation : qu'est-ce que cela avait à voir avec leur conversation ? semblait-il se demander.

— J'étais très fière de mon père et de ma mère et je les adorais, poursuivit-elle. Mais plus je grandissais, plus j'avais conscience que leur passion était dangereuse. Je les suppliais d'arrêter. Et quand ils partaient quand même — ce qui arrivait au moins une fois par an — je restais avec ma grand-mère en me faisant un sang d'encre. Je redoutais qu'il ne leur arrive quelque chose… et qu'ils ne reviennent jamais, ajouta-t-elle avec un tremblement dans la voix.

Tout naturellement, Tom lui prit la main et la serra dans les siennes.

— Mais…, murmura-t-il.

Manifestement, il ne voyait toujours pas le rapport.

— Tu étais allé en mission envers et contre tout, Tom. Tu vivais pour ton métier, qui était dangereux — tout comme mes parents, pour qui la montagne était une passion si forte. A l'évidence, c'est toujours le cas pour toi. Lorsque j'ai appris ce jour-là que tu étais quand même parti, j'ai soudain pris conscience de ce qui se passerait si je te disais que j'étais enceinte… Si tu voulais essayer que cela marche. Si tù voulais être père.

— Qu'est-ce que cela signifie ? s'exclama-t-il. Ne me crois-tu pas capable de prendre mes responsabilités ? Qu'est-ce qui te fait croire que j'aurais été un mauvais père ?

— Non, non. C'est tout le contraire, assura-t-elle, sincère. Je suis certaine que tu aurais été le meilleur père possible.

Elle se mordit la lèvre. De même qu'il était sans aucun doute le meilleur de son équipe d'élite. Et qu'il avait été le meilleur amant.

Elle devait absolument lui faire comprendre ce qu'elle avait ressenti. C'était important pour tout le monde, s'ils voulaient avancer.

— Jack t'aurait pris pour héros, poursuivit-elle, étonnamment calme. Puis, peu à peu, il se serait rendu compte combien ton métier était dangereux. Et il aurait commencé à avoir peur pour toi.

Tom demeura silencieux, les yeux fixés devant lui, comme si c'était soudain trop difficile pour lui de la regarder.

Mais elle n'avait pas terminé.

— Il aurait eu l'impression que tous ces inconnus malades ou blessés que tu secourais étaient plus importants que lui. Et par-dessus tout, chaque fois que tu serais sorti, il aurait craint que tu ne reviennes jamais.

Elle renifla. D'où venaient ces larmes sur ses joues ? Elle ne s'était même pas aperçue qu'elle pleurait.

— Je sais ce que c'est que de vivre avec la peur, poursuivit-elle d'une voix brisée. Et je ne voulais pas de ça pour mon enfant. Alors, lorsque j'ai su que tu étais reparti en mission alors que tu n'étais même pas remis des blessures de la précédente, j'ai cherché un endroit où mon bébé serait en sécurité. Où je pourrais le protéger le mieux possible. Parce que…

Submergée par l'émotion, elle ne put terminer sa phrase. Parce que ce bébé était une partie d'elle. Et de Tom. L'homme qu'elle avait aimé de tout son cœur et de toute son âme.

Elle s'efforça de se reprendre. Mais Tom n'avait pas besoin

de le savoir. Déjà, la découverte qu'il était père devait suffire à lui occuper l'esprit.

Il était aussi immobile que silencieux. Un bruit lointain se rapprocha peu à peu : celui du moteur d'un hélicoptère de l'armée.

Les équipes de sauvetage arrivaient maintenant par vagues, et les opérations allaient entrer dans une phase plus intense.

Impossible de rester assis dans un coin en feignant d'ignorer ce qu'il se passait.

Le 4x4 de Mike redescendait déjà la colline.

— Je croyais que vous étiez retournés au QG, leur dit-il. Vous n'êtes donc pas au courant.

Aussitôt, elle sentit son cœur battre plus vite. Y avait-il des nouvelles fraîches de Jack ?

— Ils sont en train de rassembler les colis de nourriture là-bas pour aller les lâcher au-dessus du bus, poursuivit Mike. Dépêche-toi, Tom si tu veux être du voyage.

Ce dernier jura entre ses dents.

— Quoi ? Pas question que ça se fasse sans moi. Et il faut se dépêcher, parce que la nuit va bientôt tomber. Si tu veux, tu peux venir aussi, Abby. Peut-être que tu pourras au moins faire un signe à Jack.

Elle le regarda, interloquée. Si elle voulait ? Il plaisantait, sans doute !

Elle sauta sur ses pieds et Tom maintint la portière du véhicule ouverte pour elle.

Il avait une expression étrange. Parce qu'il allait voir son fils pour la première fois ?

4.

Le centre d'informations débordait d'activité quand Abby et Tom arrivèrent, alors que l'obscurité grandissait.

A l'extérieur, des générateurs portables alimentaient des projecteurs qui éclairaient plusieurs personnes transportant toutes sortes de denrées.

En pénétrant à l'intérieur, Abby regarda autour d'elle. Il y avait beaucoup plus de monde, et c'était plus bruyant que la dernière fois qu'elle y était venue.

La dernière fois... C'était quand Tom l'avait désignée comme sa partenaire. Avant qu'il n'ait su que cette association était en fait celle de deux parents...

Elle se demanda combien d'hélicoptères avaient pu atterrir sur l'île ces deux dernières heures, pendant qu'elle travaillait dans ce qu'il restait du village. Ou peut-être un ferry était-il arrivé ? Le centre était rempli d'étrangers revêtus de combinaisons et de casques, signes de reconnaissance de tous ceux qui étaient venus affronter le désastre.

L'un d'eux portait une veste fluorescente avec une inscription indiquant qu'il était « Commandant des Incidents ». Tom se dirigea droit sur lui.

Abby laissa un instant encore errer son regard. . Il y avait aussi beaucoup d'habitants de l'île. Mike Henley, l'air exténué, était en train d'être interviewé par une équipe de télévision et des reporters.

— Combien de victimes officielles pouvez-vous dénombrer jusqu'à présent ? demanda l'un d'eux.

Les traits de l'officier de police se creusèrent un peu plus.

— Il y a trois morts. Nous donnerons leurs noms quand ils auront tous été formellement identifiés.

D'autres personnes se pressaient vers la sortie, portant des piles de couvertures.

— Mets-les dans le pick-up qui est dehors, Kev, cria quelqu'un. Qui s'est chargé des colis de nourriture ?

Un jeune homme agita une radio au-dessus de sa tête.

— Il paraît qu'il y a encore une personne piégée, annonça-t-il. Le bâtiment s'est effondré sur lui, mais le chien de l'équipe de recherche a repéré qu'il était vivant.

Instantanément, l'attention des journalistes se reporta sur lui, et le commandant des incidents cessa de parler avec Tom.

— La blue team, par ici, ordonna-t-il.

Il y eut des mouvements divers dans la foule, tandis que l'équipe obéissait.

Abby n'avait toujours pas bougé. Elle se rendit compte qu'elle avait mal au genou. Elle avait dû se cogner quelque part, mais ne savait pas où. Trop de choses se passaient autour d'elle, et la tête lui tournait.

Le soulagement de savoir Jack sain et sauf avait disparu, faisant de nouveau place à l'anxiété. Elle ne pourrait pas y croire vraiment tant qu'elle ne tiendrait pas son fils dans ses bras. Et qu'en était-il de tous les gens qu'elle aimait sur l'île ? Comme Ben McMahon, son collègue et ami depuis plusieurs années. Où était-il ? Il aurait dû avoir réapparu depuis des heures, dès la fin du séisme.

Mais peut-être était-il retourné à l'hôpital, où il s'occupait des blessés. Quelqu'un devait bien savoir où il se trouvait. Ses parents, Doug et Ailsa, avaient presque remplacé ceux qu'elle n'avait jamais vraiment eus, quand elle était arrivée sur l'île, enceinte et vulnérable.

Elle poussa un long soupir : elle ne savait même pas si beaucoup de maisons étaient encore debout.

Une odeur de nourriture lui chatouilla les narines. Un coin de table avait été dégagé pour que les sauveteurs puissent se ravitailler en sandwichs et boissons chaudes.

Abby reconnut la femme d'âge mûr qui supervisait manifestement la distribution : Daphné Hayward, l'un des piliers de la petite communauté, toujours là où l'on avait le plus besoin d'elle. Habituellement, elle était accompagnée de sa sœur, Flora. Les sœurs Hayward étaient en général au courant de tout.

— Daphné, avez-vous des nouvelles de Ben ? Il était parti en visite quand le séisme a eu lieu.

— Je regrette, Abby, mais je n'en ai aucune. Ailsa est certaine qu'il va bien, et qu'il est occupé à venir en aide à quelqu'un quelque part. Avec ces téléphones qui ne marchent pas…

Daphné lui adressa un sourire compréhensif.

— Vous devez vous faire du souci pour votre petit Jack. Mais je crois que le bus a été repéré ?

— Oui. Nous allons lâcher des colis de nourriture au-dessus d'eux.

En tournant la tête à la recherche de Tom, elle le vit se diriger vers elle à travers la foule. Leurs regards s'accrochèrent l'un à l'autre, et elle sentit une solide connexion entre eux.

Ce fut une sensation merveilleuse. La confusion et l'épuisement qu'elle éprouvait disparurent aussitôt. Tom allait être près d'elle dans une seconde. Ils iraient remplir leur mission — ensemble — et elle y parviendrait, parce qu'il serait à ses côtés.

En un rien de temps, Daphné lui donna toutes les informations qu'elle possédait et voulut lui offrir une tasse de thé, mais Abby devait repartir. Avec Tom.

Et soudain, au moment où ils sortaient du centre, elle vit un groupe de nouveaux arrivants qui bloquaient le passage, cherchant à entrer. Des gens qu'elle connaissait : Ben… et Ginny… et Flora, la sœur de Daphné, ainsi que plusieurs enfants.

Elle se précipita sur son collègue.

— Ben ! Dieu merci, vous n'avez rien. J'étais si inquiète. Où étiez-vous ? Votre maman…

— Comment va-t-elle ? demanda-t-il aussitôt d'un ton angoissé.

Il n'était donc au courant de rien.

— Toute votre famille va bien. Doug est parti avec l'équipe de chercheurs. Votre maison est intacte, votre maman et Hannah l'ont transformée en crèche.

Elle sentit Tom se glisser derrière elle, et dut le présenter à Ben.

— Voici Tom Kendrick. Je… Nous nous connaissions déjà.

Nerveusement, elle se mordit la lèvre. N'allait-il pas être évident pour Ben — ou pour Ginny — que Tom était le portrait de Jack version adulte ?

Mais elle devait cesser de se faire des soucis inutiles. Ils avaient sûrement d'autres préoccupations.

— Il fait partie des équipes de sauveteurs du continent, poursuivit-elle. Ils avaient besoin d'une infirmière qui connaisse les gens, et je… Je…

Tom s'était encore rapproché, et elle sentit son bras autour de sa taille. Mon Dieu… Si Ben s'était demandé s'ils se connaissaient bien par le passé, voilà qui ne manquerait pas de le renseigner. De là à faire le rapprochement…

Elle n'était pas prête à faire savoir à tout le monde que Tom était le père de Jack, malgré le contact à la fois excitant et rassurant de sa main sur elle.

Insensiblement, elle s'écarta de lui.

— Abby, où est Jack ? demanda Ginny.

— Avec les autres enfants du bus.

Et il faisait de plus en plus sombre.

— Nous allons justement prendre l'hélicoptère et larguer de la nourriture et des couvertures au-dessus d'eux.

Elle tenta de maîtriser l'angoisse qui ne cessait de monter en elle. Et s'ils ne pouvaient pas décoller à temps ? Ou si les accompagnants avaient décidé de partir à pied sur la route de la falaise, avec les vagues qui s'écrasaient sur les rochers plusieurs mètres plus bas ?…

— Qu'est-ce que… ? commença Ben, avant de s'arrêter, les yeux fixés sur Abby.

Le bras de Tom enlaçait de nouveau sa taille, et cette fois, elle n'avait pas bougé.

— Nous avons connu un moment de tension alors que le bus n'était pas encore été localisé, dit tranquillement Tom. Mais d'après ce que nous savons, tout le monde est sain et sauf. Seulement, on ne pourra pas s'approcher d'eux avant demain matin. Nous allons également larguer une radio.

— Tout ira bien, dit Abby.

Elle avait prononcé ces derniers mots avec force, comme si elle avait besoin d'y croire.

Et il ne s'agissait pas seulement du retour de Jack.

Cette fois, ce fut elle qui prit l'initiative du départ.

— Il faut qu'on y aille, Ben. Et vous, regagnez vite l'hôpital. Il y a de nombreux blessés qui ont besoin de médecins. Dépêchons-nous, Tom, ajouta-t-elle en se libérant enfin de son étreinte.

Lorsque leur hélicoptère décolla, Moz, le pilote, sourit à Abby.

— Ne vous inquiétez pas, c'est comme si on y était.

Elle était assise à l'avant, mais Tom sentit qu'elle était toujours tendue. Elle ne répondit d'ailleurs pas à Moz, se contentant de hocher la tête.

A présent, l'obscurité était presque totale. Mais les puissantes lumières de l'hélicoptère suffirent à éclairer la zone où Tom put larguer tout ce qu'ils transportaient. Si seulement ils pouvaient trouver un endroit sûr sur lequel se poser. Abby serait tellement heureuse si elle pouvait faire le trajet de retour en serrant son fils dans ses bras.

Le fils d'Abby… était aussi le sien.

Son fils.

Pour la première fois depuis qu'il avait appris cette nouvelle qui lui avait fait l'effet d'une bombe, Tom se retrouvait seul avec ses pensées.

Il y avait encore beaucoup de colère en lui, parce qu'Abby ne lui avait pas annoncé qu'elle était enceinte. Il aurait eu le droit de savoir et se serait montré à la hauteur, mais il avait été carrément évincé. Pas même consulté.

Qu'aurait-il fait s'il avait su ? Quelle aurait été sa réaction ? Pour être tout à fait honnête avec lui-même, il devait reconnaître qu'au début, il n'aurait sans doute pas bien réagi.

Il n'avait jamais envisagé de prendre un jour la responsabilité d'avoir des enfants. Jamais. Bon sang, il avait rompu avec Abby parce qu'elle était devenue une attache, tentant de le retenir de faire le métier qu'il aimait sous prétexte qu'il était risqué. A l'époque, il ne l'avait vue que comme une petite amie. Avoir une famille — un enfant — n'aurait fait que l'enchaîner davantage, créer encore plus de liens. Cela lui aurait coupé les ailes.

Non. Il n'aurait pas bien réagi à la nouvelle qu'Abby avait finalement choisi de ne pas lui annoncer. Il aurait même été horrifié. Mais ensuite, il aurait sans doute tout fait pour que cela marche de nouveau avec elle, et aurait été soulagé de la voir revenir dans sa vie. De cela, au moins, il était certain.

Car, en fait, elle lui avait manqué beaucoup plus qu'il n'avait voulu se l'avouer.

Moz suivait la route de la falaise à basse altitude, et Tom distinguait les arêtes sombres de la côte rocheuse, maintenant qu'ils s'étaient éloignés des plages et de la partie la plus habitée de l'île de Kaimotu. Il apercevait aussi l'écume blanche des grosses vagues qui se brisaient sur les rochers, et les buissons denses sur les collines. C'était une contrée sauvage et belle, mais très isolée.

Et c'était là qu'Abby avait choisi de venir élever son enfant.

Non pas parce qu'elle pensait qu'il aurait fait un mauvais père, mais par crainte que son fils ne l'idéalise un peu trop.

Tom sentit son cœur se serrer dans sa poitrine. De fierté ? Beaucoup de gens le prenaient pour un héros. Combien de fois n'avait-il vu sa photo dans le journal ou lu des articles dans lesquels on louait son engagement pour sauver des vies ? Non, c'était plus que de la fierté. C'était quelque chose d'énorme. Et qui n'avait rien à voir avec ses exploits…

L'idée d'être aimé par un enfant, et que cet enfant ait peur de le perdre, lui ?

A présent il comprenait pourquoi Abby avait réagi comme elle l'avait fait, après son séjour à l'hôpital. Elle avait voulu qu'il soit plus prudent. Et lui, il avait cru qu'elle cherchait à lui couper les ailes et à le retenir, parce qu'elle ne comprenait pas sa passion et tentait de le contrôler.

Alors qu'elle avait simplement peur. Comme elle avait eu peur de perdre ses parents qu'elle adorait.

Il sentit sa gorge se nouer. L'avait-elle donc aimé à ce point ? Personne ne l'avait jamais autant aimé. D'ailleurs, il ne l'aurait pas permis. La vie était ainsi plus légère, parce qu'alors, on n'avait pas à répondre à cet amour, ni à craindre d'être rejeté plus tard.

Sa mère, qui l'avait eu adolescente, n'avait pas été capable de l'élever. Comme elle avait beaucoup de frères et sœurs, il était passé d'un foyer à l'autre. On s'était toujours occupé de lui, mais il s'était chaque fois senti en dehors du cercle intime formé par un vrai noyau familial.

Peut-être avait-il compensé cette sensation de manque en recherchant le danger, ce qui était une façon d'attirer l'attention. Quand on s'inquiétait pour vous, c'était une forme d'amour, non ? Apparemment, cela avait commencé très tôt, puisqu'il possédait une photo où on le voyait avec un bras dans le plâtre, après qu'il eut chuté d'un arbre. Il avait alors à peine deux ans.

Les bêtises de l'adolescent étaient devenues les exploits de l'adulte, lorsqu'il avait découvert qu'il était beaucoup plus apprécié s'il risquait sa vie pour les autres, tout en attirant autant l'attention qu'avant.

Les femmes qu'il avait connues avaient toujours été impressionnées par son métier. Abby en faisait partie, au début de leur relation. La plupart l'avaient même poussé à aller encore plus loin, en prenant plus de risques.

Après tout, est-ce que cela aurait été si grave s'il n'était pas revenu ?

De nouveau, il éprouva une drôle de sensation en pensant

à Abby et à son fils. En fait, il ne s'agissait pas ici de fierté, mais plutôt d'estime de soi. Il se sentait important. Non pas à cause de ses actes héroïques, mais simplement pour lui-même.

Et c'était une sensation plutôt agréable.

— On arrive au premier glissement de terrain, Tank, annonça Moz.

Tom entendit l'exclamation d'Abby lorsque le bus fut en vue.

— Nous allons nous rapprocher et tourner autour, dit Moz.

Tom jeta un coup d'œil à Abby. Sa tension était palpable. Elle regardait dehors intensément, cherchant à voir son fils, à s'assurer par elle-même qu'il allait bien.

Mais Jack était-il un enfant heureux, ou bien sa mère l'étouffait-elle ?

Il n'avait pas envie qu'en grandissant son fils devienne une mauviette. Peut-être était-il un enfant fragile, ce qui expliquait l'inquiétude d'Abby. Peut-être portait-il des lunettes, et avait-il le nez plongé dans les livres toute la journée. Ou bien il passait des heures devant l'écran de son ordinateur…

Eh bien, si c'était le cas, Jack avait sûrement besoin de son père. Il n'était peut-être pas trop tard pour qu'il trouve sa place auprès de lui.

L'hélicoptère était descendu, il était temps pour Tom d'intervenir. Il ouvrit la porte et installa le treuil utilisé pour descendre les colis.

La scène de largage était largement éclairée par les lumières de l'appareil. Ils virent un groupe d'enfants entourés d'adultes leur faire des signes,

Abby écarquillait les yeux en tirant sur son harnais de sécurité.

— Où est-il ? cria-t-elle. Je ne vois Jack nulle part.

— Il est peut-être dans le bus, répondit calmement Moz.

Tom alluma la radio et l'attacha sur la pile de couvertures. Ainsi, ils ne pourraient pas la manquer et communiqueraient avec eux dans quelques minutes.

— On ne va pas tarder à le savoir, dit-il. Tiens bon, Abby.

Le crochet fut fixé au colis. Tom devait s'assurer qu'il atterrirait en toute sécurité, à l'écart du groupe, ce qui n'était pas simple, car d'un côté, il y avait le bord de la falaise avec la mer en dessous, et de l'autre les buissons denses du bush, et si le colis tombait dedans, il ne pourrait pas être retrouvé dans le noir.

Il évalua la distance entre le colis suspendu au bout du treuil et la route au-dessous.

— Quinze secondes, dit-il à Moz. Dix… Neuf… Huit…

Détachant le crochet, il vit quelqu'un courir en direction du colis, tandis que les enfants étaient maintenus à distance. Les autres colis suivirent.

Puis il saisit sa radio.

— Allô, appela-t-il. Vous m'entendez ?

Silence. Mais l'homme en bas avait vu la radio.

— Allô, répéta Tom. Appuyez sur le bouton du dessus quand vous parlez.

Il y eut un grésillement, suivi de quelques mots inintelligibles.

— Essayez encore, dit-il. Tenez le bouton appuyé. Est-ce que vous m'entendez ?

— Oui.

— Vous avez de la nourriture et des couvertures. On cherche un moyen de vous rejoindre, mais ce ne sera probablement pas avant le lever du jour. Y a-t-il quelque chose d'urgent ?

— Oui.

Tom vit les yeux d'Abby s'agrandir en une supplication muette. Elle voulait des nouvelles de Jack. Et il le comprenait.

Mais il devait rester professionnel et n'avait pas à distinguer un enfant d'un autre, même s'il s'agissait de son propre fils.

— Quel est le problème ? demanda-t-il.

— Nous avons un enfant manquant. Il était encore dans la vieille mine de cuivre au moment du séisme, et les murs se sont écroulés à l'entrée.

— Il n'y a qu'un enfant ?

— Oui. Un professeur est resté en arrière, près de la mine. On l'a entendu appeler.

— Est-il blessé ?

— Je ne pense pas, mais on n'a pas de certitude. On a couru jusqu'au bus pour demander de l'aide, et c'est là qu'on est restés coincés. La mine n'est pas loin d'ici, mais on a décidé qu'il était trop dangereux de renvoyer quelqu'un là-bas. Et cela fait des heures…

Tom entendit nettement Abby haleter d'angoisse derrière lui. Il posa enfin la question qu'elle attendait, mais au fond de lui, il connaissait déjà la réponse.

— Comment s'appelle l'enfant ?

— Jack Miller. Il n'a que cinq ans, le pauvre gamin. Il venait à peine de commencer l'école il y a quelques semaines.

Le sanglot étouffé d'Abby fut suivi du juron de Moz.

De nouveau, Tom regarda la route qui serpentait entre les deux glissements de terrain.

Quelques minutes auparavant, le risque n'aurait pas été justifié, mais à présent, cela ne se discutait même pas.

— Descends-nous, Moz, dit-il calmement. On a besoin de nous là-dessous.

5.

Abby retint sa respiration quand l'hélicoptère se posa dans l'obscurité, sur la route étroite. Elle aurait aimé avoir une main à tenir. Celle de Tom.

Elle savait que l'opération était délicate pour Moz — qu'elle voyait très concentré sur ses commandes — et elle se doutait qu'elle était dangereuse, mais préférait ignorer jusqu'à quel point. Elle voulait juste se retrouver à terre.

Il fallait qu'elle rejoigne Jack. Etant donné les circonstances, penser à sa propre sécurité lui aurait paru indécent.

— Beau travail, Moz, dit Tom une fois qu'ils eurent atterri, et que les rotors eurent commencé à ralentir.

Au son de sa voix, elle comprit qu'ils avaient vraiment pris un sérieux risque. A l'initiative de Tom.

Mais ce n'était pas le moment de lui témoigner sa reconnaissance. A présent, ils devaient trouver le moyen d'atteindre la mine pour y chercher Jack.

Tom l'aida à se détacher. Au lieu de le suivre, elle se tourna vers le pilote.

— Vous venez avec nous, n'est-ce pas, Moz ? Nous avons besoin de toute l'aide possible.

Les deux hommes échangèrent un long regard, puis Moz appuya sur quelques manettes et le bruit du moteur diminua, avant de s'arrêter tout à fait.

— D'accord, j'en suis, dit-il. Je vais rassembler ce que nous avons comme cordes. Pendant ce temps, vous devriez aller à la pêche aux informations.

Dennis Smythe, l'homme qui avait récupéré le colis et la radio, les accueillit. Natif de l'île de Kaimotu, il était le plus ancien professeur de l'école primaire. Habituellement très maître de lui lorsque les enfants faisaient des bêtises, il avait l'air passablement angoissé.

— Abby, je suis vraiment navré. Je n'arrive pas à croire à ce qui est arrivé à Jack…

— Comment cela s'est-il passé ? demanda-t-elle aussitôt.

— Nous allions rejoindre le bus pour rentrer à l'école, et il était le dernier de la file. Il a dit qu'il avait perdu quelque chose et est reparti comme une fusée dans la mine. Shelley, son professeur, n'a pas pu l'arrêter, j'ai donc couru derrière lui. C'est là que le tremblement de terre a commencé. J'ai été projeté à terre et les enfants étaient paniqués. Un vrai chaos.

Elle hocha la tête avec compréhension. Jamais elle n'oublierait les secondes interminables passées sous son bureau et sa terreur de voir la fin du monde arriver.

— On a entendu Jack appeler faiblement, poursuivit Dennis. Mais on n'a pas pu pénétrer à l'intérieur parce que les poutres de l'entrée s'étaient effondrées, entraînant avec elles des tonnes de pierres.

A l'évidence, Dennis était bouleversé par ce qui s'était passé, mais ce n'était pas sa faute. Il avait la responsabilité de nombreuses personnes — essentiellement des enfants — et elle savait qu'il avait fait tout son possible.

— Comme le téléphone ne marchait pas, nous avons décidé que le plus rapide était de monter dans le bus et d'aller chercher de l'aide. Shelley s'est proposée pour rester à la mine afin de parler à Jack et de le rassurer en attendant que les secours arrivent.

— Est-il… Est-il blessé ? demanda-t-elle la voix tremblante.

— Pas d'après Shelley. Mais il a peur, bien sûr. Il vous a réclamée, Abby. Il a appelé « Maman ».

— Oh… Mon Dieu…

Elle couvrit ses yeux de ses mains et sentit Tom passer le bras autour de sa taille. Son contact commençait à redevenir familier et elle n'était pas en état de refuser son soutien. Elle se laissa aller contre lui, faisant un tel effort pour ne pas pleurer que tout son corps se mit à trembler.

— Nous avons besoin d'un maximum de renseignements, dit Tom. Est-ce que vous connaissez bien le coin ?

— Comme ma poche, répondit Dennis. Il y a un sentier non loin d'ici qui descend le long de la falaise, et mène à une jetée. On pourrait évacuer les enfants par bateau, mais c'est trop tard pour aujourd'hui.

Puis Dennis expliqua comment arriver à la mine en empruntant un sentier à travers le bush qui leur permettrait de rejoindre la route, où un panneau indiquait la direction… S'il était toujours debout.

Il demanda ensuite des nouvelles de la ville, et de sa femme.

— Je m'inquiète terriblement pour Suzy, avoua-t-il. On n'a pas encore annoncé la nouvelle, mais… elle est enceinte de trois mois.

Elle acquiesça doucement. Dennis et Suzy étaient mariés depuis un an.

— La situation est grave, répondit-elle. Mais nous recevons beaucoup d'aide du continent avec des experts, comme Tom qui est ici. Je n'ai pas entendu parler de Suzy, ce qui est plutôt bon signe.

Elle se tourna vers Tom.

— Peut-on joindre Mike Henley par radio ?

— Oui. Je dois juste changer de canal.

— Peux-tu le faire maintenant ? Il doit y avoir tellement de parents qui désespèrent d'avoir des nouvelles de leurs enfants. Et ensuite… Pourrons-nous partir pour la mine ?

Il hocha la tête, les yeux fixés sur elle. Et malgré l'obscurité, elle vit plus que de la compassion dans son regard. Comme s'il lui faisait la promesse tacite qu'ils retrouveraient Jack, et que tout irait pour le mieux.

A une époque, elle avait eu une confiance absolue en Tom. Mais il lui avait brisé le cœur en mettant fin à leur relation. Pouvait-elle de nouveau croire en lui ? Se fier à ce que son regard lui disait ?

Oui. Il le fallait.

Moz portait des rouleaux de corde autour de ses épaules et un sac à dos rempli d'équipements divers. Abby était chargée de la nourriture et de l'eau, et avait deux petites couvertures roulées au-dessus de son sac. Quant à Tom, il avait dans le sien tous les médicaments et le matériel médical dont ils pouvaient avoir besoin.

Tous portaient des casques avec des lampes, des bottes et des combinaisons qui leur éviteraient des blessures superficielles.

Et surtout, ils étaient tous déterminés à réussir dans cette mission qu'ils venaient de s'attribuer.

Leurs combinaisons leur permirent de traverser sans encombre les buissons épineux. Ils atteignirent le bord de la faille et durent descendre une pente abrupte, glissant fréquemment et se rattrapant à l'arbre le plus proche.

Soudain, Abby manqua une branche et tomba, glissant sur une longue distance avant de se retenir à une grosse fougère.

Le cœur de Tom fit un bond. En quelques secondes, il fut près d'elle et l'aida à se redresser.

— Est-ce que ça va ?

— Oui. Continue, Tom. Je vais bien.

Il tiqua. C'était faux. Il était clair qu'elle était rongée par l'angoisse de savoir son fils pris au piège et peut-être blessé dans un endroit dangereux.

Quelque chose avait changé en elle. Il sentit qu'elle était prête à tout pour sauver l'être qu'elle aimait. Elle lui lança un coup d'œil résolu, visiblement pressée de continuer.

Elle baignait dans un halo de lumière, éclairée par la lampe de son casque. Sa combinaison était couverte de la même boue qui maculait son visage. Sa longue tresse blonde était tout emmêlée et parsemée de brindilles et de morceaux de feuilles de fougère. Une profonde égratignure faisait une marque sanglante sur sa joue.

Malgré cela, son expression était toujours aussi déterminée et elle semblait animée d'une force intérieure qu'il ne lui connaissait pas. En même temps, le tremblement de ses lèvres trahissait une vulnérabilité qu'elle avait toujours soigneusement cachée.

A cet instant, en ce lieu incroyablement isolé, Abby Miller était pour lui la plus belle femme sur laquelle il eût jamais posé les yeux.

Encore une fois, il eut cette sensation étrange dans la poitrine. Il ne voulait pas qu'il arrive quoi que ce soit à Abby. Il voulait la protéger. Et aussi la soutenir, parce qu'il était fier d'elle.

Quand il tendit le bras pour vérifier si sa joue avait besoin d'être soignée avant qu'ils ne continuent, il lui sembla que sa main tremblait.

— Ça y est, j'aperçois la route, annonça Moz.

Abby recula pour se libérer du contact des doigts de Tom. En même temps, elle détourna la tête pour ne plus voir ce qu'il y avait dans ses yeux.

De l'admiration ? De la tendresse ? Quelques années plus tôt, elle se serait volontiers noyée dans ce regard.

— Cela peut attendre, assura-t-elle. C'est juste une égratignure.

Elle retint un petit gémissement. Son genou aussi devrait attendre, alors qu'il commençait à lui faire vraiment mal. Lorsqu'ils atteignirent la route, elle ne pouvait plus mettre tout son poids sur sa jambe.

Que ferait Tom s'il la voyait boiter ? Il serait capable de la porter jusqu'à la mine. Et il n'en était pas question.

Elle ne devait plus être dépendante de lui. Ni physiquement ni sur le plan émotionnel.

Ce n'était pas gagné. Malgré les circonstances, le simple contact de ses doigts sur son visage avait réveillé en elle bien des souvenirs.

Sa façon de jouer avec ses doigts de pied, par exemple, quand ils étaient blottis l'un contre l'autre sur le canapé, devant la télévision. Cela commençait par un délicieux massage des pieds, jusqu'à ce qu'ils se désintéressent totalement du film et qu'il touche d'autres parties de son corps beaucoup plus excitantes.

Il y avait aussi la façon dont il la tenait quand ils s'embrassaient, les doigts emmêlés dans ses cheveux et appuyant doucement sur sa tête.

Ou encore, la manière dont il s'allongeait près d'elle, quand ils étaient complètement nus après avoir fait l'amour et que, du bout des doigts, il suivait le contour de son corps comme s'il dessinait sa forme dans le sable.

Comment un simple contact pouvait-il susciter en elle autant d'émotions ? Elle était pourtant persuadée d'avoir enfoui ces moments tout au fond de sa mémoire.

Il fallait aussi qu'elle se protège de lui en tant que père.

Pour l'instant, Tom avait peut-être envie de faire partie de la vie de Jack, mais combien de temps cela durerait-il ? Quelle serait sa disponibilité, si une mission excitante se présentait ? Et si Jack se retrouvait à attendre l'arrivée de son père, un jour de match à l'école ou de remise de prix, et que Tom ne vienne pas parce qu'il aurait été appelé pour une urgence, ou que son hélicoptère se serait crashé justement ce jour-là ?

Oh ! Non…

Par inadvertance, elle pesa de tout son poids sur son mauvais genou et sentit aussitôt un élancement aigu se répercuter dans tout son corps.

Elle se redressa, tentant de reprendre son souffle. Voilà qu'elle recommençait à se faire des films, alors que Tom n'avait même pas encore fait la connaissance de son fils. Et il n'avait pas prononcé le moindre mot au sujet de son éventuel rôle dans leur vie.

Ils étaient arrivés à l'endroit où le panneau indiquait la direction de la mine aux touristes. Il était bien là, mais était complètement penché, ayant été ébranlé sur ses bases.

Elle pria en silence. Pourvu que Jack aille bien. Et qu'il puisse continuer à grandir heureux.

Mais pourquoi redoutait-elle toujours des désastres pour le futur ? N'était-elle donc pas capable d'imaginer plutôt des moments merveilleux ? Comme le visage radieux de Jack découvrant ses jouets à Noël, et son père, jouant par terre avec lui, pendant qu'elle prendrait des photos qui viendraient enrichir l'album de famille…

Elle sentit de nouveau monter les larmes. Il avait suffi que Tom effleure son visage du bout de ses doigts, comme si elle comptait pour lui, et toutes sortes de souvenirs avaient resurgi.

Tom avait ralenti le pas, comme s'il avait senti sa détresse.

— Tu boites, dit-il.

— Je vais très bien.

— Bon sang, Abby. Sois honnête, pour une fois. Où as-tu mal ?

Elle détourna les yeux, gênée. Il voulait qu'elle soit honnête ? S'il savait ce qui la faisait vraiment souffrir, il s'enfuirait à toutes jambes.

A n'en pas douter, cette scène de bonheur qu'elle avait un instant imaginée représentait une véritable catastrophe pour Tom, qui voyait la famille comme un obstacle à son goût du risque, lui qui était perçu comme un héros du quotidien, admiré et aimé de tous.

— C'est mon genou, dit-elle, laconique. Je l'ai cogné pendant le tremblement de terre et il s'est un peu raidi, c'est tout.

Moz, qui était en tête, les rejoignit.

— A quelle distance sommes-nous de la mine ? demanda-t-il.

— Plus très loin, je pense, répondit-elle.

Soudain, ils entendirent un appel.

— Ohé…

C'était une voix de femme, assez faible.

— Est-ce qu'il y a quelqu'un ? Je vois une lumière. Au secours !

— On arrive ! cria Tom. Tenez-bon…

Shelley Carter, l'enseignante restée à la mine, était jeune — une vingtaine d'années. Elle se trouvait là depuis des heures, était épuisée et effrayée. Quand elle vit arriver Tom, Moz, et Abby, elle fondit en larmes.

Tom dut patienter un moment avant de pouvoir s'assurer qu'elle n'était pas blessée, et obtenir d'elle le maximum d'informations.

Enveloppée dans une couverture, une bouteille d'eau à la main, elle put enfin parler, d'une voix complètement éraillée.

— Tant qu'il faisait jour, cela allait encore, dit-elle. Les répliques ont été terribles à vivre, mais au moins, je pouvais parler à Jack, ou tout au moins crier. C'est comme ça que j'ai perdu ma voix.

A peine arrivée Abby s'était rapprochée le plus possible de l'entrée de la mine et avait appelé.

— Jack ? Jack, tu m'entends, mon chéri ? Maman est là. On est tous venus pour te sauver. Jack ?

Elle n'avait reçu aucune réponse, et à présent elle se tenait debout, immobile, ses bras enserrant sa taille, et mordillait nerveusement sa lèvre inférieure tout en écoutant Shelley.

— Quand avez-vous entendu Jack pour la dernière fois ? demanda Tom.

— Je ne suis pas très sûre, j'ai fini par perdre la notion du temps. En tout cas, il faisait déjà noir. J'ai alors arrêté d'essayer de bouger des pierres. Et je ne pouvais plus crier parce que j'avais perdu ma voix.

Moz explora l'entrée avec sa lampe.

— Peut-être… Peut-être qu'il s'est endormi, murmura Shelley.

Des larmes roulèrent sur ses joues. Avait-elle à l'esprit les mêmes inquiétudes que Tom — et, sans aucun doute, qu'Abby ? Jack n'était peut-être pas endormi, mais inconscient, gisant quelque part dans la mine, gravement blessé. Peut-être mourant…

Il entendit alors le gémissement étouffé d'Abby.

— Pourquoi est-il retourné dans la mine ? demanda-t-elle d'une voix à peine audible.

— C'est à cause… d'Action man.

Abby poussa un grognement.

— Je lui avais pourtant interdit de l'apporter à l'école. Il a dû le cacher dans son sac pendant que je ne regardais pas.

Il fronça les sourcils. Jack était-il un enfant désobéissant ? Etait-ce parce qu'il n'avait pas eu son père près de lui ?

— De quoi parlez-vous ? demanda-t-il.

— D'Action man, répondit Abby. Son cadeau d'anniversaire pour ses cinq ans. Il en rêvait depuis longtemps.

— C'est un jouet ? Une… poupée ?

Il ne comprenait pas.

— Pas vraiment. C'est un bonhomme en plastique de la taille d'une poupée Barbie, un genre de héros qui peut accomplir toutes sortes d'exploits. On peut bouger ses articulations pour qu'il fasse pratiquement tout. Action man peut grimper le long des pieds d'une table, descendre en rappel depuis le haut d'une porte ou être parachuté depuis un arbre. Il peut faire tout ce qu'un petit garçon doit rêver de faire lui-même, je suppose.

Oh. Il esquissa un sourire, soulagé. Si lui-même avait eu cette sorte de personnage dans son enfance, sans doute n'aurait-il pas collectionné les plaies, bosses et autres os cassés.

— Tom ? appela Moz qui était un peu en avant. Viens jeter un coup d'œil par ici.

Il le rejoignit aussitôt.

— Regarde…

Moz éclaira la poutre avec la lampe de son casque.

— Il y a une brèche à l'endroit où les poutres se sont rencontrées. En déplaçant quelques pierres, on devrait pouvoir avoir accès à l'intérieur.

Il regarda attentivement à son tour. Jusqu'à quel point cette entreprise était-elle dangereuse ? L'espace laissé vide dans la mine n'était-il pas instable ? Et s'il y avait d'autres répliques qui fassent encore s'écrouler de la terre et des roches qui viennent combler tous les trous ?

Mais dans un de ces trous, il y avait son fils. Il s'éclaircit la gorge.

— Allons-y, dit-il.

Déjà, il s'appuyait contre un gros bloc rocheux, attendant que Moz le rejoigne.

— Prêt ? A trois. Un… deux… trois !

Lorsque le bloc roula sur le côté, Abby se retrouva près d'eux.

— Oh ! Mon Dieu, murmura-t-elle. Il y a une brèche.

— Reste à l'écart, ordonna-t-il. On ne sait pas de quel côté les blocs vont rouler. Tu pourras venir voir quand on aura fini.

Les deux hommes mirent étonnamment peu de temps pour écarter les roches, et la brèche fut assez large pour qu'ils puissent se glisser à l'intérieur.

Tom regarda Abby, hésitant. Il aurait préféré qu'elle se tienne à l'écart le temps qu'ils évaluent le niveau de sécurité du terrain, mais elle ne l'entendait pas de cette oreille. En revanche, Shelley ne demanda pas mieux que de rester là où elle était, enveloppée dans sa couverture.

Dès qu'ils entrèrent dans la vieille mine plongée dans un noir d'encre, Abby fut derrière eux.

Seules les poutres de l'entrée semblaient s'être écroulées. A l'intérieur, le toit et les murs formaient toujours un tunnel. Quelques roches étaient tombées à un endroit, mais ils purent facilement grimper dessus. Cependant, ils ne pouvaient pas voir ce qu'il y avait plus loin.

— Jack ? appela-t-il. Est-ce que tu m'entends ?

— Jack ? cria Abby à son tour. Jack, où es-tu ?

Il y eut un silence. Ils retinrent leur souffle et, au moment où Tom n'y croyait plus, on entendit une voix faible, comme ensommeillée.

— Maman ?

Abby tourna la tête, cherchant le regard de Tom, et pressa son poing contre sa bouche. Elle le fixa et il sentit sa gorge se nouer, à la fois soulagé et ému par sa détresse.

Cependant, il sentait qu'elle avait toujours peur, et lui serra brièvement le bras pour l'encourager. Il fallait qu'elle soit forte pour Jack.

— Oui, répondit-elle à son fils d'une voix ferme. Maman

est là, Jack. On est venus te chercher. Est-ce que tu es… As-tu mal quelque part ?

— J'ai froid, maman. Je veux rentrer à la maison.

— Je sais, mon chéri.

Abby ferma un instant les yeux, et il vit ses lèvres trembler. En même temps, elle paraissait plus résolue que jamais.

— Ce ne sera pas long. On va venir te rejoindre, d'accord ?

Jack sanglota faiblement.

— Ma… man…

Tom fronça les sourcils. D'après le son de sa voix, il pouvait se trouver assez loin dans la mine. Jack avait-il couru, paniqué, au moment du tremblement de terre ?

Sans plus attendre, Abby s'était remise à marcher, et Moz l'arrêta en criant :

— Abby, stop…

Elle obéit en se tournant vers lui. Tom l'éclaira : à ses pieds, le sol du tunnel avait disparu.

Aussitôt, il se précipita, l'entoura de ses bras et la tira en arrière.

— Qu'est-ce que… ? Tom, laisse-moi, protesta-t-elle.

Il fallut un moment à Tom pour qu'il se remette à respirer normalement.

— Abby, dit-il le plus calmement. Regarde…

Elle regarda, et tressaillit dans ses bras. Comme elle avait vu le danger, il la lâcha et elle se laissa tomber sur les genoux au bord du gouffre, là où le tunnel maintenant s'arrêtait.

— Il doit y avoir un autre tunnel en dessous pour qu'il y ait ce vide, dit Moz.

— A quelle profondeur ? demanda Abby d'une voix tremblante.

Il se mordit la lèvre. Devait-il lui répondre qu'il n'en avait aucune idée, pas plus que de la stabilité des côtés, et que le moindre mouvement pouvait entraîner la chute d'un amoncellement de terre et de roches qui risquaient d'enterrer à la fois Jack, et celui qui serait assez fou pour oser y aller ?

Impossible.

— Je vais descendre avec une corde, annonça-t-il tranquillement. Je verrai jusqu'où on peut aller.

— Euh… Tank, commença Moz.

— Peux-tu t'attacher à la corde ? lui demanda-t-il, ignorant le net avertissement de sa voix. On peut se servir de cette poutre qui est solide, et qui portera presque tout mon poids. Tu auras juste à me donner de la longueur.

En silence, Moz ôta un rouleau de corde de son épaule et passa le bout par-dessus la poutre avec l'aide de Tom, tandis qu'Abby restait au bord du trou.

— On arrive, Jack. Est-ce que tu as trouvé Action man ?

— Noon.

— Ça ne fait rien, mon cœur. Tu en auras un autre, je te le promets.

— Mais je veux mon Action man.

Tom enroula un bout de la corde autour de sa taille, tandis que Moz avait l'autre bout autour de la sienne. Entre eux deux, la corde était supportée sur la solide poutre qui soutenait en partie le tunnel.

— Tu es sûr de vouloir faire ça, Tom ? demanda Moz.

Sans répondre, il se détourna et se dirigea vers le trou. Evidemment, qu'il en était sûr. C'était son fils qui se trouvait au fond de ce trou.

Le début de la descente ne fut pas difficile, car les murs étaient glissants. La corde ne devait servir qu'en cas de problème, mais Tom avança avec précaution. Le danger était partout. Soudain, son pied envoya une pluie de terre et de pierres vers le fond, et il retint sa respiration.

— Jack ? cria Abby ? Est-ce que tout va bien ? Tu n'as pas été touché ?

— Non, répondit la petite voix. Ça va, maman. J'ai un toit.

Tom regarda vers le bas, surpris. Un toit ?

Il continua à descendre jusqu'à ce qu'il se retrouve coincé par les énormes poutres tombées du tunnel au-dessus, enchevêtrées au point de ne plus laisser qu'une petite brèche au milieu.

Le tout semblait solide. Il s'agenouilla sur l'une d'elles pour regarder plus bas, et sa lampe éclaira une sorte de caverne. Au moins six mètres en dessous, il put apercevoir un amas de roches et de terre. Mais rien d'autre.

— Jack ? Tu m'entends ? appela-t-il.

Silence. Puis une pâle silhouette apparut dans le noir : celle d'un enfant recroquevillé parmi les poutres.

Un petit visage se tourna vers la lumière.

— Qui c'est ? dit une petite voix effrayée.

— Je suis…

Il s'interrompit, retenant de justesse le mot qu'il avait sur le bout de la langue. Oui, il était son père, mais ce n'était certainement pas le moment de le lui apprendre.

— Je m'appelle Tom, je suis un ami de ta maman. Je suis venu te sortir d'ici.

L'ennui, c'était qu'il ne pouvait pas parvenir jusqu'à Jack. Son immense carcasse ne passerait jamais par la seule brèche possible. Il leur fallait de l'aide — celle d'ingénieurs et de techniciens, et du matériel lourd qu'il faudrait faire venir du continent. Des pelleteuses. Des grues.

Oh ! Non. Combien de temps cela allait-il prendre ?

Il fut soudain éclairé par la lampe d'Abby.

— Un problème, Tom ?

— Je ne peux pas passer par le trou, il est trop petit.

— Jack est petit. Est-ce qu'il ne peut pas grimper ?

— Non. Il se trouve à au moins six mètres en dessous et n'a aucun moyen de monter.

— Je vais passer par le trou.

— Non, Abby. C'est beaucoup trop dangereux. Reste où tu es.

La poutre sur laquelle il s'appuyait prudemment semblait solide, mais il ne voulait pas forcer sa chance. Il sentait une perméabilité que, d'instinct, il considérait comme un sérieux avertissement.

Une seule bonne réplique, et tout pouvait s'écrouler. Pas question de laisser Abby risquer sa vie.

Il chercha un autre moyen de porter secours à Jack. Ne

pouvait-il pas trouver un autre passage en déplaçant l'une de ces poutres ?

A tâtons, il testa la terre au bout de l'une des poutres coincées. Et soudain, de la terre tomba sur ses doigts. Il s'arrêta. Nouvelle avalanche de terre. Une pierre rebondit sur son casque, avec le bruit sec d'une balle de revolver.

Il comprit trop tard ce qui se passait. Quand il leva la tête, Abby se trouvait déjà à mi-distance de la pente, sans même la protection d'une corde.

Au même moment, il vit la petite poutre à laquelle elle se tenait se détacher, et Abby se mettre à glisser.

6.

Cela se passa si vite qu'Abby n'eut pas le temps d'avoir peur. Elle sentit brusquement les bras de Tom la saisir, arrêtant sa chute.

Et elle prit conscience qu'elle était saine et sauve sous sa poigne solide, quand elle l'entendit pousser un juron soulagé.

— Oh ! Abby…

Comme si sa sécurité était ce qui lui importait le plus au monde. A la façon dont il prononça son prénom, elle sentit quelque chose de très profond se réveiller en elle. Mais elle n'eut pas le temps d'analyser ses sentiments.

Par chance, son action impulsive n'avait pas eu de conséquences. Réprimant un frisson, elle se rendit compte qu'en descendant la pente sans aucune précaution, elle aurait pu détacher suffisamment de terre et de débris pour recouvrir son fils.

Jack…

Elle s'efforça d'oublier sa peur. Se dégageant des bras de Tom, elle prit appui à son tour sur la poutre, avançant son visage dans le trou.

Alors elle le vit. Il avait l'air si petit, si vulnérable. Il était sale et recroquevillé sur lui-même, l'air effrayé.

Elle réprima un sanglot : ce n'était pas le moment de flancher.

— Hello, mon chéri…

— Maman !

Jack se mit à pleurer.

— On peut rentrer, maintenant ? Je n'aime pas être ici.

— Je sais, mon ange. Tiens bon encore un peu. On va arriver jusqu'à toi.

— Abby…

Elle fut prise de frissons. La voix de Tom avait sonné comme un avertissement. Comme si elle venait de promettre quelque chose qu'ils ne pourraient pas tenir.

— Je peux passer par ce trou, j'en suis certaine, dit-elle.

— Et ensuite ? répondit-il à mi-voix. Tu vas sauter six mètres et te casser une jambe, si bien qu'on aura deux personnes au lieu d'une à sortir d'ici ?

— Tu peux attacher ta corde autour de ma taille.

— Non. Je ne te laisserai pas faire, Abby. C'est beaucoup trop dangereux. On n'a aucune garantie de stabilité. Il faut appeler par radio pour faire venir du monde.

— Et cela va prendre combien de temps ?

Elle le regarda dans les yeux. Tous les deux connaissaient la réponse : trop longtemps.

— Tu ne pourras pas m'arrêter, Tom.

— Oh ! Si, je peux.

Cela ressemblait nettement à une menace.

— C'est mon fils qui est là-dessous, lança-t-elle brusquement.

Il ne répondit pas, mais lui lança un regard éloquent. Elle détourna la tête. C'était aussi son fils.

Comme si la nature était impatiente de mettre fin à cet affrontement, un grondement sourd traversa la mine. Ce n'était pas une grosse réplique ; juste de quoi leur rappeler à quel point l'endroit était instable et dangereux, et qu'il fallait que tous sortent d'ici au plus vite.

Abby se mordit la lèvre pour se retenir de pleurer. Jack cria de peur, et le visage de Tom était sombre. Elle ne l'avait jamais vu ainsi, pas même le jour où, quand elle était allée le voir à l'hôpital, il lui avait annoncé la fin de leur relation. Il lui avait dit que cela ne marcherait jamais entre eux, et qu'il valait mieux qu'ils se séparent avant de souffrir.

Mais pour elle, il était déjà trop tard, et elle en avait eu le cœur brisé.

Aujourd'hui, ils pouvaient encore sauver Jack. Est-ce que

Tom allait apprendre qu'il était papa et perdre son enfant le même jour ?

Non. Elle ne le permettrait pas. Elle préférait encore mourir en tentant d'éviter ce drame.

— Tu ne peux pas faire ça, dit Tom.

— Je ne peux pas ne pas le faire.

— Est-ce que ça va en bas ? demanda Moz depuis le bord du trou.

— Pour l'instant, répondit Tom. Lance-nous ta corde, s'il te plaît. Abby va essayer de rejoindre Jack.

— Quoi ? Oh ! Non…

Moz était manifestement choqué.

— Lance la corde, répéta Tom d'une voix ferme.

Sans rien ajouter, Moz s'exécuta. Tom attacha la corde autour d'elle comme un harnais. Il lui donna ensuite des instructions sur la manière d'utiliser la face interne des poutres entrecroisées pour trouver une prise de pied, ce qui l'aiderait à atteindre le fond du trou.

Elle hocha la tête, concentrée sur ce qu'elle avait à faire. Elle ne reviendrait pas sans son fils, c'était la seule chose qui lui importait. Elle se faufila dans l'étroit passage entre les poutres, et se retrouva suspendue en l'air, cherchant un appui pour se déplacer sur le côté. La corde lui faisait mal sous les bras et entre les jambes. Une forte odeur de terre humide lui emplissait les narines, et elle n'avait aucun moyen de savoir si ce à quoi elle se raccrochait était assez solide pour la supporter.

De toute sa vie, elle n'avait jamais rien fait d'aussi dangereux. En même temps, elle constata avec surprise qu'elle éprouvait une sorte d'excitation mêlée à sa peur. Une poussée d'adrénaline ? C'était presque grisant.

Tom l'éclairait de sa lampe tout en lui donnant calmement des conseils.

— Il y a un roc… A côté de ton pied gauche. Voilà, continue… Encore. A la fin, il va falloir que tu sautes, Abby. Tu peux le faire. Je vais prendre un peu de ton poids en tirant sur la corde, pour que tu atterrisses en douceur.

Et sans savoir comment, elle se retrouva au sol avec Jack dans les bras, l'examinant de la tête aux pieds.

— Tu es sûr que tu n'as mal nulle part ? lui demanda-t-elle d'une voix tremblante.

— Non. Je veux seulement rentrer.

— Pas avant d'avoir fait un énorme câlin.

Elle le serra un instant contre elle. Ils n'étaient pas encore tirés d'affaire, et le temps pressait. Une autre réplique pouvait se manifester à tout moment.

— Comment fait-on, Tom ? appela-t-elle.

— Je vais t'envoyer une autre corde, répondit-il. Tu l'attacheras autour de Jack, mais elle ne servira qu'en cas de besoin. Penses-tu que tu puisses grimper en le tenant contre toi ?

— Oui.

Elle balaya une mèche de ses cheveux tombée sur son visage. Elle avait répondu d'un ton confiant, mais n'en avait en fait aucune idée. Serrant toujours son fils, elle lui embrassa la tête et sentit le doux contact de ses cheveux sur sa joue.

— Il va falloir que tu m'aides, Jack, lui dit-elle. Tu vas t'accrocher à moi comme un petit singe, afin que je puisse me servir de mes mains pour grimper. Comme… Comme le ferait Action man. Tu crois que tu peux le faire ?

Jack hocha la tête, mais sa lèvre inférieure trembla.

— Je ne l'ai pas retrouvé, dit-il tristement.

Saisissant la corde qui pendait maintenant au-dessus d'elle, elle attacha son fils du mieux qu'elle put. Si — ce qu'à Dieu ne plaise — il se lâchait pendant qu'ils remontaient, Tom pourrait le rattraper.

Puis elle serra de nouveau son fils contre elle.

— Agrippe-toi très, très fort, lui recommanda-t-elle. Comme si tu me faisais le plus gros câlin de toute ta vie, d'accord ?

— D'accord.

La montée fut difficile et douloureuse, avec le poids supplémentaire de Jack et la corde qui lui sciait le corps. Lorsqu'elle atteignit le niveau des poutres écroulées du tunnel supérieur, elle se rendit compte que Moz avait rejoint Tom dans le trou, et que tous deux risquaient aussi leur vie.

C'était le moment le plus délicat : celui où il fallait qu'elle se sépare de Jack, parce qu'ils ne parviendraient jamais à passer ensemble à travers l'étroite brèche.

Tom était couché au bord du trou, la tête et les bras passant au travers.

— Moz tient la corde de Jack, Abby. Tu vas me le tendre. Jack ? Tu vas attraper mes mains pour que je puisse te tirer.

— Nooon !...

Terrorisé, Jack s'accrocha encore plus fort à sa mère.

— Il le faut, mon chéri. Juste pour quelques secondes. Ensuite, ce sera mon tour de passer par le trou et je ne te lâcherai plus jamais si tu ne le veux pas. D'accord ?

— Nooon !...

— Tom est un ami très spécial, ajouta-t-elle, désespérée. C'est ton...

Père. Elle avait le mot sur le bout de la langue, mais se retint à temps.

— C'est donc aussi un ami spécial pour toi. Je te promets qu'il ne laissera rien de mal t'arriver. Tom est comme Action man, mais dans la vraie vie. Son métier, c'est de sauver des gens.

Jack se tut et pendant qu'il tournait la tête, cherchant à voir à quoi ressemblait ce « vrai héros », elle détacha doucement ses bras et ses jambes de son corps et souleva son fils en direction de Tom, tendant les bras au maximum.

Jack hurla de terreur, mais instinctivement ses petits bras cherchèrent ceux de Tom, qui l'avait déjà pris par les poignets.

— Tire-nous en arrière, Moz.

Abby vit les jambes de Jack disparaître dans le trou. A présent, elle tremblait comme une feuille.

Un peu plus tard, elle sentit la corde se resserrer autour de sa taille.

— A ton tour, lui dit Tom. Je te tiens, et je ne te laisserai pas tomber.

Il n'y avait pas si longtemps, elle avait fermement résolu de ne plus jamais dépendre de cet homme. Ironie du sort, sa vie entière était maintenant entre ses mains, mais elle sut qu'elle pouvait lui faire entièrement confiance. En fait, il n'existait personne d'autre sur terre à qui elle pouvait autant se fier.

Alors, quand il la saisit à pleins bras pour la reposer de l'autre côté du trou — sans pour autant la lâcher — toute la tension qui l'habitait l'abandonna d'un seul coup, et un flot d'émotion la submergea.

Au même instant, il se pencha vers elle et ils s'étreignirent longuement. Sa bouche frôla la joue de Tom et quand il tourna la tête, l'espace d'une seconde, leurs lèvres se rencontrèrent.

Il y eut un moment de confusion, avec Moz à leurs côtés, et Jack qui semblait encore plus effaré qu'au fond du trou en regardant sa mère.

— Pourquoi tu pleures, maman ? Qu'est-ce qui ne va pas ?

Elle serra son fils contre elle avec bonheur.

— Tout va bien, mon ange. C'est parce que je suis heureuse que l'on soit sortis de ce grand trou, et que tout le monde aille bien.

— On sera beaucoup plus en sécurité une fois hors de ce satané tunnel, grommela Tom. Allons-nous-en.

Tom fermait la marche de la petite procession qui regagnait enfin l'air libre, avec Moz en tête, portant Jack. La colère aurait dû s'être dissipée depuis longtemps, avec le soulagement d'avoir vu Abby sortir saine et sauve de ce trou, et de pouvoir se tirer indemnes de cette aventure.

Pourtant, ce n'était pas le cas. Pourquoi ?

Certes, il avait été irrité contre Abby quand elle avait refusé de l'écouter, et s'était mise en danger ; et encore plus contre lui-même quand il avait cédé. Mais elle avait eu raison : sauver Jack était la priorité absolue et elle seule en avait été capable en raison de sa taille.

Sans fléchir une seconde, elle l'avait fait. Il était rempli d'admiration pour son courage, mais aussi fier d'elle, et soulagé qu'elle s'en soit bien sortie.

Mais alors, pourquoi était-il encore en colère ? Parce qu'il aimait toujours Abby ?

Quand il l'avait tirée hors du trou, il avait senti son cœur battre contre sa poitrine — contre son propre cœur. Il avait perçu son souffle contre sa tempe, ses bras agrippés à ses épaules, et la douce caresse de ses lèvres sur sa joue. Puis, lorsque sa bouche avait rencontré la sienne, il y avait eu cette explosion de sensations…

Un baiser accidentel ? Certainement. Mais il avait agi comme une claque en pleine figure, qui lui avait fait voir la réalité en face : il aimait toujours Abby. Evidemment.

Après leur rupture, il avait voulu tout oublier en enfouissant profondément ses sentiments. Avait-il vraiment cru que ce n'était plus que de l'histoire ancienne ?

Et maintenant, il y avait Jack.

C'était Tom qui l'avait tiré hors du trou. Il sentait encore ses bras minces serrés autour de son cou, ses jambes fluettes autour de sa taille. Il était si petit, si vulnérable.

Mais il n'avait plus pleuré, se montrant aussi courageux que sa mère. Et que son père ?

Il inspira un grand coup. Bon sang. Il était envahi de toutes sortes d'émotions difficiles à démêler.

Soudain, sa lampe éclaira quelque chose de clair qui ressortait des gravats. S'accroupissant, il ôta la terre qui le recouvrait. C'était un objet en plastique, une tête de garçon. Une « poupée homme », portant des vêtements de camouflage.

Action man.

Il sourit en secouant la terre qui le recouvrait encore. Mission accomplie.

Une fois dehors, il rejoignit Abby. Elle était assise sur une pierre, une couverture sur les épaules et Jack sur ses genoux. Shelley et Moz fouillaient dans les sacs à dos, à la recherche de quelque chose à manger et à boire pour Jack.

Tom s'approcha, Action man caché derrière son dos, se demandant comment présenter sa trouvaille.

Etait-ce… de la timidité ? En tout cas, il n'éprouvait plus aucune colère.

En voyant Abby avec son fils dans les bras — leur fils — quelque chose remua au creux de son ventre et il sentit ses yeux se mouiller. Des larmes ?

Ils étaient tous les deux tirés d'affaire. Son fils, et la femme qu'il aimait toujours. Il éprouva alors un sentiment de paix, beaucoup plus fort que la satisfaction d'avoir accompli une tâche difficile, par exemple. Parce qu'il avait un véritable lien avec ces deux êtres.

S'approchant encore, il s'accroupit devant son fils.

— Devine ce que j'ai trouvé ? dit-il en souriant.

Jamais il n'oublierait l'expression de Jack. Il le fixa, les yeux écarquillés, et son petit visage maculé de poussière s'éclaira du plus beau sourire du monde quand il vit son jouet tant aimé. Il s'en empara d'un geste vif. L'épreuve qu'ils venaient de subir était oubliée.

— Ça va, mon garçon ? Tu n'as plus peur ? lui demanda-t-il.

Jack secoua la tête, Action man serré contre lui. Son sourire réapparut et, dans un éclair, Tom le reconnut. Ce sourire, il l'avait vu sur des dizaines de photos. Et tous les jours, devant son miroir.

— J'ai eu peur, murmura Jack. Mais maintenant, j'ai aimé.

Le regard des deux parents se croisa. Tous deux savaient exactement ce que leur fils voulait dire : il avait certes été terrifié, mais ce qu'il éprouvait à présent, une fois l'épreuve terminée, valait la peine d'être vécu.

Au point de vouloir recommencer ?

Tom se sentit submergé par l'émotion. Comment était-il possible de ressentir instantanément un tel lien avec un autre être humain ? Son enfant avait touché le cœur de Tom, là où personne n'avait encore réussi à l'atteindre.

Pas même Abby. Ce tout petit garçon, qui auparavant n'avait sans doute jamais fait l'expérience d'un réel danger grâce à sa mère si protectrice, comprenait exactement ce que Tom aimait dans son métier. Cette excitation, il l'avait connue si souvent : c'était la joie d'être en vie, après la peur d'avoir affronté un réel danger.

On appréciait d'être en vie, de pouvoir respirer normalement. Tout autour de soi était plus coloré, avait plus de sens. La vie valait vraiment la peine d'être vécue.

L'aube commençait à se lever. Shelley apporta de l'eau et des barres de muesli chocolaté pour Abby et Jack. Tout le monde avait besoin de manger et de boire quelque chose, pour prendre des forces avant de repartir. Il y avait encore un long trajet avant qu'ils ne rejoignent le bush où ils avaient laissé l'hélicoptère, d'autant plus qu'ils avaient un enfant à porter, et qu'Abby avait toujours mal au genou.

Finalement, le sort en décida autrement. Au moment où ils allaient se remettre en route, Tom reconnut le bruit de moteur caractéristique d'un hélicoptère Iroquois : on avait envoyé l'armée.

Il échangea un sourire avec Moz : la situation s'améliorait. En se retournant vers Abby et Jack, il vit son fils faire des bonds d'excitation à l'approche de l'hélicoptère, une main dans celle de sa mère, et l'autre tenant toujours Action man, qu'il pointait vers le ciel.

Soudain, le sourire de Tom s'évanouit.

Comment ne s'en était-il pas rendu compte plus tôt ? Ce n'était pas la disparition du danger qui donnait le sentiment que la vie valait la peine d'être vécue. C'était la connexion, l'échange avec d'autres gens.

L'amour.

Cette prise de conscience fut pour lui un choc. Elle remettait en cause toute l'orientation qu'il avait jusque-là donnée à sa vie.

7.

Tout était si calme. L'île de Kaimotu, semblait plongée dans un profond silence.

Le pire semblait maintenant derrière eux. Certes, il pouvait y avoir d'autres répliques, mais aucune n'aurait l'intensité du premier séisme, si redoutable.

Abby retourna au centre d'informations, où l'on était maintenant focalisé sur l'avenir immédiat, et non plus sur les missions de sauvetage.

On s'était occupé de tout le monde. Ceux qui avaient été pris au piège dans des immeubles avaient été secourus, ainsi que les autres enfants de l'école. Tous les blessés graves avaient été héliportés vers le continent. Et les ingénieurs avaient exploré l'ensemble de la commune, pour y estimer la solidité des maisons et éventuellement donner le feu vert aux habitants afin qu'ils puissent rentrer chez eux et commencer à nettoyer.

Enfin, Abby put avoir une pensée pour son cottage. Auparavant, seule la sécurité de Jack avait compté, et maintenant elle n'avait plus qu'une envie : emmener son fils et rentrer chez elle.

Elle n'avait jamais été aussi épuisée de toute sa vie. Elle n'avait plus la force de manger, pas même les délicieux sandwichs au bacon qui venaient tout droit du barbecue des sœurs Hayward, et qu'elles offraient à tout le monde.

A quelques pas d'elle, toutes deux s'empressaient autour de Jack, qui tenait son sandwich d'une main et son Action man de l'autre. Tom était avec lui, appréciant visiblement un sandwich particulièrement bien garni et discutant avec les équipes de sauvetage.

Il y avait beaucoup de monde, tous ayant besoin de prendre

un peu de repos. Apparemment, il n'y avait pas de danger immédiat.

Dans quelques heures, Tom et Moz reprendraient l'hélicoptère qui les ramènerait à leur base d'Auckland, et ils reprendraient le cours de leur vie.

Et ensuite ?

Elle laissa échapper un soupir. Tom n'avait pas parlé de ses intentions. Il n'avait d'ailleurs pas dit grand-chose depuis qu'ils avaient quitté la mine. Et Abby n'en avait pas dit davantage, parce qu'elle n'aurait pas su où commencer.

Il avait sauvé son fils. Leur fils. Personne d'autre n'aurait tenté un sauvetage aussi périlleux. Excepté elle, bien sûr, mais elle n'aurait rien pu faire sans Tom.

Sa gratitude envers lui était immense, et pourtant mêlée d'appréhension. Qu'allait-il faire à présent ? Leurs vies n'allaient-elles pas changer ?

— Ça va, Abby ? demanda Mike Henley, qui avait lui-même l'air pâle et fatigué. J'ai entendu parler du sauvetage à la mine. Ce Tom, c'est quelqu'un, tout de même.

Elle acquiesça, mal à l'aise. Combien de temps mettrait-il avant de s'apercevoir de la ressemblance entre Tom et Jack ? Même les sœurs Hayward, d'habitude si observatrices, semblaient n'avoir rien remarqué. Sans doute tout le monde était-il trop épuisé.

— Je vais bien, merci, Mike, répondit-elle, s'efforçant de paraître convaincante. Je voudrais juste rentrer chez moi pour voir dans quel état est mon cottage. Et aussi dormir un peu. Savez-vous où est Ben ? Il faudrait d'abord que je m'assure que l'on n'a pas besoin de moi à l'hôpital.

— Ce qu'il vous faut avant tout, c'est du repos, dit-il fermement. Il y a maintenant bien assez de monde qui aide. Et Ben et Ginny sont tous les deux à l'hôpital. Savez-vous que Squid Davies est mort ?

— Oh… Non. Que s'est-il passé ?

— Les chiens des équipes de recherche l'ont retrouvé sous un tas de pots en argile, mais il avait l'air d'aller et il n'a pas voulu qu'on l'emmène à l'hôpital. Ben et Ginny l'ont installé chez lui et l'ont laissé se reposer le temps de s'occuper de quelqu'un d'autre. Quand ils sont revenus, il était mort.

Abby retint ses larmes.

— Ben doit être anéanti. Squid et lui étaient de très bons amis.

— Je crois que Ginny était encore plus bouleversée. Ben a dit qu'il ne fallait pas oublier que Squid était âgé de quatre-vingt-dix-sept ans, et qu'il avait eu une belle vie. Il est mort paisiblement. Les gens commencent à raconter qu'il avait un petit sourire sur les lèvres, comme pour dire : « Vous voyez, j'avais raison. »

Elle ne put s'empêcher de sourire. Cela faisait un moment que Squid prédisait un gros tremblement de terre, et personne ne l'avait écouté. Vivrait-elle aussi longtemps que lui, et finirait-elle sa vie seule, assise sur un tas de pots en terre, pour profiter des rayons du soleil ? Cette perspective n'avait rien de très attrayant.

— J'ai contacté les ingénieurs pour qu'ils aillent estimer votre maison, dit Mike. Puis on trouvera le moyen de vous ramener.

— On peut très bien marcher, répliqua-t-elle aussitôt. Ce n'est pas loin.

— Vous ne tenez plus debout, Abby. On dirait que vous êtes passée sous un rouleau compresseur, ajouta-t-il avant de repartir.

C'était à peu près ainsi qu'elle se sentait : rompue, physiquement et émotionnellement. Ses pieds semblaient peser une tonne quand elle se releva.

— Tu as assez mangé, Jack ? Il est temps de rentrer.

— Est-ce que Tom peut venir aussi ?

— Je… Euh…

Elle évita le regard de Tom. Il venait de faire irruption dans leur vie, et avait déjà pénétré trop loin et trop vite. Le foyer qu'elle s'était créé ces six dernières années n'avait jusqu'ici appartenu qu'à elle. Faudrait-il qu'elle le partage ?

— Tom a des choses à faire, répondit-elle à son fils. Avec… Avec l'hélicoptère.

— On ne repart pas tout de suite, dit tranquillement Tom. Et j'aimerais m'assurer que vous serez tous les deux en sécurité.

— Super ! s'écria Jack, qui rayonnait littéralement. Je te montrerai ma cabane. Je l'ai construite moi-même.

— Action man ne t'a pas aidé ?

— Non. Je ne l'avais pas encore. C'était quand j'avais quatre ans.

Tom eut l'air impressionné.

— J'aimerais bien la voir.

Abby poussa un soupir. En fait, Jack avait découvert un trou au creux d'une haie d'arbustes au fond du jardin, et il l'avait baptisé « cabane ». C'était son endroit préféré pour jouer, que très peu de gens avaient le droit de visiter.

Elle-même n'avait pas été autorisée à ramper à l'intérieur. Jack avait cassé quelques petites branches pour agrandir le trou afin qu'elle puisse lui apporter des friandises et des boissons, mais c'était son espace et elle le respectait.

Et voilà qu'il invitait Tom à le voir. Il ne savait même pas que cet homme — qui était un parfait inconnu quelques heures plus tôt — était son père, mais il s'était déjà créé un lien entre eux, dont elle se sentait exclue.

Ce n'était pas un sentiment très agréable, et elle fut sur le point de fondre en larmes.

— Abby ? appela Mike. Les ingénieurs m'ont dit que votre cheminée s'était écroulée, mais que le reste de la maison était solide. Tout est sens dessus dessous et il y a un peu de vaisselle cassée, mais c'est tout. Vous allez arriver à tout remettre en ordre seule ?

— Elle ne sera pas seule, intervint Tom. Je les accompagne. Moz peut me contacter par radio si nécessaire. Et vous aussi, si on a besoin de moi.

— Vous êtes déconsigné pour le moment, dit Mike. Vous avez fait plus que votre part.

Il tapota l'épaule de Tom.

— On ne pourra jamais assez vous remercier, et je suis sûr qu'Abby sera d'accord avec moi.

Elle esquissa un sourire en prenant son fils dans ses bras. En fait, elle ne pouvait refuser que Tom les accompagne sans paraître grossière, et elle était trop fatiguée pour discuter.

Le conducteur de la Jeep qui les emmena était Damien, le mari de Ruth.

— Ma femme est chez nous avec les enfants, lui dit-il. On s'en est bien sortis, comme quoi, cela a des avantages, de vivre dans un wagon. Je voudrais faire quelque chose pour aider les autres.

Pendant le bref trajet, il lui donna d'autres nouvelles.

— Il y a de l'aide qui afflue de toute la Nouvelle-Zélande. Des commerçants proposent de donner de leur temps pour aider à reconstruire, d'autres envoient de l'argent pour acheter du matériel. De quoi retrouver confiance en la nature humaine, non ?

— Je suis souvent surpris par les bonnes choses qui peuvent sortir d'une terrible situation, dit Tom, dont le regard croisa celui d'Abby dans le rétroviseur, comme s'il parlait pour elle.

Elle se sentit rosir. Faisait-il allusion à leurs retrouvailles ? Non. Ce devait être à propos de Jack.

Déjà, ils arrivaient à la maison d'Abby, qui se trouvait à un jet de pierre de la plage. Elle était petite et ancienne. Là où la cheminée s'était écroulée dans le jardin, il n'y restait plus que quelques briques au niveau du toit.

— Il va falloir recouvrir ça rapidement avant qu'il ne pleuve, dit Tom. Heureusement que tu avais un support de toit métallique, sinon tu retrouvais toutes les briques à l'intérieur de la maison.

Elle hocha lentement la tête. Elle s'en sortait peut-être bien en comparaison de ce qu'elle avait vu ailleurs, mais ce petit monticule de briques l'affectait déjà suffisamment. Il lui sembla qu'elle avait un tas de décombres identique enfoui profondément en elle…

Tom jeta un coup d'œil à Abby. Manifestement, elle aurait préféré qu'il ne vienne pas. Elle était réticente à l'idée de le voir pénétrer davantage dans sa vie, et cela il pouvait le comprendre.

Mais c'était aussi là que vivait Jack, et il avait tout de même le droit de savoir où son fils avait passé les cinq premières années de sa vie !

De découvrir l'endroit où il avait été bercé quand il était un nouveau-né, là où il avait fait ses premiers pas, prononcé ses premiers mots… et construit sa première cabane.

Pour Jack, cela représentait toute une vie, dont lui, Tom, n'avait jamais rien su. Il avait raté beaucoup de choses, mais refusa de se laisser de nouveau gagner par la colère. S'il ne voulait pas en rater encore beaucoup plus, mieux valait s'abstenir de s'emporter.

Quand Abby ouvrit la porte du cottage, il fronça les sourcils.

— Tu ne fermes pas à clé ?

Cela ne ressemblait pas à la femme toujours très prudente qu'il connaissait.

— Il n'y a aucune raison, répondit-elle. Ici, c'est seulement pendant la saison touristique que l'on risque de se faire voler.

Il tiqua. Son discours ne lui plaisait pas. Elle avait beau dire, il craignait pour sa sécurité et pour celle de leur fils.

Prenant Jack par la main, Abby pénétra dans la maison par l'arrière du cottage et il la suivit. La pièce à vivre faisait toute la largeur de la maison, contenant la cuisine et le salon.

Il y avait beaucoup de poussière, à cause de l'effondrement du conduit de la cheminée. Les chaises étaient imbriquées les unes dans les autres, et le lustre pendait beaucoup plus bas que sa hauteur habituelle.

C'était la cuisine qui avait le plus souffert. Les portes du placard étaient ouvertes, et toute la vaisselle gisait sur le sol, en mille morceaux.

— Attention, Jack, ne marche pas par là, dit Abby d'un ton ferme.

— Pourquoi ?

— Parce que tu pourrais te couper avec les morceaux de verre.

Tom approuva de la tête. Voilà qui ressemblait davantage à la femme qu'il avait connue, toujours si prudente.

Mais en moins d'une journée, il avait encore beaucoup appris sur elle : qu'elle était une mère très protectrice et ne manquait pas de courage, mais aussi qu'elle avait très peur de perdre les gens qu'elle aimait à cause de la perte précoce de ses parents dans des circonstances dramatiques.

Jack écarquilla les yeux.

— Tout est en désordre.

Abby sourit.

— Ce n'est pas grave, on va tout ranger.

— Est-ce que ma cabane sera pareille ?

— Je ne pense pas.

— Je peux aller voir ?

— Bien sûr.

Ils gagnèrent le jardin. Au fond, Tom remarqua une corde à linge tendue entre un arbre d'un côté et une branche de la haie de l'autre. Des vêtements d'enfant y étaient accrochés, ainsi que des serviettes et des dessous très féminins.

Il détourna pudiquement les yeux. Jack contourna le carré potager et se dirigea vers la haie, dans laquelle une sorte d'arche avait été taillée pour laisser la place à un portillon de bois. De là, on avait vue sur la plage.

Le soleil se trouvait maintenant haut dans le ciel, et la mer était d'un bleu surprenant.

Dans un coin ombragé, sous l'arbre, il remarqua un vieux pneu de tracteur rempli de sable de la plage, et dans lequel il vit des dinosaures en plastique. C'était sans doute là que Jack jouait, pendant que sa mère s'occupait du potager…

— C'est un bel endroit, dit-il d'une voix étrangement émue. Le lieu idéal pour élever un enfant.

Lentement, Abby se tourna vers lui sans répondre, comme

si elle attendait une autre réflexion, par exemple sur l'inconvénient de grandir sans père.

Mais ce n'était pas son intention. Soutenant son regard, il lui sourit.

— Il est super. Tu dois être fière de lui.

Elle hocha la tête en souriant, mais ses lèvres tremblaient. Puis elle ouvrit la bouche, pourtant aucun mot n'en sortit.

Au bout d'un moment, il rompit le silence.

— Il y a beaucoup de choses dont nous allons devoir parler, dit-il avec douceur. Mais pour l'instant, nous sommes exténués, et je crois que tu as eu ton compte pour aujourd'hui.

Elle laissa échapper un long soupir.

— Merci, murmura-t-elle.

— Que puis-je faire pour t'aider ?

Abby secoua la tête.

— Je crois qu'il faut d'abord que je dorme, et Jack aussi. Ensuite, je rangerai un peu, puis j'irai probablement voir comment cela se passe au travail, et si on a besoin de moi.

— Est-ce que l'eau fonctionne ? demanda-t-il.

— Je vais vérifier.

Elle se dirigea vers le robinet extérieur, situé à l'angle de la cuisine, et le tourna. L'eau coula aussitôt.

— Ça marche.

— L'électricité ?

— J'ai un groupe électrogène dans la remise.

— Allons vérifier ça.

Tout avait l'air en état. Abby voulut rentrer dans la maison, mais elle s'arrêta à côté de Tom.

— Je… Je ne t'ai pas dit merci comme il fallait. Je ne sais pas comment…

Il la regarda. Ses yeux paraissaient immenses. Ils étaient d'un bleu si foncé qu'il ne douta pas qu'elle était sincère, et sa gorge se noua.

— Ce n'est pas nécessaire, dit-il d'un ton bourru.

— Si. Je sais à quel point c'était dangereux de sauver Jack, et je veux que tu saches combien cela signifie pour moi. Jack est… Il est toute ma vie. Et je n'aurais jamais pu le sortir de là toute seule.

Abby renifla, avant d'esquisser un petit sourire.

— Tu sais quoi ?

— Quoi ?

— Je crois que j'ai compris ce que tu ressentais quand tu sauvais des vies. C'est comme une drogue, ce que l'on éprouve quand on a réussi, n'est-ce pas ?

— Oui.

— Je me demande si c'est ce que mes parents recherchaient quand ils tentaient de conquérir un sommet.

Il ouvrit la bouche pour dire à Abby que l'expérience qu'il venait de vivre lui avait appris beaucoup plus ; que ce n'étaient pas l'adrénaline ni l'euphorie devant le danger qui comptaient, mais les liens entre les gens. Comme ce qu'il avait ressenti en la voyant étreindre Jack au sortir de la mine.

Mais il ne pouvait pas lui dire ça, parce qu'elle risquait de le repousser.

— Si c'est vrai, c'est très dommage, répondit-il avec douceur. Parce que tu n'as pas seulement perdu tes parents, ils t'ont aussi perdue. Et ils n'ont jamais fait la connaissance de leur petit-fils.

Les yeux d'Abby se mouillèrent et pendant un instant, ils restèrent fixés sur lui, comme si elle comprenait qu'il essayait de lui dire à quel point elle et Jack comptaient pour lui.

Et ce fut… comme si les morceaux d'un vase cassé se recollaient par magie. Abby ouvrit la bouche, peut-être allait-elle prononcer enfin les mots qu'il espérait…

— Tom, je…

— Tom ?

Le visage de Jack apparut à travers les branches de la haie.

— Viens voir ma cabane.

— J'arrive, répondit-il sans pouvoir détacher les yeux du visage d'Abby, attendant qu'elle parle.

Mais à présent, le charme était rompu. Jack les rejoignit,

impatient, et tira Tom par la main tandis qu'Abby regagnait la maison.

— Viens…

Et il suivit… Tom était trop grand pour pénétrer dans le petit espace, mais il admira les branches entrelacées et le tapis d'aiguilles de pin. Ici, il y avait encore plus de dinosaures, et aussi une petite chaise d'enfant. Ainsi qu'une boîte à chaussures.

— C'est le lit d'Action man, expliqua Jack. Quand il est fatigué.

— Je parie qu'il doit être épuisé après l'aventure que vous venez de vivre.

— Oui, je crois.

Pour le coup, Jack laissa échapper un énorme bâillement.

— Il serait peut-être temps que tu ailles te reposer un peu dans la maison avec Action man, ajouta Tom. Si on allait voir ce que fait maman ?

— D'accord.

Jack sortit de son repaire, tenant toujours son précieux personnage dans la main.

— Tu sais, il n'a pas eu peur quand il a été enterré dans la mine.

— Même pas un tout petit peu ?

Il réfléchit un instant.

— Peut-être un peu, admit-il d'un air réticent.

Tom s'accroupit pour lui parler d'homme à homme.

— C'est normal d'avoir peur, Jack. Cela arrive à tout le monde.

— Même quand on a du courage ?

— Surtout si on en a. C'est quand on a peur que l'on est courageux.

Les sourcils froncés, Jack essayait visiblement de comprendre.

— Si on n'a pas peur, cela ne sert à rien d'être courageux, tu ne crois pas ?

Jack se mordit la lèvre, puis son visage s'éclaira. Il comprenait.

— En fait, j'ai eu très, très peur quand j'étais tout seul dans ce grand trou noir, murmura-t-il.

Tom hocha la tête.

— C'est pourquoi je sais que tu es très, très courageux.

La poitrine du petit garçon se gonfla de fierté, mais il demeura sérieux.

— Toi aussi, tu as eu peur ? demanda-t-il.

— Oh ! Oui…

Il le regarda avec tendresse. Jack parut satisfait, puis il prit un air résolu.

— On ne dira pas à maman qu'on a eu peur, hein ?

— Non. Ce sera notre secret.

Ils échangèrent un sourire complice, puis marchèrent vers la maison.

— Je peux te dire un autre secret, dit Jack.

— Qu'est-ce que c'est ?

— A l'école, Nathan aussi a une cabane, une vraie, dans un arbre. Il faut grimper à une échelle pour y arriver. Il dit que c'est lui qui l'a construite, mais ce n'est pas vrai. C'est son papa.

— Les papas adorent faire ce genre de choses. Mais Nathan a dû sûrement l'aider.

Jack resta un moment silencieux.

— Moi, je n'ai pas de papa, dit-il quand ils atteignirent la porte-fenêtre entrouverte de la maison.

Tom s'immobilisa. Quelque chose tomba par terre à l'intérieur, là où devait se tenir Abby, mais Jack n'y prit pas garde.

— J'aimerais vraiment en avoir un, ajouta-t-il.

Il leva les yeux vers Jack.

— Tu crois que tu pourrais être mon papa ?

Oh ! Ciel… Voilà que son fils lui offrait sur un plateau l'opportunité de faire partie intégrante de sa vie. Excepté que ce n'était pas si simple.

Abby apparut à la porte-fenêtre, l'air paniqué.

— Tom habite Auckland, Jack. C'est très loin d'ici.

Il eut l'impression désagréable d'être congédié, mais s'efforça de garder un ton léger.

— Ce n'est pas si loin.

— Suffisamment.

Dans les yeux d'Abby, il lut clairement un avertissement : ne pas poursuivre dans cette direction. Pas encore.

Peut-être jamais ?

Ils s'étaient trop éloignés l'un de l'autre, et cela n'avait rien à voir avec la distance physique. Il s'agissait de distance émotionnelle et affective. Pour l'instant, il n'avait pas le choix, même si cela lui faisait mal.

Les deux êtres qui lui étaient chers se tenaient devant lui, l'une le regardant avec inquiétude, l'autre avec espoir.

Par bonheur, il n'eut pas à répondre, car la radio se mit à grésiller.

— Tank, tu es là ? Est-ce que tu m'entends ?

Il détacha l'appareil de sa ceinture et appuya sur le bouton.

— Je te reçois cinq sur cinq, Moz. Quelles nouvelles ?

— On est prêts à partir. Quelqu'un est en route pour venir te chercher et t'emmener jusqu'à l'hélico.

Au même instant, on entendit le Klaxon d'une voiture à l'extérieur.

— J'arrive, répondit Tom.

Il raccrocha sa radio sous le regard impressionné de Jack, qui semblait avoir complètement oublié sa question. Et ce n'était pas Tom qui allait la lui rappeler.

— Il faut que j'y aille, dit-il à son fils en lui ébouriffant les cheveux. Mais on se reverra bientôt, d'accord ?

Abby le suivit dehors, et l'accompagna dans l'allée.

— Pourquoi lui as-tu dit ça ? demanda-t-elle, l'air inquiet. Maintenant il va m'en parler tous les jours en attendant que tu reviennes.

Il s'arrêta avant de monter dans le véhicule qui l'attendait, et se tourna vers Abby.

— Je l'ai dit parce que c'est la vérité, dit-il, martelant chaque mot. Je vais revenir, dès que je me serai organisé en conséquence.

Elle ouvrit la bouche, mais il ne lui laissa pas le temps de répondre.

— A partir de maintenant, je compte bien faire partie de la

vie de Jack. Je ne sais pas si cela va marcher, mais il est hors de question que je sois tenu à l'écart de mon fils.

Il avait failli ajouter « Ou de toi. »

Mais il s'était retenu juste à temps. Abby devait déjà se faire à l'idée que Jack avait maintenant un père présent dans sa vie.

— Au revoir, Abby.

Cette fois, il dut contenir l'envie impérieuse qu'il avait de la prendre dans ses bras. Ce n'était plus comme à la sortie de la mine : elle et Jack étaient maintenant tirés d'affaire, et avaient regagné leur foyer. Inutile d'espérer un autre baiser accidentel.

Il se contenta de lui frôler la joue du revers de la main.

— Je t'appellerai, dit-il doucement avant de monter dans le véhicule.

Dans quelques minutes, il serait dans un hélicoptère qui l'emporterait loin de l'île.

Il n'était encore jamais venu ici, et y était resté moins de vingt-quatre heures.

Mais alors, pourquoi diable éprouvait-il le sentiment si fort de laisser son cœur derrière lui ?

8.

L'enterrement de Squid Davies eut lieu trois jours après le tremblement de terre. La petite chapelle était pleine à craquer, et il y avait même du monde dehors. La majorité des habitants de l'île était là.

Tout le monde adorait Squid, l'irréductible vieux pêcheur, qui avait toujours été une figure emblématique de Kaimotu, aussi loin que l'on s'en rappelait.

Abby était assise à côté du père de Ben, Doug McMahon. Ailsa se tenait de l'autre côté, avec Ginny. Cette dernière avait les yeux fixés sur Ben, quand il s'avança pour faire l'éloge de son ami.

En voyant l'expression de Ginny, Abby se rendit compte d'un seul coup de ce qu'elle éprouvait pour Ben : elle l'aimait, passionnément.

Abby eut un petit soupir. Elle connaissait cette sorte d'amour. Il pouvait rendre la vie incroyablement merveilleuse, mais risquait aussi de la détruire si les choses tournaient mal. Comme pour elle et pour Tom.

— Squid m'avait demandé de parler aujourd'hui, dit Ben, d'une voix altérée par l'émotion. Et tout le monde ici connaissait Squid. Il aimait prédire ce qui allait se passer. Alors il a écrit ce texte avec moi il y a six semaines, pour être sûr que je dise exactement ce qu'il voulait.

Une vague de rires secoua l'assemblée, mais Abby ne se joignit pas à eux. En fait, elle aurait aimé que quelqu'un soit là pour lui prédire ce qui allait lui arriver, à elle.

Tom allait revenir, et cette perspective était très perturbante.

Ces trois derniers jours, elle avait fait comme tout le monde sur l'île : elle s'était efforcée de reprendre une vie proche de la normalité. Mais avec la pensée que Tom serait bientôt de retour, c'était tout bonnement impossible. Rien ne serait plus jamais « normal ».

Ben rendit un hommage ému à Squid, évoquant sa santé chancelante et ses dons de prédiction que personne n'avait pris au sérieux, pour conclure que nul n'était jamais sûr de rien et que l'on ne pouvait que pressentir l'avenir.

Malgré la tendance qu'avait Abby à imaginer les pires scénarios, elle se rendit compte, entre l'enterrement de Squid et la réouverture de l'école quelques jours plus tard, que le fait de penser au retour de Tom lui donnait chaque fois une sensation d'excitation au creux du ventre.

Elle reconnaissait cette sensation. Elle l'avait éprouvée dès la première fois qu'elle avait remarqué Tom dans sa tenue de sauveteur, amenant un patient gravement malade au service des urgences, où elle travaillait alors.

Un mélange de désir et d'espoir…

D'une certaine façon, Tom allait de nouveau faire partie de sa vie. Cela importait-il pour elle qu'il ne revienne qu'à cause de Jack ?

Non. Peut-être que, sinon, il ne serait pas revenu du tout. En même temps, elle aurait aimé savoir s'il aurait cherché à la revoir sans l'existence de Jack.

Si elle s'autorisait à reprendre espoir, elle savait qu'elle risquait d'avoir de nouveau le cœur brisé.

Et s'ils ravivaient quelque chose entre eux ? Etait-elle prête à voir son fils risquer d'être anéanti en aimant un père qui avait un tel métier ?

De toute façon, le choix ne lui appartenait plus à partir du moment où elle avait confirmé à Tom sa paternité. A présent, elle ne pouvait plus protéger Jack comme avant. Il avait le droit de savoir qui était son père, et de créer des liens avec lui.

Tom avait les mêmes droits, et elle avait eu tort de garder son secret. Sa colère était parfaitement légitime.

C'était peut-être pour cela qu'elle n'avait pas encore eu de ses nouvelles.

Et s'il avait consulté un avocat pour se renseigner sur ses droits en tant que père, ou sur son droit de garde ?

Elle leva les yeux au ciel, agacée par elle-même. Pitié, voilà qu'elle recommençait à remuer le passé et à s'inquiéter pour l'avenir, négligeant ce que le présent pouvait apporter de bon.

Or, malgré l'énorme traumatisme subi avec le tremblement de terre, le chagrin éprouvé pour les victimes et les perturbations au niveau du ravitaillement et des services, il y avait de bonnes choses qui se passaient.

Ben et Ginny, par exemple.

Ils venaient de se fiancer, envisageaient de se marier dès que l'île aurait repris son rythme normal, et comptaient bien, en vivant et en travaillant ensemble, continuer à faire partie intégrante de la communauté.

Abby aussi sentait qu'elle en faisait partie — même si, six ans auparavant, elle n'était encore ici qu'une étrangère. Et aujourd'hui, elle était devenue une véritable habitante de l'île.

La communauté de Kaimotu avait toujours été étroitement soudée, mais les liens étaient devenus encore plus puissants après le désastre qu'elle venait de subir. Ceux dont les maisons avaient été le plus endommagées étaient hébergés chez des voisins ou des amis, le temps des réparations. Et les mobil-homes des campings étaient tous occupés.

Les commerçants qui avaient dû fermer leur magasin se voyaient proposer de nouveaux locaux ou des caravanes. Les habitants qui travaillaient dans la protection civile se servaient de leur position pour pénétrer dans des endroits interdits au reste de la population, et récupérer ainsi des stocks de tout ce qui pouvait être utile pour faire repartir les affaires.

De grosses machines arrivaient par ferry, et l'on voyait des pelleteuses et des grues un peu partout. En bordure de la jetée, on stockait du bois de charpente ainsi que des matériaux pour les toitures.

Les propriétaires de motels et de chambres avec petit déjeuner avaient ouvert leurs portes aux bénévoles venus du continent pour offrir leurs compétences et leur expérience. Il y avait des maçons, des ingénieurs, des électriciens, des plombiers… et même des psychologues, venus pour aider les gens à vaincre leur traumatisme.

Et puis, il y avait ceux qui venaient juste proposer leur temps et leurs muscles.

L'un d'eux était Tom.

Il arriva à l'hôpital sans crier gare, dix jours après être parti. Abby était à l'accueil, en train de bavarder avec Hannah, la sœur de Ben. Les consultations ne commençaient que dans une heure, et il n'y avait pas d'urgences à traiter.

En entendant quelqu'un arriver, toutes les deux tournèrent la tête vers la porte.

Il marcha vers elles et sourit à Hannah.

— Bonjour, dit-il.

— Bonjour, répondit Hannah, visiblement impressionnée.

Abby le regarda en coin, rougissante. A l'évidence, Tom n'était pas arrivé par hélicoptère. Il ne portait pas de combinaison, ni rien qui indiquât qu'il appartenait à l'élite des paramédicaux.

C'était simplement Tom, en jean délavé et T-shirt noir, son sac à dos jeté négligemment sur l'épaule. Mais pour elle, il n'aurait pas pu être plus beau, au point qu'elle en eut le souffle coupé.

Il était revenu. Un nouveau chapitre s'ouvrait dans le livre de sa vie.

Le sourire de Tom s'effaça quand il rencontra son regard.

— Bonjour, Abby. Je suis de retour.

Elle ne put que hocher la tête stupidement, ressentant un mélange d'appréhension et… d'excitation.

— J'ai pris deux semaines de congé pour venir proposer mes

services, dit-il. Je pourrais aussi aider à déblayer et nettoyer. Cet après-midi, y a un briefing pour le groupe avec lequel je suis venu, mais je voulais d'abord passer dire bonjour.

Nouveau hochement de tête. Elle tenta un sourire. En vain. Ses lèvres manifestement refusaient de coopérer.

— Salut, articula-t-elle enfin.

Hannah ne quittait pas Tom des yeux.

— Vous êtes un des sauveteurs, pas vrai ? dit-elle. Vous êtes arrivé le jour du tremblement de terre, et vous avez emmené Abby avec vous.

— Absolument. J'avais besoin d'elle, répondit-il, souriant de nouveau.

Abby s'éclaircit la gorge. Le regard qu'il lui lança ensuite était impénétrable. Avait-il jamais eu réellement besoin d'elle ?

— Et vous avez sorti Jack de la mine, ajouta Hannah. Tout le monde ne parlait plus que de ça.

Abby prit une profonde inspiration.

— Hannah, voici Tom Kendrick. C'est… un vieil ami, du temps où je vivais à Auckland.

— Ohhh…

C'était une adolescente très douée pour lire entre les lignes et échafauder des romances.

Elle sourit à Abby, puis à Tom.

— Où allez-vous loger ? Au camping ?

— Je ne sais pas encore.

L'air embarrassé, Tom jeta un autre coup d'œil à Abby, et le sourire de Hannah s'élargit.

— Vous pourriez très bien dormir chez Abby, sur le canapé…

— Hannah ! s'exclama Abby, de plus en plus gênée.

Elle baissa les yeux. Que Tom soit sur l'île, c'était une chose. Mais qu'il séjourne dans son petit cottage, voilà qui était entièrement différent.

— Si tu allais vérifier que la feuille de protection a bien été changée sur la table de consultation ?

Restée seule avec Tom, elle ne sut plus quoi dire et fourragea dans les papiers du comptoir de la réception, histoire de se donner une contenance.

Elle sortit la liste des patients attendus en consultation. De nombreux habitants venaient encore faire soigner des blessures sans gravité dues au séisme.

Sentant le regard de Tom peser sur elle, elle leva la tête.

— Je veux apprendre à connaître Jack, dit-il simplement. Et je veux qu'il sache que je suis son père.

La gorge nouée, elle hocha la tête.

— C'est aussi ce que je veux, répondit-elle avec effort.

— Mais je risque d'être assez occupé avec mon groupe.

Elle acquiesça encore. Il n'aurait sans doute pas beaucoup de temps à passer avec Jack. Puis elle prit une nouvelle inspiration.

— Le canapé n'est pas très grand, mais… Si tu veux rester à la maison…

Tom ne répondit pas tout de suite, et elle se demanda si c'était vraiment ce qu'elle voulait : l'avoir chez elle tous les matins, à son réveil… Et aussi passer les soirées avec lui, une fois que Jack serait profondément endormi ?

Oh ! Oui… Bien sûr, c'était tout ce qu'elle désirait.

Mais si Tom venait, c'était pour Jack. Et cela, il ne fallait pas qu'elle l'oublie. Cela ne voulait pas dire qu'il avait envie de se retrouver seul avec elle.

Pourtant, ce qu'elle voyait dans son regard suggérait le contraire.

Il hocha enfin la tête.

— Volontiers, dit-il. A présent, il faut que j'aille au briefing. Merci, Abby.

Et il lui sourit avant de quitter la pièce.

Tom se doutait qu'Abby allait se torturer pour trouver le moyen d'annoncer à Jack qu'il avait un père. En fait, cela se passa tout naturellement.

Le soir même, il arriva chez elle avec son sac, et elle dit

à Jack qu'il allait rester un peu pour aider les gens à réparer leurs maisons.

Jack hocha la tête, le fixant d'un air sérieux.

— Est-ce que tu seras mon papa pendant que tu habiteras ici ?

Tom rencontra le regard d'Abby au-dessus de la tête de leur fils. Il s'attendait à voir une lueur de crainte dans ses yeux, mais étonnamment il n'y trouva que de la douceur, et de la chaleur.

Abby s'éclaircit la gorge.

— Hum… Pas seulement ici, Jack. Tom sera ton papa… pour toujours. Il l'a toujours été.

Les yeux de Jack s'agrandirent tandis que sa bouche formait un O étonné.

Tom s'accroupit pour se retrouver au même niveau que lui.

— Avant, je ne savais pas que tu existais, dit-il doucement. Mais je suis là, à présent.

— Pourquoi tu ne me connaissais pas ? J'ai toujours été là.

Devant cette logique d'enfant, il sentit son cœur se serrer. Comment lui répondre ? Il n'eut pas besoin de regarder Abby pour savoir qu'elle était tendue, se sentant sans doute coupable.

Si Jack avait passé ses cinq premières années sans père et si lui-même n'avait pas su qu'il avait un fils, c'était elle la responsable. Mais curieusement, il n'éprouvait plus de colère.

Ce n'était plus le passé qui importait, seul l'avenir était essentiel. Non : en fait, c'était le présent qui comptait le plus, ce qu'il vivait ici et maintenant. Pour que cela fonctionne, il fallait qu'Abby et lui se soutiennent mutuellement.

Peut-être avait-elle estimé qu'il n'avait rien à offrir, après la façon dont il l'avait rayée de sa vie, des années auparavant. Mais maintenant, il avait l'opportunité de prendre un nouveau départ.

— Ce sont des choses qui arrivent, répondit-il tranquillement à Jack. Parfois, les gens sont amis, et même de très bons amis, et puis un jour, ils ne s'entendent plus et s'éloignent l'un de l'autre.

Jack acquiesça, la mine toujours sérieuse.

— Comme moi avec Nathan, quand il n'a pas voulu me

laisser grimper à l'échelle pour aller dans sa cabane. Alors j'ai pleuré.

Tom sentit son cœur fondre, puis sa gorge se serra. Abby avait-elle pleuré quand il l'avait repoussée ? Quand il lui avait dit que cela ne marcherait pas, que son métier était sa vie et qu'il ne pouvait pas vivre avec quelqu'un qui cherchait à lui couper les ailes pour l'empêcher de voler ?

— Mais toi et Nathan, vous êtes de nouveau amis ?

— Oui. Je vais à sa fête d'anniversaire la semaine prochaine. On dormira même dans la cabane de l'arbre.

— Ça, je n'en suis pas si sûre, intervint Abby en caressant la tête de son fils. Vous pourrez faire la fête dans la cabane, mais vous dormirez dans la vraie maison.

— Pourquoi ?

— Et si tu as besoin d'aller aux toilettes au milieu de la nuit encore à moitié endormi, et que tu tombes de l'échelle ? Ou que tu te lèves alors que tu es encore en train de rêver ?

Tom se demanda si, à cet instant, ce n'était pas lui qui rêvait. Il sentit la petite main de Jack sur son genou tandis qu'il se rapprochait de lui. Avec les doigts d'Abby toujours dans les cheveux de son fils, ils étaient tous les trois connectés.

Comme… Une famille ?

— Je peux t'appeler « papa » ?

Il esquissa un sourire ému. Apparemment, il n'avait plus besoin de savoir pourquoi Tom avait été jusque-là absent de sa vie. Peut-être ne jugeait-il pas cela si important, puisqu'il était là à présent.

— Si ta maman est d'accord, moi aussi.

— C'est ce que tu es, Tom, répondit Abby. Tu es son père. Bien sûr que je suis d'accord.

Jack le fixa de ses grands yeux noirs, puis il se tourna vers sa mère.

— Est-ce que papa et toi vous êtes redevenus amis ? Comme Nathan et moi ?

Il y eut un bref silence, le temps pour Tom de se rendre compte avec quelle facilité Jack l'avait appelé papa.

Mais qu'en était-il d'Abby ? Il sentit son cœur battre plus fort, dans l'attente de sa réponse.

— Oui, dit-elle en le regardant. Je crois que oui.

Ses yeux étaient bleu foncé, signe chez elle d'une grande émotion. Pensait-elle que quelque chose de plus fort que l'amitié était possible entre eux ? Et le souhaitait-elle ?

— Je le crois aussi, dit-il à son tour, étonné du calme de sa propre voix.

Il sourit en soutenant le regard d'Abby, jusqu'à ce qu'elle détourne les yeux.

Abby se sentait très agitée. Il fallait qu'elle s'occupe les mains en faisant quelque chose qui ne demandait pas beaucoup de réflexion, étant donné l'état de confusion dans lequel elle se trouvait. Ce fut tout juste si elle remarqua que Tom se relevait, et que Jack faisait des bonds d'excitation.

— Viens voir ma chambre, papa. J'ai des livres, des camions, et un hélicoptère comme le tien.

Abby se retrouva seule dans sa cuisine, à essayer de reprendre le cours de ses pensées.

Elle n'en revenait pas d'entendre son fils appeler Tom « papa » aussi facilement, comme si une pièce manquante du puzzle de sa vie avait tout naturellement repris sa place.

Comme s'ils étaient une vraie famille.

Elle songea à la façon dont Tom l'avait regardée lorsqu'elle avait dit qu'ils étaient redevenus amis. Etait-il question de quelque chose de plus fort que de l'amitié ? A cette idée, elle fut parcourue d'un petit frisson.

La seule présence de Tom — ses cuisses musclées dans son jean délavé et son torse impressionnant moulé dans un vieux T-shirt — la bouleversait.

Il aurait pu prendre le contrôle de la situation et dire à Jack pourquoi il n'avait pas eu de père jusque-là. Mais non. Il lui avait passé les commandes, la laissant décider si elle était prête ou non à le voir occuper sa place auprès de leur fils.

Et les mots lui étaient venus facilement.

« Papa. » Grâce à la magie de ce tout petit mot, elle se retrouvait plongée dans sa propre enfance, quand elle avait sa « vraie » famille. Même après toutes ces années, la douleur du manque de ses parents pouvait se réveiller brutalement et lui faire monter les larmes aux yeux. Elle se retrouvait ensuite chaque fois avec une boule douloureuse dans la gorge.

Quand elle avait regardé Tom, la main sur la tête de leur fils, il lui avait semblé qu'une nouvelle famille venait de naître. Mais elle avait sans doute cru voir trop de choses dans ses yeux.

Il était là pour Jack, pas pour sa mère. Cela, elle ne devait pas l'oublier.

Après avoir rangé le dernier récipient dans l'égouttoir, elle s'essuya les mains et monta l'escalier.

— Jack ? Il est temps de te mettre en pyjama et de te brosser les dents avant d'aller au lit, annonça-t-elle en entrant dans la chambre de son fils. Demain il y a école.

Elle s'immobilisa sur le seuil.

Tom était à moitié allongé sur le lit de Jack, appuyé sur un coude. Jack était couché sur le ventre, et leurs têtes se touchaient presque. Ils étaient penchés sur un livre rempli d'images de dinosaures.

Quand elle arriva, tous deux tournèrent la tête vers elle en même temps et son cœur se serra.

Ils se ressemblaient tant. Et elle les aimait. Tous les deux.

Si, d'une manière ou d'une autre, elle ne se protégeait pas au plus vite, elle allait bientôt avoir du mal à supporter que Tom ne soit là que pour mieux connaître son fils.

Elle devait se concentrer sur Jack, sur son travail, et sur la maison. Dans deux semaines, Tom reprendrait le cours de sa vie, et le métier qui signifiait plus pour lui que quoi — ou qui — que ce soit d'autre.

Il fallait qu'elle garde ses distances, car elle ne pourrait pas supporter de le perdre une seconde fois.

— Je vais chercher des draps pour faire ton lit sur le

canapé, dit-elle à Tom. Tu devras sûrement commencer tôt, demain matin.

Comment le temps pouvait-il passer aussi vite ?

Les journées étaient bien remplies, démarrant tôt et finissant tard. L'aide apportée par les volontaires était pleinement utilisée, et Tom était heureux de se trouver au cœur de l'action. Il y avait des toits à rendre étanches après la chute de cheminées, des monticules de briques et de décombres à enlever. Des réservoirs de fosses septiques devaient être remplacés, et il fallait souvent creuser à la pelle dans des endroits difficiles d'accès pour les gros engins. Il y avait encore des bâtiments à consolider, afin qu'ils résistent mieux à d'éventuelles futures répliques.

La plupart des gens avec qui Tom travaillait étaient des bénévoles du continent. Il en connaissait quelques-uns, dont trois pompiers d'Auckland qu'il avait déjà rencontrés sur plusieurs scènes d'accident. Mais il ne se joignit pas à eux pour avaler quelques bières à la fin de leur journée de travail. Ce n'était pas pour cela qu'il était venu sur l'île de Kaimotu.

Beaucoup de locaux participaient aussi aux travaux et, au bout de seulement un jour ou deux, Tom remarqua qu'ils lui adressaient des coups d'œil éloquents, certains lui donnant même des bourrades amicales dans le dos — traitement dont ne semblaient pas bénéficier les autres bénévoles.

Il avait oublié comment fonctionnaient les petites communautés. Ben McMahon se chargea de le lui rappeler, en arrêtant sa Jeep juste devant lui un matin, sur un chantier situé dans la rue principale.

— Salut, Tom, lui dit-il en descendant du véhicule. Comme je ne vous ai pas vu depuis plusieurs jours, je suis venu prendre de vos nouvelles. Est-ce que ça va ?

— Très bien. Nous commençons à voir quelques progrès. Il y a encore beaucoup à faire, bien sûr.

— Ce sont des gens comme vous qui font avancer les choses plus vite. Nous vous sommes très reconnaissants.

Il balaya le compliment d'un revers de main.

— Et à l'hôpital, comment ça va ? demanda-t-il. J'ai entendu dire que vous aviez dû faire évacuer une salle après y avoir découvert des fissures.

— Par précaution. Ce n'est sans doute que superficiel, mais on a préféré faire appel à des ingénieurs qui vont venir inspecter la pièce aujourd'hui.

— Abby a dit que vous recrutiez toujours du monde. C'est une bonne nouvelle que Ginny ait rejoint votre équipe.

Le visage de Ben s'éclaira aussitôt.

— Je suis l'homme le plus heureux de la terre, déclara-t-il.

Tom sourit à son tour. Tout le monde parlait du prochain mariage de Ben et de Ginny. Et les parents de Ben avaient une capacité étonnante pour s'occuper des autres. C'était toujours une joie pour Jack que d'aller dans la famille McMahon après l'école, pour être gardé par Hannah.

Actuellement, il tentait de faire céder sa mère afin qu'elle adopte un des chatons qu'Ailsa avait recueillis. Il voulait celui qui avait des taches noires et blanches un peu partout, et l'avait même déjà baptisé : Checkers.

— D'après ce que j'ai entendu dire, je ne suis pas le seul à être porteur d'une grande nouvelle, ajouta Ben. Je crois que maintenant Jack est un petit garçon très heureux.

— Il a eu son chaton ?

— Quoi ? Non, je veux dire que, maintenant, il a un papa, et en plus c'est un vrai héros.

— Oh ! murmura Tom, gêné. Il vous en a parlé ?

— En fait, je crois qu'il l'a dit à tout le monde. Dès le lendemain de votre arrivée, l'école entière était au courant.

L'embarras de Tom augmenta. Il s'agissait là de quelque chose de très privé. Qui ne regardait que lui et Abby. Et Jack…

— Je ne le savais pas, jusqu'à présent, expliqua-t-il tout de même. Et je n'aurais peut-être jamais été au courant si le tremblement de terre ne m'avait pas amené ici.

Ben hocha la tête.

— Abby nous a raconté ça. Elle ne vous a pas dit qu'elle était enceinte. Ce n'était pas votre faute.

— Mais c'est ma faute si notre relation n'a pas marché, dit-il honnêtement.

Il y avait une réelle sollicitude dans le regard de Ben, mais il ne répondit pas. Lui-même semblait nager en plein bonheur. Il connaissait Abby, et savait quelle personne merveilleuse elle était.

— Je travaille là-dessus, ajouta Tom avec un sourire, avant d'avoir droit à une autre bourrade amicale de la part de Ben.

— Bonne chance, lui dit le médecin. Naturellement, vous êtes invité au mariage, si vous pouvez être là.

— La réception doit avoir lieu sur la plage, dit Abby plus tard dans la soirée, lorsque Tom lui raconta sa rencontre avec Ben. J'ai pu apercevoir la robe de la mariée. Ginny va être resplendissante.

— J'en suis certain.

Elle l'observa discrètement. Le sourire de Tom semblait un peu tendu, ce qui ne la surprit pas. Les hommes comme lui ne couraient pas après ces cérémonies : c'était le genre d'attache dont les héros se passaient volontiers…

Entre eux, la gêne fit place à une réelle tension. Et Jack n'était pas là pour détendre l'atmosphère en surgissant pour parler du chaton, ou d'autre chose : il passait la nuit chez Nathan, après sa fête d'anniversaire.

En fait, c'était la première fois qu'elle et Tom se retrouvaient seuls, le soir, au cottage. Elle était déjà suffisamment consciente de sa présence en temps ordinaire, quand il était assis à table avec eux, ou qu'il remplissait la cuisine de sa haute stature en faisant la vaisselle. Elle le voyait sortir de la salle de bains, torse nu après la douche, les cheveux en épis. Le pire, c'était lorsqu'il passait près d'elle, assez près pour qu'elle sente son odeur et sa chaleur.

Tant que Jack avait été là, elle avait été si occupée par lui qu'il lui avait été relativement facile de penser à autre chose. Mais à présent, comment allait-elle pouvoir se distraire de ses pensées ?

La petite maison était très calme sans Jack, maintenant que le repas était terminé. Tout était si silencieux qu'elle entendait le bruissement des vagues, et distingua le cri lointain d'une mouette.

Elle se leva de table.

— Ce mariage sera un véritable événement sur l'île, dit-elle avec une gaieté un peu forcée. Tu devrais venir… Enfin, si tu es encore là…

Elle se maudit aussitôt. Pourquoi donc avait-elle dit ça ?

Tom se leva à son tour, son mug de café à la main.

— Est-ce que tu voudrais que je sois encore là, Abby ?

— Je…

Se rendant compte qu'elle en mourait d'envie, elle se raidit.

— Pourquoi me demandes-tu ça, Tom ? répondit-elle d'un ton un peu trop brusque. Tu sais bien qu'il n'y a rien ici pour toi.

Il reposa bruyamment son mug sur la table.

— Que veux-tu dire par là ? Crois-tu qu'avoir un fils ne signifie rien pour moi ? Et que, toi, tu ne signifies rien ?

— N-non…

Elle prit une longue inspiration. Donc, elle comptait pour lui. De quelle façon ?

— Je voulais parler de ton métier, qui est la chose la plus importante pour toi. Tu ne pourrais pas vivre ici.

Tom se rapprocha d'elle.

— Mais toi et Jack pourriez venir vivre à Auckland.

Il parlait plus calmement à présent, d'une voix néanmoins intense.

— On pourrait former une famille, Abby. On pourrait… On pourrait se marier.

Ce fut cette petite hésitation qui serra le cœur d'Abby. Cette… réticence. Il ne l'épouserait qu'à cause de Jack, afin qu'ils soient une famille pour leur fils.

Elle avait souvent rêvé de ce moment, mais quelque chose manquait.

Elle secoua la tête.

— On est chez nous à Kaimotu, dit-elle. Nous sommes heureux, ici.

Il y a quelques semaines, elle aurait même ajouté qu'ils y étaient en sécurité.

Maintenant, Jack adorait déjà son père, et quant à elle… Il fallait bien se rendre à l'évidence : toutes les barrières de sécurité dont elle avait tenté d'entourer son cœur avaient été nettement mises à mal depuis que Tom avait refait irruption dans sa vie.

Elle croisa son regard. Tom semblait attendre qu'elle parle encore.

— Qu'est-ce qui te fait croire que ça pourrait marcher ? murmura-t-elle. Cela n'a pas fonctionné la première fois.

Certes, une certaine tension sexuelle avait été palpable des deux côtés, mais il n'avait même pas tenté de l'embrasser, alors qu'ils habitaient sous le même toit.

— On était bien ensemble, répondit-il.

Abby poussa une exclamation incrédule.

— Pardon ? Tu m'as dit que je te retenais, que je t'empêchais de vivre. C'était ça qui était bien ?

— C'est différent à présent.

— A cause de Jack ?

— Non.

Tom était tout près, les yeux fixés sur elle.

— J'avais tort. Je n'avais pas compris ce qui t'était arrivé quand tu étais enfant, lorsque tu as perdu ton père et ta mère.

Elle s'efforça de chasser l'émotion qui l'envahissait dangereusement.

— Quelle différence cela fait-il ? dit-elle avec amertume.

Elle s'écarta un peu de lui. Mais que se passait-il, à la fin ? Pourquoi se sentait-elle aussi anéantie ? N'était-ce pas ce qu'elle voulait, que Tom et elle soient de nouveau ensemble ?

Alors, pourquoi le tenait-elle à distance ?

Parce que rien n'avait réellement changé. S'ils se retrouvaient ensemble, elle devrait continuer à vivre avec la peur de le perdre. En même temps, elle comprenait maintenant ce qui le motivait, après le sauvetage de Jack. Et elle le lui avait dit.

Rien d'étonnant si Tom avait l'air perplexe, et aussi désemparé qu'elle.

Il se rapprocha encore, et elle sentit son souffle sur sa peau. Avec son pouce, il effleura ses lèvres qui s'entrouvrirent aussitôt. Elle ne put alors réprimer la vague de sensations qui la submergea.

D'un geste instinctif, elle pencha la tête en arrière. Les lèvres de Tom vinrent se poser sur les siennes, et il glissa les mains à travers sa chevelure. Du bout de ses doigts, il provoquait en elle des sensations magiques, comme il aurait pu le faire avec ses lèvres et sa langue.

Le désir contre lequel elle luttait depuis le moment où elle avait revu Tom était devenu incandescent. Et il devait avoir aussi chaud qu'elle, car il retira son T-shirt, puis l'aida à se débarrasser du sien, et leurs vêtements se mêlèrent sur le sol.

Il y eut un moment de calme absolu, où ils se retrouvèrent debout face à face, à se regarder sans rien dire.

Elle ne parvenait pas à se rassasier de sa vue : il était le plus bel homme qu'elle ait jamais vu, avec son magnifique teint mat et cette virilité à fleur de peau.

Son regard fut attiré par les poils sombres formant un sillon qui allait se perdre sous le jean.

Les doigts lui démangeaient de défaire ce bouton, et d'entendre le doux bruit de la fermeture Eclair qui s'ouvrait. Elle en avait terriblement envie.

De ses doigts experts, Tom était en train de défaire son soutien-gorge.

Elle leva la tête. Leurs regards s'accrochèrent l'un à l'autre, et ce contact fut encore plus puissant que celui de leurs mains. Ce n'était pas seulement la rencontre de leurs corps, mais de leurs âmes.

Ce fut comme si elle avait été soulevée par une force irrépressible. Elle eut l'impression que ses pieds ne touchaient plus terre, et reconnut ce sentiment aussi facilement que les cellules de sa peau se souvenaient de la peau de Tom.

C'était l'amour. Pour elle comme pour lui.

Elle soupira, le cœur en vrac. Etait-il possible que cela marche vraiment, cette fois ? Pour l'instant, peu lui importait l'avenir, bon ou mauvais.

Une seule chose comptait : sentir la peau nue de Tom contre la sienne, nouer les bras autour de son cou et échanger avec lui un baiser qui les mènerait au paradis.

L'avenir pouvait attendre. Les interrogations aussi.

Tout ce qu'Abby voulait, c'était s'abandonner à cette explosion de sensations en elle.

Tout ce qu'elle voulait, c'était Tom.

9.

Abby nageait dans la félicité. Même quinze jours après leur nuit d'amour, elle avait encore de délicieuses sensations au niveau du ventre, et en cet instant une impression de bien-être la pénétrait jusqu'à la moelle de ses os.

Au point que Jack s'aperçut de quelque chose.

— Pourquoi tu souris, maman ? demanda-t-il.

— Parce que je suis heureuse. Et parce que je t'aime tant, ajouta-t-elle avant de le serrer dans ses bras.

Tom envoyait des textos tous les jours pour savoir ce que Jack avait fait à l'école, ou comment cela s'était passé pour elle au travail. Il signait « T » et ajoutait un « x » pour un baiser.

Elle se prenait à rêver qu'en grandissant son petit garçon adorerait davantage encore son père si cela était possible, et qu'ils seraient de plus en plus proches.

Tout la faisait penser à Tom. La douce caresse de la brise marine sur ses bras nus lui rappelait la douceur de ses lèvres.

— Tu es heureuse, maman ? dit Jack. Tu souris encore.

— Oui, mon chéri, répondit-elle avec un petit rire.

— Parce qu'on va à Auckland ?

— Aussi. C'est une belle journée pour prendre le ferry, tu ne trouves pas ?

— Je n'ai encore jamais vu de baleines.

— Tu en verras peut-être, aujourd'hui.

Il arrondit les doigts autour de ses yeux, comme pour regarder à travers des jumelles imaginaires.

— Est-ce qu'on va aller vivre à Auckland, maman ?

— Non, mon cœur. On y va juste en visite pour un jour ou deux.

— Pour voir mon papa, dit Jack en bondissant d'excitation.

— Tiens-toi à la rambarde, lui intima-t-elle aussitôt.

Puis elle se remit à sourire. Malgré sa résolution de ne pas se laisser aller à des espoirs inconsidérés, elle devait reconnaître qu'elle-même était gagnée par l'excitation.

Et si Tom lui redemandait de l'épouser ? Que pourrait-elle lui répondre ? Qu'une nuit d'extase ne suffisait pas pour chambouler toute son existence, et remettre son avenir en question ?

De toute façon, ils n'auraient pas beaucoup d'occasions de se retrouver en tête à tête, cette fois. Pas plus qu'ils n'en avaient eu après le retour de Jack, le lendemain de la fête d'anniversaire. Cela faisait maintenant deux semaines que Tom était retourné sur le continent. Déjà.

Elle se rappelait encore la dernière fois qu'il lui avait parlé, dans l'obscurité de sa chambre, à la fin de leur merveilleuse nuit d'amour.

— Je vais devoir retourner à Auckland, Abby. Comme tu l'as dit, il n'y a rien ici pour moi, par rapport à mon métier.

Alors qu'il y avait tout pour Abby et Jack : un foyer, un travail, une extraordinaire communauté.

— Mais je suis le père de Jack, et ça… C'est fantastique. Il est fantastique, avait-il repris. C'est difficile à décrire pour moi, tellement ce que je ressens est énorme.

Elle n'avait pu que hocher la tête, ses cheveux caressant le torse de Tom. Elle avait ressenti la même chose lorsqu'elle avait tenu Jack pour la première fois dans ses bras, quelques secondes après sa naissance. Sa vie avait changé pour toujours, et elle avait versé des larmes de joie et d'étonnement.

— Je veux être le meilleur père possible, avait encore dit Tom.

Et elle avait acquiescé de nouveau.

Ces larmes versées à la naissance de son bébé avaient contenu aussi de la tristesse, parce qu'il n'y avait pas eu de père à ses côtés pour partager ce miracle. Et — déjà — elle s'était sentie coupable de ne rien avoir dit à Tom.

— Je sais que ce serait un grand chamboulement pour toi

et Jack que de venir vivre à Auckland, et c'est beaucoup vous demander pour l'instant, mais… J'ai besoin de voir Jack, le plus souvent possible.

Comme Jack avait besoin de voir son père. Elle savait cela, et l'acceptait sans discussion.

— Venez juste me rendre visite, avait-il murmuré à son oreille en la serrant contre lui. Je t'en prie. Même si ce n'est que pour un jour ou deux.

En achetant les billets pour le ferry après le départ de Tom, ses dernières paroles lui étaient revenues à la mémoire.

— Venez vite. Vous allez me manquer. Tous les deux.

Lorsque le ferry traversa le golfe Hauraki pour arriver à Auckland, l'excitation d'Abby augmenta.

— Regarde, maman, tous ces bateaux ! s'exclama Jack, émerveillé.

— Ce sont des yachts, mon chéri. Tu vois leurs voilures ? C'est pour ça que l'on appelle Auckland « la Ville des voiles ».

— Est-ce que mon papa a un yacht ?

— Je ne sais pas.

— Je vais lui demander, dit Jack en souriant.

Il admira les bateaux de plaisance tandis que le ferry se rapprochait du pont, mais elle n'y prêta pas attention.

Elle ignorait si Tom faisait de la voile. En fait, elle ignorait tout de sa vie actuelle en dehors de son travail. Il passait probablement son temps à faire de la descente en rappel ou à sauter en parachute. Comment un enfant trouverait-il sa place là-dedans ?

Et s'il avait effectivement un yacht ? Auckland était connue pour son climat particulier, où l'on risquait de voir défiler les quatre saisons en l'espace d'une journée. Tom pouvait partir naviguer avec Jack par une belle matinée ensoleillée, et se retrouver pris dans une terrible tempête, ou Jack pouvait passer par-dessus bord, et…

Oh non, encore… Voilà qu'elle recommençait ! Abby se serait volontiers giflée.

Elle décida de lui donner une chance. Sans penser tout de suite à une catastrophe.

Tom les attendait à la descente du ferry. Ils passeraient déposer leurs bagages au motel où elle et Jack iraient dormir, et ils auraient le reste de la journée pour eux.

Elle sourit à Jack quand il tourna ses jumelles imaginaires dans sa direction.

Oui, elle donnerait une chance à Tom. Ce serait intéressant de voir ce qu'il avait prévu pour eux, aujourd'hui. Le déroulement de cette journée allait peut-être influer sur l'avenir de trois personnes.

— Pourquoi on ne peut pas dormir chez toi, papa ?

— Parce que tu as besoin d'avoir ton lit à toi, et que chez moi, c'est trop petit.

Tom évita de regarder Abby qui, elle, n'aurait pas eu besoin d'avoir son lit. C'était terriblement frustrant de penser qu'elle dormirait seule au motel, mais il préférait avancer à petits pas. A cause de leur fils.

Et si Abby était là, c'était avant tout pour que Jack puisse passer du temps avec son père. Serait-elle venue autrement ? Il ne possédait pas la réponse.

Mais c'était si bon de la revoir. Ce qui ne l'empêchait pas d'avoir des doutes.

Notamment lorsque, à son retour de Kaimotu, il avait retrouvé le confort familier de la maison qu'il partageait avec Moz et avait réalisé que, s'il formait une famille avec Abby et Jack, il perdrait tout ça. Une vague d'appréhension l'avait alors envahi, à la perspective d'un avenir différent. Cependant, ses craintes diminuaient chaque jour un peu plus.

De même, la peur qu'une famille ne l'empêche d'exercer son métier s'évanouissait peu à peu. Il n'appréhendait plus d'avoir les ailes coupées.

Et il ne se passait pas un jour — pas une heure, en fait — sans qu'il ne pense à Abby. Et à Jack, bien sûr. Les deux relations étaient aussi intenses l'une que l'autre.

Simplement, celle avec Jack existait de fait, et il lui suffisait de l'entretenir le mieux possible. Il était son père et le serait toujours.

En revanche, une relation avec Abby devait se mériter. Et ce serait plus difficile à présent, parce qu'il avait à réparer les dommages causés autrefois : quand il lui avait fait comprendre qu'elle ne comptait pas autant que son métier, et qu'il ne voulait pas d'elle dans sa vie sous prétexte qu'elle l'aurait empêché d'évoluer comme il le désirait.

Mais ce qui comptait pour l'instant, c'était que les deux êtres qu'il aimait passent une bonne journée. Il y avait beaucoup réfléchi depuis qu'Abby lui avait envoyé un texto lui annonçant qu'elle venait le voir avec Jack.

— Où est-ce qu'on va, maintenant ? demanda Jack quand ils furent ressortis du motel.

— Au zoo.

— Qu'est-ce que c'est ?

— Jack ! s'exclama Abby. Tu le sais très bien, voyons.

Il y eut un silence à l'arrière de la voiture.

— Jack ?

— Je voulais que ce soit papa qui me le dise, répondit une petite voix.

Il échangea un coup d'œil amusé avec Abby. En même temps, c'était émouvant de voir les tentatives de Jack pour communiquer avec son père.

Tom se sentit fier de susciter un tel intérêt chez son fils.

— Le zoo d'Auckland est très spécial, lui dit-il en le regardant dans le rétroviseur. Il existe depuis près de cent ans et compte des centaines d'espèces d'animaux.

— Il y a des lions ?

— Oui.

— De tigres ?

— Oui.

— Et des singes ?

— Toutes sortes de singes. Des chimpanzés, des orangs-outans et peut-être même des gorilles.

— Et quoi d'autre ?

— Il y a aussi des insectes géants, et des lémuriens. On peut s'approcher d'eux en circulant dans des bulles en plastique transparent. Comme ça, on se retrouve presque au milieu d'eux.

— Oh ! J'adorerais faire ça, dit Abby en souriant. Qu'en penses-tu, Jack ?

— Oui. Mais qu'est-ce qu'il y a encore, papa ?

— As-tu déjà vu un hippopotame ?

Les yeux de Jack s'arrondirent.

— Noon. Je n'ai jamais vu de… d'hittopopame.

— Hippo-po-tame, répéta lentement Tom.

— Hitto-po-pame, dit Jack, encore plus lentement.

— C'est presque ça.

De nouveau, il échangea un regard complice avec Abby. Lui qui avait craint que le zoo ne soit pas une bonne idée ne se posait plus la question.

A n'en pas douter, ils allaient passer une excellente journée.

Abby n'aurait su dire quel moment de la journée elle avait préféré, car ils avaient tous été différents et chacun avait distillé sa magie particulière.

Le simple fait de se promener sur les kilomètres d'allées de la ville, donnant tous les deux la main à Jack comme une famille ordinaire, avait été un moment très spécial.

— Faites la balançoire, avait demandé Jack. Je veux être un singe.

Elle avait échangé un regard avec Tom et, après avoir compté jusqu'à trois, ils l'avaient soulevé de terre. Jack avait poussé des cris de frayeur mêlés d'éclats de rire.

Les lémuriens les avaient tous beaucoup amusés, et ce moment-là aussi avait été précieux à partager.

Une autre source de rires avait été l'incapacité de Jack à

prononcer correctement le mot « hippopotame », malgré ses efforts.

A la gaieté, avait succédé une autre sorte d'émotion, quand ils étaient allés manger une glace. En regardant Tom lécher la pointe de son cornet avec sa langue, le désir avait enflammé ses veines, et son trouble n'avait fait qu'augmenter quand elle avait remarqué la manière dont il la regardait en train de lécher sa glace.

Naturellement, Jack n'avait rien su de ce qui se passait au-dessus de sa tête, mais pour le coup, c'était à peine si elle avait remarqué les alligators, trop occupée à tenter de recouvrer son sang-froid.

Un peu plus tard, ils étaient allés se restaurer dans un café, puis s'étaient promenés dans un parc dans lequel se trouvait une grande étendue couverte d'herbe tendre et légèrement en pente.

— Tu veux me voir faire une roulade jusqu'en bas, papa ? avait proposé Jack.

— Allez, vas-y.

Elle et Tom s'étaient assis à l'ombre d'un arbre pour le regarder rouler sur l'herbe.

— Je me rappelle que je faisais exactement la même chose à son âge, avait dit Tom d'une voix teintée de nostalgie. Cela m'amusait beaucoup.

— Rien ne t'empêche de le refaire, avait-elle répondu avec un sourire de défi.

N'y tenant plus, il s'était aussitôt accroupi et avait commencé à rouler à son tour, de plus en plus vite, jusqu'à rattraper son fils. Cela avait fini par une joyeuse mêlée de bras et de jambes, ponctuée d'éclats de rire.

Un bref instant, elle avait craint que Tom ne heurte Jack trop fort, mais de toute façon, il aurait été là et ce serait occupé de lui.

Elle savait qu'il serait toujours là pour veiller sur eux. Avec lui, elle se sentait en sécurité. Mieux que cela : elle avait l'impression… d'être rentrée chez elle.

Certes, elle n'ignorait pas qu'elle souffrirait encore si elle perdait de nouveau Tom, mais si elle n'acceptait pas ce risque pour l'avenir, elle ne connaîtrait jamais de présent avec lui.

Et ce présent valait la peine d'être vécu.

C'était à ce moment-là, en entendant Jack et son père rire à gorge déployée eu bas de cette pente, qu'elle avait choisi de donner son cœur à Tom. Pour toujours.

Même s'ils ne se mariaient pas, il était de toute façon trop tard pour qu'elle se tienne à distance.

Son cœur appartenait à Tom, pour le meilleur et pour le pire. Il était son homme, aussi irrévocablement que Jack était son fils. Leur fils.

Elle sourit, les yeux légèrement embués, en voyant Tom et Jack remonter la pente herbeuse à quatre pattes, comme des félins. Tom arriva le premier et se laissa tomber à côté d'elle.

Il lui sourit à son tour.

— T'ai-je jamais dit à quel point tu étais magnifique ?

Elle se sentit rosir sous le compliment. Il n'était pas mal non plus, avec ses cheveux tout emmêlés et parsemés de brins d'herbe. Ses yeux noirs brillaient encore après ce moment de chahut avec son fils. Ou bien était-ce pour autre chose ?

Tous deux étaient proches à se toucher. Il lui suffisait de se pencher pour l'embrasser. La soudaine lueur dans les yeux de Tom était une invitation non déguisée, mais, au moment où leurs lèvres s'effleuraient, un petit missile humain arriva en trombe sur eux, et se jeta sur son père.

— Je t'ai eu !

— Oups, dit Tom en soulevant son fils comme s'il ne pesait pas plus qu'une plume. Es-tu sûr que c'est toi qui m'as eu ?

Agitant les bras et les jambes, Jack se mit à pousser des cris ravis quand son père le chatouilla, et Abby ne put que joindre son rire au leur.

Pour le baiser, il y aurait sûrement d'autres occasions.

Tom reposa Jack, et consulta sa montre. Dire qu'Abby avait été sur le point de l'embrasser.

— En partant maintenant, on devrait avoir le temps de passer à la base. Est-ce que ça t'intéresserait de voir où je travaille, Jack ?

— Oh ! Oui ! Je pourrai faire un tour en hélicoptère ?

— Je n'en suis pas sûr. En tout cas, pas aujourd'hui. Mais tu pourras t'asseoir aux commandes et faire comme si tu pilotais.

— Et j'aurai un casque ?

— Ça doit pouvoir se faire, répondit-il en souriant.

L'équipe de Tom était en congé, pourtant, tout le monde était là quand ils arrivèrent. Moz discutait avec un mécanicien venu contrôler un hélicoptère, Frank était sur un appareil de fitness et Fizz le regardait s'exercer.

— On dirait que vous ne pouvez pas vous passer de cet endroit, dit Tom d'un ton mordant. Fizz, voici Abby et mon fils Jack. Je t'ai parlé de lui.

— Oui.

Fizz sourit à Jack, puis elle se tourna vers Abby et la mesura du regard.

— Abby, je te présente mon équipière, Fizz.

Le regard qu'Abby posa sur la collègue de Tom fut tout aussi impitoyable.

Il échangea un sourire avec Franck : la tension entre les deux femmes était palpable.

— Je suis en train de faire mes exercices, lui dit Fizz. Regarde…

Elle avait une balle dans la main et portait toujours un bandage de protection, mais n'avait plus de points de suture et avait repris ses activités.

— C'est pour renforcer mon poignet.

— Qu'est-ce qui t'est arrivé ? lui demanda Jack.

— Je me suis blessée pendant une mission, répondit-elle. On a dû ramper dans une voiture accidentée au pied d'une falaise avec de grosses vagues autour de nous. C'était génial. Est-ce que tu veux devenir sauveteur en hélicoptère comme ton papa ?

— Euh… Oui.

Tom le regarda, à la fois amusé et curieux. Mais Jack n'avait pas l'air convaincu. Peut-être venait-il de prendre conscience du danger ?

— Si on allait voir un hélicoptère ? proposa Tom.

— Le BK est hors service, il y a un problème avec la jauge de carburant, dit Frank. Et l'autre hélico est de sortie pour un moment.

— Est-ce que le mécanicien sera d'accord pour que Jack s'assoie sur le siège du pilote quelques minutes ?

Frank et Fizz les accompagnèrent. En chemin, ils tombèrent sur le directeur de la base.

— Bonjour, dit-il à Jack. Ma parole, tu ressembles drôlement à ton père !

— Oui.

Jack se redressa pour paraître plus grand, et se rapprocha de Tom, qui posa la main sur la tête de son fils.

Il ne s'était jamais senti aussi fier de toute sa vie.

A cet instant, la radio grésilla et le directeur regagna son bureau pour répondre, laissant la porte ouverte.

— Base de sauvetage numéro 1, j'écoute.

— Nous avons reçu un appel prioritaire de l'île de Kaimotu. Je vous le passe.

Tom tiqua en entendant ces derniers mots. « Prioritaire » signifiait qu'il y avait danger de mort. Tous le savaient — excepté Jack — mais le petit garçon était aussi très attentif. Avait-il surpris la lueur de peur dans les yeux de sa mère, quand elle avait reconnu la voix anxieuse de Ginny ?

— Base numéro 1 ? Nous avons un petit garçon de vingt-trois mois, Blake Taggert, qui est en train de s'étouffer et dont les signes vitaux se détériorent. Le Dr McMahon a tenté de retirer l'obstacle avec des forceps, mais sans succès. Nous allons assurer la circulation de l'air par une cricothyroïdectomie, mais il doit être évacué d'urgence.

Le directeur de la base secoua la tête.

— Ne quittez pas.

Il coupa le son pour que Ginny n'entende pas et se tourna vers Tom, l'air sombre.

— On ne peut rien faire, dit-il. Il faut demander l'intervention de l'armée de l'air. Nous n'avons pas d'hélicoptère disponible.

— Le mécanicien n'a peut-être pas encore commencé la réparation sur le BK, répondit Tom. Après tout, ce n'est qu'une jauge.

— C'est très important sur une longue distance, intervint Frank.

— Je viens avec toi, Tom, proposa Fizz, les yeux brillants d'excitation.

Il la regarda en secouant la tête. Manifestement, s'il y avait des risques, elle voulait en être. Etait-elle devenue folle ? Et lui, avait-il perdu la raison ? C'était probablement ce qu'Abby devait penser.

Mais quand il rencontra son regard, ses yeux étaient mouillés de larmes.

— Pauvre Ruth, murmura-t-elle. Elle doit être aux cent coups. Tu te rends compte, si Jack et moi étions ainsi isolés et avions besoin d'aide ?

Ce fut ce qui le décida.

— J'y vais, annonça-t-il. Si Moz est d'accord pour m'accompagner sur cette mission.

Il se doutait que son pilote accepterait de prendre un léger risque, si la vie d'un enfant était en jeu.

— Mais on n'emmène personne d'autre, ajouta-t-il. Moins l'hélico sera chargé, moins on aura besoin de carburant et la jauge ne sera pas un gros problème.

Il contacta Ginny avant de rejoindre l'héliport, suivi par Abby. Il s'attendait à ce qu'elle lui touche le bras en le suppliant de ne pas entreprendre une mission aussi risquée, et en lui demandant de penser à Jack — et à elle.

Abby lui toucha le bras, et il se retourna. Mais ce qu'il vit dans ses yeux, ce n'était pas de la peur. Elle semblait surtout s'en faire pour Ruth et pour Damien, les parents d'un tout petit garçon. Il y lut toute la sollicitude qu'elle éprouvait pour eux en ces instants si difficiles.

Et il y vit aussi toute sa compréhension du rôle de Tom et de l'aide qu'il était seul à pouvoir apporter.

Elle le serra brièvement dans ses bras, sans doute pour ne pas le gêner dans ses préparatifs et le laisser se concentrer sur sa mission.

— Merci, lui dit-elle simplement. Je t'aime.

Et Tom l'embrassa avec passion. Là, sur l'héliport et devant tout le monde, y compris Jack.

— A bientôt, chérie, murmura-t-il à son oreille. Je t'aime aussi.

10.

Abby soupira. Tom ne serait pas de retour avant des heures. Il fallait compter le vol ver l'île de Kaimotu, le temps nécessaire pour stabiliser le petit Blake, le vol du retour, puis le passage de relais au spécialiste pédiatre de l'hôpital d'Auckland, avant le retour à la base.

Pour faire bonne mesure, il y aurait sans doute aussi un monceau de paperasse à remplir, et notamment un rapport pour expliquer pourquoi on avait fait voler un hélicoptère supposé rester au sol pour réparations.

Des réparations qui n'avaient jamais été commencées.

Elle se sentit soudain gagnée par l'anxiété. Au secours. Ce serait si facile de donner libre cours à son imagination et de prévoir une terrible catastrophe, mais elle était déterminée à ne pas suivre cette voie. Elle prit une longue inspiration. Et elle ne montrerait pas à Jack combien elle était inquiète.

Elle et Jack firent des signes de la main, jusqu'à ce que l'hélicoptère ne soit plus qu'un gros point dans le ciel.

Puis elle surprit le regard de son fils sur elle.

— Pourquoi tu souris, maman ?

Elle le regarda, surprise. Elle ne s'en était même pas rendu compte.

Parce que, malgré son inquiétude, elle avait le cœur qui chantait, bercé par les derniers mots de Tom.

« Je t'aime. »

Qu'y avait-il de plus puissant dans l'univers que ces trois petits mots ?

Ils lui confirmaient que ce quelle éprouvait pour Tom était réciproque. Cette parole si simple, si pure agissait comme un ciment dans une relation, et ils venaient encore de les rapprocher : elle, Tom, et Jack.

Une vraie famille. Alors, rien d'étonnant après tout si elle souriait.

— Tu ne devrais pas être heureuse, lui dit Jack, l'air sombre.

— Pourquoi ?

— Parce que papa est parti loin, répondit-il en reniflant.

— Il sera bientôt de retour.

— Mais il avait dit qu'il nous emmènerait dîner dans un endroit où on vend des hamburgers et des frites, et où il y a une grande aire de jeux. Tu crois qu'il reviendra à temps ?

— Peut-être pas cette fois, mon cœur.

Elle s'accroupit près de lui.

— Il va falloir t'habituer à ce que ce genre de situation se produise quelquefois. C'est le métier de ton papa qui veut ça. Il a été appelé d'urgence pour secourir un petit garçon très malade. C'est le petit frère de Brooke et aussi d'Amber, qui est dans ta classe. Imagine comme elle serait triste, s'il n'y avait pas quelqu'un comme ton papa pour aider à ce que Blake aille mieux…

Jack se tut, comme s'il prenait le temps de digérer ses paroles.

— Tu sais quoi ? Voilà ce qu'on va faire, dit-elle en se relevant.

Tous deux avaient besoin d'un peu de distraction.

— On va dire au revoir à tout le monde ici, prendre un taxi et rentrer en ville. On pourra aller regarder les bateaux, puis trouver le restaurant de hamburgers. Ensuite, on retournera au motel pour que papa puisse nous y retrouver. Il sera peut-être même là à temps pour te dire bonne nuit.

Alors, elle et Tom auraient un peu de temps pour eux seuls.

Pour se parler. Se toucher. Pour simplement être ensemble.

Fermant les yeux, elle poussa un long, très long soupir. Les prochaines heures risquaient d'être longues.

Et elles furent interminables. Ils passèrent une heure à regarder les bateaux et une autre au restaurant, où Jack joua avec une multitude d'enfants après avoir mangé son hamburger.

Quand ils furent de retour au motel, trois heures s'étaient écoulées depuis le décollage de l'hélicoptère.

Ils avaient eu largement le temps d'intervenir. Abby était anxieuse de savoir si Blake allait bien, et si une intervention chirurgicale avait été nécessaire.

Pendant que Jack s'amusait dans son bain avec une brosse en plastique en guise de bateau, elle prit son portable et appela l'hôpital de Kaimotu.

— Ben ?

Elle ne s'attendait pas à ce qu'il réponde directement.

— Comment va Blake ?

— La crise est passée, grâce au ciel. On surveille toujours sa respiration et il a encore très mal à la gorge, mais cela n'a rien de surprenant étant donné qu'il avait tenté d'avaler un petit avion en plastique.

Il laissa échapper un petit rire soulagé, mais sa réponse déclencha une alarme dans la tête d'Abby.

— A-t-on eu besoin de l'opérer ? demanda-t-elle.

— Au bout du compte, non. Quand il a été complètement inconscient et qu'il n'y a plus eu de spasmes, j'ai pu retirer l'objet avec le forceps. La pauvre Ruth était dans tous ses états.

— Je m'en doute. Oh ! Je suis si contente d'apprendre ça. Blake doit vraiment aller mieux pour que Tom ait décidé de ne pas le transférer sur le continent.

Elle avait dit ces derniers mots pour se rassurer, mais dans sa tête, l'alarme s'étais mise à sonner plus fort.

— Combien de temps a mis l'hélicoptère pour arriver ? demanda-t-elle.

— On l'attend encore, répondit Ben. Il n'est toujours pas là.

Ce fut Frank qui répondit quand Abby appela la base dans les secondes qui suivirent.

— Je suis désolé, dit-il d'un ton grave. On ignore encore ce qui s'est passé. Tout ce qu'on sait, c'est que l'hélico n'est pas arrivé à Kaimotu, et qu'il n'est visible sur aucun radar. Le dernier contact radio a eu lieu il y a deux heures. Un avion est parti à sa recherche.

Elle se sentit étrangement calme. C'était probablement l'avantage, quand on avait tendance à imaginer les pires situations : lorsqu'elles se produisaient, on y était préparé.

— Pouvez-vous me rappeler dès que vous saurez quelque chose ? dit-elle d'une voix qui tremblait à peine.

— Bien sûr. Accrochez-vous, Abby. Tom ne rendrait pas les armes sans se battre. Surtout maintenant qu'il a tant de choses à défendre, ajouta-t-il.

Une fois la communication coupée — et alors seulement — elle s'effondra sur le canapé, couvrant son visage de ses mains.

Combien de fois n'avait-elle pas imaginé ce scénario ? Celui où elle devrait apprendre à Jack que son père ne reviendrait pas…

Ni cette nuit ni jamais.

C'était la perspective d'avoir à faire un jour ce genre d'annonce qui l'avait toujours dissuadée de révéler à Jack l'existence de son père.

Et voilà que sa plus grande terreur se réalisait. C'était même pire que tout, puisque Jack allait perdre son père alors qu'il commençait tout juste à la connaître et à l'aimer. A cause d'elle, il avait perdu cinq années qu'il aurait pu passer avec lui. Combien de temps mettrait-il à la détester pour ce qu'elle avait fait ?

Elle le voyait déjà, vers dix ou onze ans, exigeant de savoir pourquoi il n'avait eu un père que pendant quelques semaines. Et l'accusant de…

Mais allait-elle cesser maintenant ! Stop ! Inutile d'imaginer un désastre futur, il avait déjà lieu. Elle allait devoir annoncer à Jack qu'il était arrivé quelque chose à l'hélicoptère. Et à Tom.

Mon Dieu… Le chagrin l'oppressait. Il fallait que Jack soit au lit, profondément endormi, avant que le téléphone ne sonne de nouveau pour confirmer la pire des nouvelles. Elle aurait le reste de la nuit pour chercher les mots qui atténueraient la douleur de Jack.

Et ensuite, ils devraient rentrer chez eux. Sauf que… L'île de Kaimotu ne serait jamais plus la même.

Chez eux, c'était là où se trouvait Tom.

Ne disait-on pas que l'on ignorait combien quelque chose était précieux tant qu'on ne l'avait pas perdu ?

C'était on ne peut plus exact.

Tom n'avait jamais vraiment pensé à la valeur qu'avait sa propre vie, jusqu'à ce qu'il se trouve sur le point de la perdre.

Lorsque l'hélicoptère se mit à descendre en spirale en se rapprochant de la surface de l'océan, ils se trouvaient quelque part à mi-chemin entre la Nouvelle-Zélande et Kaimotu.

Moz se mit à jurer comme un charretier. La jauge de carburant n'était pas seule en cause. Quelque chose d'autre s'était déréglé, au point qu'ils ne pouvaient même pas envoyer un message de détresse. Ils étaient sur le point de disparaître du radar, et personne ne saurait jamais pourquoi.

Sauf que lui le savait : parce que, de nouveau, il avait repoussé les limites. Mais cette fois, il avait joué de malchance.

Et il n'était pas le seul à en subir les conséquences. Son meilleur ami, Moz, était embarqué avec lui. Plus que tout, il laissait derrière lui la femme qu'il aimait, et le fils qu'il commençait à peine à connaître.

Auparavant, il n'avait jamais eu autant à perdre. C'était ce qui lui avait permis, jusque-là, d'exercer son métier comme il l'avait fait.

Il eut tout le temps de réfléchir à ça quand ils se retrouvèrent dans leur minuscule canot de sauvetage, à flotter sur l'océan immense et glacé.

C'était un miracle qu'ils aient pu sauter de l'hélicoptère avant qu'il ne s'abîme dans la mer, et se réfugier sur le canot qui s'était gonflé instantanément au contact de l'eau. Autre miracle : l'avion de recherche les avait localisés rapidement, et leur avait envoyé un autre hélicoptère pour les tirer de là.

A présent, ils pouvaient communiquer par radio. Abby avait-elle appris qu'ils étaient saufs et était-elle en route pour l'île ?

Depuis l'hélicoptère, il tenta de l'appeler sur son portable, mais n'obtint que sa messagerie.

Or, il ne voulait pas lui laisser de message. Il tenait à lui parler directement.

Il avait besoin de lui parler. A tel point qu'il n'accompagna pas Moz quand il rentra se coucher après qu'ils eurent fait leur rapport, et eu droit au discours plutôt compatissant du directeur de la base, trop soulagé de les savoir en vie pour leur reprocher leur témérité — qu'il avait d'ailleurs cautionnée.

Arrivé au motel d'Abby, il frappa doucement à la porte, ne voulant pas réveiller Jack.

Au son persistant des coups sur la porte, Abby finit par émerger de l'état d'engourdissement dans lequel elle était plongée.

Le cœur battant, elle se leva lentement. Ils avaient probablement préféré envoyer quelqu'un pour lui annoncer la nouvelle en personne. C'était pourquoi elle n'avait pas reçu l'appel qu'elle redoutait tant.

A mi-chemin, elle dut s'arrêter et mit son poing devant sa bouche pour étouffer un sanglot. C'était trop dur.

— Abby ? Tu es là ?

La voix n'était qu'un murmure, mais elle la reconnut immédiatement. D'un seul coup, elle sentit toutes les cellules de son corps revenir à la vie.

Se précipitant sur la porte, elle se battit avec la serrure dans sa hâte de l'ouvrir.

L'instant d'après, Tom était là, remplissant tout l'espace.

— Oh ! Mon Dieu, balbutia-t-elle entre ses larmes. Tu es vivant…

Il la prit dans ses bras et la serra si fort que ses pieds décollèrent du sol. Elle ne pouvait presque plus respirer, mais peu lui importait : jamais, au grand jamais, elle n'avait été aussi heureuse.

Pendant un long moment, ils restèrent sans parler, s'étreignant toujours. Puis Tom, la tenant encore dans ses bras, l'entraîna sur le canapé.

Elle se blottit sur ses genoux, les bras autour de son cou, les yeux fixés sur son visage comme si elle voulait s'assurer que chaque pore de sa peau était intact.

Alors seulement, leurs lèvres se joignirent, et ils échangèrent le plus doux des baisers. Il contenait tant de tendresse que des larmes se mirent à couler sur ses joues.

— J'ai cru que je t'avais perdu de nouveau, murmura-t-elle. Je suis restée assise ici pendant des heures, à me demander comment j'allais pouvoir le dire à Jack.

— Mais on aurait dû t'informer depuis longtemps que j'étais sain et sauf. J'ai moi-même essayé de te joindre depuis l'hélicoptère, mais je n'ai eu que ta messagerie.

— Quoi ?

Elle fronça les sourcils.

— J'avais pourtant mon portable juste à côté de moi.

Tom trouva le téléphone entre deux coussins, et appuya sur une ou deux touches.

— Il était en mode silencieux, expliqua-t-il. On dirait que tu as reçu quelques messages, chérie.

— Oh ! Non. Dire que j'étais là, redoutant un drame… C'est l'histoire de ma vie : imaginer le pire, et tout faire pour l'éviter.

— Comme tu m'as évité ?

— Plus maintenant, dit-elle d'un ton convaincu.

En rencontrant son regard, elle se sentit presque intimidée.

— Je me suis rendu compte aujourd'hui qu'il était trop tard.

Une lueur inquiète apparut dans les yeux de Tom.

— Trop tard ? Tu veux dire… Pour nous ?

— Non, au contraire. Trop tard pour tenter de me protéger

de toi. Mon cœur t'appartient, Tom. Que tu le veuilles ou non, il est à toi pour toujours.

— Oh ! Mais je le veux. Et tu n'imagines pas à quel point.

Il déposa encore un tendre baiser sur ses lèvres, puis attira sa tête contre son épaule.

Pressée contre lui, elle sentit les battements réguliers de son cœur à travers son propre corps.

— Moi aussi, je me suis rendu compte d'une chose importante, il y a déjà quelque temps, dit-il à voix basse. Et cela a pris tout son sens aujourd'hui.

Il prit une profonde inspiration.

— J'ai passé toute ma vie à rechercher le danger, poursuivit-il. Parce que je croyais que c'était ce qui faisait le prix de l'existence. Non pas le danger lui-même, mais ce sentiment de soulagement et de sécurité que l'on éprouve ensuite. En fait, je n'avais pas compris à quel point je me trompais, jusqu'à ce que je fasse ta connaissance. Et même alors, je n'ai pas vraiment compris.

Elle le regarda, intriguée, mais il se contenta de lui sourire.

— J'avais toujours été attiré par des femmes qui étaient aussi folles que moi.

— Comme Fizz ? dit-elle l'air de rien.

Tom hocha la tête.

— Et toi, tu étais exactement l'opposé, toujours tellement prudente… J'ai cru que tu voulais m'empêcher de continuer à rechercher ces sensations qui me plaisaient.

Elle se redressa pour lui faire face.

— Je n'ai jamais voulu faire ça. Je ne suis sans doute pas aussi courageuse que Fizz, mais…

Il posa doucement un doigt sur ses lèvres.

— Chut. Laisse-moi finir. Ce dont j'ai vraiment pris conscience aujourd'hui, c'est qu'une poussée d'adrénaline te donne peut-être l'impression que tu es plus vivant pendant un moment, mais ce qui fait que la vie en vaut la peine, c'est ça…

Et il l'embrassa, encore et encore.

— Je t'aime tant, Abby. Ma vie, c'est toi. Toi et Jack. Vous êtes ma famille.

C'est à cet instant qu'une petite silhouette en pyjama, à moitié endormie, les rejoignit dans la minuscule pièce à vivre du motel, tenant Action man, la tête en bas, dans son poing serré.

— Ah, papa, dit-il d'une voix ensommeillée. Tu es rentré.

— Oui.

La voix de Tom tremblait un peu. Il tendit le bras pour inviter Jack à les rejoindre pour un câlin, et le serra contre lui avec Abby.

— Je suis rentré à la maison, dit-il simplement.

Elle le regarda, submergée par l'émotion. Il n'y avait rien d'autre à ajouter. Ils étaient enfin réunis pour former une famille. A présent, elle était certaine qu'ils resteraient ainsi.

Puis Jack la rejoignit sur les genoux de Tom, et elle l'entoura aussi de ses bras.

C'était leur premier câlin en famille. Le premier d'une innombrable suite, elle en était convaincue désormais. Et peut-être que, dans un avenir assez proche, il y aurait d'autres petits bras et jambes qui viendraient se mêler aux leurs.

Au-dessus de la tête bouclée de Jack, Tom lui donna un long baiser, rien que pour elle.

— Veux-tu m'épouser ? murmura-t-il.

Abby ne put que hocher la tête, le cœur trop plein pour trouver les mots.

Ce n'était peut-être pas une réponse très correcte à une demande en mariage, mais elle allait lui rendre son baiser.

Dès qu'ils auraient remis leur fils au lit.

SCARLET WILSON

Miracle au réveillon

Traduction française de
CAROLINE JUNG

BLANCHE

HARLEQUIN

Titre original :
HER FIREFIGHTER UNDER THE MISTLETOE

Ce roman a déjà été publié en 2014.

1.

Bzzz… Bzzz…

Jess cligna les paupières. Mais d'où provenait cette lumière aveuglante ? Elle avait l'habitude que son pager sonne au beau milieu de la nuit, comme cela avait été le cas, à trois reprises, la nuit précédente. Un bébé atteint de VRS l'avait tenue éveillée la majeure partie de la nuit, dans le service des soins intensifs pédiatriques. Une fois le calme revenu, elle s'était servi un café, avant de regagner son bureau pour mettre un peu d'ordre dans ses papiers. La fatigue avait manifestement pris le dessus…

Et se faire réveiller par son pager en plein jour était une expérience tout à fait inédite. Elle tendit la main. Son café était froid. Encore à moitié endormie, elle esquissa un sourire. Avait-elle seulement eu le temps d'en boire une gorgée avant de s'écrouler sur son bureau ?

Elle ouvrit grand les yeux, puis se redressa et s'étira.

Bzzz… Bzzz…

C'étaient les urgences, une fois de plus. Une autre admission, encore des problèmes respiratoires, probablement.

Le mois de novembre ne faisait que commencer à Glasgow, mais on se serait cru en plein hiver. Les températures avaient brutalement chuté en quelques jours, et il n'en avait pas fallu davantage pour que les urgences pédiatriques se retrouvent submergées : admissions en masse pour entorses, fractures et autres traumatismes crâniens dus aux chutes sur les trottoirs glissants, sans compter les cas d'affections respiratoires et d'infections diverses, qui pouvaient s'avérer préoccupantes, notamment chez les tout-petits.

Elle eut un petit soupir. Heureusement que personne ne

l'attendait à la maison ! Cela faisait des jours qu'elle n'était pas rentrée chez elle. Elle prit le téléphone, et composa le numéro des urgences.

— Dr Rae à l'appareil. Vous m'avez appelée ?

— Réunissez une équipe volante. Le minibus d'une crèche est tombé dans la Clyde. Le nombre de victimes n'est pas encore connu. On attend des précisions. Soyez prête à partir dans cinq minutes.

Elle bondit aussitôt sur ses pieds et sortit du bureau, oubliant sa nuit blanche et sa fatigue.

— Il me faut une équipe volante ! lança-t-elle à l'infirmière qui venait à sa rencontre. Où est Jackie ?

Jackie apparut au même moment.

— Que se passe-t-il ?

— Le minibus d'une crèche est tombé dans la Clyde.

Jess dévala les marches. Il lui fallut moins d'une minute pour gagner le service des urgences, où elle attrapa au vol une combinaison verte, maquée au dos du mot « médecin », ainsi que des gants.

Elle consulta sa montre. Il n'était que 14 h 30. Mais il ferait nuit d'ici quelques heures, et elle pria pour que les passagers du minibus puissent être sauvés avant.

— On y va ! ordonna une voix depuis la porte d'entrée.

Jackie réapparut, vêtue d'une combinaison verte identique à la sienne, mais portant l'inscription « infirmière ». Munie de kits d'urgences pédiatriques, l'équipe réunie monta à bord des ambulances, qui prirent la route, sirène hurlante.

— Bonjour. Jess Rae, je suis pédiatre, dit-elle à son voisin. Il y a du nouveau ?

— Stan, coordinateur du service des urgences, répondit-il avec un hochement de tête. Ce n'est pas simple. Un véhicule a percuté le minibus qui a dévalé un ravin, et a fini sa course dans la Clyde.

Jess acquiesça en silence. Son imagination s'était déjà mise à courir, passant en revue les différentes blessures auxquelles les enfants du minibus étaient susceptibles d'être exposés.

— Combien y a-t-il de passagers ? demanda-t-elle après un bref instant.

— Trois adultes et une dizaine d'enfants. Mais on attend une confirmation.

— De quel âge ?

— Entre deux et cinq ans. Le chauffeur de l'autre minibus de la crèche ne s'est rendu compte de rien. Il ignorait même qu'un accident était survenu. La police est sur place, pour recueillir les témoignages des enfants.

Jess déglutit, la bouche soudain sèche. On ne faisait pas très souvent appel à l'équipe volante. Depuis la veille au soir, elle était de garde, et se retrouver là faisait partie de ses prérogatives de médecin, mais elle sentit un nœud se former dans son estomac à l'idée de découvrir l'horreur qui venait de se produire au bord de la Clyde.

Pour autant, elle savait qu'elle garderait son sang-froid et ferait preuve de professionnalisme. Elle ferait tout ce qui serait en son pouvoir pour soigner les enfants qui en auraient besoin.

Et il était probable, aussi, qu'elle ne dormirait pas de sitôt…

La radio émit un grésillement, suivi de voix qu'elle ne distingua pas. Le chauffeur tourna la tête vers les passagers.

— Ils ont appelé une équipe de pompiers alpinistes, qui devrait arriver incessamment. Espérons que Callum se sera levé du bon pied, aujourd'hui.

— Qui est Callum ? demanda spontanément Jess. Et pourquoi a-t-on appelé des alpinistes ?

— Les berges du fleuve sont escarpées, et l'accès en est difficile pour des non-spécialistes comme nous, expliqua Stan. Sans compter que l'eau est glaciale, à cette époque de l'année.

— Leur intervention va-t-elle retarder le moment où je pourrai être auprès des enfants ?

Stan détourna le regard, préférant manifestement éviter de répondre. Elle secoua légèrement la tête. Du reste, il n'avait pas répondu à la première question non plus. Le commentaire du chauffeur flottait encore dans l'habitacle. « Espérons que Callum se sera levé du bon pied, aujourd'hui… »

Il ne lui manquerait plus qu'avoir affaire à un secouriste de mauvaise humeur !

— Callum est quelqu'un d'irascible ? demanda-t-elle, alors que l'ambulance ralentissait pour tourner.

Qu'il soit de mauvaise humeur, peu lui importait après tout, tant qu'il ne l'empêchait pas d'exercer correctement son métier.

— Irascible ? Oui, dans ses bons jours, murmura Stan tandis que le véhicule se garait.

Jessica ouvrit précautionneusement la portière. La police avait sécurisé le périmètre, mais le flot des voitures sur la route demeurait dense.

L'air frais lui cingla le visage, s'infiltrant immédiatement dans les plis de sa combinaison. Elle regretta de ne pas avoir mis un bonnet, une écharpe et un polaire, en plus des gants qu'on lui avait fournis. Elle observa les alentours, et tressaillit à la vue de du rail de sécurité défoncé et tordu, couché sur le bord de la route, tel un bout de ferraille inutile au milieu d'une décharge.

Des voix s'élevèrent à sa gauche. Elle tourna la tête juste à temps, pour apercevoir un homme qui accrocha son harnais avant de disparaître derrière le talus.

Un trouble s'empara d'elle, en même temps qu'une vague réminiscence. « Callum », avait dit le chauffeur ? Se pouvait-il que… ? Pouvait-il s'agir de Callum Kennedy, avec qui elle sortait au lycée ? Elle l'avait complètement perdu de vue, mais la silhouette qui venait de descendre dans le ravin lui rappelait quelque chose.

Elle s'approcha du ravin, et sentit une main se poser sur son épaule.

— Vous êtes médecin, dit le pompier d'un air soulagé. Venez mettre votre harnais.

Elle souleva les jambes pour enfiler le harnais, tandis qu'un autre secouriste faisait descendre sa mallette.

— Vous êtes déjà descendue en rappel ? demanda le pompier à la carrure imposante. Vous allez le faire avec moi.

Elle jeta un coup d'œil dans le ravin. Huit ou dix mètres de dénivelé abrupt. Combien de tonneaux le minibus avait-il faits ?

Elle aperçut le véhicule, couché sur le côté dans l'eau gelée, autour duquel s'activaient les pompiers, postés sur le capot ou sur les berges.

— Allons-y, dit-elle. Il faut s'occuper de ces enfants.

Le pompier hocha la tête, et appuya sur le bouton de sa radio.

— Je descends avec le médecin, annonça-t-il.

Elle prit une profonde inspiration et, tournant le dos au fleuve, se laissa glisser le long de la corde. Les parois du ravin étaient glissantes. Une fine pellicule de givre s'était formée, sur laquelle ses semelles lisses n'avaient aucune prise, et le froid cinglant commençait déjà à paralyser ses doigts à travers les gants pourtant épais.

— C'est encore loin ? demanda-t-elle en jetant un coup d'œil par-dessus son épaule.

— Regardez droit devant vous, lui intima le pompier.

Elle sentit la nervosité la gagner. Ces enfants avaient besoin d'elle, et il lui tardait d'être en bas pour leur venir en aide. Mais mieux valait, en effet, qu'elle y arrive entière.

— Qui est ce Callum ? demanda-t-elle en fixant la paroi boueuse devant elle. S'agirait-il de Callum Kennedy, par hasard ?

— Vous le connaissez, alors, répondit le pompier avec une leur d'amusement dans le regard.

— Je n'en suis pas certaine. Il y avait un Callum Kennedy dans ma classe, mais je n'ai pas eu le temps de voir si cet homme lui ressemblait. D'ailleurs, je ne suis pas sûre qu'il me reconnaîtrait, ajouta-t-elle dans un haussement d'épaules. Que fait-il exactement ?

— Il dirige l'équipe de secouristes.

— Et c'est un bon secouriste ? demanda-t-elle.

Elle regretta aussitôt sa question. Mais après tout, et l'ambulancier et Stan avaient fait allusion à son caractère plutôt épineux, qui ne semblait être un secret pour personne. Donc sa curiosité se justifiait. Et puis, de toute façon, il était intéressant de savoir avec qui elle allait collaborer.

— Si l'un de mes enfants était en danger, je prierais pour que Callum soit en service ce jour-là. Je ne connais pas de meilleur secouriste, et il sait s'y prendre avec les gosses, dit le pompier.

Il attrapa Jess par la taille.

— Voilà. Je vous détache, mais gardez le harnais sur vous, pour remonter, tout à l'heure.

— Où est le médecin ? demanda quelqu'un d'une voix forte.

— Je suis là. J'arrive ! répondit-elle en ramassant sa mallette.

Plusieurs pompiers formaient une chaîne pour sortir les enfants du minibus et les porter jusqu'à la berge, où on les enveloppait dans des couvertures chauffantes.

— Allons-y, dit-elle à Jackie qui venait de la rejoindre.

Jess s'accroupit auprès des deux enfants que l'on venait de déposer, et leur parla d'une voix douce, tout en les examinant.

— Vous avez besoin d'aide ? demanda l'un des pompiers.

— Oui, il faut les réchauffer. Ils n'ont pas de blessures apparentes, mais ils sont en état de choc.

Elle retourna vers le minibus, dont elle vit de près la tôle froissée, percée, tordue. Elle frissonna.

— Ce sont les deux premiers enfants qu'on a sortis du minibus ? demanda-t-elle.

L'homme qui se tenait près d'elle opina.

— Savons-nous combien ils sont, exactement ?

— Nous en avons dénombré douze, pour l'instant. Mais ce chiffre doit encore être confirmé.

Les pompiers firent passer un adulte le long de la berge. Leurs voix s'élevaient par-dessus les pleurs des enfants. L'activité était intense à l'intérieur et autour du minibus.

— A-t-on besoin de moi dans le minibus ? demanda-t-elle, le cœur battant.

Elle ne pouvait pas rester là, les bras ballants. Elle avait besoin d'être au cœur de l'action, et d'évaluer rapidement la gravité des cas, afin de soigner les blessures les plus graves. Il fallait qu'elle approche ces enfants.

Une tête apparut à l'une des fenêtres du minibus. Tout en

essayant de faire passer un enfant qui gigotait dans ses bras, l'homme planta son regard dans le sien.

— Ne bougez surtout pas, dit-il avec autorité.

Elle cilla. Callum Kennedy. C'était bien lui.

Elle vit une lueur de surprise dans ses yeux. L'avait-il reconnue, après toutes ces années ?

L'air glacial vint emplir ses poumons, et elle eut la chair de poule. Quel drôle d'effet cela faisait de voir Callum Kennedy après treize ans ! Elle ne s'attendait vraiment pas à cela. Elle se revit soudain à dix-sept ans, dans cette discothèque, se mordant la lèvre pour ne pas pleurer, le jour où ils avaient pris la décision de se séparer. Une décision des plus raisonnables, cela dit. Ils s'apprêtaient l'un et l'autre à entrer à la faculté, elle à Glasgow, lui, un peu plus tard, à Aberdeen. Leur relation n'aurait pas supporté la distance, de toute façon. Ils avaient donc pris la bonne décision, à l'époque.

Mais cela n'avait pas été facile.

Elle se redressa, s'efforçant de revenir à la réalité. Callum la fixait toujours.

Ses joues s'empourprèrent, et elle se sentit mal à l'aise. Que pensait-il ? Il avait eu l'air surpris, l'espace d'un instant, au moment où il l'avait probablement identifiée. Lui était-il pénible de la revoir ?

Mais peut-être se faisait-elle des idées. Il y avait même de bonnes chances pour qu'il ne l'ait pas reconnue !

Callum n'en crut pas ses yeux. Il tenait fermement un enfant par la taille, tandis que son collègue tentait de défaire la ceinture de sécurité. Mais son regard était attiré par la chevelure indomptée d'une femme, dont la couleur caramel contrastait avec le vert de la combinaison qui la recouvrait de la tête aux pieds. Une femme qu'il n'avait pas revue depuis treize ans.

Une éternité.

C'était invraisemblable : son amour de jeunesse se trouvait là, sur la berge de la Clyde, sur les lieux d'un accident de minibus.

Il s'était souvent demandé s'il la recroiserait un jour quelque part. En tant que pompier secouriste, il connaissait bien tous les services d'urgences des hôpitaux et des cliniques de la ville. Il savait que Jessica avait fréquenté la faculté de médecine, mais il n'avait jamais vu son nom sur aucun organigramme. Il l'avait perdue de vue, ignorant ce qu'elle était devenue.

Maintenant, il le savait.

L'avait-elle reconnu ?

Il en eut l'impression, malgré les quelques kilos qu'il avait pris depuis l'adolescence. Elle, par contre, était toujours aussi mince. Seuls les traits de son visage avaient un peu changé.

Dans son souvenir, Jessica avait une silhouette qui ne laissait personne indifférent, et une personnalité à l'avenant. Toutes les images qu'il avait gardées d'elle étaient imprégnées de joie et de légèreté. L'espace d'un instant, une bouffée de nostalgie s'empara de lui.

Il sentit qu'on lui tapait sur l'épaule. Il souleva le petit garçon que son collègue venait de libérer de son siège. L'enfant se blottit contre lui. Il avait cessé de pleurer. Il avait probablement trop froid pour cela. Callum resserra ses bras autour de lui pour le réchauffer.

Le gamin devait avoir à peine un an de moins que son propre fils, Drew. Il ne put réprimer un frisson à l'idée que Drew puisse se retrouver un jour dans une telle situation. La seule pensée lui en était insupportable.

Il se souvint avec soulagement n'avoir signé aucune autorisation de sortie pour cette semaine-là : Drew était donc bien au chaud dans l'enceinte de son école.

Le minibus se remplissait d'eau rapidement, et la température était glaciale. Il allait falloir agir vite pour sauver ces enfants.

— Faites-le passer ! dit Jess.

Cette fois, il était certain de son identité, au ton plein d'autorité de sa voix. Il retrouvait en elle l'énergie dont elle avait toujours fait preuve.

Mais ce n'était certainement pas le moment de penser à Jessica Rae.

— Ne t'inquiète pas, mon grand, murmura-t-il au petit garçon en lui caressant la tête. On va te réchauffer.

Il le déposa dans les bras tendus devant lui, et se retourna.

— Où en êtes-vous ? demanda-t-il à John, son collègue affairé à l'intérieur du bus.

— Prépare-toi à en recevoir deux autres. Mais j'ai besoin de plus de lumière.

La lumière du jour déclinait déjà, et d'ici moins de deux heures, il ferait nuit. Une autre voix se fit entendre du fond du véhicule plongé dans l'obscurité.

— J'en ai un avec une jambe cassée, et un autre qui a perdu connaissance. Y a-t-il un médecin, par là ?

Callum se releva.

— On a besoin d'un médecin dans le bus ! lança-t-il en direction de la berge où s'activaient Jessica, une infirmière et des ambulanciers.

Jess s'approcha aussitôt du bord, et laissa un pompier accrocher son harnais, puis, refusant des cuissardes, elle attrapa la main qu'on lui tendait et escalada la carrosserie du minibus.

La Clyde était un fleuve tumultueux, dont le courant rapide venait frapper la tôle du véhicule couché, et continuait d'emplir l'habitacle d'eau glacée. Le bus bougeait au gré du courant, et le poids de son sac rendait son équilibre précaire. Après avoir glissé plusieurs fois, elle sentit la main de Callum attraper fermement la sienne. Elle put alors se stabiliser avant de le rejoindre.

— Merci, dit-elle dans un souffle.

Son haleine forma un petit nuage de vapeur devant son visage au teint très pâle.

— Je suis content de te voir, murmura-t-il, un sourire sur les lèvres.

Il scruta ce qu'il n'avait pas pu voir de loin. L'une des choses qu'il avait préférée chez elle : ses yeux, immenses, vifs et doux à la fois, d'un brun profond.

Elle lui sourit en retour, et les souvenirs l'assaillirent. Il la revit, rejetant la tête en arrière en éclatant de rire, dévoilant la peau blanche et douce de son cou, sur laquelle il avait toujours envie de poser ses lèvres.

Il secoua la tête, agacé par lui-même. A quoi songeait-il donc ? Il était en mission. Et d'ordinaire, rien ne le distrayait de son travail.

— As-tu déjà travaillé dans ce genre de circonstances ? demanda-t-il.

— Tu veux dire : dans un minibus renversé au milieu d'un fleuve ? demanda-t-elle en lui jetant un regard en coin.

Il secoua légèrement la tête. L'ironie de sa réponse ne lui avait pas échappé. Autant lui, avait l'habitude des circonstances extrêmes et accidentées, autant elle, devait, la plupart du temps, travailler dans l'enceinte sécurisée d'un hôpital ou d'un cabinet.

— Je n'ai jamais été accrochée à un harnais, par exemple. Encore moins pour escalader un ravin. Ce n'est pas particulièrement confortable, reprit-elle en tirant sur les sangles qui lui ceignaient le buste.

— Je vais te faire descendre dans le bus, Jess. Fais attention, tu auras les pieds dans l'eau. Ça ira ?

Il la dévisagea. Elle hocha la tête. Elle ne semblait pas particulièrement effrayée. Elle cherchait à garder le contrôle, manifestement. Il prit conscience du courage dont elle faisait preuve. Il l'attrapa par la taille en s'efforçant de ne pas penser au contact de ses mains sur son corps, après toutes ces années. Mais que s'était-il passé pendant treize ans ?

— John, le médecin est là, dit-il en s'efforçant de se concentrer sur sa tâche. Peux-tu la réceptionner ?

Il releva la tête vers elle.

— Il y a deux enfants dans le fond. L'un avec une jambe cassée, l'autre inconscient. Il n'y a pas suffisamment de place pour descendre aussi ta mallette. Je te ferai passer ce dont tu as besoin.

Leurs regards se croisèrent.

— Prête ?

Elle opina, et se laissa porter jusque dans les bras du pompier qui l'attendait à l'intérieur du bus.

Elle plongea ses pieds dans l'eau glacée, et sentit aussitôt le froid remonter le long de ses jambes et de son échine. Personne ne pouvait supporter ces conditions très longtemps. Il fallait agir vite.

Ses yeux mirent quelques secondes à s'adapter à l'obscurité. La nuit n'était pas encore tombée, mais le peu de lumière qui aurait pu pénétrer dans l'habitacle était masqué par les silhouettes des pompiers qui manœuvraient près des fenêtres.

On lui mit une torche dans la main, et elle eut un sursaut d'épouvante à la vue de l'eau qui entrait par tous les orifices.

— Le niveau de l'eau monte ?

— Oui, mais à un rythme qui nous permet tout de même de faire notre travail, répondit John.

— Vous ne portez pas de cuissardes non plus ?

— Il n'y a pas suffisamment de place ici.

— Y a-t-il des enfants bloqués dans l'eau ?

Le risque d'hypothermie était grand chez des enfants exposés à de telles températures.

— Quatre.

— Quatre ? répéta-t-elle.

La panique s'empara de nouveau d'elle. Comment allait-elle pouvoir s'occuper de quatre enfants toute seule ?

Callum passa la tête.

— Occupe-toi des deux du fond, Jess. Dès que leur état sera stabilisé et qu'on pourra les déplacer, on les fera sortir. Les deux autres n'ont pas de blessures apparentes.

Puis il se tourna vers l'arrière.

— La petite fille s'appelle Rosie, précisa-t-il d'une voix posée.

Elle se sentit un peu rassérénée. Il avait, à l'évidence, une grande habitude des situations extrêmes, et son calme était apaisant.

Elle avança vers la petite fille aux cheveux bouclés, toujours coincée sur son siège. Sa jambe était positionnée de telle façon, que même un profane aurait pu constater qu'elle était fracturée. Le petit garçon assis derrière elle, côté fenêtre, avait perdu connaissance, mais elle ne pouvait pas s'approcher de lui sans déplacer au préalable la petite fille.

Elle ôta ses gants, et posa les mains sur son torse. La petite respirait toujours, néanmoins son pouls ralentissait. L'hypothermie était un risque majeur dans de telles circonstances. Le temps pressait, d'autant que l'eau qui venait lui laper les chevilles lui refroidissait tout le corps.

— Callum, j'ai besoin de morphine. La boîte rouge, dans la poche avant de la mallette. Merci. Et d'une attelle gonflable.

Elle s'adressa à Rosie d'une voix douce et rassurante, tout en calculant le dosage de morphine à lui administrer. Il était pratiquement impossible de déshabiller la fillette, et de trouver un coin de peau. Aussi, dès qu'elle eut récupéré et préparé son matériel, piqua-t-elle à travers le collant épais.

— Passez-moi l'attelle, murmura-t-elle à John en attendant que l'analgésique fasse effet.

Il était malaisé de se positionner correctement. Elle tendit la petite jambe, et gonfla l'attelle pour la maintenir en place.

— Désolée, ma chérie, dit-elle lorsque Rosie laissa échapper un gémissement.

— On peut la remonter ?

— Pas encore. Il me faut une minerve.

Rosie ne semblait pas présenter d'autres blessures, mais deux précautions valaient mieux qu'une. Jess attrapa la minerve qu'on lui avait tendue, la plaça, et la fixa. Malgré les propos rassurants de John, il lui sembla que l'eau montait bien vite. Comment ces enfants parvenaient-ils encore à supporter le froid ? Elle-même était frigorifiée.

Un autre pompier apparut près de John avec une civière. Jess se poussa autant qu'elle put, afin qu'ils y déposent la petite fille. Gagnant la place libérée par Rosie, elle se mit à examiner le petit garçon inconscient, toujours maintenu sur son siège par la ceinture de sécurité.

— Est-ce que quelqu'un connaît son prénom ? lança-t-elle à la cantonade.

— Il s'appelle Marcus, dit une voix grave tout près de son oreille.

— D'où sors-tu ? fit-elle, surprise. Je te croyais dehors.

— J'ai dit à John de sortir se sécher. Personne ne peut rester longtemps les pieds dans l'eau. Il fait trop froid.

— Tu as raison. Je n'ose pas imaginer l'état de ces enfants.

Elle inspira doucement, troublée.

La présence de Callum à ses côtés avait quelque chose de familier. Ils s'étaient perdus de vue pendant des années, mais elle avait l'impression de l'avoir quitté la veille.

Il avait un peu changé, certes, et elle aussi, sans doute. Il s'était remplumé, à en juger par la largeur de ses épaules et de son torse musclé. Les cheveux courts lui allaient bien, tout comme les quelques fils gris qui les parsemaient, à présent.

— De quoi as-tu besoin ?

Elle secoua la tête après avoir examiné l'enfant.

— C'est une course contre la montre. Il présente des symptômes sévères d'hypothermie. Son pouls est lent, et je n'arrive même pas à prendre sa température avec ça, dit-elle en brandissant un thermomètre auriculaire.

Elle plaça la seconde minerve autour du petit cou.

— Il n'y a pas une minute à perdre. Je ne comprends pas ce qui lui a fait perdre connaissance. Il faut le sortir d'ici tout de suite.

— Envoyez-moi une barquette de sauvetage ! cria Callum à ses collègues.

Jess le regarda réceptionner la barquette, et l'assembler.

— Sors, Jess. Il nous faut de la place pour la manipuler.

L'idée de laisser le petit Marcus lui fendit le cœur, mais elle attrapa les deux grandes mains tendues et se laissa soulever.

L'air glacial du dehors lui causa un choc. Rester les pieds dans l'eau était difficile, pourtant ce n'était rien en comparaison du vent froid qui lui brûlait les joues. Elle se mit à claquer des dents.

— Il en reste encore beaucoup ? demanda-t-elle à l'un des pompiers.

— Nous avons sorti tous les adultes. Il reste deux petits à l'avant, mais ils ne sont pas blessés et sont hors de l'eau.

— Les a-t-on examinés ?

— Oui, votre infirmière et un ambulancier s'en sont chargés. Ils se sont aussi occupés d'un enfant qui était immergé. Ils se trouvent dans l'ambulance, là-bas.

Le minibus bougea brusquement sous la force du courant.

— J'espère qu'il ne va pas se retourner, murmura le pompier.

Jess vacilla. L'idée que le bus se retourne ne l'avait pas effleurée. Ce serait un cauchemar. Elle sentit un à-coup sur son harnais. Sur la berge, l'un des secouristes tirait sur sa corde pour la tendre.

La barquette de sauvetage apparut dans l'encadrement de la fenêtre, soutenue par Callum. Elle pourrait enfin examiner Marcus de plus près.

Le bus se remit à vaciller. Callum retomba, et lâcha un juron. Le pompier près d'elle tenta de retrouver l'équilibre en dépit du poids de la barquette de sauvetage qui, en se balançant, vint la heurter.

A cet instant, son pied glissa et elle perdit l'équilibre sur le bord du bus. Comme si la scène se déroulait au ralenti, elle se sentit tomber en arrière, tendant les bras pour se rattraper. Elle lut la panique dans le regard du pompier qui parut hésiter, l'espace d'une seconde, à lâcher la barquette pour la rattraper.

Soudain, elle eut le souffle coupé. Etait-ce l'impact de son corps dans l'eau ? Ou la température polaire de l'eau passant par-dessus sa tête ?

Au lieu de retenir sa respiration, elle se mit à paniquer et à prendre de grandes inspirations.

Le poids de ses vêtements et de ses chaussures l'entraînait

vers le fond du fleuve, et elle se débattit pour regagner la surface. La Clyde n'était pourtant pas si profonde ?

Elle étouffait, tentant désespérément d'inspirer de l'air là où il n'y avait que de l'eau noire. Puis le sentiment de panique prit le dessus.

2.

Callum perdit l'équilibre, et toucha le fond du minibus dans un grand bruit sourd. Le peu de lui, resté sec jusque-là, était à présent trempé.

Il entendit des éclaboussures, des cris au-dehors et un sentiment d'effroi s'empara de lui. La secousse avait été forte. Pourvu que ses collègues n'aient pas lâché la barquette de sauvetage !

Il se releva et, agrippant le rebord de la fenêtre, se hissa sur le bus renversé. Les hommes étaient en train de remonter la barquette de sauvetage le long de la paroi. En revanche, les gens restés sur le minibus s'agitaient, l'air paniqué.

— Où est sa ligne de vie ? Elle était bien harnachée, non ? cria quelqu'un.

Il jeta un rapide coup d'œil autour de lui, en quête d'un signe de Jess. C'était la seule femme présente au bord de l'eau. C'était donc d'elle qu'ils parlaient.

Son sang ne fit qu'un tour lorsqu'il aperçut, dans l'eau, une main pointée vers le haut. Sans réfléchir plus avant, il sauta dans le fleuve. Il sentit aussitôt l'eau se refermer autour de son torse. Même après avoir séjourné dans le minibus inondé, se retrouver immergé dans la Clyde était un choc pour l'organisme. Tout son corps se mobilisa pour se maintenir à une température acceptable. Il regarda autour de lui, criant aux pompiers restés sur le bus.

— Dites-leur de tirer sa ligne !

Le fleuve était gris et boueux. Quelques morceaux de glace flottaient, probablement arrachés aux berges. Il n'avait aucune visibilité, et plongea les bras dans le courant. Pas le moindre signe de Jess. Il avait pied, mais il faisait au moins trente centimètres de plus qu'elle. Et, en dépit de son poids et de ses muscles entraînés, il sentait son corps lutter pour résister à la force du courant.

A part lui, toutes les personnes étaient reliées à une ligne de vie. Il repéra celle qui, partant de la berge, finissait dans le fleuve, et que les pompiers se mirent à enrouler depuis la rive. Il s'approcha tant bien que mal, et aperçut enfin une tache verte sous la surface de l'eau.

Tendant le bras, il saisit le corps de Jess, soulevant sa tête et sa poitrine hors de l'eau. Pendant quelques secondes qui lui parurent des siècles, son visage demeura blême, sans aucun signe de vie.

Puis elle se mit à tousser, à cracher et à vomir. Il passa son bras autour de sa poitrine, et fit signe de son autre main à l'équipe de cesser de tirer.

— Je suis là, Jess, ne t'inquiète pas, murmura-t-il à son oreille.

Le corps de Jess ne produisait aucune chaleur, mais sa poitrine se soulevait et s'abaissait régulièrement sous son bras.

Il ne remarquait plus le froid. Seul le soulagement l'avait envahi. Enfin.

Il éprouvait toujours cette sensation après un sauvetage. La tension et l'angoisse qui lui permettaient aussi de se concentrer sur sa mission se relâchaient d'un coup. Souvent il rentrait chez lui, vidé, et sombrait dans un profond sommeil, dont il émergeait quelque dix heures plus tard, régénéré pour les missions à venir.

Même Drew comprenait, et le laissait dormir. Ces soirs-là, le petit garçon escaladait le lit et venait se blottir contre lui, exactement comme Jess à l'instant.

Elle ne parlait pas. Sans doute était-elle en état de choc. Entre deux quintes de toux, il entendait ses dents claquer.

Une enquête serait ouverte, afin de déterminer les raisons pour lesquelles un médecin pédiatre venu les assister dans leurs secours s'était retrouvé au milieu d'un fleuve torrentiel et glacial. Mais pour l'instant, il fallait s'assurer qu'elle allait bien. Il se dirigea aussi vite que possible vers la berge, où des collègues le rejoignirent et attrapèrent Jess, qu'ils enveloppèrent aussitôt dans des couvertures.

L'un des ambulanciers sortit son matériel, et se mit à l'examiner. Callum se déshabilla. En comparaison avec la température de l'eau dans laquelle il venait de s'immerger, l'air soudain ne lui parut plus si froid. Il accepta de bon gré le sweat-shirt en polaire que lui tendit un collègue, et se hâta de l'enfiler sur sa peau glacée. Un pur bonheur.

Deux barquettes de sauvetage remontaient à présent la pente escarpée, occupées par les deux enfants souffrant d'hypothermie. Les ambulanciers les attendaient en haut, prêts à les embarquer dans leurs véhicules.

— Mais lâchez-moi ! hurla soudain une voix féminine, manifestement excédée.

Callum se retourna juste à temps pour voir Jess se débattre, et avancer d'un pas chancelant.

— Je vais bien, maintenant, lâchez-moi, dit-elle en resserrant les couvertures autour d'elle.

Callum se retourna vers l'un de ses collègues.

— Allez voir si quelqu'un a des vêtements secs pour notre médecin.

Jess s'approcha de lui, et désigna les barquettes.

— Il faut que je m'occupe des enfants. On doit les emmener à l'hôpital.

Il secoua la tête.

— Jess, tu viens de prendre un bain dans l'eau glacée. Il faut surtout d'abord vérifier que tu vas bien. On va envoyer les enfants à Parkhill, où l'un de tes collègues les prendra en charge.

— C'est à moi de les prendre en charge. C'est moi qui suis en service. D'ailleurs, aucun de mes collègues ne possède l'expérience suffisante pour s'occuper de ces cas.

Un pompier s'approcha avec, à la main, un T-shirt et un blouson.

— Tiens, dit Callum. Enfile plutôt cela. Je vais te ramener.

Elle ôta sa combinaison trempée et, après une seconde d'hésitation, ôta son T-shirt. Il aperçut sa peau pâle et la forme de ses seins menus sous son soutien-gorge trempé, devenu presque transparent. Un instant plus tard, elle avait enfilé le T-shirt sec. Mais il avait eu le temps de constater à quel point elle avait maigri.

Il lui jeta un regard en coin. Jess avait toujours été mince. Néanmoins, cela ne l'empêchait pas d'avoir des formes, à l'époque. Que lui était-il arrivé ?

Elle remonta la fermeture Eclair du blouson jusque sous son menton, et lui adressa un regard glacial et dissuasif : qu'il ne se risque pas à faire allusion à son plongeon dans la Clyde, et encore moins à sa silhouette presque squelettique ! semblait-elle lui signifier...

Mais telle n'était pas son intention. Il avait appris, au fil des ans, à choisir ses combats. De toute façon, pour l'heure, il n'avait pas envie de se battre.

Il envoya un signal, et deux lignes apparurent au pied de la petite falaise. Il se pencha et attacha le harnais de Jess. Son pantalon était trempé, tout comme le sien, d'ailleurs. Il était facile de trouver des hauts de rechange, mais moins de dégoter un pantalon et des chaussures à sa taille.

— Sais-tu que nous allons remonter le long de cette paroi de la même façon que nous l'avons descendue ? demanda-t-il.

Jess soupira d'un air agacé. Le tremblement de ses mains ne lui échappa pas pour autant.

Il se posta derrière elle, et accrocha son harnais au sien.

— Le plus simple est de te laisser guider. Ce sera comme faire du rappel, mais en remontant. Repose-toi sur moi.

Sentant qu'elle hésitait à se laisser aller totalement, il l'attira contre lui. Son corps demeurait raide, crispé, et il lui fallut quelques secondes pour se détendre. Il passa ses bras autour d'elle, puis s'accrocha à la ligne, à laquelle il donna un petit à-coup.

— Il faut se laisser porter par la ligne. Repose-toi contre

moi, et suis le mouvement de mes jambes avec les tiennes. Ce ne sera pas long.

Il sentit ses cheveux contre sa joue, et sa poitrine se soulever en même temps que la sienne. Elle tendit les bras et attrapa à son tour la ligne, cherchant sans doute un peu de sécurité dans une situation pour le moins inédite.

Quelles étranges retrouvailles ! Il sentit la ligne se tendre, et se mit à actionner ses jambes contre la paroi, les yeux levés vers le ciel, priant pour que la réaction inopinée et embarrassante de son corps cesse au plus vite de se manifester.

La dernière fois qu'ils s'étaient retrouvés corps contre corps, elle avait dix-sept ans, lui vingt et un. Une éternité s'était écoulée depuis. Un mariage, un divorce, plus une guerre pour obtenir la garde.

Et Jess, qu'avait-elle vécu pendant toutes ces années ?

Ses yeux se posèrent sur sa main. Il l'avait toujours imaginée avec un mari sympa et des enfants. Mais, sous ses gants mouillés, il ne distingua aucune alliance. Ni même une bague de fiançailles.

Une sensation curieuse l'étreignit. Simple envie de savoir quel cours avait pris son existence, ou joie à l'idée qu'elle ne partage pas sa vie avec un autre homme ?

Ses pensées tourbillonnaient dans son esprit. Il n'avait pas vu cette femme pendant des années. Il n'avait même pas eu de ses nouvelles. Il ignorait tout d'elle, autant qu'elle ignorait tout de sa vie à lui. Il y avait de quoi être troublé…

L'image de Drew apparut. Drew, l'être le plus important de son univers, dont il avait obtenu la garde après une dure bataille qui l'avait opposé à Kirsten, pendant leur divorce. Elle vivait désormais à New York, avec son premier amour, dont elle avait déclaré qu'elle n'aurait jamais dû le quitter. A l'en croire, Callum n'avait été qu'un piètre ersatz.

Même si ces mots lui faisaient encore mal aujourd'hui, il avait décidé de tourner la page. Seuls désormais importaient la vie et l'équilibre de Drew. Cet enfant était l'unique et la plus belle chose issue de son mariage raté.

Jamais il n'avait présenté une femme à Drew, au cours des trois années qui avaient suivi son divorce. Et ce, en dépit des perches que certaines n'avaient pas manqué de lui tendre.

Cela dit, sa curiosité naturelle se manifestait de nouveau en cette journée particulière. Il n'avait aucun mauvais souvenir de Jessica Rae. Même leur rupture s'était déroulée de façon civilisée. Il ne s'attendait vraiment pas à la voir là, mais maintenant, face à ses yeux bruns et à ses jolies boucles flottant au vent, il ne résista pas à la tentation de lui poser des questions. Ils étaient désormais parvenus à la moitié de la ligne.

Au fur et à mesure de leur ascension, il sentait ses muscles se contracter. Avait-elle le vertige ?

— Que deviens-tu, Jessica ? Il y a longtemps que nous ne nous étions pas retrouvés dans cette position…, dit-il.

Il cherchait en même temps à la détendre. Mais elle répondit d'une voix calme, presque pensive.

— Je ne savais pas que tu étais devenu pompier secouriste. Tu ne voulais pas faire des études d'ingénieur ?

— Si, j'ai étudié trois ans à Aberdeen.

— Comment es-tu devenu pompier, alors ?

Il prit une longue inspiration. Il n'avait pas l'habitude d'évoquer cet épisode de sa vie avec d'autres gens. Mais Jessica était différente. Elle le connaissait bien mieux que la plupart de ses relations.

— Il y a eu un incendie dans la cité universitaire dans laquelle je vivais. Nous étions au dixième étage. Ils ont dû faire appel à des secouristes spécialisés, équipés de matériel particulier, pour nous sortir de là.

— Tu as dû avoir la peur de ta vie.

Il hocha la tête. C'était le moins que l'on puisse dire. Il y avait tant de choses qu'il n'avait jamais exprimées. La perspective terrifiante de finir carbonisé sur un toit au-dessus d'un bâtiment dévoré par les flammes. La terreur palpable des autres étudiants. Le regard des pompiers comprenant qu'ils ne pouvaient pas vous venir en aide, et qu'il ne leur restait qu'à attendre, impuissants, l'arrivée des secouristes…

— Callum ? dit Jess en tournant légèrement la tête.

— Comment ? Oh ! Oui, pardon. Disons que mes études m'ont permis d'apprécier l'ingénierie mise en place dans les missions de sauvetage. Je les ai rejoints après avoir bouclé ma dernière année. Je n'ai pas mis longtemps à trouver ma vocation dans l'unité de secourisme. Je travaille avec les sapeurs-pompiers, mais la plupart du temps, je fais du secourisme. Et toi ? Tu es mariée et tu as quatre enfants ?

Il avait prononcé ces derniers mots d'un ton léger. Il était temps de changer de sujet. Il n'avait pas envie de s'étendre sur l'incendie de la cité universitaire. Ils approchaient du haut du ravin, et il perçut l'effervescence des secouristes et des ambulanciers au-dessus d'eux.

Mais il comprit son erreur en sentant le corps de Jess se raidir contre le sien.

— Non, je n'ai pas eu cette chance, répondit-elle d'une voix calme, presque dans un murmure.

Il cilla, ne s'étant pas attendu à une telle réponse. Il était évident que le problème ne pouvait pas se résumer à cette phrase, mais ce n'était ni le lieu ni le moment d'approfondir. D'ailleurs, qui était-il pour demander des explications ? Ce qu'elle avait fait de sa vie au cours de ces treize dernières années ne le regardait pas.

La radio accrochée à son épaule grésilla.

— Ils ont remonté les deux derniers enfants, rapporta Callum. Leurs blessures sont légères. Rien de grave. Une ambulance va les emmener.

— Les ambulances vont-elles toutes à Parkhill ? demanda Jess avec une pointe d'anxiété dans la voix.

— Les patients vont-ils tous au service de pédiatrie de Parkhill ? répéta-t-il à son interlocuteur.

— Sur les quatre qui sont dans un état grave, deux sont en route. Les huit autres sont hors de danger. Six sont déjà partis. Les adultes ont été emmenés à Glasgow Cross.

— Donnez-moi la main ! cria à cet instant, une voix au-dessus d'eux.

Une grande main empoigna Jessica, et l'aida à se hisser. Puis quelqu'un détacha leurs harnais.

— Docteur, on a besoin de vous dans l'une des ambulances.

Jess se mit à courir vers l'ambulance dans laquelle était allongé le petit garçon atteint d'hypothermie.

— Dépêchons-nous ! cria-t-elle. Passez-moi l'hôpital, je veux qu'ils soient prêts lorsque nous arriverons.

Callum regarda autour de lui. Le rapport allait être un vrai cauchemar, et l'occuperait probablement pendant une semaine. Il attrapa son voisin par le bras.

— Y a-t-il autre chose ?

L'homme secoua la tête.

— Il ne reste plus que ces deux enfants à emmener. Mais le nettoyage des lieux va prendre des heures.

— Bien. Dans ce cas, je monte dans une ambulance et je vais à Parkhill. Je vais voir comment l'état de ces enfants évolue. Je serai de retour d'ici quelques heures.

Il s'approcha de la dernière ambulance, où l'infirmière et l'ambulancier s'occupaient du second enfant souffrant d'hypothermie.

— Je peux ?

— Montez plutôt devant.

— Vous êtes blessée ? demanda-t-il à l'infirmière qui se tenait sur une jambe.

— Rien de bien grave. C'est ma cheville. Mais dépêchons-nous d'emmener ces enfants à Parkhill.

Il sauta et referma les portes de l'ambulance, avant de prendre place sur le siège passager. L'ambulancier démarra aussitôt, et mit en marche la sirène.

Callum secoua la tête, consterné. De mieux en mieux. La pédiatre avait atterri dans la Clyde, et l'infirmière s'était au minimum foulé une cheville. Le rapport s'allongeait de minute en minute.

Il sortit son carnet de sa poche, mais celui-ci était trempé et inutilisable.

— Avez-vous une feuille de papier ? demanda-t-il au chauffeur qui lui fit signe de fouiller dans la boîte à gants.

— Merci, répondit-il en en sortant un bloc-notes.

Il se mit à griffonner furieusement. Mieux valait qu'il note tout ce qu'il avait à l'esprit avant que tout ne devienne confus.

Le nombre de personnes présentes. Le nombre de victimes. La décision d'appeler l'équipe médicale. Jessica. La descente en rappel. La température et la profondeur de l'eau. Jessica sur le minibus. Ses premières impressions sur les victimes. La façon dont on les avait assistées par ordre de priorité. Le plongeon de Jessica dans la Clyde.

La sensation dans sa poitrine lorsqu'elle avait disparu.

Il posa le bloc-notes sur ses genoux.

A quoi bon écrire ? Il ne parvenait pas à réfléchir correctement, avec calme et méthode, comme il le faisait d'habitude.

Il ne faisait que penser à elle.

Après treize ans d'absence, Jessica semblait, en l'espace d'un instant, avoir retrouvé la place qu'elle occupait jadis. Au plus profond de son cœur.

3.

Les portes de l'ambulance s'ouvrirent en grand, et Jess poussa un soupir de soulagement. Son équipe l'attendait devant la porte. Les urgences pédiatriques allaient être débordées, avec douze enfants plus ou moins gravement blessés qui venaient s'ajouter à une routine déjà chargée.

— Est-ce que la salle de réanimation est libre pour ces deux petits ? demanda-t-elle aussitôt à une infirmière.

— Tout est prêt, Dr Rae. Harry Shaw, l'anesthésiste, et Blake Connor, le chef de clinique, vont vous assister. Vous êtes trempée ? Voulez-vous vous changer ?

Elle sourit en attrapant le pantalon de bloc. Décidément, le personnel de son équipe pensait vraiment à tout.

— Tu n'as pas dû avoir chaud, là-bas, dit Harry venu à sa rencontre.

— Un froid polaire.

La seconde ambulance arriva, et les deux enfants furent emmenés en salle de réanimation, puis transférés sur des chariots. Jess tira un rideau pour se changer.

— Que pouvez-vous me dire ? demanda Harry, tandis que les infirmières déshabillaient les enfants, et les enveloppaient dans des couvertures chauffantes.

Elle rouvrit le rideau et vit apparaître Callum, brandissant une feuille de papier.

— J'ai pensé que cela pourrait vous être utile, dit-il.

Elle attrapa la feuille et la parcourut attentivement. « Température de la Clyde : moins cinq degrés centigrades. L'eau vive met plus de temps à geler. »

C'était exactement l'information dont elle avait besoin. La

température à laquelle les enfants avaient été exposés était primordiale.

— Ce petit garçon s'appelle Marcus. Il a quatre ans. Il était inconscient quand je l'ai trouvé, mais ne porte aucune trace de blessure. Il présente de graves symptômes d'hypothermie. Autant que je sache, sa tête est restée hors de l'eau, mais je n'ai pas pu prendre sa température.

— Il me faut des valeurs de référence pour ces deux enfants. Le mieux serait de prendre leur température œsophagienne, dit Harry.

Le réceptionniste entra dans la salle.

— Tenez, nous avons reçu des informations de la part de la crèche.

Jess lut rapidement la feuille, et laissa échapper un soupir.

— La petite fille s'appelle Lily. Elle a également quatre ans. Elle a séjourné dans l'eau, à l'intérieur du minibus, mais personne ne sait précisément combien de temps.

Harry était l'un des anesthésistes pédiatriques les plus expérimentés qu'elle connaissait. Il avait déjà compris la gravité du cas de Lily, et laissé Connor se charger du petit Marcus. Il lui posa une sonde endotrachéale, et prit sa température. Toute l'équipe avait les yeux rivés sur les deux moniteurs cardiaques, dans l'attente d'une manifestation de leur part.

Le cœur de Jessica battait à tout rompre. Les minutes qui allaient suivre seraient déterminantes pour la santé de ces petites victimes.

— La température de Marcus est de trente degrés. Hypothermie modérée, annonça Connor.

Jess scruta l'écran du moniteur pendant quelques secondes.

— Il souffre de bradycardie, mais son rythme cardiaque est stable. A-t-il des problèmes respiratoires ?

Connor secoua la tête.

— Non, il respire lentement, mais correctement.

Elle se tourna vers Harry.

— Oxygène réchauffé et humidifié, réchauffement par

contact, perfusion d'un soluté chauffé et monitoring de la température. Etes-vous d'accord ?

L'anesthésiste la regarda par-dessus ses lunettes, avec un petit sourire.

— Tout à fait d'accord.

Les infirmières s'activèrent immédiatement autour du lit, suivant les instructions. Jessica se sentait nerveuse. Elle ne s'était pas trouvée souvent confrontée à des cas d'hypothermie, qui se rencontraient plus fréquemment chez les personnes âgées que chez les enfants. Quelques cas arrivaient aux urgences chaque année, mais elle n'était pas toujours en service ces jours-là. Il s'agissait, pour la plupart, d'enfants ayant réchappé à la noyade, alors qu'ils jouaient sur un lac ou une rivière gelée, et dont la glace avait cédé sous leur poids.

— J'ai le sang, dit Blake Connor, le chef de clinique.

Puis il se mit à énumérer tous les examens auxquels il comptait se livrer.

— Autre chose ?

Elle secoua la tête.

— Pour le moment, nous partons du postulat qu'il a perdu connaissance conséquemment à l'hypothermie. Il n'y a aucun signe de traumatisme crânien ni de blessure grave. Mais il faut surveiller son état de près. Tenez-moi au courant dès qu'il reprend connaissance. Il sera probablement désorienté, et il faudra lui administrer un sédatif s'il s'agite trop.

Elle se tut un bref instant, avant de s'adresser aux infirmières.

— Sa température devrait monter d'un degré par quart d'heure. Surveillez sa tension et tout signe de fibrillation atriale. C'est clair ?

Les infirmières opinèrent.

— Avez-vous vu Jackie ? demanda-t-elle. C'est elle qui a emmené Lily ici. J'aurais quelques questions à lui poser.

— Elle s'est blessée en remontant du ravin. Elle s'est fracturé la cheville. On l'a emmenée à Glasgow Cross.

Jess se sentit aussitôt coupable d'avoir demandé à Jackie

de l'accompagner sur les lieux de l'accident pour avoir son avis. Mais ce n'était ni le moment ni le lieu pour les remords.

— La température de Lily est de vingt-huit degrés. Son cas est limite, Jess. Que comptez-vous faire ?

Jess souleva la couverture chauffante pour examiner le petit corps. Lily était à la limite de l'hypothermie sévère. C'était un miracle que son cœur n'ait pas lâché.

— Sa respiration ?

— Il n'y a pas de fluides dans les poumons. J'entends seulement quelques crépitations. Elle respire, mais pas suffisamment pour que je sois satisfait.

— Attendez ! dit soudain Jess en levant la main.

Elle se figea. Le moniteur indiquait un changement. Le rythme cardiaque de la petite fille était passé de lent à ectopique.

Il fallait prendre une décision rapidement. Tout le corps de Lily était blême, luttant pour maintenir ses organes vitaux à une température viable. Ses lèvres et ses oreilles étaient bleues, tout comme ses doigts de main et de pied.

Le cœur de Lily était en train de lâcher. Jessica se pencha au-dessus du lit, et entreprit un massage cardiaque avec la paume d'une main. Paradoxalement, la situation était maintenant plus claire, ce qui facilitait la prise de décision.

— Harry, il faut l'emmener au bloc, sans perdre une minute, pour une circulation extracorporelle de réchauffement. Appelez-les et dites-leur que nous sommes en train de la réanimer.

L'une des infirmières opina, et se dirigea vers le poste téléphonique.

— ECMO au bloc dès que possible. Oui, c'est l'une des victimes de l'accident du minibus. Fille, quatre ans, a séjourné dans l'eau, température corporelle de vingt-huit degrés. Le Dr Rae l'a ranimée après un arrêt cardiaque. Elle est intubée. On vous l'amène tout de suite.

Elle raccrocha le combiné.

— Elle est attendue au bloc numéro 1.

Une vague de soulagement envahit Jessica à l'idée que le

personnel des blocs opératoires se soit tenu prêt pour accueillir les petites victimes d'hypothermie ayant besoin d'une ECMO. L'oxygénation par membrane extracorporelle avec pontage cardio-pulmonaire prenait la relève du cœur, et permettait la circulation extracorporelle du sang du patient, qui pouvait ainsi être réchauffé et oxygéné. L'opération était rare, mais elle avait toujours été couronnée de succès.

Deux brancardiers vinrent chercher la petite fille. Jess les regardait s'éloigner dans le couloir, quand elle aperçut Callum, qui parlait avec une infirmière en prenant des notes.

Elle secoua la tête. Il était encore là ?

Elle avait complètement oublié sa présence, concentrée sur la réanimation de Lily et sur l'urgence que son corps et son cerveau soient de nouveau alimentés en oxygène.

Lily était la petite fille d'une mère et d'un père, dont elle faisait certainement la joie et la fierté. Elle était leur raison de se lever le matin et de rentrer à la maison le soir. D'ici quelques minutes, ces parents dans tous leurs états franchiraient les portes des urgences pédiatriques pour demander des nouvelles de leur petite fille, priant pour qu'elles soient bonnes, du moins le moins mauvaises possible. S'efforçant de chasser de leur esprit les images d'un minibus fonçant dans un ravin. Tentant de recouvrer une respiration normale, après un trajet qui leur avait sans doute paru dix fois plus long qu'il ne l'était en réalité.

Leur journée avait volé en éclats. Avaient-ils serré leur fille dans leurs bras en la déposant à la crèche ? Ou l'avaient-ils embrassée à la va-vite, parce qu'ils étaient en retard pour aller travailler, sans imaginer un instant que ce pouvait être la dernière fois qu'ils embrasseraient leur enfant ?

Allaient-ils passer le restant de leurs jours à regretter d'avoir autorisé leur fille à faire une excursion ce jour-là ?

Ce genre de questions se bousculaient dans l'esprit de Jess, chaque fois qu'elle réanimait un enfant. Autant de suppositions qui demeuraient sans réponses, d'hypothèses qui restaient vaines.

Et le pire était que depuis trois ans, sa propre existence

reposait sur des hypothèses similaires, qui la hantaient jour et nuit, lui ôtant souvent le sommeil.

Que se serait-il passé si c'était elle qui avait conduit la voiture, ce soir-là ? Si elle n'avait pas été de garde ? Si son mari ne s'était pas arrêté pour acheter son chocolat préféré sur le chemin de la maison ?

Les portes de l'ascenseur s'ouvrirent, la tirant de ses sombres pensées, et les brancardiers poussèrent le chariot vers le bloc, où on les attendait de pied ferme.

L'un des perfusionnistes se lavait les mains. Ce dernier allait poser le cathéter qui sauverait sans doute la vie de Lily.

Le sens de sa vie était là. C'était la raison pour laquelle elle n'était pas partie, après un an de black-out total. Elle n'avait pas pu sauver son enfant, mais elle allait tout faire pour sauver celui-ci.

Callum jeta un coup d'œil à sa montre. Six heures s'étaient écoulées depuis qu'il avait aperçu Jessica penchée au-dessus de la petite Lily, pompant d'une main son petit torse pour la réanimer. Son cœur s'était serré. Il avait l'habitude de voir des victimes d'accidents de tout genre et de tous âges. Cela faisait partie de son métier et de sa vie. Par contre, jamais il n'avait vu une telle expression sur le visage de Jessica.

Mais que lui arrivait-il ? Décidément, il éprouvait des sensations inédites depuis qu'il s'était retrouvé nez à nez avec elle, au moment où il s'y attendait le moins. Autant être honnête : ces retrouvailles inopinées lui avaient fait l'effet d'une bombe.

Elle avait été son amour de jeunesse, puis ils avaient mené leur vie, chacun de leur côté, sans jamais se croiser. Cela faisait des années qu'il n'avait même plus de ses nouvelles.

Il se souvint de ses mots : « Je n'ai pas eu cette chance… » Qu'avait-elle voulu dire par là ? Des bribes d'hypothèses lui venaient sans cesse à l'esprit, mais il n'avait pas eu le courage de lui poser directement la question.

La sensation de leurs corps imbriqués le long de la paroi

lui revint aussi à la mémoire. Il avait l'impression qu'ils ne s'étaient jamais quittés. C'était la première fois depuis bien longtemps qu'il s'était senti relié à une femme. La première fois, d'ailleurs, qu'il avait éprouvé à ce point-là le désir de l'être.

Il avait bien eu quelques histoires depuis son divorce, mais jamais rien de très sérieux. Rien, en tout cas, qui lui donne envie de présenter ces femmes à Drew. De les introduire dans cet univers si précieux qu'il tenait par-dessus tout à protéger.

Serait-il un jour prêt à envisager les choses autrement ?

A cet instant, les portes s'ouvrirent, au fond du couloir, et Jessica apparut. Elle avait l'air exténuée, les traits tirés, le teint plus pâle que jamais.

— Jess ? Comment cela s'est-il passé ? demanda-t-il en se précipitant à sa rencontre.

— Les prochaines heures vont être déterminantes. Nous avons fait tout ce qui était en notre pouvoir. La température de Lily remonte doucement. Il faut attendre. On vient de parler à ses parents.

Il la considéra, touché. Etait-ce une larme qui faisait briller ses yeux ? Tout son visage exprimait la douleur et la rage de devoir attendre, impuissante, que les choses évoluent.

— Je dois faire un rapport sur les autres enfants. Je vais aller voir comment ils se portent.

— Jessica, dit-il en posant la main sur son épaule. Tu dois faire une pause. Viens t'asseoir un moment. Il faut que tu manges et que tu boives quelque chose.

— Je ne peux pas, Callum. J'ai douze enfants accidentés sous ma responsabilité.

Callum consulta ses notes.

— Quatre d'entre eux sont déjà sortis. Quatre autres ont été admis dans le service de pédiatrie. Une hypothermie légère, un traumatisme crânien, des égratignures et des contusions.

— Comment sais-tu tout cela ? demanda-t-elle, les yeux écarquillés.

— Cela fait partie de l'enquête que les secouristes sont tenus de mener après tout incident majeur. Nous devons suivre l'évolution de l'état des victimes, et nous assurer qu'aucune erreur n'a été commise.

— Et en avez-vous commis ?

— A part le plongeon de notre médecin dans la Clyde et la cheville fracturée de son infirmière, non.

Elle afficha un sourire las.

— Je ne crois pas que vous puissiez contrôler les marées ni les courants des fleuves. Comment va Jackie ? Dire que c'est moi qui lui ai demandé de venir.

— C'est à moi et à mes hommes d'assurer la sécurité des personnes présentes sur le site. C'est ma responsabilité qui est engagée, pas la tienne.

— On ne va pas se battre quand même ? demanda-t-elle.

— Est-ce que j'ai une chance de gagner ? lança-t-il malicieusement.

— As-tu déjà gagné ? répliqua-t-elle du tac au tac.

Il sourit. Il reconnaissait la Jessica qu'il avait connue autrefois, pleine d'humour et de repartie.

Il baissa les yeux sur ses notes.

— Et les deux autres enfants, à part Marcus et Lily ?

— Il y a Rosie, qui était assise près de Marcus dans le bus, et Kelly. Elles souffrent toutes les deux de fractures. Elles ont été emmenées en chirurgie orthopédique.

— Je vais aller prendre de leurs nouvelles, pour mon rapport.

Jessica hésita, comme si elle cherchait ses mots.

— Je suis contente de t'avoir revu, Callum, même si les circonstances n'étaient pas des plus joyeuses. Et je suis heureuse que tu ailles bien.

Il la regarda, désemparé. Etait-elle en train de lui faire ses adieux ? Comment pouvait-il prolonger ce moment ? Il n'avait aucune intention de la laisser de nouveau disparaître de sa vie pendant les treize prochaines années.

— Et toi, Jess, comment vas-tu ? demanda-t-il spontanément.

Elle baissa les yeux, avant de prendre une grande inspiration. De toute évidence, la question l'embarrassait.

— Si tu as besoin de renseignements supplémentaires pour ton rapport, n'hésite pas à venir me voir.

Il hocha lentement la tête. Effectivement, elle préférait rester sur le terrain strictement professionnel.

— J'aurais besoin d'informations sur le déroulement des événements, dit-il doucement.

— Est-ce que cela peut attendre un peu ? Il faut vraiment que j'aille voir ces enfants.

Il acquiesça une fois de plus. Ce qu'il lui fallait vraiment, c'était du repos. Mais il ne se faisait pas d'illusions.

— Bien sûr. Je dois aller voir les adultes à Glasgow Cross, demain. Puis je reviendrai ici. Tu seras là ?

Il chercha son regard. Son cœur battait la chamade. Même s'il ne s'agissait que d'un rendez-vous professionnel, il aurait donné n'importe quoi pour revoir Jessica.

— Je serai plus disponible en fin de journée. Le matin, j'ai mes visites dans le service.

— Très bien. Alors à demain.

Il crut déceler dans ses yeux une lueur d'incertitude. Elle recula, comme si elle avait hâte de retourner vaquer à ses occupations. Dans son souvenir, Jessica était une jeune femme joyeuse et sociable. Pourquoi cette inquiétude manifeste face à ce qui n'était qu'un rendez-vous de travail ?

— D'accord. A demain, finit-elle par dire, avant de tourner les talons et de s'éloigner.

Il ne put s'empêcher de la suivre des yeux. Maintenant qu'elle ne portait plus que sa tenue d'hôpital, sa maigreur paraissait dramatique. Sur la berge de la Clyde, il avait entrevu ses côtes saillantes. A présent, il voyait ses hanches et ses jambes. Combien de kilos avait-elle perdus ?

Il se dirigea vers le bureau des infirmières des urgences, et reconnut l'une d'entre elles, avec laquelle il avait effectué un stage de formation sur la sécurité.

— Bonjour, Miriam, comment allez-vous ?

La femme leva les yeux vers lui, et lui adressa un sourire amical.

— Bonjour Callum, j'ai appris que vous aviez participé au sauvetage des enfants du minibus ?

— Cela n'a pas été le plus beau jour de ma vie, croyez-moi. L'un des médecins de ce service est venu nous aider. Jessica… Rae ?

Miriam n'eut pas l'air de comprendre de qui il parlait. Puis son visage s'éclaira.

— Ah, vous parlez de Jessica Faraday. Je sais qu'elle a repris son nom de jeune fille, mais je n'arrive pas à m'y faire. Oui, Jessica est fantastique. C'est l'un de nos meilleurs médecins. Avec elle, les enfants sont entre de bonnes mains, c'est certain.

— Jessica Faraday ? J'ignorais qu'elle avait été mariée.

— Oui, répondit Miriam distraitement, de nouveau concentrée sur l'écran de son ordinateur.

— Mais elle ne l'est plus ? ne put-il s'empêcher de demander.

Il était soudain rongé par la curiosité.

— Non, malheureusement.

« Je n'ai pas eu cette chance… » les mots de Jessica résonnèrent une fois de plus en lui. Il n'en saisissait toujours pas le sens, mais ce n'était pas à Miriam qu'il pouvait poser la question.

D'ailleurs, cette dernière s'était replongée dans son travail, et ne manifestait pas le moindre intérêt pour leur conversation. Tant mieux : il n'avait pas besoin que des rumeurs circulent sur son compte. Mieux valait que les gens ne se fassent pas de fausses idées.

Mais quelles fausses idées ?

Dans son esprit embrouillé, la seule certitude qu'il avait était que le regard éperdu de Jessica continuerait à le hanter jusqu'à la fin de cette étrange journée. Et probablement la nuit qui suivrait.

Cela n'avait aucun sens. A quoi cela le menait-il de repenser à cette femme ? C'était vers Drew que ses pensées devaient se tourner en priorité. Le petit garçon était toute sa vie, et rien ne viendrait plus menacer l'équilibre qu'il avait reconstruit envers et contre tout.

La guerre qu'il avait dû mener pour la garde de son fils l'avait miné physiquement et mentalement, le laissant peu ouvert à la possibilité d'une nouvelle relation. Et s'il y réfléchissait plus avant, les femmes qui avaient, depuis, traversé sa vie n'y étaient finalement pas pour grand-chose. Aucune n'avait connu son fils, et cela n'était pas près de changer.

Mieux valait qu'il parte, il le savait. Qu'il fuie, même.

Pourtant, et étrangement, rien ne pourrait lui faire renoncer à son rendez-vous du lendemain.

4.

Les yeux rivés sur l'horloge murale, Callum sortit son téléphone portable de sa poche.

« Comment va Drew ? », écrivit-il sur le petit écran.

La veille, son fils avait été un vrai pot de colle toute la soirée. Il avait refusé d'aller se coucher, prétextant qu'il ne se sentait pas bien. Après cette journée d'immersion dans la Clyde glacée, Callum mourait d'envie de se retrouver auprès de lui et de le serrer dans ses bras. Alors, contrevenant aux règles qu'il avait fixées, il l'avait autorisé à venir dormir dans son lit.

Drew ne présentait pas de symptômes particuliers. Il n'avait pas de fièvre, mais il avait passé une nuit agitée et, le lendemain matin, alors qu'il remuait son porridge dans son assiette, Callum l'avait trouvé particulièrement pâle. Au vu de son état, il avait décidé de ne pas le mettre à l'école ce jour-là. Heureusement que Julie et Blair étaient là !

Son téléphone vibra. Il lut aussitôt le message :

« Il est fatigué, il n'a pas mangé. Mais il est devant la télévision. Ne t'inquiète pas. Julie. »

Il hocha la tête. C'était plus facile à dire qu'à faire…

La porte s'ouvrit. Il se leva et s'avança vers Jess. Elle avait meilleure mine que la veille. Ses cheveux dégringolant en cascade sur ses épaules et son gros pull en laine créaient un flou élégant qui dissimulait sa maigreur.

Il se sentit assailli par la même sensation que la veille, une attirance qu'il n'aurait jamais imaginée, mais qui était bel et bien là.

— Comment vas-tu, aujourd'hui ? demanda-t-il du ton le plus dégagé possible.

— Ça va, je me suis remise de mes émotions, dit-elle avec un sourire timide.

Il lui sourit à son tour. Elle était manifestement plus détendue que la veille. Cela dit, elle semblait toujours à l'aise à l'hôpital, qui devait être sa deuxième maison.

— Et les enfants ?

— Deux sont encore en soins intensifs, mais leur état s'est stabilisé. Quatre sont rentrés chez eux hier, et quatre autres aujourd'hui, après avoir passé la nuit en observation. Les deux derniers restent encore quelques jours, ils ont des fractures.

— Grosse journée, dit-il en lui adressant un sourire compréhensif.

— Non, pas du tout ! Nous avons eu trente admissions, en plus des victimes de l'accident d'hier. Bref, la routine !

Elle laissa échapper un petit rire.

— Trente ? Il y a une épidémie ?

— Oui, répondit-elle en posant des dossiers sur le bureau. Cela s'appelle l'hiver en Ecosse. C'est la même chose tous les ans, à cette époque. On observe une recrudescence de l'asthme, des infections respiratoires et des norovirus. Le ministère a recommandé la fermeture de deux crèches, hier. Nous avons également un bébé atteint de varicelle, en soins intensifs. Et en plus des bobos habituels, des chutes et des glissades.

Il ne put réprimer un sourire.

— Et je ne te parle pas des parents, reprit-elle. D'ailleurs, ce ne sont pas les parents des enfants les plus malades qui font le plus de scènes, en général.

— Je vois ce que tu veux dire. On connaît ce genre d'excès à la caserne aussi. Le mois dernier, un type a composé le 999 chaque fois que son alarme incendie se déclenchait.

— Il y avait le feu chez lui ?

— Non, c'était juste qu'il faisait brûler ses toasts ! Mais il insistait pour que nous nous déplacions quand même.

Elle leva les yeux au ciel.

— Moi qui croyais que nous avions le monopole des cinglés !

Il lui sourit de nouveau, tout en l'observant. Elle allait mieux que la veille, mais ses traits accusaient toujours une grande fatigue.

— Es-tu certaine d'avoir envie de faire ce travail maintenant ? On peut se voir à un autre moment, si tu veux.

Elle secoua la tête.

— C'est aussi bien de le faire tant que tout est encore frais dans mon esprit.

— Tu as le temps de prendre un café ?

— J'ai deux heures devant moi, dit-elle en consultant sa montre. Cela te dirait qu'on sorte un peu ? Je dois remplacer un collègue ce soir. Je vais rester à l'hôpital jusqu'à demain.

Il la regarda, ahuri. Elle avait déjà passé la nuit précédente à l'hôpital. Fallait-il qu'elle recommence la nuit prochaine ? Mais que pouvait-il dire ? Il pouvait peut-être seulement lui faire changer d'air.

— Avec plaisir, si tu n'as pas peur de te promener dans un véhicule d'intervention des pompiers !

— Tu conduis un camion de pompiers ? demanda-t-elle avec une pointe d'excitation dans la voix.

Il esquissa un sourire. Combien de personnes n'avaient-elles pas rêvé, enfants, de conduire un camion de pompiers ?

— Non. C'est juste un 4x4. Mais je suis de garde, et j'ai mon pager sur moi. On peut m'appeler à tout instant. Il faut que je sois prêt à intervenir.

— Oh ! dit-elle, l'air manifestement déçue.

— Disons que je ne dois pas m'éloigner trop pour pouvoir te redéposer rapidement si on m'appelle. Y a-t-il un endroit que tu préfères ?

— Je connais un café italien où l'on mange très bien. Leur gâteau aux carottes est divin. C'est à cinq minutes à peine d'ici. Je vais juste prendre mon sac et mon manteau.

Elle réapparut bientôt, vêtue d'un gros manteau en laine violet et d'une écharpe rose.

— Tu es bien couverte, aujourd'hui, dit-il en souriant.

— Je n'ai jamais eu aussi froid de ma vie qu'hier. Quand je suis rentrée chez moi, j'ai allumé un feu, enfilé mon pyjama le plus douillet et me suis blottie sous la couette devant la cheminée.

Il imagina la scène. Les pyjamas douillets n'étaient pas ce qu'on faisait de plus sexy pour une femme, néanmoins l'image l'émut et le fit sourire.

Ils sortirent et elle se rapprocha automatiquement de lui, comme pour s'abriter du vent derrière son grand corps. Il se retint de toutes ses forces de passer un bras autour de ses épaules.

Une pensée jaillit dans un recoin de son cerveau. Contre qui Jessica se blottissait-elle, quand elle rentrait exténuée du travail ? Avec qui avait-elle passé la nuit devant la cheminée ?

La curiosité le tenaillait, surtout depuis que Miriam avait mentionné son nom de femme mariée. Pourquoi avait-elle repris son nom de jeune fille ?

Il la regarda marcher à ses côtés. Elle semblait plutôt détendue, et lui adressa un sourire en montant dans le 4x4.

— Tu aurais été horrifié : j'ai même mis des chaussettes pour dormir.

— Roses ?

— Comment as-tu deviné ?

— Certaines choses ne changent pas.

Il tourna la tête vers elle. Le rose avait toujours été sa couleur préférée. Mais il avait dit cela sans réfléchir. Car, à bien y penser, tout changeait tout le temps, au contraire. Tout avait changé, pour l'un comme pour l'autre, depuis qu'ils s'étaient perdus de vue. Probablement plus qu'il ne l'imaginait.

Il pouvait se passer tellement de choses en treize ans.

Le silence tomba dans l'habitacle, comme s'ils s'étaient mis, l'un et l'autre, à penser à la même chose.

Il démarra, et sortit du parking.

— Par là, indiqua-t-elle d'un geste de la main. C'est vrai que j'ai toujours aimé le rose. J'ai même un manteau rose.

Il se remémora soudain la garde-robe de Jessica, la plus fournie qu'il ait jamais vue.

— Te connaissant, je ne serais pas étonné que tu aies un manteau de chaque couleur de l'arc-en-ciel.

Elle pencha légèrement la tête et fronça les sourcils, l'air faussement sérieux.

— Non, l'arc-en-ciel n'est pas tout à fait complet. Je n'ai pas de manteau vert émeraude, par exemple.

En riant, elle désigna le café.

— C'est là, sur la gauche.

Il se gara, puis fit le tour de la voiture pour ouvrir sa portière. Ils entrèrent dans le café, où flottaient des arômes alléchants et une douce chaleur contrastant avec la température extérieure. Il aida Jessica à ôter son manteau et s'installa en face d'elle. Il posa ses papiers devant lui mais sans parvenir à s'atteler sérieusement à la tâche qui les avait conduits dans ce café.

Voir Jessica en dehors de l'hôpital était pour le moins étrange. Même s'il s'agissait d'un rendez-vous professionnel. Car, en dépit des apparences, et au cas où il l'aurait oublié, ils étaient là pour le travail, rien de plus.

Mais pourquoi avait-il besoin de se le rappeler, d'ailleurs ?

— Que me conseilles-tu ? demanda-t-il en lui montrant le menu.

— Tout est bon.

La serveuse vint à leur table.

— Je vais prendre un cappuccino, s'il vous plaît.

— Certainement pas.

Il se mordit la lèvre. Il n'avait pas pu se retenir. Il supportait mal de la voir aussi frêle. Il avait envie de lui commander des champignons, une part de lasagnes et du pain à l'ail. Comme au bon vieux temps, quand ils partageaient leurs repas et qu'il savait exactement ce qu'elle aimait.

Ses amis avaient dû lui parler, lui dire qu'elle avait perdu trop de poids. Mais qui prenait soin d'elle, à présent ? Même s'il ne l'avait pas vue depuis des lustres, il lui était impossible de rester là sans rien dire.

La serveuse les regarda un moment, un peu déconcertée. Callum parcourut le menu.

— Prends autre chose. Il te faut plus qu'un café au lait.

Il vit son visage se fermer. Elle prit une profonde inspiration, comme pour s'empêcher de laisser éclater sa colère, mais il secoua imperceptiblement la tête et posa sa main sur la sienne.

— Ne te fâche pas, dit-il en soutenant son regard.

Ils avaient été si proches, à une époque. Peu importait que le destin les ait éloignés l'un de l'autre. Ce qui comptait, c'était qu'ils étaient de nouveau réunis, ce jour-là. De toute façon, Jessica le connaissait bien. Elle savait qu'il ne ferait jamais de scène. Mais elle savait également que lorsqu'il avait une idée en tête, rien ne pouvait le détourner de son objectif.

Ses grands yeux bruns étaient rivés sur sa main. Etait-elle agacée ? Trouvait-elle son geste déplacé ?

Ses épaules s'abaissèrent au fur et à mesure qu'elle expirait, puis elle leva vers lui ses grands yeux.

Il se souvint de la caresse de ses cils sur sa joue, de la douceur de sa peau.

Il se redressa. Mais pour le coup, cette pensée était déplacée.

Il sentit ses doigts bouger sous sa main.

— Quelle soupe avez-vous aujourd'hui ? demanda Jess en levant les yeux vers la serveuse.

— Minestrone ou soupe tomate-basilic. Les deux sont servies avec du pain grillé.

— Je vais prendre un minestrone, s'il vous plaît.

— Je prendrai la même chose : le minestrone et un cappuccino.

Puis il se souvint de ce qu'elle avait dit dans la voiture.

— Et deux gâteaux aux carottes, s'il vous plaît.

En temps normal, il n'aurait jamais mangé autant à cette heure de la journée. Il jeta un coup d'œil sur son rapport, toujours posé sur la table, et devenu à présent le cadet de ses préoccupations. Lui raconterait-elle un jour ce qui s'était passé pendant toutes ces années ? Et lui, serait-il capable de lui parler de Drew ?

Il décida de prendre le taureau par les cornes.

— Tu es très maigre, Jess. Beaucoup plus maigre que

lorsque je t'ai connue. J'aurais préféré t'offrir un repas complet plutôt qu'une soupe.

— Qui a dit que j'allais te laisser payer l'addition ?

Il sourit. Comme sa vivacité d'esprit lui avait manqué pendant toutes ces années ! C'était ce qui l'avait séduit treize ans plus tôt. Cette vivacité transparaissait encore, mais seulement au cours d'instants fugaces. Car étrangement, un voile opaque se redéposait aussitôt, assombrissant de nouveau la Jessica pétillante et pleine de vie qu'il connaissait.

Il s'adossa à sa chaise.

— Je t'assure que tu n'auras pas le choix.

— Toujours aussi obstiné, à ce que je vois.

— J'ai eu un bon professeur, rétorqua-t-il.

Il esquissa un sourire. Les joutes verbales avec Jess lui paraissaient aussi naturelles qu'autrefois. Mais, évidemment, les circonstances avaient changé, tout comme elle avait changé. Il lui prit la main.

— En fait, je suis un peu inquiet.

Jessica se raidit imperceptiblement.

— Nous ne nous sommes pas vus pendant des années, dit-elle. Tu n'as aucune idée de ce qu'a été ma vie ni moi de ce qu'a été la tienne. Si l'accident d'hier ne s'était pas produit, nos chemins ne se seraient peut-être jamais croisés.

— Et ça aurait été dommage ! Non que je sois content que l'accident se soit produit, et que ces enfants aient été blessés, bien sûr. Mais je suis heureux que nos chemins se soient croisés. Je suis content de te voir.

Il avait parlé d'une voix grave et calme, espérant qu'elle lirait dans ses yeux à quel point il était sincère.

Elle hésita puis sourit.

— Moi aussi, je suis contente de te revoir. De toute façon, tu m'as toujours cassé les pieds avec la nourriture. Ce n'est pas nouveau.

Il acquiesça, soulagé. Ses yeux brillaient, et elle semblait nettement plus détendue. Elle s'enfonça légèrement dans sa chaise et posa ses coudes sur la table.

— Je ne vois pas du tout de quoi tu parles, Jessica Rae, dit-il en s'accoudant à son tour.

Elle appuya son menton dans ses mains, un grand sourire illuminant son visage.

— Et l'histoire du cookie, alors ? dit-elle en levant un sourcil.

Il pouffa de rire, tandis que les souvenirs affleuraient à sa conscience. Un jour qu'ils étaient allés au cinéma, Jess lui avait demandé de tenir son café et son cookie pendant qu'elle allait se laver les mains. Lorsqu'ils étaient entrés dans la salle, le film commençait et ils avaient dû marcher dans le noir jusqu'à leur place. Une fois assise, Jess avait récupéré le sac en papier dans lequel se trouvait le cookie, mais l'exclamation qu'elle avait poussée avait fait sursauter la salle entière. Ou presque.

— Je n'en avais pris qu'une toute petite bouchée, minimisa-t-il en haussant les épaules.

— Tu avais mangé la moitié du cookie, et tu m'as fait croire que le vendeur l'avait vendu en l'état. Pire : j'ai failli aller lui réclamer un autre cookie !

Il éclata de rire. Elle affichait le même air outré que treize ans plus tôt.

— Les miettes sur mon T-shirt m'ont trahi, ajouta-t-il en riant.

Jess se mit à rire à son tour, de son rire franc et entier qui semblait jaillir de tout son être. Elle était rayonnante quand elle riait.

Comme il était agréable de retrouver cette familiarité avec une personne qu'il avait si bien connue, et avec qui il avait passé autant de bons moments ! Une femme avec qui il se sentait à l'aise, et qui lui donnait envie de lui accorder sa confiance.

Qui ne l'aurait jamais abandonné, ni lui ni son enfant, il en était certain.

La porte du café s'ouvrit. Une femme et son petit garçon entrèrent, apportant avec eux un souffle d'air glacial. L'enfant avait le nez tout rouge sous son bonnet de laine. Il avait à peu près le même âge que Drew.

Callum chassa l'image de Kirsten de sa tête, et se pencha

pour faire un commentaire à Jess. Mais l'expression qu'arborait son visage le stoppa net.

Son éclat de rire s'était transformé en un air sinistre et glaçant, et elle était redevenue blême. Il eut envie de lui demander les raisons d'une telle métamorphose, mais se retint.

Il devait lui laisser le temps et l'espace dont elle avait besoin. Si elle avait envie de lui parler un jour, elle le ferait d'elle-même.

Quelques instants s'écoulèrent dans un silence de mort, puis elle sembla se ressaisir.

— Il faudrait que nous nous y mettions, dit-elle en désignant d'un signe de tête les documents posés sur la table. En quoi puis-je t'être utile ?

Il hocha la tête, redevenu grave à son tour. Les barrières étaient de nouveau dressées entre eux. Elle se protégeait derrière les tâches professionnelles.

La serveuse apporta deux bols de minestrone fumant et une corbeille de pain.

— Mangeons, d'abord, répondit-il. Ensuite, on s'occupera des papiers. J'aurai besoin d'une déclaration détaillée de ta part.

Il ne fallait pas que le voile retombe. Il ne supportait pas de voir le regard de Jess lorsqu'il semblait se vider, comme si elle se retirait de la scène. Cela dit, il avait désormais la certitude qu'elle ne partageait pas les sensations qu'il éprouvait depuis qu'ils s'étaient retrouvés.

Il avait l'impression que son cerveau était sens dessus dessous. La présence de Jessica avait éveillé des tas de souvenirs et de sensations. Il avait passé la majeure partie de la nuit les yeux ouverts, à se remémorer les bons moments qu'ils avaient partagés à l'époque. C'était à la fois réconfortant et troublant.

Il ne lui avait pas encore parlé de Drew. Le ferait-il ? Rien n'était moins sûr. Etait-il possible qu'ils redeviennent amis ou était-ce la perspective infaillible d'un désastre ? Mieux valait sans doute ne pas précipiter les choses.

5.

Le service de pédiatrie était plongé dans l'obscurité, à l'exception des fenêtres décorées de guirlandes lumineuses, et du sapin clignotant au bout du couloir. Dehors, les gros flocons blancs s'étaient transformés en de la neige mouillée qui venait frapper les vitres. Dans l'herbe, un Père Noël, un bonhomme de neige et un renne scintillaient dans la nuit noire.

Il régnait un silence inhabituel dans le service, à l'exception de quelques petits murmures et soupirs çà et là. Des enfants étaient allongés sous les draps blancs amidonnés de l'hôpital et des couvertures bariolées. Près des lits, des parents tentaient tant bien que mal de grappiller quelques heures de sommeil, sur des fauteuils au confort tout relatif.

Jessica adorait le service à Noël. C'était le seul endroit qui lui procurait du réconfort en cette période de l'année. Elle s'y sentait en sécurité. Là, tout le monde était au courant de ce qu'elle avait vécu. Personne ne lui posait de questions : si elle avait besoin d'être seule un moment, on la laissait tranquille.

Mais si, au contraire, elle avait besoin de chaleur humaine et de compagnie, c'était aussi là qu'elle les trouvait.

Et il n'existait pas meilleur endroit pour se sentir utile. Il y avait toujours un petit à câliner, un parent à qui parler dans les heures calmes de la nuit, à qui apporter un peu de réconfort.

La plupart du temps, elle regardait les enfants dormir. Rien n'était plus rassérénant, du moins pour elle, que de regarder un enfant dans son sommeil.

Elle se pencha au-dessus du lit de Grace Flynn, une petite patiente de sept ans atteinte d'une forme rare de cancer agressif du côlon. Elle avait déjà subi deux opérations.

Grace était une petite fille magnifique, qui voulait devenir ballerine, hôtesse de l'air ou maîtresse d'école. Elle changeait d'avis tous les jours, et chaque fois avec le même enthousiasme. Mais la bataille contre la maladie se faisait chaque jour plus rude, et elle devenait de plus en plus fragile au fil de ses admissions à l'hôpital. La chimiothérapie et la radiothérapie produisaient des ravages sur son corps. La chirurgie laissait également des traces. Aussi Jessica, cette nuit-là, était-elle soulagée de la voir dormir en paix, de voir son petit buste se soulever et s'abaisser calmement au rythme de sa respiration.

Mais une telle vision était douloureuse, aussi. Quelle était la situation la pire ? Apprendre brutalement la mort accidentelle d'un enfant, à qui on n'a pas le temps de dire au revoir, ou le voir s'éteindre à petit feu dans des souffrances terribles, devant lesquelles on est totalement impuissant ?

Elle continuerait de faire tout ce qui était en son pouvoir pour aider Grace et ses parents à combattre le mal. Par chance, la petite fille pourrait sortir de l'hôpital le lendemain, et ainsi, passer Noël en famille à la maison. Grace était une patiente exemplaire à l'hôpital, mais elle affichait toujours le plus beau des sourires quand elle était autorisée à rentrer chez elle.

Jessica parcourut le couloir en s'imprégnant du calme qui y régnait. Certaines nuits étaient tellement actives, qu'elle n'avait pas une minute pour se poser dans la salle de repos. D'autres, plus rares, étaient aussi tranquilles que cette nuit-là.

Elle alla s'asseoir dans le bureau des infirmières, et ralluma l'écran de l'ordinateur pour consulter le dossier de l'un des enfants admis dans la journée. Autant travailler puisque, de toute façon, elle était incapable de trouver le sommeil.

Des images de Callum affleuraient sans cesse dans son esprit, et elle ne savait qu'en penser.

Depuis des années, elle était triste. Le travail lui avait permis de mettre un pied devant l'autre et d'avancer, malgré tout. Il lui semblait même qu'elle était parvenue à un palier. Elle ne passait plus ses journées à pleurer. Elle arrivait désormais à se lever le matin, et n'en voulait plus à toutes les femmes qu'elle croisait dans la rue avec une poussette.

Certes, elle connaissait des moments où un chagrin sans fond venait l'assaillir, en général au moment où elle s'y attendait le moins. Dans ces cas-là, elle laissait couler ses larmes, et prenait le temps de s'apaiser.

Malgré tout, la douleur s'était peu à peu atténuée. Les visages de Daniel et de Lewis demeuraient la première image avec laquelle elle se réveillait le matin et la dernière image qu'elle avait à l'esprit, le soir en s'endormant. Mais ils n'occupaient plus ses pensées vingt-quatre heures sur vingt-quatre. Peu à peu, elle reprenait goût à la vie, et parvenait à s'ouvrir à d'autres occupations.

Quoi qu'il en soit, c'était le travail qui lui avait procuré le plus grand réconfort, qui lui avait permis de donner un sens à ses journées et de recouvrer sa foi en l'existence.

Jusqu'à ce que survienne cette tempête. Une bourrasque inattendue, provenant tout droit de ses années d'adolescence et qui la prenait totalement au dépourvu. Les retrouvailles avec Callum réveillaient des souvenirs profondément enfouis, heureux, pour la plupart, même s'ils étaient empreints de la sentimentalité typique des histoires d'amour adolescentes.

Toujours est-il que le revoir était une expérience troublante. Et que se serait-il passé si… ?

Si elle avait épousé Callum ? Quelle vie aurait-elle menée ? Seraient-ils toujours ensemble, après toutes ces années ?

Elle chassa ces questions de son esprit. Elle se sentait déloyale envers son mari, Daniel, et leur petit garçon, Lewis. Daniel avait été l'amour de sa vie, avec lequel elle s'était imaginée passer le restant de ses jours. Mais c'est la perte de Lewis qui avait été la plus effroyable. Elle avait eu l'impression qu'on lui arrachait le cœur. Elle avait cru en mourir.

C'était peut-être la raison pour laquelle son cerveau s'aventurait à présent sur des terrains demeurés inexplorés. Si elle était restée avec Callum, Daniel et Lewis n'auraient jamais fait partie de sa vie. Et elle n'aurait pas souffert le martyre en les perdant. Elle n'aurait jamais eu non plus à se poser la question de savoir si elle avait envie de mourir ou de continuer à vivre sans eux.

Revoir Callum était peut-être un événement positif, en fin de compte.

Elle ouvrit les yeux et se redressa brusquement, jetant un coup d'œil circulaire à la pièce. Deux infirmières se tenaient en face, dans le couloir, devant la porte d'une chambre. Mais apparemment, elles ne l'avaient pas vue s'assoupir, une fois de plus, sur son clavier.

Son pager se mit à sonner. Trois enfants se trouvaient dans le service des urgences : le bébé atteint de varicelle, Marcus, et Lily. Elle se leva aussitôt, et s'y dirigea à grands pas, priant pour qu'il ne soit rien arrivé de grave. Les couloirs étaient déserts, et ses pas produisaient un bruit feutré dans le silence de la nuit.

Elle se désinfecta les mains et entra. Le service des urgences était plus éclairé que le reste de l'hôpital, même si toutes les lampes n'étaient pas allumées la nuit. Le bruit régulier des ventilateurs était toujours la première chose qu'elle entendait en arrivant. C'était un ronronnement doux et tranquille, contrastant avec la détresse des patients qui se retrouvaient là.

Elle reconnut la silhouette qui se tenait près du lit de Lily, et s'approcha. C'était Pauline, une infirmière très compétente qui travaillait dans ce service depuis dix ans et qui, outre sa riche expérience, possédait également une intuition très fine. Jessica avait confiance en elle et, au cours des dernières années, elle avait pu apprécier la valeur de son amitié.

— Que se passe-t-il, Pauline ?

— Son état est passé d'hypothermie et bradycardie à fièvre et tachycardie. Je n'en reviens pas de la capacité de l'organisme des enfants à passer d'un extrême à l'autre.

Jessica scruta le moniteur. Le cœur de Lily, qui battait à 50 bpm, trente-six heures plus tôt, affichait à présent un rythme de 160 bpm.

— Ce n'est pas normal. L'ECMO devrait maintenir son

rythme cardiaque et sa température à un niveau constant. Elle doit avoir une infection quelque part. Comment s'est passée l'aspiration ?

— On l'a aspirée toutes les quatre heures mais on n'a pas noté d'augmentation des sécrétions.

Jessica étira sa nuque, pour dénouer les tensions dans le haut de son dos. L'ECMO comportait des risques de complication connus, tels que des hémorragies, des infections, des atteintes neurologiques et des problèmes rénaux.

— Je vais l'ausculter, dit Jessica en tirant le stéthoscope rose qu'elle portait autour du cou. Il n'y avait pas de problème tout à l'heure, ni à l'auscultation ni à la radio, mais cela a pu évoluer.

Elle plaça le stéthoscope sur le petit torse de Lily, et se concentra.

— J'entends des crépitations dans ses poumons. Passe-moi son dossier. Je vais la mettre sous antibiotiques.

Elle griffonna quelques mots sur une feuille du dossier.

— Je m'en occupe, si tu veux, proposa Pauline.

— Merci, répondit-elle. Il faut lui faire passer une nouvelle radio. Je serai dans les parages dans les heures à venir. Préviens-moi s'il y a quoi que ce soit.

— Tu devrais aller te reposer un peu, Jess. Tu sais que ce n'est pas bon pour toi de passer des nuits blanches, dit Pauline d'une voix inquiète.

Jess lui adressa un sourire, mais ne répondit pas. Elle savait ce qu'elle avait à faire.

— Je voulais te demander, reprit Pauline, d'où connais-tu Callum ?

La question la prit au dépourvu. Elle se sentit soudain sur ses gardes, bien que cette femme, en qui elle avait toujours eu confiance, la regarde avec franchise et bienveillance.

— Callum Kennedy ? demanda-t-elle, comme s'il pouvait s'agir de quelqu'un d'autre.

— Oui, le secouriste, dans l'équipe des pompiers. Je l'ai eu au téléphone tout à l'heure, il enquêtait sur les enfants du minibus. Du moins, il voulait s'assurer que tout allait bien. Apparemment, il est venu hier aussi.

Elle regarda Pauline, surprise. Callum était à l'hôpital la veille ? Elle n'en avait rien su.

— Qu'a-t-il dit ?

— Il a dit que vous vous connaissiez depuis longtemps. Que vous étiez de vieux amis.

Pauline était intriguée et curieuse. Jess sentit le rouge lui monter aux joues. Callum était un sujet qu'elle aurait préféré ne pas aborder. Mais de toute façon, l'hôpital était un endroit où les ragots allaient toujours bon train, qu'ils soient fondés ou non.

— David le connaît aussi. Il a joué au football contre lui. David dit que l'équipe de foot des pompiers est impressionnante et qu'il demande toujours à être gardien de but, quand il y a un match contre eux… D'après lui, Callum serait célibataire, ajouta Pauline en gloussant.

Jess ne put s'empêcher d'esquisser un sourire. David. Le rare exemplaire masculin de l'équipe infirmière des urgences, cible de toutes les plaisanteries dans le service. Mais qui ne se laissait pas marcher sur les pieds pour autant. Jess était contente qu'il y ait un homme dans un environnement majoritairement féminin. Certains bébés, d'ailleurs, réagissaient mieux à une voix masculine, comme si elle les rassurait davantage.

Grâce à lui, en tout cas, Jess venait d'obtenir une information de première importance : Callum était célibataire. Cela paraissait absurde. Les femmes devaient se bousculer pour sortir avec un homme aussi beau, aussi intelligent et aussi drôle, avec un bon travail, de surcroît. Comment Callum Kennedy pouvait-il encore être célibataire ?

— Jess ? Tout va bien ?

La voix inquiète de Pauline la sortit de sa rêverie.

— Oui, oui. Tout va bien, répondit-elle, sans toutefois oser la regarder dans les yeux.

Elle sentait ses joues chauffer. Mais quel âge avait-elle donc ?

— Jess, personne n'osera jamais dire une chose pareille,

mais moi je vais oser, parce que tu es mon amie. Tu as l'air d'aller mieux. Tu n'as plus cette mine terrible, avec ces cernes sous les yeux. Et par bonheur, tu t'es remise à manger…

— Où veux-tu en venir, Pauline ? l'interrompit-elle.

L'infirmière se mordilla la lèvre.

— Je veux en venir au fait que si tu avais une histoire avec Callum, ce serait une excellente nouvelle.

Elle hésita un instant avant de reprendre :

— Disons que cela vaut la peine de l'envisager, au lieu de le fuir d'emblée.

— Tu as l'impression que je fuis ?

Pauline s'approcha d'elle.

— Non, j'ai plutôt l'impression que tu es prête, Jess, dit-elle en posant sa main sur son bras. Le moment est peut-être venu de sortir de ta coquille, et de recommencer à vivre. Que ce soit avec Callum ou avec quelqu'un d'autre. Je ne dis pas que ce sera facile, Jess. Mais justement : mieux vaut peut-être commencer avec quelqu'un que tu connais déjà.

Elle regarda la main de Pauline posée sur son avant-bras. Là où Callum avait également posé la sienne, provoquant une sensation étrange, comme un pétillement inattendu — et si elle était honnête, pas désagréable du tout…

Mais à quoi tout cela rimait-il ? Elle avait passé tant de temps avec Daniel, que l'idée même de penser à un autre homme lui paraissait incongrue. En l'état actuel des choses, elle ne pouvait envisager que Callum ait une autre place dans sa vie que celle d'un ami. Même si son propre corps lui lançait parfois d'autres messages, plus ambigus. Et le fait que sa confiance en elle soit au plus bas n'arrangeait rien non plus.

Elle jeta un coup d'œil à son reflet dans l'une des baies vitrées. Elle avait du mal à se reconnaître, ces derniers temps. Elle qui était plutôt fière de sa silhouette et de l'éclat de sa peau sentait que son visage et son corps s'étaient transformés. Elle trouvait qu'elle avait trop maigri, et n'osait plus se regarder dans les miroirs. Elle s'était fait couper les cheveux, quand elle les avait jugés trop longs à sécher le matin. Ils avaient malgré tout déjà trop repoussé. Elle ne se maquillait plus que pour faire taire les gens qui lui trouvaient toujours mauvaise mine. Quel homme aurait envie de s'intéresser à une femme avec une tête pareille ?

— Callum et moi travaillons ensemble, c'est tout, répondit-elle d'une voix morne.

— Pour l'instant, mais cela pourrait changer…, dit Pauline doucement.

— Tu sais, si ce bus ne s'était pas retrouvé dans un ravin, nous ne nous serions jamais revus. A part pour son rapport d'enquête, je ne l'intéresse pas.

— Ah ? fit Pauline d'un ton exagérément étonné. Il demande pourtant chaque fois où tu es, quand il vient.

— Ah bon ?

Elle se sentit rougir. Pourquoi son cœur s'emballait-il tout à coup ?

Pauline termina de contrôler la machine ECMO, et nota les données sur la fiche.

— Absolument, reprit-elle ensuite. Tout ce que je veux dire, c'est que des millions de possibilités se présentent à toi. Laisse la porte ouverte, ne serait-ce qu'à certaines d'entre elles.

Sur ces mots, elle raccrocha la fiche au pied du lit, et se dirigea vers le lit voisin.

Jessica scruta son reflet dans la vitre. Des millions de possibilités, vraiment ?

Mais à quoi bon ?

6.

Callum regarda une nouvelle fois la pendule. Il s'ennuyait à mourir.

D'habitude, il aimait bien participer aux journées de formation, où il trouvait toujours quelque chose à apprendre et de nouvelles personnes à rencontrer. Mais on aurait dit que ce type répétait en boucle, depuis un temps interminable, ce qui semblait n'être qu'une seule et même idée. La pendule indiquait pourtant que son intervention n'avait commencé que depuis dix-neuf minutes.

A cet instant, la porte de l'auditorium s'ouvrit et un murmure parcourut les rangs du public, suivi du bruit provoqué par une centaine de pompiers se levant en même temps. Il se retourna. Qui venait de faire une telle entrée ?

Ce n'était pas le colonel, contrairement à ce qu'il pensa de prime abord, mais une femme, à la chevelure qu'il reconnut d'emblée.

Jess ?

Il se sentit soudain concerné, et tendit l'oreille vers ce que l'intervenant était en train de dire.

— Mesdames et messieurs, je vous demande d'accueillir le Dr Jessica Rae, pédiatre à l'hôpital pour enfants de Parkhill, à Glasgow.

Callum consulta le programme des conférences. Ce n'était pourtant pas son nom qui y était annoncé.

— Le Dr Rae est gentiment venu remplacer le Dr Shepherd, qui a été retenu par une urgence. Nous lui sommes très reconnaissants de nous accorder un peu de son temps, que nous savons précieux, pour nous parler des premiers secours et du traitement des intoxications par la fumée chez les enfants.

Jessica avança jusqu'à l'estrade, ses cheveux caramel tombant en boucles souples sur ses épaules. Elle avait judicieusement enfilé plusieurs épaisseurs de vêtements colorés, qui la remplumaient, et lui donnaient bonne mine.

— Ce n'est pas le médecin qui était avec nous sur les lieux de l'accident du minibus ? lui murmura son voisin.

— Si, si, c'est elle, répondit-il sans quitter Jessica des yeux.

— Elle est plutôt canon. Tu ne m'as pas dit que tu la connaissais ?

Callum changea nerveusement de position. Il savait exactement ce qui se passait dans la tête de Frank.

— Si. C'est une vieille amie.

Frank laissa échapper un petit sifflement.

— J'aimerais bien que mes vieilles amies ressemblent à ça.

Callum se raidit. Frank disait tout haut ce que l'assemblée entière des hommes présents dans cette salle pensait tout bas. Mais il n'appréciait pas. Il avait envie de fabriquer un cocon autour de Jessica, et de la protéger de tous ces regards concupiscents.

Il ne l'avait pas vue pendant plus d'une semaine. Il fallait bien avouer qu'elle était un plaisir à regarder. Mais pourquoi le fait que d'autres hommes la trouvent séduisante l'agaçait-il à ce point ? De quel droit réagissait-il ainsi ?

A plusieurs reprises, il s'était retenu de décrocher le téléphone pour l'appeler. Il passait son temps à chercher des prétextes pour lui parler, mais sa raison l'en avait dissuadé chaque fois. A présent, en la voyant prendre place sur l'estrade, les choses n'étaient plus aussi claires dans son esprit.

Jess jeta un coup d'œil circulaire sur la salle, et marqua un arrêt imperceptible lorsqu'elle l'aperçut.

— Bonjour, certains visages parmi vous me sont familiers, parce qu'il est malheureusement fréquent que les chemins des médecins et des secouristes se croisent sur le terrain.

Elle appuya sur un bouton, et une présentation à l'écran apparut dans son dos.

— Je vais vous donner des conseils sur la conduite à tenir en cas d'inhalation de fumée par un enfant. Je suis sûre que vous avez tous déjà été confrontés à cette situation.

Il l'écouta avec attention. Jessica faisait preuve de confiance et de détermination. Elle connaissait bien son sujet, et aurait certainement pu faire sa présentation les yeux fermés. Sa voix était claire et stable.

— Je vous présente ici les gestes de premiers secours. Vous savez aussi bien que moi que les ambulances et les médecins ne se trouvent pas forcément immédiatement sur les lieux. C'est pourquoi je vais vous donner suffisamment d'informations pour que vos premiers gestes soient sûrs et efficaces.

Elle leva la main, appuya sur une télécommande pour changer l'image qui s'affichait derrière elle.

— Bien, commençons.

Jess prit une longue inspiration. Elle venait de vivre les trente minutes les plus rapides de sa vie. Elle n'avait pas hésité un instant, lorsque son collègue lui avait demandé de la remplacer dans le cadre d'une intervention sur le soin à apporter aux enfants victimes d'intoxication par la fumée. Elle avait l'habitude de faire des cours ou des conférences devant des étudiants en médecine ou des confrères d'autres services. C'était pour elle pain bénit.

Si seulement Callum ne faisait pas partie du public ce jour-là ! Elle avait passé une demi-heure à éviter de regarder dans sa direction. Elle craignait, en croisant une seule fois son beau regard vert, de perdre totalement ses moyens et de ne plus parvenir à se concentrer sur sa présentation.

La situation était pour le moins curieuse. En temps normal, elle aurait été ravie qu'un ami assiste à l'un de ses cours. Là, elle avait plutôt l'impression de passer un examen. Cela dit, les pompiers se montrèrent sympathiques avec elle, et ne lui posèrent que quelques questions à la fin. C'était l'avantage de donner un cours juste avant la pause-café : personne n'avait envie de s'attarder outre mesure.

La salle se vida en quelques minutes, et elle sentit les battements de son cœur s'accélérer. Les participants se ruaient vers la sortie, attirés par l'odeur du café.

Callum allait-il venir lui dire bonjour ? Peut-être n'en avait-il pas le temps. Mais à peine avait-elle pensé cela, qu'elle l'aperçut, qui se dirigeait vers elle d'un pas assuré.

— Bonjour Jess, quelle surprise ! dit-il une fois devant elle.

— Bonjour Callum, répondit-elle d'un air dégagé. C'en était une pour moi aussi, j'ai remplacé un collègue au pied levé.

— Rien de grave ?

— Si, malheureusement. Sa femme a un cancer, et elle a mal réagi à la dernière chimio. Il a préféré rester à la maison avec elle.

— J'en suis désolé. Et comment vont les enfants du minibus ?

— Tu n'es pas au courant ? Il me semble que tu as appelé ce matin pour te renseigner.

Callum prit un air contrit.

— Je l'avoue, je suis un peu insistant.

— Je ne doute pas que c'est pour la bonne cause, dit-elle doucement, en posant sa main sur son bras. Nous avons encore quatre enfants dans le service, mais leur état s'améliore.

Callum hocha lentement la tête.

— Tu as le temps de boire quelque chose ?

— Si les pompiers font un bon café, je veux bien.

— Nous ne plaisantons ni avec le café, ni avec les gâteaux qui l'accompagnent.

— Effectivement, ça sent délicieusement bon. Mais j'ai l'impression que tu essaies toujours de m'engraisser.

— Malédiction ! Je suis démasqué, s'exclama-t-il, la main sur le cœur. Disons simplement que je prends soin de mon amie.

— Ton amie ? C'est comme cela que tu me considères de nouveau ?

— J'espère bien, répliqua-t-il du tac au tac.

Elle sourit. La spontanéité avec laquelle il avait répondu lui mit du baume au cœur. Ils étaient donc amis. C'était agréable et rassurant.

Ils se dirigèrent vers la cafétéria, où elle put constater que les pompiers prenaient leur pause-café très à cœur. Dans la vitrine était exposé un assortiment de gâteaux et de tartes, tous plus alléchants les uns que les autres. La cafétéria était en fait le point de vente d'une célèbre enseigne.

— Qu'est-ce qui te tente ? demanda Callum en posant un plateau devant elle.

La question la déstabilisa, et les pensées qui se bousculèrent inopinément dans son esprit la firent presque rougir.

— Je veux bien un *latte* au caramel et une tranche de cake banane-noix, s'il te plaît.

Elle croisa son regard. Il avait l'air content qu'elle ne pinaille pas pendant des heures sur ce qu'elle allait choisir. La patience n'avait jamais été son fort, si elle s'en souvenait bien.

— Comment avez-vous fait pour ouvrir une franchise ici ? Je ne pensais pas que c'était possible.

— Nous non plus, mais le café de la caserne devenait de pire en pire. Par contre, les bénéfices ne vont pas à l'entreprise. Ils sont reversés chaque année à une association, que nous désignons par vote. Cela nous permet d'avoir des fonds, et l'entreprise est contente d'afficher sur son site qu'elle soutient une bonne œuvre. Cela lui fait une bonne publicité.

— C'est l'association que vous avez choisie cette année ? demanda-t-elle en désignant une affiche sur la lutte contre la maladie d'Alzheimer.

— Oui, nous intervenons souvent sur des incendies provoqués par des personnes âgées, qui ont des problèmes de mémoire. Elles oublient par exemple qu'elles ont un plat au four ou une casserole sur le feu. Trois personnes sont décédées pour cette raison l'an dernier. Certains présentent des signes précoces d'Alzheimer. Nous faisons des visites préventives pour installer des alarmes incendie. Du coup, le choix de cette association nous a paru naturel.

Ils prirent leurs plateaux et allèrent s'asseoir.

— C'est une bonne idée, dit-elle en buvant une gorgée de son *latte*. On pourrait peut-être organiser la même chose à l'hôpital. La cantine y est bonne, mais la cafétéria est gérée par un sous-traitant et leur café n'est vraiment pas terrible.

— Je t'expliquerai plus en détail comment nous nous y sommes pris, si tu veux.

— Avec plaisir ! Je vais devenir la femme la plus populaire de Parkhill !

— Je suis sûr que tu l'es déjà, dit-il d'une voix grave en la fixant par-dessus son café fumant.

Elle ne put réprimer un sourire. Depuis quand n'avait-elle pas reçu de compliments de la part d'un homme ? Certes, il lui était arrivé de faire l'objet de remarques lubriques dont elle se serait bien passée, mais cela n'avait rien à voir. Les mots de Callum étaient différents. C'était une remarque gentille et agréable, qui suscitait un plaisir léger et pétillant comme une coupe de champagne. Une sensation qu'elle n'avait pas éprouvée depuis des lustres.

Le premier regard que Callum lui avait adressé, lorsqu'ils s'étaient revus, avait provoqué un choc. Mais elle avait été encore plus surprise par la réaction de son propre corps. Une réaction spontanée, instinctive, très physique. La proximité dans laquelle ils avaient travaillé ensuite n'avait rien arrangé. Des parties d'elle qui semblaient endormies depuis des années s'étaient, contre toute attente, ranimées à son contact.

Elle avait besoin de temps pour que sa tête comprenne ce qui lui arrivait. Mais avait-elle vraiment envie de comprendre ? Elle n'était plus la jeune fille naïve de dix-sept ans, dont le cœur s'était brisé lorsqu'elle s'était séparée de son premier amour.

Si seulement elle avait su, à l'époque, ce qu'elle savait maintenant. Il fallait davantage qu'un chagrin d'amour pour briser réellement un cœur…

Cela dit, tous les souvenirs liés à Callum étaient bons. Chaleureux et joyeux.

Elle se rendait compte qu'elle était bien auprès de lui, même après toutes ces années. Elle se sentait en sécurité. Et elle aimait bien sa façon de la regarder. Elle avait l'impression de valoir quelque chose aux yeux de quelqu'un.

Les mots de Pauline résonnèrent dans son esprit. « Des millions de possibilités… »

— Callum, il faut que je te parle, dit soudain une voix qui la fit sursauter et sortir de sa rêverie.

Une jeune femme blonde au physique avantageux s'était matérialisée devant leur table, plantant son décolleté rebondi juste sous le nez de Callum.

Jess l'observa, un peu ahurie. Etaient-ce de vrais seins ?

— C'est au sujet de la réunion au siège. Il faudra que je te donne le rapport avant que tu partes.

Elle sentit alors son corps manifester des réactions étranges face à cette blonde extrêmement séduisante et apparemment très efficace. Que lui arrivait-il ?

— Bonjour, Lynn. Excuse-moi, mais je suis occupé pour le moment.

— Quoi ?

Elle jeta un coup d'œil distrait à Jessica, dont elle ne semblait pas avoir remarqué la présence auparavant.

— Bon, je te laisse finir. On se voit dans cinq minutes.

Sur ce, elle tourna les talons. Jess éprouva un soulagement très agréable. Callum n'avait pas posé une seconde ses yeux sur la généreuse poitrine de son interlocutrice.

— Je n'aurai pas fini dans cinq minutes. Je passerai te voir plus tard, lança-t-il d'une voix forte.

Lynn se retourna et lui adressa un regard médusé, mais Callum ne la regardait plus. Son attention était toute tournée vers Jessica.

Jess baissa les yeux. Son cœur se mit à palpiter à l'idée que ce qu'elle venait d'éprouver vis-à-vis de Lynn ressemblait fort à de la jalousie. Elle avait eu l'impression qu'on venait de la jeter une seconde fois dans la Clyde, et que l'eau glacée l'engloutissait…

C'était curieux comme la présence de Callum lui faisait

éprouver de nouveau des sensations. Multiples, contradictoires, même. Des sensations sur lesquelles elle avait du mal à mettre un nom, tant elle avait été anesthésiée pendant les années qui venaient de s'écouler.

C'était un terrain dangereux, sur lequel il fallait avancer à tâtons. Pourtant, si elle y réfléchissait, ce danger ne l'effrayait pas tant que ça.

Elle sourit.

— Alors, raconte-moi ce que tu as fait à l'université.

— Papa, j'ai mal.

La petite voix sortit Callum de son rêve étrange, dans lequel Jessica évoluait, habillée en costume de clown. Mais que signifiaient ces images ?

La veille, ils avaient passé une bonne partie de la journée à échanger des souvenirs, détendus et souriants. Il avait adoré cela. Il se sentait bien en sa compagnie. Avec elle, il n'avait pas besoin d'être sur ses gardes. Il savait qu'il pouvait lui faire confiance, et qu'elle ne le décevrait pas.

Son radar de père se mit à clignoter, et il ouvrit les yeux. Drew se tenait sur le seuil de la chambre, les yeux ensommeillés et les mains sur le ventre. Cela faisait deux jours qu'il n'avait pas touché à son dîner, et deux semaines qu'il ne se sentait pas très bien, mais sans que les symptômes soient clairs.

— Viens, dit Callum en soulevant le coin de sa couette.

Drew s'approcha et grimpa dans le lit de son père.

— Où as-tu mal, mon grand ? demanda-t-il tout en posant sa main sur son front.

Il n'était pas chaud. Il ne semblait pas avoir de fièvre. L'institutrice avait dit que la moitié de la classe était malade. Des rumeurs circulaient à propos d'un norovirus. Certains élèves faisaient peut-être déjà un séjour dans le service de pédiatrie de Jessica.

— J'ai mal au ventre. Ça gargouille.

— As-tu faim ? Ça gargouille peut-être parce que tu n'as pas mangé hier soir.

Le réveil affichait 2 heures.

— Veux-tu que je te fasse une tartine ?

Il lui sourit. Ce n'était pas l'idéal mais si cela permettait à Drew de se rendormir…

— Non, je n'ai pas faim, répondit le petit garçon en posant sa tête sur l'oreiller. Tu peux me faire un massage ?

— Tu es sûr ? Veux-tu un verre d'eau ?

Drew secoua la tête, laissant tomber ses paupières lourdes. Callum posa sa main sur son ventre, et se mit à le masser en cercles. Il ne voulait pas s'inquiéter outre mesure. Malheureusement, il ne connaissait pas grand monde susceptible de le rassurer. Julie et Blair étaient les personnes idéales pour l'aider à résoudre ce genre de dilemme, mais il n'allait pas les appeler au milieu de la nuit.

Il pourrait emmener Drew chez le médecin, le lendemain matin. Même s'il n'aimait pas se présenter chez le médecin sans pouvoir décrire des symptômes clairs. Il n'avait pas envie de passer pour un père angoissé et paranoïaque.

Or, Drew était tout pour lui… Il ne se pardonnerait jamais d'avoir été négligent, s'il avait effectivement une maladie sérieuse.

Il aurait dû en parler à Jessica. Elle était bien placée pour lui donner un avis. Mais à aucun moment il n'y avait pensé, ce qui ajoutait de la culpabilité à son inquiétude. Il ne lui avait toujours pas parlé de Drew. Aurait-il dû, alors que leur relation était simplement professionnelle ?

A moins que… ?

Mais elle non plus ne lui avait pas tout dit.

« Je n'ai pas eu cette chance… »

Elle avait surtout parlé travail ou lui avait posé des questions, sans rien lui révéler de sa propre vie privée. Comme si elle avait particulièrement pris soin d'éviter le sujet.

Ce n'était peut-être qu'une question de temps.

Il serra son fils contre lui. Pour le moment, Drew était sa priorité absolue. La première personne qu'il voyait le matin et sur laquelle il posait les yeux le soir, avant d'aller se coucher. Et cela n'était pas près de changer.

7.

Le service était calme. L'infirmière lui avait vaguement indiqué une direction, mais il n'avait aucune idée de l'endroit où se trouvait Jessica.

Il passa devant des baies vitrées, et son cœur se serra à la vue des parents aux traits tirés veillant sur des enfants allongés.

Il prit une longue inspiration. Par chance, Drew avait toujours été en bonne santé. N'était ce léger souci persistant : il n'avait toujours pas compris ce qui avait déclenché son mal de ventre. Le généraliste l'avait presque envoyé promener, mais il ne pouvait pas lui en vouloir : Drew avait passé son temps à sauter partout dans le cabinet. Difficile d'imaginer qu'il s'était levé en pleine nuit en se tenant le ventre.

— Bonjour Pauline, dit-il à l'infirmière qu'il avait déjà rencontrée à plusieurs reprises.

— Bonjour, répondit-elle, sourire aux lèvres. Vous cherchez quelqu'un ?

Il lui rendit son sourire. Pauline semblait lire dans ses pensées, il était inutile de tourner autour du pot.

— Comme vous vous en doutez, je cherche notre médecin préféré.

L'infirmière s'approcha, et baissa la voix.

— Je crois qu'elle sera ravie de vous voir.

La remarque lui mit du baume au cœur. Les deux femmes étaient proches, d'après ce qu'il avait pu observer. Pauline devait être l'une des rares personnes à qui Jess se confiait. Cela lui donna un peu d'espoir. Ainsi que le courage de poser une question qui le taraudait.

— Pauline, je voulais vous demander…

Pauline le regarda aussitôt d'un drôle d'air, comme si elle redoutait d'entendre ce qu'il s'apprêtait à lui dire. Comme si elle protégeait Jessica.

— Jess m'a dit qu'elle n'avait « pas eu de chance ». Et je sais qu'elle a repris son nom de jeune fille. Est-ce que… est-ce que vous pourriez m'expliquer ce qui s'est passé ? J'ai l'impression que c'est un sujet délicat.

Pauline prit une grande inspiration, et le fixa.

— C'est effectivement un sujet délicat, répondit-elle. Mais c'est à Jess de vous en parler, pas à moi.

Elle hésita.

— Le cours de sa vie a changé brusquement de direction. Il faut lui laisser du temps.

Elle indiqua une porte.

— Vous la trouverez là-bas.

Il secoua la tête, désemparé. Pauline en avait dit trop ou pas assez. Il souhaitait laisser du temps à Jessica. Mais il avait du mal à ne pas être circonspect. Il savait que sa méfiance était l'héritage malheureux d'une expérience qui l'avait fait souffrir, et à laquelle Jessica était totalement étrangère. Et il avait beau savoir que Jess n'avait rien à voir avec la mère de Drew, il ne pouvait empêcher ce sentiment de malaise de s'immiscer en lui.

Il reconnut ses cheveux couleur caramel, alors qu'elle parlait à une petite fille à la jambe maintenue par un plâtre en fibre de verre rose. C'était Rosie, la petite fille du minibus.

— Toc, toc, dit-il en passant la tête dans la porte entrebâillée.

Jess eut l'air surprise de le voir.

— Callum ? Que fais-tu là ?

— Je t'ai laissé un message sur ton portable. Tu ne l'as pas écouté ?

Elle secoua la tête, et se tourna vers la femme assise à côté d'elle.

— Carol, je vous présente Callum Kennedy. Il dirigeait l'équipe de secouristes sur les lieux de l'accident. Il m'a aidée à sortir Rosie du bus.

— C'est lui, maman !

La maman de Rosie se leva aussitôt, et lui tendit la main.

— Ma fille ne parle que de vous. Elle vous a vu descendre en rappel dans le ravin. Vous êtes son héros !

Callum s'agenouilla près du lit, presque rougissant.

— Tu as été bien plus courageuse que moi, Rosie. Moi, je n'ai fait que mon métier.

La petite fille tendit les bras, et s'accrocha à son cou en le serrant fort.

Jessica regarda Callum et s'efforça de sourire pour empêcher son menton de trembler. Callum semblait tout à fait à l'aise avec la petite fille, pas le moins du monde embarrassé par son élan d'affection.

Il recula et donna une petite tape sur le plâtre.

— J'adore la couleur de ton plâtre ! Comment va ta jambe ?

— Ça va, merci, répondit-elle en rosissant de plaisir. Le Dr Rae et moi, on a la même couleur préférée. C'est pour ça que j'ai choisi un plâtre rose.

— Tu as bien fait, c'est une très jolie couleur.

Jessica se leva.

— Je vous laisse, dit-elle à Rosie et à sa maman. Vous pouvez m'appeler si vous avez besoin de moi. Callum ?

Elle croisa son regard. Le parfum de son after-shave ne lui était pas familier. Ce n'était pas celui qu'il avait mis le jour où il l'avait escortée pour remonter la falaise. Il était plus épicé, plus riche. Très sexy.

Une fois dans le couloir, Callum agita une grande enveloppe.

— J'ai tapé la déclaration que tu as faite l'autre jour. Veux-tu la relire et signer ?

Elle ressentit malgré elle une pointe de déception.

Le travail, toujours le travail. C'était pour cette raison et pour elle seule que Callum se trouvait à l'hôpital. Une fois qu'elle aurait signé sa déclaration, ils n'auraient plus de raison de se voir. Une boule se forma dans sa gorge.

Son cœur s'était mis à battre plus fort, quand il était apparu à la porte. Depuis quelques jours pourtant, elle ne cessait de se répéter que tout cela ne signifiait rien. Ils s'étaient retrouvés à la faveur d'un simple concours de circonstances, sans lequel elle ne l'aurait jamais revu de sa vie. Une coïncidence professionnelle. Il ne fallait pas se faire d'illusions.

Il se retourna, et la fixa de ses incroyables yeux verts.

— Je peux la relire maintenant, dit-elle. Cela ne devrait pas être long.

Elle surprit Callum en train de jeter un coup d'œil à sa montre. Il n'était pas loin de 18 heures. Avait-il, comme elle, fini sa journée ? Avait-il peur d'être en retard ? Avait-il rendez-vous avec quelqu'un ? Peut-être avec la blonde de la caserne ?

Elle détestait quand son ventre se nouait comme il le faisait de plus en plus souvent, depuis quelque temps.

— As-tu fini ton service ?

— Pardon ?

Il se rapprocha d'elle, la dominant de toute sa hauteur.

— As-tu fini ton service ? répéta-t-il avec une légère impatience dans la voix. Tu ne peux pas être de garde, ce soir encore. J'aimerais que tu viennes avec moi.

Elle recula, soudain anxieuse. Il n'était pas tout à fait dans son état normal. Il avait l'air agité.

Elle jeta un coup d'œil autour d'elle. Le service était redevenu calme. Elle avait rendu visite à tous ses patients, rédigé toutes les ordonnances et les instructions.

— Oui, oui, j'ai fini.

Il se mit à sourire.

— Alors mets ton manteau.

Une minute encore auparavant, elle était convaincue que leurs échanges étaient strictement professionnels. Il avait besoin d'une signature pour conclure son travail et partir. Cela l'avait rendue triste.

Mais maintenant ?

Elle poussa la porte de son bureau, et alla chercher son manteau rose vif.

— Penses-tu que tu survivras ? demanda-t-elle en enroulant son écharpe autour de son cou, et en boutonnant son manteau.

Il opina.

— Tu m'avais prévenu au sujet de la couleur, et je n'en attendais pas moins de toi. As-tu des gants ?

— Oui, pourquoi ?

— C'est une belle soirée. Il neige à peine. Je n'ai pas envie de prendre la voiture. Cela te dirait de marcher un peu ?

Elle prit ses gants, et enfonça un bonnet de laine sur sa tête.

— Volontiers. Mais tu m'intrigues. Où allons-nous ?

Il fit un geste en direction de la porte.

— Tu vas bientôt le savoir.

Ils marchèrent d'un bon pas sous les flocons légers. Il faisait déjà nuit noire, et la lumière orangée des réverbères se reflétait sur le sol mouillé.

— Où m'emmènes-tu ?

Callum prit une grande inspiration. Il avait agi de façon tout à fait instinctive et pris sa décision en entrant dans le service. Les mots de Pauline avaient agi comme un déclic.

Il savait que si Jessica signait son rapport, il ne lui resterait plus de prétextes pour la revoir. Et il n'était pas prêt à cela.

Drew était au foot, comme toutes les semaines, avec le fils de Julie et de Blair. Une semaine sur deux, Callum faisait dîner les deux garçons, et les emmenait. La semaine suivante, c'était au tour de Julie et de Blair de s'occuper d'eux. Drew ne rentrerait pas à la maison avant 20 heures.

— C'est une surprise.

— Qui te dit que j'aime toujours les surprises ?

— Une intuition. Certaines choses font partie de nous, comme notre ADN. Je pars du postulat que certains fondamentaux ne changent pas.

Ils tournèrent dans une rue animée, dont tous les passants semblaient se diriger vers un même point. On entendait des chants de Noël par-dessus le brouhaha de la foule. Jess s'arrêta à plusieurs reprises pour admirer les vitrines de Noël. Puis Callum posa doucement sa main sur le bas de son dos, et la guida vers le square George.

— Oh ! s'exclama-t-elle en reconnaissant l'endroit.

Les gens affluaient pour assister à l'illumination du square. Un immense sapin trônait au milieu du parc, attendant que quelqu'un branche ses guirlandes. Le maire était monté sur la scène et, micro en main, faisait patienter les spectateurs.

— Tu te souviens ? dit-elle dans un murmure.

Il acquiesça en souriant. De fait, il se souvenait : ils s'étaient retrouvés à cet endroit lors de l'un de leurs premiers rendez-vous. Sur le chemin de l'hôpital, il avait entendu à la radio que la cérémonie d'illumination aurait lieu le soir même dans le square George. Il y avait vu un signe, et avait eu envie d'y emmener Jessica. Ne serait-ce que pour voir disparaître, l'espace de quelques minutes, la tristesse qui voilait son regard.

— Tout le monde est venu en famille, dit-elle en observant une petite fille aux cheveux blonds qui courait devant eux.

— Oui, c'est une fête familiale, confirma-t-il sans comprendre où elle voulait en venir.

Il la reprit par la taille, et la guida jusqu'à un marchand ambulant. Des effluves de girofle, de vin chaud et de marrons grillés les enveloppèrent. Callum acheta deux verres de vin chaud.

— De quelle couleur vont être les lumières du sapin, cette année ?

Jessica s'appuya contre une barrière, et but une gorgée de vin en regardant les gens autour d'eux.

— La première année que nous sommes venus, elles étaient violettes.

— Argentées la deuxième année…

— Puis rouges.

Ils n'avaient rien oublié ni l'un ni l'autre. Pour une raison qui lui échappait, cette idée le rendit joyeux. Une partie de lui était persuadée qu'elle savait pourquoi il l'avait emmenée là, une autre avait craint qu'elle le regarde d'un air choqué ou indifférent.

— Elles étaient bleues, l'an dernier, ajouta-t-il.

Jess se retourna d'un bond, manquant renverser son gobelet.

— Tu étais là, l'an dernier ?

Il s'éclaircit la gorge. Oui, il était là, avec son fils. Drew n'avait pas apprécié l'éclairage du sapin, à vrai dire. Le moment était peut-être venu de parler de Drew à Jess. Mais son regard et le ton de sa voix le firent hésiter.

— Oui, je suis venu avec des amis.

— Ah.

La réponse sembla la satisfaire et elle se détendit.

La foule s'amassait près des barrières, les bousculant au passage. Callum passa son bras autour de sa taille pour empêcher les gens de se glisser entre eux. Puis le compte à rebours commença. Dix, neuf, huit…

Il sentit la tête de Jess se poser doucement contre lui.

— Trois, deux, un…

Des cris de joie s'élevèrent, lorsque les lampes se mirent à clignoter sur le sapin, plongeant le square dans une débauche de rose et d'argent.

— C'est rose ! Tu as vu ? C'est rose ! s'écria Jess, les yeux brillants d'excitation.

Il la regarda en souriant. C'était la première fois qu'il la voyait joyeuse et insouciante. Telle qu'il l'avait connue jadis.

Il posa ses mains sur ses hanches, et l'attira légèrement contre lui.

— Mon plan a fonctionné. Je leur ai dit que tu serais là ce soir et que le rose était ta couleur préférée.

Elle éclata de rire en se tenant à ses épaules. Elle ne semblait pas gênée par leur proximité. Il lui semblait même, s'il ne se faisait pas d'illusions, qu'elle se serrait contre lui. Ses grands yeux bruns réfléchissaient les lumières qui clignotaient tout autour d'eux.

— Comment pouvais-tu savoir que j'accepterais de te suivre ? dit-elle en riant.

— Je le savais, c'est tout.

Il avait l'impression de se retrouver treize ans plus tôt, au même endroit, avec la même personne. Autour d'eux, les gens continuaient à applaudir et à exprimer leur joie et leur admiration, reprenant en chœur les chants que les baffles diffusaient.

Mais il ne les entendait plus. La seule chose qu'il voyait désormais était les lèvres de Jess. Tout était exactement tel qu'il se le rappelait.

Dans son souvenir, sa bouche sentait le gloss à la fraise. Cette fois, elle avait un goût de vin chaud aux épices. Il sentit une légère hésitation lorsqu'il se pencha pour l'embrasser, puis Jess passa ses mains autour de son cou, et l'embrassa en retour.

Tout était parfait.

8.

Callum sentit son impatience grandir, tandis que le répondeur diffusait sa petite musique d'accueil. Mais qui était capable de rester calme lorsque son enfant était malade ?

Il jeta un regard inquiet à Drew. Celui-ci, pâle et fébrile, se tenait le ventre. Il avait rendu tous ses repas, et ne supportait même pas d'avaler du liquide. La douleur le faisait gémir et sangloter.

Callum regarda sa montre pour la énième fois. Il serait presque minuit, quand le standard lui passerait enfin une infirmière, à qui il répéterait une fois encore l'histoire de Drew, et qui le redirigerait vers un médecin de garde. Quand quelqu'un allait-il s'occuper de son fils souffrant ?

Il ne pouvait pas perdre de temps. En tant que secouriste, il n'appréciait pas que les gens se rendent aux urgences pour un oui ou pour un non. Mais le cas de Drew était inquiétant. Et Jess était de garde ce soir.

Il savait bien qu'il n'avait pas encore mentionné l'existence de son fils à Jess, mais elle semblait être la personne la plus compétente et la plus fiable pour s'occuper de lui. Il l'avait vue à l'œuvre, et avait entendu ses collègues parler de son travail. C'était indubitablement un grand médecin, qui prenait sa tâche et ses patients très au sérieux.

Il avait pensé l'inviter à dîner sous peu, pour lui parler enfin de Drew, dont l'existence justifiait qu'il ne passe pas ses soirées dehors. Après une journée de travail, il n'avait pas envie d'appeler une baby-sitter pour veiller sur lui. Il préférait être là, et passer du temps avec lui. Jessica aurait sans doute compris.

Quelques minutes plus tard, Drew était attaché dans son

siège-auto, en pyjama, enveloppé dans une couverture bien chaude.

La route enneigée était déserte et silencieuse. Tous les gens doués d'un minimum de bon sens étaient sans doute blottis au fond de leur lit. Les seuls véhicules circulant à cette heure-là étaient les sableuses.

Il arriva néanmoins à l'hôpital en un temps record, se gara et prit Drew dans ses bras.

— Bonsoir, je voudrais voir le Dr Rae, s'il vous plaît. C'est urgent.

La réceptionniste leva la tête.

— Pouvez-vous me donner votre nom, monsieur ?

— Jessica Rae. Elle est en service cette nuit. Je voudrais qu'elle examine mon fils.

La réceptionniste afficha un sourire méfiant.

— J'ai besoin du nom de votre fils pour remplir la fiche. J'appellerai un médecin.

— Je vous demande d'appeler Jessica Rae ! Maintenant ! dit-il, à bout de patience.

Une infirmière de triage apparut, et jeta un regard entendu à la réceptionniste. Le personnel hospitalier avait l'habitude des parents agités et angoissés.

— Venez, monsieur, dit-elle, je vais faire la procédure d'évaluation pour votre fils.

Elle passa sa main sur le front de Drew, sans doute pour évaluer sa fièvre et le teint de sa peau.

Callum prit une profonde inspiration, avant de la suivre. Elle se montra très efficace, prit la température et la tension de Drew, écouta son cœur, puis appliqua une crème anesthésiante avant la prise de sang. Elle remplit ensuite un dossier au nom de Drew, et lui tendit une cuvette pour qu'il vomisse, tout en adressant un sourire tendu à son père.

— Le Dr Rae est au bloc, en ce moment. Elle viendra s'occuper de votre fils, mais en attendant, je vais lui faire passer quelques tests et faire une prise de sang. Je vais également appeler un autre médecin pour l'ausculter.

Il la regarda, sentant la panique le gagner. Elle avait prononcé ces mots calmement, mais sur un ton particulier, derrière lequel il perçut une urgence. Comme si elle avait détecté quelque chose, mais qu'elle ne s'autorisait pas à en dire davantage. Elle devait faire partie de ces infirmières ayant vu défiler des centaines de cas, et devenues capables de poser un diagnostic, parfois plus vite qu'un médecin fraîchement diplômé.

— Qu'est-ce qu'il a, à votre avis ?

Elle secoua légèrement la tête.

— Le médecin va venir.

Callum s'efforça de ne pas exploser.

— Le plus vite sera le mieux. Dès qu'il l'aura vu, on pourra lui administrer des analgésiques.

Il hocha la tête. Des analgésiques. C'était la seule chose qu'il demandait, afin de ne plus voir son fils souffrir.

— Dr Rae, un petit garçon est arrivé aux urgences pour un abdomen aigu. Son père veut absolument que vous l'examiniez.

Jessica retira ses gants et sa blouse.

— Ah ? Qui est-ce ?

— Kennedy. Drew Kennedy.

Elle haussa les épaules. Ce nom ne lui disait rien, mais elle était de garde, elle verrait cet enfant, quel qu'il soit.

— Je ne vois pas qui c'est, mais dites-lui que j'arrive.

Elle se lava les mains.

Aucun de ses amis n'avait un fils prénommé Drew. Drew Kennedy ? Le seul Kennedy qu'elle connaissait était…

Elle sentit son estomac se nouer. Non, ce n'était pas possible. Ce ne pouvait être un neveu, puisque Callum était fils unique. Et encore moins son fils. Il lui en aurait forcément parlé.

Elle se dirigea vers le box et, quand elle reconnut la grande silhouette penchée au-dessus du lit, s'arrêta net.

Elle eut envie de tourner les talons, d'aller se cacher dans un coin pour reprendre son souffle, et tenter de mettre de l'ordre dans la foule de pensées qui tourbillonnaient dans son esprit.

Mais Callum leva la tête, et afficha une expression de soulagement en la voyant. Elle connaissait bien ce regard. C'était celui des parents rongés par l'inquiétude, et qui espèrent que leur pire cauchemar n'est pas en train de se réaliser.

Et quels que soient ses sentiments ou ses interrogations, elle devait rester professionnelle. Il s'agissait avant tout d'un petit garçon malade qu'il fallait soigner.

— Callum ? Je ne m'attendais pas à te voir ici, dit-elle sur un ton qu'elle espéra dégagé. C'est ton fils ?

Sans attendre sa réponse, elle prit la feuille de surveillance médicale et la parcourut des yeux, priant pour avoir l'air calme et rationnelle.

Callum eut l'air gêné.

— Oui, je te présente Drew, dit-il au bout d'un instant d'une voix chevrotante.

Elle leva les yeux vers lui. Il avait l'air vraiment préoccupé. C'était, à l'évidence, ce qui l'avait poussé à venir à l'hôpital et à la demander expressément, tout en se doutant qu'elle se poserait des questions.

— Il a cinq ans et se plaint de douleurs au ventre depuis quinze jours, mais pas en continu. Le médecin généraliste n'a rien trouvé. Et là, d'un coup, son état a empiré.

Il se rapprocha et baissa la voix.

— Je suis désolé. Je voulais t'inviter samedi soir à dîner pour te parler de lui.

Mais elle n'écoutait que distraitement, et jeta un coup d'œil sur la date de naissance. Drew avait cinq ans : l'âge qu'aurait son fils aujourd'hui. Elle s'efforça de ne pas laisser transparaître son émotion. La vie était injuste. Callum avait un fils qu'elle n'avait plus. Pourquoi n'avait-il jamais mentionné son existence ?

Elle inspira profondément et s'approcha de l'enfant. L'interne avait fait ce qu'il fallait, mais n'avait posé aucun diagnostic provisoire. Ce qui signifiait qu'il était déconcerté par le cas.

— Bonjour Drew, je suis le Dr Jessica. Est-ce que je peux regarder ton ventre ?

— Non, papa, je veux pas qu'on touche encore mon ventre, répondit le petit garçon d'une voix apeurée.

Elle consulta la feuille pour s'assurer qu'on lui avait prescrit un analgésique.

— Avec le médicament que tu as pris, tu devrais avoir moins mal.

— Non, j'ai encore mal.

— Veux-tu me montrer où tu as mal ?

Il hocha la tête.

— Au début, j'avais mal au milieu, mais maintenant c'est là, dit-il en pointant le côté gauche de son abdomen.

— Je vais ajouter un peu de médicament là-dedans, dit-elle en indiquant la perfusion. Tu auras moins mal.

Elle se tourna vers l'infirmière.

— Puis-je avoir 0.2 mg de morphine, s'il vous plaît ?

L'infirmière sortit aussitôt, pour revenir très vite avec une seringue et une ampoule. Jessica nota la prescription avant d'administrer l'analgésique à l'enfant. Elle posa sa main sur son front, et se pencha pour murmurer à son oreille :

— Ce médicament va agir vite. Bientôt, tu n'auras plus mal, je te le promets.

Elle caressa doucement le front de Drew. Certains médecins étaient contre le fait d'administrer un analgésique au patient avant d'avoir établi un diagnostic. Selon eux, la substance était susceptible de masquer les symptômes et de retarder le diagnostic. Mais Jessica avait lu de nombreuses études selon lesquelles l'administration d'analgésiques n'interférait pas avec la justesse d'un diagnostic. De plus, comment pouvait-on laisser un enfant souffrir, sans chercher à soulager le plus vite possible sa douleur ?

Drew montrait la plupart des signes d'une appendicite, mais celle-ci se manifestait d'ordinaire par des douleurs irradiant à droite, pas à gauche.

— Il faut que j'examine tes testicules, pour voir s'ils sont à leur place, mais cela ne fait pas mal. D'accord ?

Drew opina, et elle vérifia qu'il n'y avait pas de torsion testiculaire. Puis elle procéda à d'autres examens, dont le point de McBurney, mais rien ne parut concluant.

— On a les résultats de l'analyse de sang, dit l'infirmière.

Jessica opina lentement. Elle était aussi déconcertée que l'interne avait dû l'être.

— On va faire une échographie pour voir ce qui se passe là-dedans, dit-elle.

Elle alla consulter les résultats de l'analyse de sang. Le taux de leucocytes était élevé, comme c'était le cas dans les appendicites. Elle se félicita que l'interne ait vérifié la compatibilité de son sang, au cas où une intervention chirurgicale serait nécessaire.

Drew était toujours recroquevillé et se tenait le ventre. Elle eut une intuition.

Elle décrocha son stéthoscope, et écouta le cœur du petit garçon.

— Est-ce que Drew a déjà passé une radio ? demanda-t-elle en se relevant.

— Non, je ne crois pas. Il n'a jamais eu de problème. Pourquoi ? Que se passe-t-il ?

— Pouvez-vous apporter l'appareil radiographique portable, s'il vous plaît ? demanda-t-elle à l'infirmière.

— Jess, que se passe-t-il ? demanda Callum.

Elle posa sa main sur son torse.

— Donne-moi une minute, Callum. Il faut que je vérifie une chose. As-tu déjà passé une radio ?

— Jess ! Je suis pompier. Je passe une radio chaque fois que je me retrouve sur les lieux d'un incendie.

— Ah. Et tu n'as rien remarqué de spécial ?

Il secoua la tête.

— Bon sang, Jessica, vas-tu enfin me dire ce qui se passe ? Je suis en train de devenir fou.

— Callum. As-tu confiance en moi ?

Il la regarda d'un air paniqué, et se passa la main dans les cheveux.

— Bien sûr que j'ai confiance en toi. Sinon, je n'aurais pas amené Drew ici. Tu es la personne en qui j'ai le plus confiance.

Elle prit sa main dans les siennes.

— Laisse-moi juste cinq minutes. Je vais lui faire passer une radio, et je te promets que je t'expliquerai tout.

Elle inspira doucement, s'efforçant de garder la maîtrise d'elle-même. Ce qu'elle faisait là, elle le ferait pour n'importe quel enfant, n'importe quel parent. Pourquoi ses émotions lui envoyaient-elles un autre message, beaucoup moins clair ?

Elle procéda à la radio. En cinq secondes, son intuition se trouva confirmée.

— Pouvez-vous rester avec Drew ? demanda-t-elle à l'infirmière, avant de faire signe à Callum de la suivre.

Elle entra dans un bureau, et posa le film sur la table lumineuse. Puis elle se tourna vers Callum.

— Drew est un cas de *situs inversus*.

— Quoi ? Qu'est-ce que c'est ?

— Cela signifie que ses organes sont inversés, en miroir par rapport à la position normale. Tous ses symptômes sont ceux d'une appendicite, à l'exception du côté de la douleur. Chez la plupart des gens, l'appendice est situé à droite. Chez lui, la douleur est localisée à gauche.

— C'est dangereux ?

— Regarde. Son cœur est là, sur la droite. Son poumon gauche est trilobé et le droit est bilobé. C'est l'inverse de la plupart des gens. Cela complique un peu les choses. Cela signifie qu'il est atteint de *situs inversus* avec dextrocardie ou *situs inversus totalis*.

Face au regard désarmé de Callum, elle tenta d'expliquer les choses aussi simplement que possible.

— C'est une maladie congénitale, qu'il peut avoir héritée de sa mère ou de toi. Manifestement pas de toi, les médecins l'auraient détecté quand tu as passé des radios. Cela dit, il se peut que sa mère ne soit pas affectée non plus. Il s'agit d'un gène récessif, dont vous pourriez être porteurs l'un et l'autre. Une personne sur dix mille est atteinte.

— C'est dangereux ?

— Cela peut l'être quand on ne l'a pas diagnostiqué. Certaines personnes atteintes souffrent en outre d'une maladie cardiaque congénitale. Mais ce n'est certainement pas le cas de Drew. D'autres symptômes se seraient manifestés. De toute façon, nous lui ferons passer des examens complémentaires plus tard. Pour l'instant, il faut l'opérer, et le débarrasser de cet appendice. On parlera du reste plus tard, d'accord ?

Elle esquissa un sourire rassurant. Ses yeux verts la fixaient intensément. Il avait retenu sa respiration pendant la durée de ses explications, et souffla enfin.

— C'est toi qui vas l'opérer ?

Elle se détourna un instant, songeuse, réfléchissant au problème d'un point de vue déontologique. Elle avait soigné bon nombre d'enfants de ses amis. Elle n'aimait pas particulièrement cette position, mais ce qui comptait avant tout, c'était la santé de ces petits patients.

— Oui, je suis de garde. Mais je peux trouver quelqu'un d'autre si tu préfères.

Il sursauta presque.

— Non. Au contraire. Je veux que ce soit toi qui l'opères.

— Je dois t'informer des risques, et te faire signer un formulaire de consentement.

Elle hésita un instant, avant de pousser un long soupir.

— Ce n'est pas la chirurgie qui me pose problème, Callum. Mais le baiser que nous avons échangé complique un peu les choses. Et je suis troublée par le fait que tu ne m'aies jamais parlé de Drew auparavant. Cela dit, ne le connaissant pas, ce sera plus facile de m'occuper de lui.

Elle rassembla ses cheveux pour les attacher, en prévision de l'opération au bloc.

— Je vais opérer Drew, et le surveiller pendant quelques jours. Je prendrai le temps qu'il faut pour t'expliquer tout ce que tu dois savoir sur sa maladie et ses conséquences. Après cela, je n'ai aucune idée de ce qui se passera.

— Jess, je vais t'expliquer…

— Non, Callum, les choses sont déjà suffisamment compliquées. Si tu veux te rendre utile, retourne auprès de ton fils.

Elle sortit de la pièce.

— Tu ne sais pas la chance que tu as, murmura-t-elle.

Callum la regarda s'éloigner en secouant légèrement la tête, et regagna le box de Drew. L'infirmière l'accueillit avec un grand sourire.

— Vous avez de la chance. Le Dr Rae est un médecin fabuleux. Je ne suis pas sûre que tout le monde aurait été capable d'établir ce diagnostic.

Il acquiesça pensivement.

De toute évidence, il avait offensé Jessica en lui cachant l'existence de son fils. Et il était trop tard pour se rattraper. Il lui dirait qu'il avait l'intention de tout lui expliquer, mais qu'il attendait de voir comment allait évoluer leur relation.

Leur relation ?

Il n'avait pas eu de relation sérieuse depuis qu'il s'était séparé de Kirsten. Et jamais il n'avait parlé de Drew aux femmes qu'il avait rencontrées depuis. Mais Jessica était différente. C'était sa Jess, qu'il connaissait depuis toujours et qu'il pouvait présenter à son fils, juste parce que c'était elle. Qu'ils aient une « relation » ou non.

De plus, Jessica était pédiatre, elle aimait forcément les enfants. Pourquoi aurait-elle choisi ce métier ?

Drew entrouvrit les yeux.

— Où est le Dr Jessica ? murmura-t-il.

— Elle va revenir. Elle va soigner ton ventre.

— Ah…

Il battit des paupières, et referma les yeux. Il semblait plus tranquille, l'analgésique faisait son effet.

Callum le couva un instant du regard. Il fallait qu'il rattrape son erreur, et que Jess lui pardonne. Il était temps également qu'il comprenne d'où provenait ce voile qui obscurcissait son regard, depuis qu'il l'avait retrouvée, sur les rives de la Clyde.

Jess colla son front sur le carrelage froid et immaculé des vestiaires. Mais rien ne calmait la sensation de chaleur qui émanait de tous les pores de sa peau.

Par chance, la pièce était déserte et elle avait pu laisser jaillir ses larmes.

Callum avait un fils de l'âge de Lewis. Du moins de l'âge que Lewis aurait eu s'il avait survécu. Un petit garçon à qui il pouvait faire des câlins tous les jours, à qui il pouvait lire des histoires. Quel genre de conversation avait un enfant de cinq ans, qui allait à l'école, tous les matins, dans son petit uniforme ?

Elle sentit la colère l'envahir. Callum l'avait trompée, alors même qu'elle pensait aller mieux et pouvoir tourner la page.

Certes, elle avait déjà des amis avec des enfants de l'âge de Lewis. Et elle n'avait pas coupé les ponts avec eux pour autant. De toute façon, à moins de changer de métier, elle ne pouvait guère éviter de côtoyer des enfants de cinq ans.

Mais c'était dur, parfois. Ses amis étaient suffisamment proches d'elle pour s'en rendre compte, et la serrer dans leurs bras au moment opportun. Ou au contraire, la laisser s'éloigner un peu. C'était un chemin difficile, un équilibre précaire.

Seulement aujourd'hui, il ne s'agissait pas de cela.

Il s'agissait de Callum. De son vieil et cher ami, qui l'avait retrouvée et embrassée. Il avait soulevé des espoirs, lui faisant entrevoir qu'autre chose était possible.

Sauf qu'il lui avait caché l'essentiel.

Elle était blessée. Et très en colère contre lui.

Mais la sensation qui la rongeait n'était-elle vraiment que de la colère ?

Non. A vrai dire, elle était jalouse. Callum avait un fils, et elle n'avait plus le sien.

Cet homme lui faisait confiance, et plaçait tous ses espoirs en elle. Elle avait beau se savoir digne de cette confiance, elle était terrorisée. Elle ne savait que trop ce que cela représentait de perdre un enfant.

Elle savait bien aussi qu'elle n'était pas la seule à avoir perdu le sien. A longueur d'année, dans cet hôpital, allaient et venaient des parents endeuillés, qu'elle devait consoler. Aucun parent ne devrait survivre à la mort d'un enfant, et se retrouver condamné à passer le restant de ses jours à cocher son absence sur un calendrier.

Elle sortit ses vêtements de bloc, et les enfila. Il fallait qu'elle se libère de ces pensées, et qu'elle rendosse le rôle de la chirurgienne pédiatrique consciencieuse qu'elle était.

Prenant une grande inspiration, elle ouvrit les portes du bloc et salua l'anesthésiste sur le point de se laver les mains. Le chef de clinique s'approcha d'elle.

— Je viens de voir les radios. Je n'avais jamais eu de cas de *situs inversus*. Et vous ?

— Non plus, répondit-elle laconiquement en se lavant les mains.

— Je n'en verrai probablement pas d'autre dans ma carrière. Cela vaudrait la peine d'écrire un article. Peut-il y avoir des complications chez ces enfants ? Des affections cardiaques ou des symptômes particuliers ?

Elle secoua la tête. Il commençait à l'agacer. Certes, c'était un médecin très compétent, mais un peu trop éloigné de ses patients à son goût. Or, pour elle, le contact était une composante essentielle du métier de pédiatre.

— Oui, il existe un syndrome, répondit-elle froidement : le syndrome de Kartagener. Les personnes atteintes de *situs inversus* peuvent souffrir d'une affection sous-jacente appelée dyskinésie ciliaire primitive. S'ils présentent les deux maladies, on parle de syndrome de Kartagener.

Elle se mit à se brosser frénétiquement les ongles. Il ne lui manquait plus qu'un chef de clinique qui lui rappelle en permanence le verre à moitié vide. Elle préférait de loin l'approche du verre à moitié plein, en particulier lorsque la vie des enfants était en jeu.

— Vous savez, Alex, ce petit garçon est vraiment malade, reprit-elle d'une voix ferme. Son père l'a amené ici parce que son généraliste n'a pas su détecter ses symptômes. J'aimerais que vous réfléchissiez un instant avant que nous opérions ce petit, et que vous cessiez de le considérer comme un cas d'étude pour votre journal médical. C'est aussi un petit garçon qui aime jouer au foot, regarder des dessins animés et manger des céréales au chocolat au petit déjeuner. C'est le cadeau le plus cher que ses parents aient reçu. Il me semble que, dans tous les cas, le patient vient avant la maladie.

Sur ces mots, elle égoutta ses mains et les essuya. Puis elle pointa la porte du doigt.

— Là-bas, il y a un père qui se fait un sang d'encre pour son enfant. Je lui ai clairement exposé les tenants et les aboutissants de cette opération et ses complications possibles, et il doit être en train de prier pour que son petit garçon n'ait pas de péritonite, de septicémie ou ne fasse pas partie des cas rares de réaction allergique aux anesthésiques.

L'infirmière de bloc lui tendit une blouse. Elle passa ses bras dans les manches, et fit claquer ses gants sur ses mains.

— Alors faites en sorte que je n'aie pas à aller lui annoncer de mauvaises nouvelles.

Elle le précéda jusqu'à la table d'opération.

On aurait pu entendre une mouche voler.

C'était la première fois qu'elle réagissait de cette façon à l'hôpital. Elle savait qu'elle avait été dure. Mais le personnel présent connaissait son histoire, et savait quelles épreuves elle avait traversées. Elle ne doutait donc pas qu'ils comprendraient sa réaction.

Harry Shaw, l'anesthésiste qui faisait le Père Noël chaque année, lui sourit avec bienveillance.

— Tu vas y arriver, Jess. Haut la main.

Elle regarda le chariot qui arrivait, et pria pour que Harry dise vrai.

9.

— Superbes !

— De quoi parles-tu, Pauline ?

L'infirmière indiqua un énorme bouquet de gerberas roses, violets et oranges, qui dissimulait le visage et le buste d'un livreur, dont on n'apercevait plus que les jambes. Ce dernier posa le bouquet sur le comptoir. Jess se leva d'un bond, et s'approcha pour chercher une carte. Mais Pauline la devança.

— Pour le Dr Jessica Rae, lut-elle. Je me demande bien qui l'a envoyé…

Jessica lui arracha la carte des mains.

— Ne serait-ce pas le magnifique et ténébreux pompier, connu sous le nom de Callum Kennedy ? lui demanda-t-elle d'un ton taquin.

Jess sentit ses joues s'empourprer.

— Arrête ! dit-elle en fourrant la carte dans sa poche sans même la lire.

— Tss, tss… Je suis déçue. En tant que secouriste, il est bien placé pour savoir qu'on n'envoie pas de fleurs au service des urgences.

Jess prit le bouquet.

— Ces fleurs me sont adressées, elles ne sont pas destinées au service des urgences, dit-elle en souriant.

Elle poussa la porte de son bureau et posa le bouquet sur la table basse. Pauline s'arrêta sur le seuil, les bras croisés.

— Elles ont dû lui coûter une fortune ! Si tu veux mon avis, il est amoureux.

— Mais pas du tout. C'est juste pour me remercier de m'être occupée de son fils.

— Ma chérie, pour des remerciements, on achète un petit bouquet au supermarché. Une gerbe de cette taille, livrée par coursier, a un tout autre sens. Tu n'as qu'à lire la carte.

Jess se mordit la lèvre. Elle n'était pas sûre d'avoir envie de continuer cette conversation. Elle plongea la main dans sa poche, et en sortit la carte.

Pauline avait raison, il ne s'agissait pas que de remerciements. C'était une tirade d'excuses assorties de remerciements.

— Alors, qu'est-ce qu'il raconte ?

— Il me présente ses excuses.

— Des excuses ? De quoi doit-il s'excuser ? demanda Pauline, soudain sur la défensive.

— C'est bizarre, répondit-elle en soupirant. Il ne m'avait jamais parlé de son fils. J'ai appris son existence le jour où je l'ai opéré.

Pauline demeura bouche bée.

— Mais depuis combien de temps le connais-tu ?

— Nous nous sommes connus à l'adolescence. Mais nous nous sommes perdus de vue pendant treize ans. Sans plus avoir du tout de nouvelles l'un de l'autre. Il ne sait pas davantage ce qui s'est passé dans ma vie.

— Tu ne lui as rien dit ? demanda Pauline, incrédule.

— Non, je n'ai pas trouvé le moment…

— Et lui n'a pas non plus trouvé le moment de te dire qu'il avait un fils.

— Quelle pagaille…

— C'est le moins que l'on puisse dire, répondit Pauline avec toute la franchise dont elle était capable. Si je comprends bien, il t'a amené son fils malade tout en sachant que cela risquait de soulever un problème, puisque tu ignorais qu'il était père. Autrement dit, il a privilégié la santé de son enfant, préférant que ce soit toi qui le voies, parce qu'il sait que tu es le pédiatre le plus compétent de la région, au risque de te perdre. N'est-ce pas une réponse aux questions que tu te poses ?

Jessica laissa tomber sa tête dans ses mains. Les choses

étaient plus claires, lorsque quelqu'un d'autre les formulait. Elle sentit la main de Pauline sur son épaule.

— Jess. Qu'est-ce que tu veux ?

— C'est-à-dire ?

— Je pense qu'il est temps que tu penses à toi, que tu ailles de l'avant. Callum arrive à point nommé. Mais son histoire est peut-être aussi chargée que la tienne.

— Et alors ?

— Alors réfléchis bien. Es-tu prête à accepter ses excuses, et tout ce qu'elles englobent ?

— Je ne sais pas. Le fait qu'il ne m'ait pas dit avant qu'il avait un fils m'a blessée.

— Et son fils ?

— Quoi, son fils ?

— Regarde-moi, Jess. Je vais te poser une question difficile. Es-tu prête à avoir une histoire avec un homme qui a un petit garçon ?

— Je ne sais pas. Je ne sais vraiment pas. Drew est adorable. J'ai passé du temps avec lui, c'est un petit garçon super. D'ailleurs, il va sortir bientôt.

— Mais serait-il prêt, lui ?

— Prêt à quoi ?

— Est-ce que vous vous êtes parlé, Callum et toi ? Où est la mère du petit ? Elle n'est pas venue le voir à l'hôpital. Elle n'est pas inscrite sur le formulaire de consentement.

Pauline baissa la voix.

— Elle est morte ?

— Je ne crois pas. Je ne sais pas ce qui s'est passé. Callum a vaguement dit que sa mère était en Amérique, et que c'est lui qui avait l'entière charge de son fils. Il me semble qu'elle a appelé quelques fois.

— Ce qui confirme qu'il n'a pas de femme dans sa vie…

— Pauline !

— Quoi ? Je me préoccupe du sort de mon amie, c'est tout.

Jess posa ses yeux sur le bouquet. Les gerberas étaient ses

fleurs préférées, depuis toujours. Le fait que Callum s'en soit souvenu n'avait rien d'étonnant, mais cela l'avait touchée.

Elle se leva promptement.

— Je reviens dans cinq minutes. Tout va bien ? Veux-tu que j'aille voir un patient avant de partir ?

— Non, tout va bien. Et ne t'inquiète pas, je garde tes fleurs.

Jessica leva les yeux au ciel, avant de s'engager dans le couloir. Elle regarda sa montre. Les parents étaient autorisés à rester autant qu'ils voulaient à l'hôpital avec leurs enfants, mais la plupart d'entre eux rentraient chez eux pour prendre une douche et se changer. Callum, lui, séjournait constamment avec Drew, et cela faisait deux jours qu'elle évitait le service de chirurgie. Chaque fois qu'elle s'était approchée de Drew, Callum avait essayé de lui parler. Mais elle l'avait esquivé systématiquement. Elle avait compris et accepté ses excuses. Ce qui lui posait problème, c'était plutôt ses propres sentiments.

Drew se remettait peu à peu de son appendicite, et elle le laisserait probablement rentrer chez lui dans la journée.

Son estomac se serra quand elle entra dans le service. C'était ridicule. Elle passait sa vie auprès des enfants. Pourquoi devrait-ce être différent avec ce petit garçon ?

Parce que c'était le fils de Callum. Tout simplement.

Et que la situation pourrait changer, si seulement elle était prête pour cela.

Drew regardait un dessin animé dans la pénombre. C'était l'heure de la sieste, moment dont les parents profitaient souvent pour faire un saut chez eux.

— Bonjour, Drew. Qu'est-ce que tu regardes de beau ?

Il tourna l'ordinateur, et elle opina en souriant.

— Comment te sens-tu ?

— Bien. Quand est-ce que je pourrai jouer au football avec mon copain Joe ?

— Allonge-toi, je vais regarder ton ventre. Les points vont disparaître tout seuls, mais il va falloir que tu restes au calme pendant quelque temps, sinon, tu risques d'avoir encore mal.

— Demain ? demanda-t-il le plus sérieusement du monde.

— Non, pas demain. Dans deux semaines, si tu es bien guéri. Mais si tu aimes l'école, tu vas pouvoir y retourner la semaine prochaine.

— J'aime bien l'école, le goûter est trop bon !

Elle sourit de nouveau. Il avait les mêmes yeux vifs et verts que Callum. Elle aurait pu le reconnaître au milieu d'une cour de récréation.

— Qu'est-ce que tu aimes d'autre, à l'école ?

— Les dinosaures et les volcans, répondit-il sans hésiter. Et les gommettes.

— Ah ! dit-elle d'une voix admirative.

— J'ai fait une carte pour papa, pour Noël. J'ai pris une carte bleue, et j'ai collé un bonhomme de neige en gommettes.

— Ton papa va être content.

— Mais j'ai pas fini. Je vais mettre des étoiles en paillettes.

— Ce sera magnifique. Tu vas pouvoir retourner à l'école pour le terminer.

Drew secoua la tête.

— Non, je vais en faire un autre. Tu peux m'aider ?

Jess hésita. Tout son être lui intimait de refuser. Elle était pédiatre, et avait des dizaines de choses à faire. Mais pour une raison qui lui échappait, aucune ne lui parut particulièrement importante. Elle avait l'occasion de faire plaisir à cet enfant. Drew la fixait, les yeux emplis d'espoir. Pouvait-elle dire non ?

Son sourire s'élargit.

— Je vais voir ce que je peux trouver.

Elle laissa échapper un soupir. Depuis combien de temps n'avait-elle pas bricolé pour Noël ? Cela faisait trois ans qu'elle n'avait pas décoré sa maison. A quoi bon ? Les guirlandes et les boules étaient rangées dans un carton, quelque part au grenier. Il serait peut-être temps de les ressortir.

Elle se dirigea vers un placard et ouvrit un tiroir, dont elle sortit des cartes de différentes couleurs. Elle les disposa en éventail dans sa main.

— Quelle couleur veux-tu ?

Callum avança dans le couloir. Il n'avait pas imaginé que l'aller-retour à la maison lui prendrait autant de temps. Trois nuits passées dans un fauteuil d'hôpital avaient quelque peu modifié ses perceptions sensorielles.

En sortant de la douche, il avait juste voulu s'asseoir un instant. La seule chose dont il se souvienne ensuite était qu'il avait senti sa nuque craquer. Après quoi il avait sauté dans ses vêtements, et s'était habillé en moins de cinq secondes.

Avec un peu de chance, Drew sortirait le jour même. Autant il aimait se rendre à l'hôpital, ce qui lui donnait l'occasion de voir Jessica tous les jours, autant il était content de voir son fils guéri rentrer enfin à la maison.

Il avait promis à Kirsten qu'elle parlerait à Drew sur Skype, comme elle le faisait toutes les semaines avant l'opération. Elle avait été désolée de ne pas le voir pendant son hospitalisation.

Callum s'étonnait de la faculté d'adaptation des enfants. Drew avait eu l'air de se remettre de l'abandon de sa mère en quelques semaines. Probablement parce qu'il était entouré de gens proches et aimants.

Mais il n'oublierait jamais l'impact que le départ de Kirsten avait eu sur son fils. Quel genre de mère était-elle pour agir de la sorte ?

Il arriva sur le seuil de la chambre de Drew, et s'arrêta net.

Il s'attendait à tout sauf à la scène qui se déroulait sous ses yeux. Drew et Jessica étaient là, dans une débauche de papiers et de cartons de couleur, de boules de coton et de paillettes.

Drew avait les yeux brillants et les joues roses. Et il souriait. Il riait, même, ne lâchant pas Jessica des yeux.

Son cœur se serra. Kirsten, son ex-femme, ne s'était jamais montrée très maternelle avec Drew. Et depuis son départ, Drew n'avait pas vraiment eu de présence féminine dans sa vie, excepté les institutrices de l'école et Julie, qui était merveilleuse avec lui, mais qu'il ne voyait pas tous les jours.

Pour la première fois, il prenait conscience de ce que son fils n'avait pas eu.

Il avait toujours considéré que lui présenter ses petites amies risquait de le déstabiliser, d'autant qu'aucune n'avait vraiment compté pour lui, et il n'avait jamais eu envie de faire subir ses va-et-vient sentimentaux à son enfant.

Mais Jessica avait l'air tellement à l'aise. Certes, son métier impliquait une proximité avec les enfants. D'ailleurs, il était curieux qu'elle n'ait pas encore fondé de famille.

Il s'en voulut d'interrompre une scène aussi joyeuse, mais il fallait qu'il sache si Drew sortirait ce jour-là. Il s'éclaircit la gorge.

— Que se passe-t-il ici ?

Drew écarquilla les yeux.

— Cache-les, Jessica. Faut pas qu'il les voie ! s'exclama-t-il en écartant les mains sur ce qu'il était en train de faire pour le dissimuler.

Jess bondit, et ouvrit sa blouse blanche pour cacher la table, tout en faisant les gros yeux à Callum.

— C'est bon, il ne voit rien. Mets-les dans les enveloppes.

On entendit le bruissement du papier et des petits gloussements d'excitation.

Mais Callum était happé par ce qu'il avait sous les yeux, au premier plan. Sous sa blouse, Jessica portait une robe en laine rouge, qui mettait en valeur la moindre de ses courbes. Il se félicita que sa blouse blanche cache ce spectacle, et que ce dernier ne soit réservé qu'à lui seul.

Son visage étincelait de paillettes bleues et argentées.

— Tu es bien décorée, dit-il en tendant la main pour essuyer sa joue.

Sa main s'attarda sur son menton. Contre toute attente, elle ne recula pas, et continua de le fixer de ses yeux bruns.

Il regarda son pouce.

— C'est un indice ?

Elle tourna la tête par-dessus son épaule.

— Ça y est, Drew ? Tu as fini ?

— Fini ! lança-t-il joyeusement en brandissant deux enveloppes blanches.

Puis il se leva mais resta derrière Jessica, accroché à ses hanches.

— Tu vas voir ce que je t'ai fait, papa.

— Je suis impatient ! répondit-il en s'agenouillant. J'espère que nous allons pouvoir rentrer à la maison bientôt. Qu'en pensez-vous, Dr Rae ?

Jess finit d'essuyer les paillettes sur ses joues, et lui sourit. Il la regarda, presque incrédule. Elle ne les fuyait plus, ni lui ni Drew. Lui avait-elle pardonné ?

— Vous pouvez sortir aujourd'hui. La cicatrice est belle, et nous avons fait d'autres examens : tout va bien. Je ne pense pas qu'il ait besoin d'un quelconque suivi, mais j'ai demandé à un collègue spécialiste des maladies génétiques de t'accorder un rendez-vous. Tu pourras lui poser toutes les questions qui te tracassent.

— Je peux aussi bien en parler avec toi !

— Je ne pense pas que ce soit une bonne idée. J'ai opéré Drew dans l'urgence, mais je ne veux pas avoir de conflit d'intérêts.

— N'as-tu jamais soigné les enfants de tes amis auparavant ?

— Si, mais seulement toujours en urgence. Je ne veux pas être le pédiatre attitré de tous mes amis. C'est trop compliqué. Tu comprends ?

— Non, je ne comprends pas, dit-il en croisant les bras.

Elle le regarda d'un air interrogateur.

— Des amis. C'est ce que nous sommes, des amis ?

— Bien sûr.

Il cilla. En fait, lui aussi avait essayé de considérer leur relation comme de l'amitié, mais il s'apercevait que cette idée ne lui plaisait pas. Qu'elle ne correspondait pas à la réalité qu'il voulait voir exister.

Il voulait être davantage qu'un ami pour elle. Le baiser qu'ils avaient échangé avait fait naître quelque chose.

Non, c'était faux : ce quelque chose était né il y a treize ans et ce qui s'était passé récemment n'en était que la continuité

— Et si je ne veux pas ?

— Pardon ?

Elle parut peinée, comme s'il venait de lui annoncer qu'il ne voulait pas de son amitié, alors que ce que lui voulait dire, c'était qu'il désirait ardemment être plus que son ami. Il était temps de lever le doute.

Il s'approcha d'elle, et posa une main sur sa hanche.

— J'ai envie que nous soyons autre chose que de simples amis.

Elle cligna légèrement des yeux puis regarda sur le côté, comme pour vérifier que personne ne les regardait. Mais Drew était concentré sur un puzzle, imperméable à tout ce qui se passait autour de lui.

— Je ne suis pas sûre de comprendre ce que tu dis, murmura-t-elle.

— Pour être honnête, moi non plus.

Il posa l'autre main sur la laine douce de sa robe. Il sentait que quelque chose lui échappait encore, mais Jessica n'avait toujours rien dévoilé d'elle. De ce point de vue, il ne se sentait pas plus avancé que quelques semaines plus tôt.

Drew, néanmoins, était heureux. Manifestement, il appréciait Jessica. Après la scène qu'il avait vue, il avait envie de persévérer.

— Mais nous comprendrons.

Elle leva la main et la posa sur sa joue.

— Et si j'ai peur ?

— Nous irons doucement, en prenant notre temps. As-tu envie d'essayer ?

Il croisa son regard. Son cœur tambourinait dans sa poitrine. Jamais il n'avait attendu une réponse aussi impatiemment. Il n'était même pas sûr de ce qu'il lui demandait. Tout était nouveau et étrange, pour lui autant que pour elle.

— Et si nous commencions à sortir ensemble, en famille ? suggéra-t-il en jetant un coup d'œil à Drew.

Il vit une lueur sombre traverser son regard. Un instant d'hésitation. Allait-elle refuser ? Allait-il la perdre ?

— J'ai promis à Drew de l'emmener voir le Père Noël à

la jardinerie de Largs, samedi. Il y a un parc d'attractions et de vrais rennes. Veux-tu nous accompagner ?

Elle fit un sourire nerveux.

— Un parc d'attractions ? Après une opération de l'appendicite ?

Il l'attira contre lui en souriant.

— Si tu viens, nous serons sous surveillance médicale, murmura-t-il. Ainsi, je ne serai pas inquiet.

Son sourire s'élargit.

— Dans ce cas…

10.

Jess poussa un long soupir. Quelle pagaille ! On aurait dit qu'une tornade venait de traverser sa chambre. Tous ses jeans et ses pulls étaient éparpillés sur son lit, en plus de ses imperméables, ses manteaux, ses chapeaux, ses gants et autres écharpes. Un véritable arc-en-ciel ! Et avec tout ça, elle était toujours en sous-vêtements… Elle n'avait pas avancé d'un pouce depuis une heure.

Elle attrapa son téléphone portable, et composa à la hâte un numéro.

— Pauline ? Au secours !

— Que se passe-t-il ? répondit Pauline d'une voix ensommeillée.

— Dis-moi comment je dois m'habiller !

— C'est une blague !

— Non, pourquoi ?

— Tu m'appelles à cette heure-ci pour me demander ce que tu dois mettre pour aller voir le Père Noël ?

Jess se laissa tomber sur son lit.

— Je t'en prie, Pauline, aide-moi.

Elle secoua la tête. Elle était pathétique, et elle en avait conscience. Elle se comportait comme une adolescente, à mille lieues de la femme adulte et responsable qu'elle était censée être.

— C'est évident, Jess. Si tu vas voir le Père Noël, il faut du rouge. Mets le pull que tu portais l'an dernier, Drew va adorer. Avec ton slim et tes grosses bottes rouges, ce sera parfait. Je peux raccrocher et me rendormir, ou tu as besoin d'autre chose ?

— Non, non, désolée. Merci, Pauline. A demain.

Elle n'avait même pas pensé à ce pull en laine. Pauline était décidément bien plus lucide qu'elle. Elle alla le chercher au fond de son armoire, et l'enfila. Son amie avait raison, ce serait parfait. Elle avait même un manteau rouge à lui assortir.

Elle jeta encore un coup d'œil au réveil. Pourquoi était-elle si nerveuse ? C'était ridicule. Ils allaient simplement passer la journée en dehors de Glasgow, rouler sur la côte de l'Ayrshire jusqu'à Largs. Elle ferma son manteau, avant d'enrouler son écharpe autour de son cou. Les prévisions météorologiques annonçaient un temps glacial.

Elle s'était maquillée — une crème teintée légère, un peu de mascara et du rouge à lèvres appliqué avec mesure. Juste de quoi se donner bonne mine.

Un Klaxon retentit, et elle se figea. Oh ! Non. Ils étaient là.

Pourquoi avait-elle accepté ?

Et si Drew se mettait à la détester ?

Et si elle n'y arrivait pas ?

Elle sortit de sa chambre, et dévala l'escalier. Puis s'assit sur la dernière marche, le temps de prendre quelques profondes inspirations.

Elle n'avait aucune raison de paniquer. Tout allait bien se passer. Elle y arriverait. Elle avait dit oui, personne ne l'avait forcée. Et, quoi qu'elle en dise maintenant, l'invitation de Callum l'avait transportée de joie.

Drew était un petit garçon adorable et facile. Avec ses grands yeux verts et ses manières de petit homme, on ne pouvait que fondre. D'ailleurs, sa crainte de le comparer sans arrêt à Lewis s'était évanouie. Lewis était si différent.

Elle reprit une grande inspiration. Est-ce que tous les parents qui avaient perdu un enfant pensaient à lui au présent ? Comme s'il était toujours là ?

Etait-ce bien ou mal ? Comment savoir ?

Les choses évoluaient. Elle-même évoluait. La veille, elle avait sorti les décorations de Noël et le sapin. Elle avait eu du mal à regarder les boules roses et violettes, qui la ramenaient au dernier Noël heureux passé dans cette maison. Alors, elle avait refermé le carton, et s'était rendue au supermarché, pour y acheter de nouvelles boules et de nouvelles guirlandes. Dans des tons argentés. Le temps était venu de changer, cela paraissait juste. Elle voulait des décorations toutes neuves, qui seraient bientôt chargées de nouveaux souvenirs.

La voiture klaxonna de nouveau et elle se leva, s'efforçant d'ignorer le tremblement de ses jambes. Elle jeta un coup d'œil dans le miroir de l'entrée, et remarqua son regard inquiet.

Prenant sa toque en fausse fourrure, elle l'enfonça sur sa tête.

« Tu vas y arriver », lança-t-elle intérieurement à son reflet, avant de fermer les yeux pendant quelques secondes.

Le visage de Harry Shaw lui apparut, avec l'expression qu'il avait au bloc, le jour de l'opération de Drew. « Tu vas y arriver, Jess. Haut la main. » Et il était sincère. Elle l'avait vu dans son regard.

Elle rouvrit les yeux, scruta de nouveau son image.

« Tu vas y arriver, Jess », se répéta-t-elle, comme un mantra, tout en rajustant sa toque.

Elle s'adressa un petit sourire, puis sortit en tirant la porte derrière elle.

Il ne lui restait plus qu'à y croire.

Callum tapotait nerveusement le volant. Drew, assis à l'arrière, et insoucieux des problèmes de son père, regardait sur sa tablette son dessin animé préféré.

Callum vérifia l'adresse. C'était bien le numéro et la rue qu'elle avait indiqués. Il scruta encore une fois la porte d'entrée. Il était persuadé de voir une ombre bouger derrière la vitre. Pourquoi Jess mettait-elle autant de temps ?

Il regarda la rue. C'était l'un des quartiers les plus agréables de Glasgow ; de jolies maisons de ville et de coquets jardinets s'y alignaient harmonieusement. Mais cette maison n'était-elle pas un peu grande pour une jeune femme seule ?

La porte s'ouvrit enfin et Jess apparut, toute de rouge vêtue, avec une toque enfoncée jusqu'aux oreilles.

Il sentit son cœur s'emballer, une fois encore. Sur un encéphalogramme, on verrait sûrement le tracé faire un bond, dès que Jess entrait dans son champ de vision. Elle faisait vraiment des ravages sur sa santé. Avait-elle conscience qu'elle augmentait très nettement ses risques de maladies cardiovasculaires ? Il sourit, se moquant de lui-même.

Elle lui fit signe de la main, et tira la porte derrière elle, avant de courir dans leur direction. Mais au lieu de monter à l'avant, elle ouvrit la portière arrière.

— Bonjour Drew, comment vas-tu ?

— Bonjour Dr Jessica. Je vais bien. Je peux aller au foot ?

— Tu as de la suite dans les idées, dit-elle en riant. Nous allons déjà voir comment se passe cette journée avec le Père Noël.

— D'accord. Tu veux regarder les dinosaures avec moi ?

— Non merci, je vais monter devant avec ton papa.

Drew fixa de nouveau l'écran, et elle referma la portière.

— J'avais tellement peur d'avoir froid que je me suis emmitouflée, oubliant que nous avions une heure de trajet ! dit-elle en défaisant les boutons de son manteau.

Elle ôta sa toque, et ses boucles voletèrent dans tous les sens. Elle semblait heureuse, détendue. Callum en éprouva un grand soulagement. Il avait eu si peur qu'elle change d'avis, qu'elle l'appelle pour décommander.

Cela dit, il remarqua que ses mains étaient agrippées à son sac. Il fallait faire les choses doucement, sans se précipiter.

Il démarra, et emprunta l'autoroute en direction du Ayrshire. La journée était belle, quoique froide. La route pour Largs était toujours encombrée. Elle traversait plusieurs villes, dont les feux rouges ralentissaient le flot des voitures, mais le paysage en valait la peine.

— Je ne pensais pas qu'il y aurait autant de monde sur la route. Je croyais que les gens allaient à Largs en été, manger des glaces.

— Depuis combien de temps n'es-tu pas allée à Largs ?

Elle réfléchit.

— Très longtemps, en fait ! J'étais petite. Nous allions à Millport pour le week-end. Et nous avions pris le ferry à Largs.

— Tu t'es fait prendre en photo sur le Crocodile Rock ?

— Comme tous les petits Ecossais, je crois.

— Je n'y ai pas encore emmené Drew. Cet été, peut-être.

— C'est quoi, Crocodile Rock ? demanda la petite voix dans leur dos.

Jessica se retourna.

— C'est un rocher en forme de crocodile. Des gens l'ont peint en rouge, blanc et noir. Quand j'étais petite, tout le monde allait à Millport l'été, et se faisait prendre en photo sur le Crocodile Rock.

— Mais les crocodiles sont verts !

Callum se retint de rire.

— Je te montrerai des photographies, Drew. Si cela te plaît, nous irons cet été.

— Il mord pas ?

— Mais non, puisque c'est un rocher.

— On est bientôt arrivés ?

— Oui presque, dans dix minutes, on y sera.

— J'ai faim.

— Moi aussi, dit Jess. On achètera à manger quand on s'arrêtera, d'accord ? Oh ! Désolée, dit-elle en mettant la main sur son ventre qui gargouillait.

Ils arrivèrent au parking de la jardinerie, et se garèrent. Drew oublia son film, dès qu'il aperçut la pancarte du Père Noël.

— Regarde, papa ! Il a une luge !

Drew était tellement excité qu'il se déplaçait en sautillant. Jess esquissa un sourire. Quelle joie de le voir si content. Lewis, lui, était encore trop petit pour comprendre l'intérêt de Noël. Il aimait bien les cadeaux, mais le gros bonhomme rouge avait encore tendance à lui faire peur.

Elle sentit la main de Callum sur sa taille.

— Tout va bien ?

Elle avait l'impression qu'il lisait dans ses pensées. C'était comme s'il sentait qu'elles l'emmenaient loin de l'endroit où elle se trouvait, et qu'il venait la chercher, pour la ramener ici et maintenant.

— Oui, ça va. Il vaudrait mieux y aller avant que Drew ne fasse sauter ses points de suture !

Ils avancèrent sur un chemin bordé de sapins illuminés, de bonshommes de neige et de statues d'animaux. Un sentier menait à la grotte du Père Noël, un autre à l'enclos des rennes. Callum alla acheter des tickets.

L'entrée de la jardinerie était somptueuse, emplie d'une grande variété d'arbres décorés de guirlandes clignotantes de différentes couleurs. Sur des étagères étaient posés des centaines de bibelots décoratifs, de cadeaux, des scènes de la Nativité, des sapins recouverts de paillettes et des maquettes de villages de Noël musicaux. Sur les murs, des milliers de boules et de guirlandes étaient rangées par couleurs.

Les enfants présents criaient de joie à chaque nouvel objet qu'ils découvraient.

Jessica sentit une petite main se glisser dans la sienne. Elle baissa la tête. Drew la regardait d'un air inquiet.

— Que se passe-t-il ? Tu te sens bien ?

— J'ai perdu mon papa, murmura-t-il.

Jess lui sourit. Du haut de son mètre, au milieu de la cohue, il lui était difficile de distinguer qui que ce soit. Elle avait bien fait de mettre son manteau rouge.

Lorsqu'elle se releva, elle reconnut les épaules de Callum au guichet. Elle ôta son gant, entrouvrit le blouson de Drew et reprit sa main dans la sienne.

— Il est juste là, au guichet.

— Toutes les visites sont programmées, nous avons rendez-vous avec le Père Noël à 11 h 30, annonça Callum à son retour. Cela vous dit de manger un morceau et d'aller voir les rennes ?

Jess et Drew opinèrent de concert, et le suivirent dans le café bondé.

— Asseyez-vous, je vais chercher de quoi nous restaurer.

Ils s'attablèrent sur l'une des tables de bois, sur lesquelles étaient posés des pots emplis de crayons, et des feuilles de coloriage. Sans perdre un instant, Drew se mit à colorier un Père Noël sur son traîneau.

— As-tu donné ta jolie carte à ton papa ? lui demanda-t-elle.

Drew secoua la tête.

— Je l'ai cachée sous son oreiller, dit-il en gloussant. Mais on a envoyé l'autre à maman, en Amérique. Papa m'a aidé à écrire sur l'enveloppe.

Jess sourit en observant Callum qui emplissait un plateau. Il ne lui avait même pas demandé ce qu'elle voulait manger. Mais cela ne la dérangeait pas. Elle aimait bien l'idée que quelqu'un prenne soin d'elle.

Le plateau arriva sur la table quelques minutes plus tard : un verre de lait et un friand au bacon pour Drew, des œufs brouillés et des toasts pour elle, et un petit déjeuner complet pour Callum. Puis Callum repartit pour revenir avec un *latte* au caramel pour Jess, ainsi qu'une assiette de scones.

Elle lui sourit, reconnaissante. Il avait vraiment une excellente mémoire. C'était tout ce qu'elle aimait.

— Bon appétit, dit-il en s'asseyant, avant de pousser des exclamations admiratives devant les gribouillis de son fils.

Jessica regarda la salle emplie de familles venues rencontrer le Père Noël, ou simplement acheter un sapin. Cela faisait une éternité qu'elle n'était pas venue dans un tel endroit.

Elle adorait les jardineries, en particulier à l'approche de Noël. Elle aurait pu visiter toutes les jardineries d'Ecosse les unes après les autres, en achetant une babiole dans chacune. Un objet attira son attention sur l'un des murs. C'étaient des petits cœurs argentés et rouges, assemblés à des clochettes, à accrocher au sapin.

— Tu les trouves jolis ? demanda Callum qui avait suivi son regard.

— Ils sont exactement de la couleur de mes nouvelles décorations, dit-elle.

— Nous irons les acheter avant de partir. Ils sont adorables. Tu as décoré ton sapin en rouge et argent, cette année ? demanda-t-il avant de boire une gorgée de café.

Elle hocha lentement la tête. Un nœud se forma dans sa gorge, l'empêchant de répondre.

Il tendit la main par-dessus la table, et la posa sur la sienne. Comme s'il savait. Comme s'il avait compris que la situation était difficile pour elle.

— J'ai acheté des décorations argentées, hier, finit-elle par articuler. Mais je ne suis pas allée plus loin. Et chez vous, quelle est la palette de couleurs ?

Callum s'étrangla presque.

— En fait, la décoration est essentiellement l'affaire de Drew, qui dessine beaucoup. Nous avons une palette plutôt étendue. Un joyeux mélange de toutes les couleurs de l'arc-en-ciel. N'est-ce pas, Drew ?

Le petit garçon acquiesça en souriant.

— J'ai fait plein de décorations. Papa les a accrochées sur le sapin.

Elle eut un petit pincement au cœur en imaginant le sapin croulant sous les décorations faites de bric et de broc, accrochées au petit bonheur la chance. Elle aurait aimé que le sien ressemble à cela. Ses guirlandes rouges et argent lui semblaient bien ternes, en comparaison.

Elle prit un crayon, et se mit à dessiner avec Drew. Elle remarqua que Callum l'observait. Il devait avoir envie de lui poser des questions. Elle se mordit la lèvre. Quand trouverait-elle le courage de lui parler, et de lui expliquer les raisons pour lesquelles elle souhaitait qu'ils ne précipitent pas les choses ?

Avec un sourire satisfait, Callum la regardait couper son scone, et le garnir de beurre et de confiture de fraises. C'était officiel : il voulait la voir manger. Et il y parvenait. Cela faisait longtemps qu'elle n'avait pas autant apprécié ses repas. Son approche de la nourriture avait changé. Pendant des mois, manger ne l'avait plus intéressée. Mais au cours des dernières semaines, elle s'était surprise à apprécier les bonnes odeurs de cuisine. Dans le café de la jardinerie, des effluves de scones sortant du four se mêlaient aux parfums de la soupe, du bacon et du fromage grillé. C'était peut-être la première fois depuis longtemps qu'elle avait vraiment envie de manger.

— C'est l'heure d'aller voir le Père Noël ? demanda Drew, dont l'enthousiasme faisait plaisir à voir.

— Pas encore, mais nous pouvons aller saluer ses rennes, si tu veux. Ton papa pourra te prendre en photo avec eux, pour les montrer à tes camarades d'école.

Elle se leva et lui tendit la main.

— Oh ! Oui ! s'exclama Drew. Papa, est-ce que je pourrai apporter les photos à l'école, pour raconter à la classe ?

— Excellente idée, répondit Callum en se levant à son tour.

Tandis que Drew s'élançait sur le sentier, elle sentit la main de Callum se refermer autour de la sienne. Contre toute attente, rien ne lui sembla plus naturel. C'était aussi évident que de sentir la petite main de Drew dans la sienne.

Un couple marchant dans leur direction s'effaça pour laisser passer Drew. L'homme sourit.

— Quelle jolie famille, s'exclama-t-il d'un air attendri.

Jessica sentit aussitôt son cœur se serrer. Ses pieds continuaient à avancer sur le sentier, mais elle avait l'impression que tous les muscles de son corps étaient devenus raides d'un coup. Voilà de quoi ils avaient l'air. D'une famille comme les autres.

Callum serra doucement sa main. Il fallait qu'elle lui parle, avant d'éclater en sanglots devant le Père Noël. Il avait le droit de savoir pourquoi elle avait ces accès d'angoisse, d'autant qu'il les percevait chaque fois avec une grande finesse.

La culpabilité l'assaillit. Etait-elle en train de trahir Daniel et Lewis ? C'était eux avec qui elle avait imaginé passer le reste de sa vie…

Callum s'arrêta de marcher, et la prit dans ses bras.

— Respire, Jessica. Je ne sais pas ce qui t'arrive, mais aujourd'hui, c'est une belle journée.

Sa voix était posée et calme.

— Où que tu sois, Jessica, sache que je suis avec toi. Respire.

Quelques personnes passèrent à côté d'eux. Drew courait loin devant, et le reste du monde devait s'imaginer qu'ils en profitaient pour s'accorder quelques secondes d'intimité. Elle seule savait quels démons se livraient bataille à l'intérieur de sa tête.

Peu à peu, l'oppression dans sa poitrine diminua, et ses muscles se détendirent. Callum desserra son étreinte.

— Ça va mieux ? demanda-t-il en lui caressant la joue.

— Oui.

Elle croisa son regard, désemparée. Mais que dire de plus ? Comment expliquer ce qui venait de se produire en elle ?

Callum reprit sa main dans la sienne. Il ne lui posa aucune question, mais son regard était inquiet. Il ne la jugeait pas, il se demandait simplement ce qui se passait.

— Prête à voir les rennes du Père Noël ?

— J'en rêve ! répondit-elle en lui serrant la main.

Ils reprirent leur marche jusqu'aux stalles hébergeant les rennes, et sur les portes desquelles était inscrit le nom de chacun. Drew était déjà arrivé et trépignait.

Dans l'enclos, les rennes marchaient jusqu'à la clôture, conduits par les elfes qui autorisaient les enfants à les caresser.

Elle avait entendu des histoires terribles d'animaux enfermés dans des parcs d'attractions. Mais la situation était tout à fait différente. Les animaux ici étaient, à l'évidence, traités respectueusement. Les employés eux-mêmes répondaient avec enthousiasme aux questions des enfants, et leur racontaient des histoires de pôle Nord pour faire bonne mesure.

— Papa, tu peux me prendre en photo avec Comète ?

Callum s'agenouilla, tandis que Drew prenait la pose. Puis Jessica vint lui prendre l'appareil des mains.

— Va avec lui, je vous prends tous les deux.

— Une autre avec Dr Jessica ! cria Drew, au comble de l'excitation.

Jess rougit.

— Tu sais, tu peux m'appeler Jessica, maintenant, dit-elle en le rejoignant.

Elle eut un petit sourire. C'était si facile d'être aux côtés de ce petit garçon débordant d'énergie. Callum se comportait un peu comme le papa poule qu'elle avait imaginé. Cela faisait plaisir à voir.

— C'est l'heure du Père Noël, papa ? demanda encore Drew en sautillant.

— Oui, ça y est, on peut aller le voir dans sa grotte, répondit Callum en consultant sa montre.

Ils empruntèrent le chemin bordé de maisonnettes givrées et de sapins illuminés de lampes vertes et d'étoiles dorées. L'entrée de la grotte était soulignée par une guirlande de boules rouges. Drew ne résista pas à la tentation de regarder par la fenêtre.

C'était un véritable paradis pour les enfants. Le personnel, déguisé en elfes, travaillait dans un atelier dans lequel étaient entassés des sacs de jouets. Un autre elfe conduisait un petit train promenant parents et enfants dans tout le parc de la jardinerie.

— Papa, on peut prendre le petit train ?

— Sans doute, oui, répondit Callum d'un air dubitatif.

— Je pense que c'est une façon habile de faire sortir les gens de la grotte, afin qu'ils n'y restent pas pendant des heures, lui glissa Jessica dans le creux de l'oreille.

Ils avancèrent vers la queue, et Callum tendit le ticket de Drew.

— Drew Kennedy ? Viens, nous allons voir si ton nom figure dans la liste des enfants sages, qui ont mérité un cadeau du Père Noël.

Drew regarda Callum avec des yeux comme des soucoupes.

— Je peux, papa ?

— Bien sûr ! répondit Callum en souriant.

Puis il se tourna vers Jessica.

— Quand j'ai acheté les tickets, ils m'ont demandé son nom et quel genre de cadeau lui ferait le plus plaisir.

— Ils ont vraiment pensé à tout !

Elle jeta un coup d'œil autour d'elle.

— J'aimerais bien emmener des enfants de l'hôpital dans cet endroit. Tu sais, ceux qui passent la moitié de leur vie enfermés dans le service. Les choses sont bien organisées ici… Regarde ton fils !

Drew était bouche bée face à l'elfe qui lui disait avoir trouvé son nom dans la liste des enfants sages. Il tourna la tête vers eux, les yeux écarquillés.

— Je peux aller voir le Père Noël ! cria-t-il en tirant sur la main de l'elfe. Papa ! Jess !

Ils le rejoignirent et pénétrèrent dans la grotte enneigée, dans laquelle soufflait un vent frais. Le Père Noël portait le costume le plus rembourré et la barbe la plus épaisse qu'elle ait jamais vus. Avec la patience d'un saint, il accueillait chaque enfant, sans se laisser atteindre par l'agitation ambiante, et engageait avec lui une conversation apparemment passionnante.

Drew était fasciné.

— Alors, Drew, dis-moi ce que tu as commandé pour Noël.

Drew fit aussitôt l'inventaire des jeux typiques dont rêvait tout petit garçon de cinq ans : un dinosaure, une voiture de course, un déguisement. Puis il s'interrompit, et attira le Père Noël pour lui parler à l'oreille, tout en jetant des coups d'œil dans leur direction.

Elle eut un instant de panique. Le Père Noël les regarda, avant de répondre en secret au petit garçon. Puis il lui tendit un cadeau.

— Je peux l'ouvrir, Père Noël ?

— Il faut demander à ton papa.

— Je peux, papa ? demanda Drew en sautant des genoux du Père Noël.

Callum le prit dans ses bras.

— Dis d'abord au revoir au Père Noël et remercie-le. Nous allons prendre le petit train et si tu continues d'être sage, tu pourras ouvrir ton cadeau quand nous arriverons à la voiture.

— Youpi ! Merci Père Noël ! dit Drew en se tortillant dans les bras de son père.

Ils se dirigèrent vers le petit train. Callum eut toutes les peines du monde à s'installer dans le petit wagon, manifestement conçu à la taille des elfes. Mais le voyage au milieu du parc enneigé fut un véritable enchantement. Le train s'arrêta devant une grange bordant la jardinerie, et d'où provenaient des cris de joie enfantins.

— Qu'est-ce qui se passe ici ? demanda Callum en la regardant d'un air interrogateur.

— C'est la grange aux jeux, une aire de jeux pour les enfants.

Ils descendirent du train et entrèrent dans la grange, frappés par la chaleur et le niveau sonore. De toute évidence, tous les enfants qui avaient rencontré le Père Noël se retrouvaient là, tandis que leurs parents débraillés et fatigués tentaient de s'entendre par-dessus le chahut.

Drew ne bougeait plus, aussi impressionné qu'émerveillé. Elle s'agenouilla près de lui.

— Veux-tu aller jouer ? Pas sur le trampoline ou dans le château gonflable, à cause des points sur ton ventre. Mais tu peux aller dessiner, bricoler sur ces tables, là-bas, ou dans la salle des jeux de société.

— Tu peux venir avec moi aux jeux ? demanda-t-il en glissant sa petite main dans la sienne.

Elle sourit à Callum, et ils suivirent Drew jusqu'aux tables.

— Cela ne lui ressemble pas, dit Callum. Il est plutôt du genre à foncer sur le château gonflable ou le trampoline.

— Il est encore en convalescence. L'hôpital n'est pas une expérience neutre pour un enfant. Et l'anesthésie non plus. De toute façon, tant mieux. Avec ses points, mieux vaut qu'il se cantonne aux jeux calmes.

Callum la regarda d'un air contrit.

— Que se passe-t-il ?

— Je lui ai acheté un trampoline pour Noël, la semaine précédant son opération. Il en réclamait un depuis des mois.

Il est dans le garage, prêt à être monté. Dois-je lui expliquer que le Père Noël l'a perdu ?

— Non, surtout pas ! Mais il devra attendre encore quelques semaines avant de l'utiliser. Par contre, dis-moi que tu l'as aussi acheté avec un filet de sécurité. Il ne manquerait plus que tu le ramènes aux urgences pour un traumatisme crânien !

— Je ne m'y risquerais pas ! Surtout maintenant que je sais que c'est toi qui es de garde ! Cela dit, je me souviens d'une époque où tu n'étais pas aussi vigilante.

— C'est-à-dire ?

— Attends que je retrouve la liste, dit-il en faisant mine de fouiller dans sa poche. D'abord, il y a eu le jour où tu as décrété que nous devions tous sauter dans le port. Puis la fois où tu as eu envie d'essayer cette vieille luge…

— C'était un héritage familial ! répondit-elle en riant d'un air faussement indigné.

— Un héritage qui remontait à très très loin !

Elle le regarda, émue. Elle avait oublié tous ces détails de sa vie, que Callum avait le don de faire remonter à la surface. Qu'il était plaisant de se souvenir des bonnes choses ! Et de les partager avec quelqu'un ! Depuis combien de temps n'avait-elle pas ressenti de la joie ?

La salle de jeux était plus calme que le reste de la grange. Drew lâcha sa main, et fonça vers l'écran où des joueurs s'affrontaient dans une partie de foot virtuelle, au fond de la salle. Il hésita puis revint vers eux, ôta son bonnet et son blouson, qu'il leur tendit avant de repartir.

— Veux-tu un café ? demanda Callum en désignant un banc libre.

— Avec plaisir.

Elle déboutonna son manteau, ôta sa toque et ses gants, avant de s'adosser contre le mur, pendant que Callum se dirigeait vers le bar.

Son regard passa de la salle de jeux tranquille à l'agitation de la grande salle bondée et bruyante. Quelle ambiance aurait choisie Lewis ? Aurait-il sauté sur le trampoline ou préféré aller jouer au foot sur un écran, comme Drew ?

Elle soupira, heureuse d'être assise là, à observer ces enfants, les yeux brillants d'excitation et d'émerveillement. Certes, elle ne pouvait pas s'empêcher de penser à Lewis, mais ses pensées allaient aussi à Drew, désormais.

Elle vit deux enfants se cogner dans le château gonflable, et pour la première fois de sa vie peut-être, elle ne se précipita pas. Rien de grave, les parents pouvaient s'en occuper sans qu'un médecin intervienne. De toute façon, Callum lui avait implicitement confié la surveillance de Drew et, contre toute attente, cela la réjouissait.

Elle n'était pas là en tant que médecin, mais en tant que… amie ? Petite amie ? Amoureuse ?

Quelques mois plus tôt, elle aurait rejeté de telles idées. Mais tout était si simple et si naturel, avec Callum. Un de ses regards suffisait à la faire pétiller des pieds à la tête. Il lui caressait la joue, et le désir montait aussitôt en elle.

Il lui fallait juste un peu de temps pour s'habituer à ces sensations. Pour accepter, surtout, de les éprouver, sans être aussitôt submergée par la culpabilité, avec ce sentiment obsédant de trahir Daniel et Lewis. Sur la photographie encadrée dans son salon, ils chahutaient et riaient sans retenue. Un moment de bonheur pris sur le vif, et qui resterait à jamais dans sa mémoire. Daniel et Lewis étaient une partie de sa vie merveilleuse, et le seraient toujours. Mais les choses changeaient. Elle changeait. Désormais, elle envisageait enfin qu'il puisse exister une vie « après ».

— Jessica !

Drew lui faisait signe de le rejoindre.

— Viens voir mon score ! Je suis le meilleur buteur !

Elle avança vers lui, et sourit en le voyant exulter.

— Bravo ! Bien joué ! dit-elle en le serrant dans ses bras.

Il la serra en retour avec l'exubérance dont pouvait faire preuve un enfant de cinq ans. C'était bon, naturel, et juste.

Elle ne s'en sortait pas si mal finalement…

Callum revint avec deux cafés dans les mains. Il essayait, par la même occasion, d'ignorer ses réflexes de secouriste, qui le poussaient tout naturellement à repenser l'organisation de la salle dans le but de minimiser les risques de brûlures sur les enfants déchaînés, courant dans tous les sens.

Il s'arrêta devant la salle de jeux. Devant l'écran géant, Drew serrait Jessica dans ses bras, fou de joie. Il avait posé ses mains sur sa nuque, et lui parlait sans relâche à l'oreille.

Callum sentit son cœur se serrer. Il devrait se réjouir. Il devrait être heureux de voir son fils aussi à l'aise avec la femme dont il rêvait. Ils avaient l'air de bien s'entendre. Combien d'histoires de familles recomposées avait-il entendues, dans lesquelles le rejet des enfants menaçait l'équilibre du couple et de la famille tout entière ?

Pourtant, il ne savait que penser.

Il y avait autre chose.

Il y avait chez Jessica des zones d'ombre, dont elle ne lui avait encore rien révélé. Il en était certain, maintenant. Peu importait que ses souvenirs d'elle soient joyeux et tendres. Peu importait l'effet que ses grands yeux de biche exerçaient sur son corps. Peu importaient, aussi, ses efforts pour chasser de son esprit ses pressentiments.

Il demandait davantage. Plus en tout cas que ce qu'elle lui donnait pour l'instant. Il voulait tout de cette femme. Quoi que cela comporte.

Mais avant même de savoir ce que ce « tout » contenait, il avait un petit garçon, dont il ne pouvait se permettre de mettre en péril l'équilibre. Son fils avait confiance en lui, il le voyait dans son regard. Il le voyait à sa façon de construire son univers autour de lui. Un univers dont Jessica faisait désormais partie.

Elle faisait aussi partie désormais de celui de Callum, mais quelle place y occupait-elle précisément ? Quelques semaines à peine s'étaient écoulées depuis leurs retrouvailles, et il n'avait aucun doute sur ce qu'il avait envie de construire avec elle. Seulement, comment pouvait-il avancer davantage vers elle, tant que les questions qui l'assaillaient à son sujet demeuraient sans réponses ? Pourtant, il avait terriblement envie de l'embrasser et de la serrer dans ses bras dès qu'il la voyait…

Drew tendit la main et replaça une mèche folle derrière l'oreille de Jessica, qui lui ouvrit la main, et déposa un gros baiser dans sa paume.

C'était ce qu'il voulait pour son fils. Il en avait le cœur tout retourné.

Jessica leva la tête et l'aperçut. Elle fronça les sourcils en voyant l'expression que devait arborer son visage, et lui fit signe de la main. Drew alla se rasseoir près du grand écran. Elle vint dans sa direction, et lui prit un gobelet des mains.

— Merci pour le café. Que se passe-t-il ?

— Rien, rien…

— Tu es sûr ? demanda-t-elle avec insistance. Tu as l'air soucieux.

Il esquissa un sourire. Elle le regardait avec ses grands yeux bruns. Elle s'inquiétait pour lui. C'était un comble !

Mais elle semblait heureuse et plus détendue. Elle était redevenue pétillante, lumineuse, telle qu'il l'avait connue treize ans plus tôt. Son regard avait changé, il était plus enjoué. S'il oubliait le moment de détresse qu'elle avait vécu quelques minutes auparavant, la journée s'approchait de la perfection.

Elle lui décocha un sourire provocateur, et l'attira dans un coin, où personne ne pouvait les voir.

— Peut-être que je peux arranger cela, murmura-t-elle avant de passer ses bras autour de son cou.

Alors, se hissant sur la pointe des pieds, elle posa doucement ses lèvres sur les siennes.

A cet instant précis, toute pensée rationnelle déserta son esprit.

11.

Jess passa une main sur son front, fermant les yeux un instant. Son pager se remit à sonner. C'était la quatrième fois, au cours de l'heure qui venait de s'écouler. L'opération d'un bébé atteint d'une nécrose intestinale l'avait retenue au bloc. Elle allait probablement passer la majeure partie de la nuit au service des soins intensifs, où déjà on emportait le bébé opéré. Mais il fallait qu'elle réponde d'abord.

Elle ôta son masque et son calot de bloc. Elle était éreintée. L'état des petits patients du service avait évolué très positivement. Marcus et Lily, les deux enfants souffrant d'hypothermie, s'étaient rétablis, et avaient été autorisés à rentrer chez eux. Tous les enfants victimes de l'accident du minibus avaient quitté l'hôpital, et pourraient passer les fêtes de Noël en famille.

Noël en famille… Depuis combien d'années y avait-elle renoncé, au point de ne même plus y penser ?

Mais la compagnie de Callum et de Drew lui faisait désormais envisager les choses dans une toute nouvelle perspective. Pendant trois ans, le travail avait été son refuge, un endroit où se concentrer sans penser à rien d'autre. Désormais, la vie ne tournait plus seulement autour de ses journées et de ses nuits à l'hôpital. Elle avait cessé d'y rester le plus tard possible, pour n'avoir qu'à se coucher directement en rentrant. Ses petits patients n'étaient plus ses seuls sujets de préoccupation. Désormais, dès son réveil, elle pensait à Callum et à ses yeux verts, ou encore, se demandait ce que Drew ferait ce jour-là à l'école.

C'était incroyable à quel point elle avait changé.

Et, pour être honnête, elle regrettait presque d'être de garde. Elle aurait préféré passer la soirée avec eux.

Pour la première fois depuis trois ans, elle était impatiente de fêter la fin de l'année avec des gens qu'elle aimait.

Certes, il lui arrivait toujours de traverser des moments difficiles. La culpabilité l'assaillait, parfois, au beau milieu de la nuit ; une petite voix lancinante lui demandait alors sans répit si elle était bien sûre de mériter une deuxième chance. Après tout, elle avait déjà épousé l'amour de sa vie, et eu un enfant merveilleux. De quel droit recommencerait-elle ?

Lentement mais sûrement pourtant, Callum et Drew occupaient une place grandissante dans sa vie et dans son cœur. Elle souriait spontanément en pensant à eux, et cela lui donnait envie de faire taire cette petite voix à jamais.

Son pager sonna une fois encore. Elle décrocha le téléphone.

— Les nouvelles ne sont pas bonnes, Jessica, déclara l'infirmière des urgences. Grace Flynn a été de nouveau admise en urgence. L'hémorragie a repris, c'est pour cette raison que j'ai insisté sur votre pager.

Son cœur fit un bond. Grace, atteinte d'une forme rare de tumeurs intestinales infiltrantes, avait été opérée quelques semaines auparavant, malgré un pronostic peu réjouissant.

Les enfants cancéreux étaient bien entourés à Parkhill. Grace était suivie par un pédiatre, un oncologue possédant également des compétences en chirurgie, ainsi qu'un arsenal d'infirmières spécialisées. Même si les médecins n'étaient pas censés avoir de préférence, et devaient traiter tous leurs patients de la même façon, Jessica suivait Grace depuis si longtemps que la petite fille avait, *de facto*, une place particulière dans son cœur.

— L'avez-vous envoyée dans le service, ou est-elle toujours aux urgences ?

— Le chef de clinique l'a vue et s'est dit qu'elle serait plus à l'aise dans le service, en attendant les résultats de ses analyses de sang et de l'échographie.

Javier, le chef de clinique, connaissait bien son cas, en effet. Les occasions de s'occuper de Grace n'avaient pas manqué au cours des dernières années.

— Une échographie ? Son côlon est de nouveau bloqué ?

Elle entendit un soupir au bout de la ligne.

— Disons qu'il lui a administré un bolus de morphine, et l'a mise sous perfusion d'opioïdes.

— J'y vais tout de suite, dit-elle.

Elle secoua la tête en raccrochant. Peu importait l'inéluctabilité des choses et que les médecins, les infirmières et la famille de Grace aient déjà organisé les soins à venir. Son petit corps déjà trop sollicité ne pourrait supporter ni une nouvelle opération, ni la chimio ou la radiothérapie. Il avait enduré plus qu'il ne pouvait.

La priorité, désormais, était qu'elle souffre le moins possible.

Elle passa prendre les résultats des examens. Son cœur se serra : aucun d'entre eux n'était bon. Elle consulta les notes prises par ses confrères. Il n'y avait rien à redire. Elle aurait réagi exactement de la même manière qu'eux.

Les parents et le frère de Grace étaient assis à son chevet, en compagnie d'un autre pédiatre impliqué dans ses soins.

Jessica s'arrêta un instant sur le seuil, priant pour ne pas éclater en sanglots et demeurer la plus professionnelle possible. La mère de Grace l'ayant aperçue, se précipita vers elle, la mine défaite.

— Oh ! Merci d'être venue, docteur, dit-elle en la serrant dans ses bras.

Jess leva les yeux vers elle. L'espoir n'avait pas déserté son regard, comme si elle s'attendait à ce que le corps médical change miraculeusement d'avis sur l'état de santé de sa petite fille. Si elle avait pu faire quoi que ce soit pour sauver cette enfant, elle se serait précipitée pour le faire.

C'était déchirant.

Elle croisa le regard de son père. Il était fort, déterminé. Il avait accepté l'inacceptable, mais on le sentait résolu à offrir à sa fille autant de dignité que possible. Il la salua d'un geste imperceptible de la tête, sans lâcher la main de Grace.

Jess alla s'asseoir dans un coin de la chambre. La frêle

cage thoracique de Grace se soulevait et s'abaissait à peine dans la pénombre.

La tension dans la pièce était palpable. Tout le monde savait ce qui allait advenir.

Parkhill était un hôpital pour enfants, dans lequel, même si cela semblait contre nature, il arrivait que des petits meurent. Mais, dans le fond, personne ne pouvait s'y résigner, le personnel hospitalier pas davantage que les autres.

Elle sentit une main sur son épaule.

— Désolée, Jess, dit Pauline. On a besoin de toi aux soins intensifs, pour le bébé.

Elle acquiesça, et se leva. Son métier l'appelait ailleurs, quoi qu'il survienne dans la chambre de Grace.

Mais elle ne pouvait pas partir sans rien dire. C'était peut-être la dernière fois qu'elle voyait la petite fille vivante.

Elle se remémora le poème qu'elles avaient écrit ensemble, le jour où Grace avait décidé qu'elle serait jockey. Un moment merveilleux ! Rêvant les yeux ouverts, Grace avait imaginé la robe de son cheval, lui avait donné un nom et des qualités qui le rendraient célèbre.

Jessica se pencha à son oreille.

— Chevauchant dans les champs, le vent dans les cheveux, serrant les rênes de Cupidon comme si plus rien d'autre ne comptait. Galopant dans la prairie, dévalant les coteaux, poursuivant l'idée folle de réaliser mon rêve.

Les larmes lui montèrent aux yeux et elle se redressa.

Elle jeta un dernier regard à la petite fille.

La pièce sembla rétrécir autour d'elle, lui donnant l'impression d'étouffer. Elle adressa un sourire à cette famille, qui ne serait plus jamais la même, et sortit dans le couloir, où elle laissa enfin libre cours à sa peine.

Son téléphone bipa de nouveau.

— Drew et moi passons te prendre à 9 heures, pour être sûrs que tu sortiras enfin de l'hôpital.

Elle esquissa un sourire, malgré l'épuisement mental et physique. Le bébé qu'elle avait opéré avait eu besoin d'un suivi constant tout au long de la nuit. Son état était resté critique jusque vers 6 heures, heure à laquelle la situation s'était miraculeusement retournée.

Elle se frotta les yeux et se dirigea vers la fenêtre. Quelle heure était-il pour qu'il fasse déjà jour ? Elle fouilla dans sa poche et trouva sa montre. Presque 8 heures.

Un sentiment d'effroi s'empara d'elle, à l'instant même où le téléphone se mit à sonner.

— Service des soins intensifs, dit Pauline en décrochant. Je vois. Je suis désolée.

Elle leva les yeux vers Jessica, dont la gorge se serra.

— Oui, je le lui dirai. D'accord. Merci d'avoir appelé.

Elle raccrocha et la regarda d'un air grave.

Jessica laissa échapper un sanglot.

— Jess, la nuit a été dure, dit Pauline en passant son bras autour de ses épaules. Entre les heures au bloc, l'admission de Grace, la surveillance du bébé…

— Mais il faut que je retourne voir la famille de Grace.

— Ils sont rentrés chez eux, dit Pauline. Son frère était fatigué, et ses parents on décidé de le ramener. Ils reviendront plus tard pour s'occuper des formalités. Mais John Carlson sera là.

John Carlson était l'autre médecin qui s'était occupé de Grace depuis les premiers diagnostics. Il avait passé une bonne partie de la nuit avec eux.

— Rentre chez toi, Jess, dit doucement Pauline. C'est le mieux que tu puisses faire. Rentre avec Callum et Drew.

Elle hocha la tête, incapable d'articuler un mot. Elle était vidée, après ce qui avait dû être l'une des pires nuits de sa vie. Cela faisait trois ans qu'elle pansait ses plaies. Trois longues années à rentrer dans une maison vide, à se demander pourquoi elle se levait le matin, à n'avoir personne qui l'attende quelque part.

Puis Callum était réapparu, comme par enchantement. Avec son regard irrésistible et son merveilleux sourire.

Elle avait envie de chasser définitivement le nuage qui s'était trop longtemps attardé au-dessus de sa tête. Il était temps qu'elle parle à Callum. Qu'elle lui explique enfin pourquoi certaines choses exigeaient d'elle des efforts surhumains.

Callum comprendrait, elle en était certaine. Il la comprendrait et la soutiendrait. Désormais, elle voulait passer le plus de temps possible avec lui. Elle n'imaginait plus vivre sans lui.

— Dis à John de m'appeler s'il a besoin de moi, dit-elle finalement à Pauline en la serrant dans ses bras.

Elle sortit du bureau et se dirigea vers les vestiaires.

Elle n'avait plus une minute à perdre. La vie était trop courte, elle était bien placée pour le savoir. Alors il fallait la vivre.

Callum regarda l'horloge. Il était presque 9 heures. Ses doigts tambourinaient sur le volant. Il était nerveux, car il avait décidé que ce serait le moment ou jamais.

Il voulait que cette relation prenne une nouvelle forme. Mais pour que cela soit possible, il fallait qu'elle se fonde sur l'honnêteté et la confiance. Il fallait qu'il sache ce qui s'était passé dans la vie de Jessica, et qui assombrissait par moments son regard et son humeur.

Drew avait passé la soirée à parler d'elle. L'étincelle au fond de ses yeux était éloquente : son petit garçon était devenu fou d'elle, comme lui.

Les portes de l'hôpital s'ouvrirent, et Jessica apparut enfin. Elle avait l'air lessivée. De toute évidence, la nuit avait été longue. Elle parcourut le parking du regard et, lorsqu'elle l'aperçut, un sourire illumina son visage fatigué.

— On t'a attendue, dit Drew lorsqu'elle ouvrit sa portière pour déposer un baiser sur son front.

— Si vous saviez comme je suis contente de vous voir ! répondit-elle en le serrant dans ses bras.

Elle ferma la portière et vint s'installer sur le siège passager.

— La nuit a été dure ?

Elle hocha la tête en soupirant.

— C'est le moins que l'on puisse dire.

Ses mots restèrent suspendus entre elle et lui.

Il avait envie de lui parler, mais la présence de Drew le retint. Il se contenta de poser sa main sur son épaule.

— Jess, je te ramène chez nous ? Que dirais-tu d'un bon film, blottie bien au chaud sur le canapé ?

La spontanéité de son sourire le rassura.

Une partie de lui en serait volontiers restée là, dans la joie simple de ces retrouvailles matinales. Sans rien changer. Mais au fond de lui, il savait que le changement était nécessaire, s'il voulait continuer à faire des projets avec elle et Drew, comme une vraie famille. Seulement, était-ce le bon jour pour lui poser des questions sur son passé, et lui demander de partager leur avenir ?

Il avait envie de se réveiller auprès d'elle le matin, de partager ses journées et ses nuits, quoi qu'elle ait vécu pendant leurs treize années de séparation.

— Veux-tu que nous allions prendre un petit déjeuner quelque part, avant de rentrer à la maison ?

— Pour moi, une journée couette devant la télé sera parfaite. Cela dit, je meurs de faim. Y a-t-il du bacon chez vous ?

— Papa ! Donne-lui le chocolat qu'on lui a acheté, s'écria Drew. Jessica, on a acheté ton chocolat préféré !

Callum sourit, et se pencha pour ouvrir la boîte à gants. Le chocolat à l'orange était son préféré, lorsqu'ils étaient jeunes, l'était-il encore ?

— C'est pour tenir jusqu'à la maison.

Il tourna la tête vers elle. Mais Jessica demeurait muette. Elle blêmit, comme si elle était sur le point de s'évanouir.

— Jess, Jess ! Que se passe-t-il ?

La circulation était dense, et il n'y avait pas moyen de s'arrêter sur le bas-côté.

Il l'observa, inquiet. Etait-elle malade ? Peut-être avait-elle passé sa nuit à courir, sans s'arrêter un instant pour reprendre son souffle ?

Cela lui ressemblait, mais il douta que ce soit là la cause de son malaise.

— Arrête-toi, dit-elle soudain d'une voix calme, presque un chuchotement.

— Comment ?

— Arrête-toi ! répéta-t-elle plus fermement.

Ses yeux étaient emplis de panique. Il fallait vraiment qu'il s'arrête. Il jeta des coups d'œil par-dessus ses épaules pour trouver un moyen de sortir du flot dense des voitures.

— Je ne peux pas, Jess. Mais que se passe-t-il ? Tu te sens mal ?

— Il faut que je sorte, dit-elle en actionnant la poignée de la portière.

Elle se précipita hors de la voiture, laissant son sac sur le plancher. Callum était abasourdi.

— Papa, pourquoi elle est partie, Jessica ?

— Je ne sais pas, Drew, répondit-il tout en essayant de la suivre des yeux.

Que s'était-il passé ? La journée s'annonçait pourtant bien. Qu'avait-il dit ou fait, qui déclenche une telle réaction ?

Dans le rétroviseur, Drew semblait au bord des larmes, et serrait son doudou contre lui.

Jessica était bouleversée, mais cela ne lui donnait pas le droit de jeter son fils dans un tel désarroi. En fait, il s'était trompé. Il aurait dû la forcer d'emblée à se poser et à lui raconter ce qui l'avait blessée, et qui continuait à la tourmenter aujourd'hui. Mais il s'était laissé aveugler par les souvenirs heureux et par le bonheur qu'il éprouvait lorsqu'il se trouvait à ses côtés. Jamais il n'avait rencontré une femme avec laquelle il rêvait de partager son existence.

Son cœur se serra en voyant sa silhouette menue se faufiler entre les voitures, et la vérité lui sauta soudain au visage.

Il aimait Jessica.

Il l'aimait toujours et encore. Comme il l'avait aimée des

années auparavant. Son amour adolescent s'était mué en un amour plus mur, plus adulte. Qui lui permettait de comprendre que personne n'était parfait, et que chacun avait une histoire, un passé. Et au fond de lui, il savait que Jess pensait la même chose.

Alors pour quelle raison la situation venait-elle de dégénérer ? Il l'ignorait mais une chose était certaine : cette fois, il irait jusqu'au bout et découvrirait ce qui se cachait derrière ses brusques accès de mélancolie.

Elle allait vomir. Elle allait être malade d'une minute à l'autre. Sa vue se brouillait, elle était incapable de réfléchir. Elle tendit la main et s'appuya contre le mur. Une passante la regarda d'un air horrifié. Peut-être s'imaginait-elle que Jessica était ivre, à 9 heures du matin ?

C'était un peu la sensation qu'elle éprouvait, cela dit. Prise de haut-le-cœur, elle s'efforça d'ignorer les regards suspicieux ou compatissants des gens qu'elle croisait. Tout son corps tremblait, comme lorsque, en pleine nuit, elle avait appris que Grace était en train de mourir. Elle s'était soudain sentie faible, comme si elle n'avait plus la force d'être là où elle se trouvait, ni d'exercer le métier qui était le sien.

Et maintenant, elle s'accrochait tant bien que mal aux aspérités d'une façade d'immeuble, afin de ne pas s'effondrer en pleine rue.

En un instant, un flash avait suffi pour que son univers se mette à tanguer.

Elle ouvrit la main, et la tablette de chocolat tomba sur le trottoir.

— Jess ! Que se passe-t-il ?

Elle sentit une main dans son dos, et entendit la confusion dans la voix de Callum, l'inquiétude. Il se pencha pour ramasser le chocolat.

Elle aurait dû lui parler bien avant. Il aurait éprouvé de la peine, de la pitié et aurait passé son chemin. Elle n'aurait pas eu à démonter les hautes murailles qui entouraient son cœur pour lui faire une place. Une place pour lui et pour son petit garçon. Elle serait restée en sécurité à l'abri de ses murs d'enceinte infranchissables, et n'aurait pas pris le risque d'exposer son cœur ni de mettre son âme à nu.

Elle aurait dû lui raconter toute l'histoire. Tout de suite.

Mais alors, l'histoire serait devenue réelle. Pas la mort de son mari et de son fils, non, l'événement était hélas désormais bien ancré dans le réel, mais le fait qu'elle soit prête à tourner la page pour écrire un nouveau chapitre de sa vie.

Jusqu'à présent, elle n'avait jamais parlé avec qui que ce soit de ce qui s'était passé. Elle n'avait pas eu besoin d'ouvrir la bouche pour que ses collègues soient au courant. Et puis les nouvelles allaient vite, surtout les mauvaises, qui vous suivent toute votre vie comme un gros nuage noir au-dessus de la tête. Elle s'était habituée à ce que les gens chuchotent sur son passage, et détournent les yeux quand elle croisait leur regard.

Peut-être le méritait-elle, en fin de compte. Comment se permettait-elle d'oublier son fils et son mari pour se jeter à corps perdu dans une nouvelle histoire d'amour ?

Callum la regardait, visiblement contrarié et inquiet. A l'évidence, il avait atteint les limites de sa patience. Elle voyait bien qu'il se retenait depuis des semaines de lui dire le fond de sa pensée.

— Tu ne comprends pas…

— C'est vrai, Jessica, je ne comprends rien.

Sa voix était douce, comme sa main sur sa joue.

— C'est à toi de m'expliquer, Jessica, dit-il en jetant un coup d'œil à sa voiture, garée sur le trottoir et dans laquelle il avait laissé Drew.

Un immense sentiment de culpabilité mêlée de frustration la submergea en voyant le petit garçon. Elle avait tant de choses à dire mais ne trouvait pas les mots, qui semblaient bloqués au fond de sa gorge.

— C'est comme ça que je les ai perdus, dit-elle en désignant d'un signe de tête la tablette de chocolat.

— Comment comme ça ? Que tu as perdu quoi, Jessica ? Jessica, je peux tout comprendre, à condition que tu m'expliques.

Elle sentit que ses jambes se dérobaient sous son poids, tandis qu'une boule se formait dans sa gorge.

— Mon mari… mon fils…

Elle se remit à trembler.

Mais les mots sortaient, enfin, pour la première fois de sa vie.

— Quoi ? s'écria Callum.

Les larmes jaillirent soudain, et des sanglots secouèrent son corps des pieds à la tête.

— De qui parles-tu ? Ton mari… Ton fils… Qu'est-ce que tu racontes ?

Il s'était accroupi près d'elle, et la dévisageait d'un air hagard.

— Mon mari et mon fils sont morts dans un accident de voiture.

Callum accusa visiblement le coup.

— Quand ? demanda-t-il au bout de quelques instants.

— Il y a trois ans.

— Mais pourquoi ne m'as-tu rien dit, Jessica ?

Elle tenta avec difficulté de reprendre son souffle.

— Je voulais… Mais je ne savais pas par où commencer. Et puis, je ne trouvais jamais le bon moment.

— Comment as-tu pu me cacher quelque chose d'aussi important ? dit-il, incrédule, en secouant la tête.

— Tu m'as bien caché que tu avais un fils ! rétorqua-t-elle du tac au tac.

Il chancela, comme s'il venait de recevoir un coup de poing dans le ventre. Puis il se redressa, prit une grande inspiration et l'aida à se remettre sur pied.

— Ce n'est pas l'endroit pour parler de ça. Viens, rentrons.

Les passants se retournaient ou s'arrêtaient, intrigués. Elle leva la tête, et aperçut la petite tête de Drew dans la voiture. Même s'il ne savait pas ce qui se passait, il devait sentir que quelque chose ne tournait pas rond. Pourquoi lui infligeait-elle cela ?

— Je ne peux pas, dit-elle, le visage baigné de larmes.

— Qu'est-ce que tu ne peux pas faire ?

— Tout cela. Toi, moi… Nous.

Elle tourna la tête vers la voiture.

— Drew.

Elle vit la tristesse embuer le regard de Callum.

Il ne comprenait pas. Ce n'était pas lui, et encore moins Drew, qui était en cause. C'était elle et elle seule.

— Daniel et Lewis… Ils s'étaient arrêtés sur le chemin pour m'acheter une tablette de chocolat, le soir où ils sont morts.

Les souvenirs remontèrent avec violence, et elle eut l'impression qu'on venait de lui annoncer l'accident une seconde fois.

— Daniel m'a envoyé un SMS… Pour me dire qu'ils auraient cinq minutes de retard, parce qu'ils s'étaient arrêtés pour acheter du chocolat. Je les attendais devant l'hôpital en me demandant ce qu'ils fabriquaient. Une infirmière des urgences est venue me voir. L'ambulancier l'avait prévenue, quand ils avaient compris qui étaient les victimes.

Callum ne bougeait pas. Il était demeuré immobile, le visage indéchiffrable. Elle devait avoir l'air d'une folle, et pourtant, tout était très clair dans sa tête.

— Elle m'a annoncé que Daniel avait été emmené à Glasgow Cross, et que Lewis était sur la route de Parkhill.

Elle leva la tête. Jamais elle n'avait vu son regard vert aussi partagé. A aucun moment elle n'avait voulu lui faire de mal, pas plus qu'au petit Drew.

Elle détourna les yeux. Il était plus facile de parler en regardant au loin.

— C'était logique. Après un accident de la route, les enfants étaient toujours conduits chez nous.

Il prit sa main dans la sienne, comme pour lui donner la force de continuer. Son visage était empreint de tendresse et sa compassion, palpable.

Ses larmes s'étaient taries. Le pire, malheureusement, restait à venir. La partie de l'histoire dont elle avait failli ne jamais se remettre.

— Mais c'était trop tard. Ils étaient morts tous les deux

avant d'arriver à l'hôpital. Je n'ai pas pu leur dire au revoir. Ni à mon mari, ni à mon fils.

Maintenant les mots qu'elle avait retenus pendant des années sortaient plus facilement, comme si un barrage s'était brusquement ouvert, et que des tonnes d'eau se déversaient, violentes mais libres.

— Le personnel ne savait que faire, lorsque Lewis est arrivé. C'est tellement différent lorsqu'il s'agit d'un enfant... de son enfant. Les autres ont tout autant d'importance, mais face à eux, on a un détachement émotionnel qui permet d'accomplir son travail sans penser aux espoirs, aux rêves et aux peurs de la petite personne que l'on a sous les yeux. Mais quand il s'agit de l'enfant d'un collègue, d'un ami ou du sien... Le monde s'arrête de tourner et vous n'avancez plus. Le pilote automatique est cassé.

Elle leva les yeux vers lui, espérant qu'il comprendrait. Il était père, et avait connu les affres de l'hospitalisation d'urgence de son petit enfant. Comment aurait-elle pu opérer Drew, si elle l'avait connu comme elle le connaissait maintenant ?

Callum la regardait fixement, comme s'il était en train de se représenter mentalement la scène.

— On n'a pas pu les réanimer ?

— Non. Je pense qu'ils sont morts sur les lieux de l'accident. C'est étrange... J'avais toujours pensé que dans un cas similaire, je ferais mon possible pour réanimer les personnes, quitte à y passer des heures. Mais j'ai réagi de façon totalement différente. Je ne voulais pas qu'on dérange mon enfant, qu'on le manipule tout en sachant que la situation était sans espoir. La seule chose que je voulais, c'était le tenir dans mes bras. Pauline est venue me voir. Elle m'a serrée dans ses bras des heures durant, pendant que je tenais Lewis.

Le silence retomba.

Callum fronça les sourcils, l'air pensif, comme si des millions de pensées se bousculaient dans son esprit.

Elle se remémora le choc qu'elle avait eu, le jour où elle-même avait appris l'existence de Drew. Elle s'attendait à tout sauf à cela.

Il fourra ses mains dans ses poches.

— Et alors, Jessica : qu'est-ce que tout cela change ? Même si tu ne me l'avais pas dit, c'était là, dans ta tête, en permanence.

Une larme coula le long de sa joue. Elle regarda la petite tête derrière la vitre de la voiture, et son cœur se serra. Elle avait envie de prendre Drew dans ses bras et de le serrer contre elle. De le consoler, parce qu'elle aimait cet enfant — autant qu'elle aimait son père.

Callum semblait plus que désemparé, il avait l'air ahuri. Comme s'il tentait de comprendre où se trouvait sa place dans toute cette histoire. Elle s'en voulait à présent de l'avoir blessé.

— Tu ne comprends pas, dit-elle.

— Non, Jess, je ne comprends pas, répondit-il en s'approchant d'elle.

Il l'attira vers lui et, l'espace d'un instant, ils demeurèrent ainsi, l'un contre l'autre, sur le trottoir. Que n'aurait-elle donné pour ne plus bouger et rester dans les bras de Callum toute sa vie !

— Je me sens terriblement coupable, finit-elle par avouer. Si Daniel et Lewis n'étaient pas allés me chercher du chocolat, ils n'auraient pas eu cet accident. Et c'est exactement ce que tu as fait avec Drew aujourd'hui. Je ne peux pas continuer à vivre avec l'idée qu'il peut arriver des drames aux gens que j'aime, à cause de moi.

Il s'écarta un peu et posa sa main sur sa joue. Elle était glacée. Ils étaient restés trop longtemps dans le froid.

Elle était désespérée. Elle avait déjà souffert le martyre, en perdant son mari et son fils. Et aujourd'hui, elle souffrait encore. Elle ne pouvait pas comparer cela au deuil qu'elle avait vécu, et pourtant elle avait l'impression qu'elle pourrait encore mourir de douleur.

Elle s'était donné une nouvelle chance. Elle avait recommencé à avoir confiance et à aimer. Mais maintenant, tout semblait se désintégrer autour d'elle. Sa vie lui filait entre les doigts comme une poignée de sable.

— Quel âge avait Lewis ? demanda Callum brusquement.

— Il venait d'avoir deux ans.

Il jeta un coup d'œil à la voiture.

— Il aurait l'âge de Drew aujourd'hui ?

Le ton de sa voix avait changé, comme s'ils étaient passés à un autre sujet.

Elle repensa à toutes les sensations qu'elle avait éprouvées au début avec Drew. La comparaison avec Lewis, qui s'était estompée au fil des semaines, au fur et à mesure que des liens nouveaux se tissaient avec le petit garçon.

— Oui, répondit-elle d'une voix chevrotante.

— Oh ! Jess, dit-il dans un souffle. En fait, tu as trouvé en nous une nouvelle famille, pour remplacer ton mari et ton fils.

— Comment ? Non, bien sûr que non ! s'exclama-t-elle, indignée.

Mais Callum était déjà loin d'elle, comme si un lien avait été sectionné. Il secoua la tête.

— J'aurais dû m'en douter. Tu ne m'aimes pas, Jess, pas plus que tu n'aimes Drew. Tu aimes ce que nous représentons.

Elle le regarda, abasourdie. Comment pouvait-il en arriver à ce genre de conclusions ?

— Drew a déjà été délaissé par sa mère. Je ne peux pas l'exposer à un nouvel abandon. Il faut que tu aimes Drew pour ce qu'il est, de tout ton cœur. Et si tu ne peux pas…

— Mais j'aime Drew, et je t'aime, toi aussi.

Elle se tut. Le ton de sa voix était désespéré et pathétique, comme le sont parfois les ultimes tentatives pour sauver ce qui ne peut plus l'être.

Elle avait envie de lui répéter qu'elle l'aimait, et que tout était encore possible. Qu'ils pouvaient encore décider d'être heureux ensemble, Drew, Callum et elle.

Pourtant, une partie d'elle savait aussi qu'il était trop tard, que Callum en avait déjà suffisamment enduré pour avoir envie de continuer. C'était terminé.

Elle ne parvenait plus à le regarder en face. Son regard était insoutenable.

— Nous avons commis des erreurs tous les deux, Jess. J'exigeais de toi quelque chose que tu ne pouvais pas donner. Et toi, tu attendais que nous comblions le vide laissé par la mort de Daniel et de Lewis.

Elle le vit se mordre la lèvre. Jamais elle ne l'avait vu si bouleversé.

— On ne peut pas continuer comme cela, ni l'un ni l'autre, poursuivit-il d'une voix lasse. Monte, je vais te ramener chez toi. Je pense que nous avons tous les deux besoin de réfléchir.

Il prit une profonde inspiration, et caressa sa joue.

— Je suis désolé, pour ton mari et pour ton fils, Jess. Vraiment. Et je suis désolé que les choses n'aient pas fonctionné entre nous. Mais il faut que je protège mon fils. C'est ma priorité.

Il se déplaça légèrement sur le trottoir, tournant le dos à la voiture.

— Puis-je te demander de dire quelque chose, dans la voiture, pour rassurer Drew, avant que nous ne te déposions chez toi ? Peux-tu faire cela pour moi ? Pour lui ?

— Bien sûr. Je n'avais pas l'intention de lui faire du mal.

— Le mal est déjà fait, murmura-t-il en tournant les talons pour regagner la voiture.

12.

La porte s'ouvrit brusquement, et Callum fit un bond de trente centimètres sur le canapé. Drew et Joe s'engouffrèrent dans la maison, leurs chaussures de foot à la main.

— Vous êtes déjà là ? demanda-t-il, surpris.

Il avait l'impression qu'il venait à peine de s'asseoir.

Julie et Blair entrèrent à la suite des garçons.

— Les garçons, dit Julie en croisant les bras. Vous pouvez aller jouer un peu dans la chambre de Drew. Nous allons discuter avec Callum.

— Et si je les mettais tous les deux dans le bain ? suggéra Blair.

Callum se raidit. Julie et Blair étaient ses meilleurs amis. Ils s'entendaient à merveille et ils avaient toujours été là pour lui, notamment pour l'aider à s'occuper de Drew. Mais aussi pour le réconforter en cas de problèmes, ou… pour lui dire leur façon de penser, s'il y avait lieu…

— Que se passe-t-il, Julie ? demanda-t-il en s'approchant d'elle. Il y a un problème ?

Elle attendit quelques instants que les garçons soient montés à l'étage, hors de portée de voix, puis posa un doigt accusateur sur son torse.

— C'est toi le problème, Callum. Viens, suis-moi.

Elle tourna les talons, et se dirigea vers la cuisine.

Callum la suivit en se frottant le torse. De toute évidence, Blair savait ce qu'il faisait en proposant d'aller s'occuper des enfants à l'étage. Julie fonça sur la machine à expressos, l'alluma, et se tourna vers lui.

— Vas-y. Crache !

— Crache quoi ?

— Depuis combien de temps étais-tu assis là, dans le noir, à regarder clignoter les guirlandes du sapin ? Une heure ? Deux ?

Les guirlandes du sapin, éclairant par intermittence les œuvres décoratives de Drew, auxquelles venaient s'ajouter les décorations rouges et argentées qu'ils avaient achetées à la jardinerie. Encore un souvenir de Jessica, tout comme la photographie que Drew avait aimantée sur le réfrigérateur, et sur laquelle ils souriaient de part et d'autre du renne. Ou celle que Drew avait collée dans sa chambre, où on le voyait assis sur les genoux de Jessica, dans la grange aux jeux.

Ou les images qui défilaient dans sa tête en permanence, de jour comme de nuit.

Julie fixait sur lui son regard d'acier.

— J'ai eu des journées difficiles au travail, dit-il. Une vraie pagaille.

— Ce n'est pas de cela que je veux te parler, et tu le sais, dit-elle d'un ton impitoyable.

— Je ne comprends pas ce que tu veux dire…

Elle secoua la tête, et se mit à s'agiter devant le plan de travail. Elle sortit des tasses du placard qu'elle posa bruyamment sur la table.

— Je viens de passer deux heures avec Drew. Jessica lui manque. Il ne parle que d'elle, Callum. Et d'une promesse que le Père Noël lui a faite.

— Il t'a parlé ? demanda-t-il à la fois surpris et inquiet.

Elle hocha la tête, tout en mettant les doses de café dans la machine.

— Il me parle beaucoup, tu sais. Notamment du fait qu'il veut voir Jessica, mais que tu l'en empêches.

Callum s'approcha du plan de travail.

— C'est compliqué, dit-il. Je viens d'apprendre quelque chose au sujet de Jessica, qui m'a fait entièrement reconsidérer notre relation. Drew ne m'en a pas parlé. Il a juste demandé une fois ou deux si elle allait venir, mais c'est tout.

Julie tira un tabouret, et s'assit en face de lui.

— D'après ce qu'il m'a raconté, il t'a demandé lundi si elle viendrait dîner, mardi, si elle pourrait aller au cinéma avec vous, mercredi si elle serait là à la fête de Noël de l'école… Que tu le veuilles ou non, la disparition de Jess est un coup dur pour lui.

Elle planta son regard dans le sien.

— Et qu'est-ce que tu as appris au sujet de Jessica ?

Il détourna la tête, hésitant. Il n'en avait parlé à personne. Pouvait-il révéler ce que Jessica lui avait confié sans la trahir ?

— Elle n'a pas été honnête avec moi. Elle m'a caché quelque chose de vraiment important.

— Comme toi, quand tu as mis un temps fou à lui parler de Drew ? rétorqua Julie, impitoyable.

Il cilla. Julie établissait, elle aussi, le parallèle entre le secret de Jess, et le fait que lui-même lui ait caché l'existence de Drew. Le sarcasme en plus.

— Je sais, je sais… Mais ce n'est pas la même chose.

— Ah bon ? dit-elle de l'air de celle à qui on ne la fait pas.

Il secoua la tête. Pas moyen d'échapper à sa perspicacité, décidément. Mieux valait jouer franc jeu avec elle, comme il l'avait toujours fait.

— Son mari et son fils sont morts dans un accident de voiture, il y a trois ans. Elle ne m'avait jamais rien dit, à part qu'elle n'avait « pas eu de chance ».

Julie le regarda, choquée. Puis elle prit une grande inspiration.

— Comment l'as-tu appris, si elle ne t'a rien dit ?

Julie avait l'art d'aller droit au but.

— En fait, elle me l'a dit. Mais à l'improviste. Après avoir mal réagi à quelque chose, tout en disant qu'elle ne pouvait plus continuer comme cela.

— Suis-je censée comprendre tes devinettes toute seule ?

— Je te l'ai dit, c'est compliqué.

— J'ai du temps, dit-elle en désignant d'un signe de tête la salle de bains, d'où provenaient des rires et des bruits d'éclaboussures.

— C'était à cause d'une tablette de chocolat, dit-il en soupirant.

— Pardon ? dit-elle, l'air effaré.

Il se leva brusquement, plaça une tasse sous le bec de la machine à café, et appuya sur le bouton.

Julie demeura silencieuse, quoique cela doive lui coûter. Il savait exactement pourquoi elle n'interrompait pas le silence. Elle attendait qu'il s'explique clairement, en commençant par le début.

Il posa les cafés sur la table et s'assit.

— L'autre jour, j'ai acheté une tablette de chocolat pour Jessica en allant la chercher à l'hôpital. Quand je l'ai sortie de la boîte à gants, elle s'est mise à paniquer, et elle a bondi hors de la voiture avant que j'aie eu le temps de me garer. Elle disait qu'elle n'y arriverait pas, qu'elle ne pouvait pas rester avec moi ni avec Drew.

— Quel est le rapport avec la tablette de chocolat ? demanda-t-elle encore, incrédule.

— Son mari et son fils se sont arrêtés pour lui acheter du chocolat, le soir de l'accident. Elle est persuadée que rien ne serait arrivé, s'ils ne s'étaient pas arrêtés. Elle se sent responsable de leur mort.

Julie écoutait sans cesser de remuer son café.

— Je n'y crois pas, finit-elle par dire.

— Pardon ?

— Callum, c'est plus compliqué que cela, en effet, dit-elle en soupirant. Dis-moi ce qu'elle t'a raconté d'autre.

Il réfléchit un instant, mais sans être certain d'avoir envie de rapporter toutes les paroles de Jessica. Cela dit, cela faisait des jours qu'il ressassait ce qu'ils s'étaient dit sur le trottoir, sans que sa frustration diminue d'une once. Il serait sans doute utile d'avoir un autre point de vue sur la question.

Il scruta la photographie aimantée sur le réfrigérateur.

— En fait, tout tourne autour de Drew, Julie.

— Dans quel sens ?

— Son fils avait exactement l'âge de Drew. Pour moi, il

est évident qu'elle a vu en nous deux personnes susceptibles de remplacer son mari et son fils.

Julie se leva brusquement, l'air outré.

— C'est vraiment tout ce qu'elle t'a dit ce jour-là ? Dis-moi la suite, Callum.

Il grimaça.

— Elle m'a dit qu'elle m'aimait. Qu'elle nous aimait, Drew et moi, et qu'elle ne voulait pas nous mettre à la même place que son mari et son fils. Qu'elle ne voulait pas nous faire souffrir.

— Elle a dit qu'elle vous aimait ? répéta Julie d'une voix plus aiguë.

Il opina avant de baisser les yeux sur son café.

— Elle a dit qu'elle vous aimait ?

Cette fois, elle criait presque.

— Oui, mais cela ne change rien au problème. Ce n'est pas nous qu'elle aime, c'est ce que nous représentons pour elle.

Julie vint se planter à quelques centimètres de lui, furieuse.

— Et alors, qu'est-ce que tu as fait, quand elle t'a dit qu'elle vous aimait tous les deux ?

Une sensation affreuse de froid le traversa, faisant se dresser ses poils sur ses avant-bras. Sur le moment, il pensait agir raisonnablement. Il ne voulait pas servir de mari de remplacement, et encore moins voir Drew remplacer le fils perdu. Il voulait que Jess les aime comme eux l'aimaient, du fond du cœur.

— Je lui ai dit de monter dans la voiture, pour la déposer chez elle.

— Oh ! Callum ! s'écria Julie en prenant sa tête entre ses mains.

— Je dois protéger Drew, répliqua-t-il encore, sur la défensive. Je ne laisserai personne lui faire du mal. Jess pas plus que quiconque. Il en a déjà assez bavé.

— Mais Jessica n'est pas Kirsten, dit Julie d'une voix plus calme. J'espère tout de même que tu as remarqué qu'elles étaient bien différentes l'une de l'autre.

Son cœur se mit à battre plus vite. Julie avait raison, et

lui avait seulement besoin de l'entendre dire par quelqu'un d'autre. Jess, effectivement, n'avait rien à voir avec Kirsten. Jess n'aurait jamais laissé son fils à des milliers de kilomètres, il en était intimement convaincu.

— Rassieds-toi, lui intima Julie, les larmes aux yeux.

Elle avait recouvré son ton de voix habituel, empli d'autorité et de bon sens.

— Callum Kennedy, cela fait quatre ans que nous sommes amis. Tu sais à quel point je suis attachée à toi. Mais parfois, tu agis vraiment comme un crétin.

— Pardon ?

— Quand tu as tort, Callum, tu as tellement tort que ça fait peur.

Il la regarda, ahuri. Quelle intuition féminine lui faisait dire pareille chose ?

Elle se mit à faire les cent pas dans la cuisine et reprit :

— Tout cela n'a rien à voir avec une tablette de chocolat, Callum. Je vois plutôt cela comme l'histoire d'une femme qui doit tourner la page, et réapprendre à aimer. Jessica a peur, Callum. Elle tremble de peur. Et vu ta réaction, on ne peut pas lui en vouloir.

— Comment cela, elle a peur ?

— Drew et toi ne remplacez rien, dans sa vie. Personne ne pourra jamais remplacer son mari et son fils. Ils seront toujours là, quoi qu'il arrive. Cela n'a rien à voir. Tu ne comprends donc pas ?

Il sentit la panique l'assaillir. Un sentiment qui ne lui était aucunement familier, pas même au milieu d'un immeuble en flammes. Il avait la bouche sèche, et le nœud au fond de sa gorge était aussi gros qu'une balle de tennis.

— Non, je ne comprends pas... Explique-moi.

— Callum, tu sais aussi bien que moi à quel point Drew est attaché à Jessica. Cela se lit sur son visage. Mais toi : quels sont tes sentiments envers elle ?

Il tiqua. C'était la question à un million de dollars, qui le tourmentait depuis des semaines. Quoi qu'il en pense, et quoi qu'il fasse pour se convaincre qu'elle n'était pas une femme pour lui, ses sentiments vis-à-vis de Jess demeuraient inchangés. Mais de là à les exprimer à haute voix…

— Je l'aime aussi, finit-il par dire d'une voix brisée.

Julie dardait sur lui son regard implacable.

Il s'éclaircit la gorge et répéta, d'une voix plus forte :

— Je l'aime.

Il eut aussitôt la sensation qu'on lui ôtait un poids des épaules. Julie se rassit, et s'accouda à la table.

— Et alors ? Qu'est-ce que tu comptes faire de ça ?

13.

Jess regardait la flamme des bougies vaciller, en projetant des éclats orangés sur les murs crème de la cuisine.

Le sapin de Noël décoré dans le salon l'oppressait, lui rappelant qu'elle allait passer seule un quatrième Noël. Elle se trouvait mieux dans la cuisine, où l'odeur épicée des bougies la relaxait. Elle avait fait quelques exercices de respiration, dans une ultime tentative de chasser des pensées qui tournaient à l'obsession.

On se mit à frapper à la porte, en même temps qu'on actionnait la sonnette en continu.

— Jess ! Jess ! Tu es là ?

Son cœur se mit à battre plus fort en reconnaissant la voix de Callum. Il devait être arrivé quelque chose à Drew.

Elle se précipita dans l'entrée, et ouvrit la porte.

— Que se passe-t-il ? C'est Drew ? Il lui est arrivé quelque chose ?

Callum se figea, la main en l'air, l'air presque surpris qu'elle ait répondu à ses appels.

Elle jeta un coup d'œil à sa voiture garée dans la rue. Mais le siège-auto était vide.

— Non, Drew va bien. Enfin… enfin non, il ne va pas si bien que cela.

Il s'approcha, et un effluve de son after-shave l'enveloppa, faisant remonter à la surface de sa mémoire une flopée de souvenirs. Et de regrets.

— En fait, tu lui manques. Tu nous manques. C'est pour cela que Drew ne va pas bien. Ni moi non plus.

Elle le regarda, le souffle coupé. Elle s'attendait à tout sauf à une telle déclaration.

— Je t'en prie, Jess. Est-ce que je peux te parler ?

Elle ne sut que penser. Drew allait bien, somme toute. Il ne s'était rien produit de grave. Dans ce cas, que venait faire Callum chez elle ? Et que signifiaient ses mots ? La dernière fois qu'elle l'avait vu, il lui avait semblé bouleversé, et terriblement déçu.

— Jess, laisse-moi entrer, reprit-il avec insistance.

Elle recula, tel un automate, et il fit quelques pas dans l'entrée, jetant un coup d'œil dans le salon éteint. Puis il alla brancher les guirlandes du sapin, revint la prendre par la main pour la guider jusque dans le salon.

Les nouvelles lampes rouges et argentées illuminèrent la pièce. Elles étaient censées symboliser un nouveau départ, mais tous les espoirs qu'elle avait nourris sur le seuil de cette nouvelle vie s'étaient évanouis.

Cela dit, elle s'efforçait de garder le cap. De trouver un sens à tout cela. Une partie d'elle était en colère. Devant elle se tenait l'homme avec qui elle avait espéré construire son avenir. Elle n'avait pas été honnête avec lui, et elle s'en mordait encore les doigts.

Tous les muscles de son corps étaient endoloris. Cela faisait plusieurs jours qu'elle ne dormait pas, et qu'elle n'avait rien avalé. Elle se rendait compte qu'elle ne pouvait pas continuer sur cette pente-là, mais que faire ?

— Que fais-tu ici, Callum ? demanda-t-elle enfin d'une voix lasse.

Callum s'approcha d'elle, et posa ses mains sur ses hanches, lui arrachant un hoquet tant elles étaient froides. Elle prit alors conscience qu'il ne portait ni blouson ni gants. Que faisait-il dehors, à moitié dévêtu, par une soirée aussi glaciale ?

— Je suis venu te présenter des excuses, dit-il d'une voix grave, un peu rauque. Pour la façon dont je me suis comporté le jour où tu m'as parlé de ton mari et de ton fils. Je ne suis pas fier de moi, Jess. Je n'ai rien compris.

Elle le regarda, choquée. Des rides s'étaient creusées autour de ses yeux, et sur son front. Elle avait l'impression de se regarder dans le miroir et d'y voir ses propres traits tirés par des nuits sans sommeil. Peut-être avait-il du mal à dormir, lui aussi.

— Je n'ai rien compris à ce que tu éprouvais envers Drew et moi. J'étais persuadé que tu cherchais à combler le vide laissé par ton mari et par ton fils.

Elle recula, la tête embrouillée.

— Qu'est-ce qui te faisait penser une chose pareille ? C'est simplement le fait que Drew ait l'âge qu'aurait eu Lewis s'il avait vécu ? Penses-tu vraiment que je puisse remplacer l'un par l'autre ? Penses-tu que je puisse en avoir seulement envie ?

Elle s'efforça de rester calme. Certes, elle n'avait pas pu s'empêcher d'établir quelques comparaisons, lorsqu'elle avait rencontré Drew. Elle avait même ressenti une pointe de jalousie vis-à-vis de Callum. Mais de là à imaginer qu'elle pourrait remplacer son fils mort…

Elle tenta un instant d'inverser les rôles et d'imaginer comment elle aurait réagi, si elle-même avait eu un enfant et que Callum ait perdu le sien, en même temps que sa femme. Aurait-elle considéré qu'il cherchait en eux une femme et un enfant de substitution ?

Peut-être que l'idée lui aurait traversé l'esprit, après tout.

— Jess ? dit-il en penchant la tête vers elle. Je ne le pense plus, mais je crois que j'étais sous le choc de ce que je venais d'apprendre. Je sentais, depuis nos retrouvailles, qu'il t'était arrivé quelque chose, seulement, je ne m'attendais pas à une telle nouvelle. J'ai eu du mal à l'accueillir.

Elle hocha lentement la tête. Ce n'était pas facile de sentir ses bras qui l'enlaçaient, et… si bon de sentir sa peau contre la sienne, mais il ne fallait pas qu'elle cède à l'élan de son corps. Ils devaient se parler et aller jusqu'au bout, cette fois.

— C'est tout ce que tu voulais me dire ? demanda-t-elle dans un réflexe d'autoprotection.

Elle avait besoin de prendre du recul. Elle acceptait ses

excuses, si tel était le motif de sa visite, mais il ne fallait pas qu'elle reste trop longtemps dans ses bras, quel que soit le bonheur que cela lui procurait.

— Non, ce n'est pas tout, répondit-il en replaçant une boucle derrière son oreille. Je suis aussi venu te dire que je t'aime. Je m'y suis mal pris, je le sais, mais je t'en prie, accepte de faire partie de nouveau de ma vie. Et de la vie de Drew.

— Mais…

— Chuuut.

Il plaça son index sur sa bouche, puis caressa ses joues et son front. Le contact de ses doigts sur sa peau était magique.

Elle rouvrit les yeux et prit une grande inspiration.

— Ne dis pas non, Jess. Je ne peux pas vivre sans toi. *Nous* ne pouvons pas vivre sans toi.

— Mais, Callum, pourquoi maintenant ?

— Regarde-moi, Jess. Cela fait une semaine que je ne dors pas. Je deviens fou. Je voulais simplement protéger Drew. Je voulais être sûr que tu nous aimais vraiment.

— Mais comment as-tu pu en douter une minute ?

— J'étais bouleversé. Par réflexe, j'ai pensé qu'il fallait que je protège mon fils, ma famille. Mais maintenant, je sais que ma famille, c'est Drew et toi. Je t'aime. Je ne peux plus me passer de toi.

Elle se mit brusquement à trembler de la tête aux pieds. Callum était en train de lui déclarer son amour. Drew et Callum l'aimaient, elle, Jessica Rae.

Elle ne demandait qu'à y croire. Pourtant, dix minutes plus tôt, elle s'interrogeait encore sur ce qu'elle ferait de sa soirée, de sa vie.

— Je… Je ne sais pas, Callum…

— Que ressens-tu, Jess ? Que ressens-tu lorsque tu nous vois, Drew et moi ?

La réponse ne faisait aucun doute.

— J'aime Drew et je t'aime, toi aussi.

Mais elle prit peur et recula.

— Je sais que tu as peur, dit-il comme s'il lisait dans ses pensées. Je le comprends, maintenant, et je l'accepte.

— Mais comment vais-je vivre, si je m'effondre dès que je vois une tablette de chocolat ? Que deviendrais-je s'il vous arrivait quelque chose, à Drew et à toi ? Je n'y survivrais pas, cette fois.

Callum lui sourit tendrement.

— Nous vivons dans un monde effrayant, et nous sommes bien placés l'un et l'autre pour le savoir. Mais ce qui nous permet de l'affronter, ce sont les gens qui nous entourent et l'amour qu'ils nous portent.

Il prit sa main et la posa sur son cœur.

— Je ne peux pas te garantir que tout sera parfait, et que rien ne pourra jamais nous arriver de mal. Je ne peux pas te promettre que je ne m'arrêterai jamais pour t'acheter une tablette de chocolat. On ne peut pas tout contrôler, dans la vie.

Il marqua une pause, et la regarda de ses yeux verts magnifiques.

— Tout ce que je peux te promettre, Jess, c'est que je t'aimerai chaque seconde que nous passerons ensemble. Que je ferai de mon mieux pour prendre soin de toi, comme je prends déjà soin de mon fils. Si tu as peur, il faudra me parler. Je suis là pour toi. J'ai attendu treize ans pour retrouver l'amour de ma vie. Je ne prendrai pas le risque de le laisser s'échapper encore une fois. Peux-tu me donner une chance, Jessica ?

— J'en rêve, Callum.

Elle eut un long soupir. L'amour qu'elle éprouvait pour lui n'avait jamais faibli. Au contraire, malgré ses peurs et son besoin d'espace, il ne faisait que croître chaque jour.

Elle vit ses yeux étinceler.

— Dans ce cas, attends-moi ici. Je reviens.

Il tourna les talons, la laissant seule au milieu du salon, face au sapin qui continuait à clignoter. Puis elle entendit la porte se rouvrir et des rires étouffés.

Callum réapparut dans l'entrée avec Drew, caché derrière un paquet-cadeau.

— Drew ! s'exclama-t-elle en se précipitant pour le prendre dans ses bras.

— Attention, Jessica ! Tu vas écraser ton cadeau. C'est moi qui l'ai fait.

— Mais où était-il ? demanda-t-elle en levant la tête. Ta voiture était vide.

C'est alors qu'elle remarqua les chaussons et le pyjama sous le blouson de Drew, qui avait manifestement quitté la maison en urgence, lui aussi.

— Mes amis m'ont aidé, répondit-il en posant un genou par terre. Ce n'est peut-être pas la façon la plus traditionnelle de procéder, mais c'est en tout cas celle qui nous correspond le mieux.

Il adressa un grand sourire à son fils.

— Nous voulons que tu nous épouses, Jess, et que tu viennes vivre avec nous. Nous te promettons de t'aimer, maintenant et pour toujours. Veux-tu nous épouser, Jess ?

Les petites mains de Drew tremblaient d'excitation. Elle prit la boîte rouge qu'il lui tendait, souleva le couvercle et regarda à l'intérieur.

Elle contenait une carte, ainsi que le petit cœur rouge qu'ils avaient acheté ensemble à la jardinerie, que Drew avait monté comme une pierre précieuse sur un anneau en papier d'aluminium. Elle enfila la bague, et admira son doigt qui étincelait sous les lampes du sapin.

Elle leva la tête. Drew et Callum la regardaient en souriant. Elle ferma les yeux une seconde et les rouvrit. Ils étaient toujours là, elle n'avait pas rêvé.

— C'est moi qui l'ai fait. Et ça, c'est la bague de papa, poursuivit Drew en désignant la carte. Papa a choisi un diamant rose, parce que c'est ta couleur préférée, mais on n'a pas pu la prendre ce soir.

Elle admira la photographie de la bague. Elle était magnifique. Elle passa ses bras autour du cou de Callum, et l'embrassa. Elle n'aurait pas pu rêver mieux. Elle allait passer Noël en famille. Et pas seulement Noël.

Drew se tenait devant la cheminée.

— Je peux écrire une lettre au Père Noël pour le remercier ?

— Mais ce n'est pas encore Noël, dit Callum. Tu n'as pas reçu tes cadeaux.

Drew le regarda d'un air entendu.

— Si, le Père Noël a apporté mon cadeau en avance.

— J'ai l'impression que ce petit garçon a conclu un marché avec le Père Noël sans nous le dire, glissa-t-elle à Callum. D'après toi, qu'a-t-il demandé d'autre ?

— Un petit frère ou une petite sœur, j'espère, murmura Callum en se penchant pour l'embrasser.

Un baiser d'une douceur infinie, qui la rendit soudain légère, si légère…

ANNIE CLAYDON

Une inexplicable attirance

Traduction française de

F. JEAN

BLANCHE

HARLEQUIN

Titre original :
SNOWBOUND WITH THE SURGEON

Ce roman a déjà été publié en 2015.

1.

Trente pas pour arriver au portail — Neve les compta un par un. Ensuite, dix pas pour remonter l'allée. Finalement, il en fallut onze parce qu'elle dérapa sur la glace, agrippa la rampe du porche pour rétablir son équilibre, et se tordit l'épaule quand sa lourde trousse médicale tomba sur le sol.

Elle agita la main devant le détecteur de la lampe du porche, mais rien ne se produisit. L'électricité n'était toujours pas rétablie, apparemment, mais, à l'intérieur, le poêle en fonte de la cuisine devait dispenser une douce chaleur. A cette idée, Neve se sentit encore plus impatiente de rentrer.

Elle s'apprêtait à glisser sa clé dans la serrure de la porte d'entrée quand son téléphone sonna. Zut… Allait-il falloir qu'elle reparte sur la route, avec cette neige ?

Si jamais c'était le cas, elle s'y résignerait. Elle ferait demi-tour, et redescendrait l'allée au risque de se rompre le cou. Avec un peu de chance, il ne lui faudrait pas vingt minutes, cette fois, pour faire démarrer la voiture ! Oublié, son rêve de boisson chaude, sirotée les pieds nus devant le poêle afin de réchauffer ses orteils gelés…

— Oui, Maisie. Qu'est-ce que tu me réserves ?

— Une bonne nouvelle.

— C'est vrai ?

Ouvrant le battant, Neve entra dans le hall. Il n'y faisait guère chaud, mais, devant elle, la porte de la cuisine était fermée, isolant la pièce contre le froid qui régnait dans le reste de la vieille ferme.

— Est-ce que je peux enlever mon manteau ?

— Tu es rentrée chez toi ?

— Oui, à l'instant. Il m'a fallu plus d'une heure pour rentrer, après ma dernière visite. Dans Cryersbridge, la route était bloquée par une voiture qui avait dérapé, et j'ai dû attendre qu'on la remorque.

— Tu dois être frigorifiée ! Es-tu au chaud maintenant, ma chérie ?

Maisie Johnstone était la femme du partenaire senior du cabinet médical du Yorkshire que Neve avait intégré huit mois plus tôt. Parfois, elle ne pouvait s'empêcher de materner Neve, que cela ne dérangeait nullement, en particulier en ce moment précis où elle avait bien besoin de réconfort.

— Au chaud ? Presque. Ne quitte pas…

Laissant tomber son sac, elle se dirigea vers la cuisine, ses chaussures éparpillant des éclats de glace sur la moquette. Quand elle ouvrit la porte, la chaleur l'enveloppa telle une couverture douce et accueillante. Elle gratta une allumette pour allumer les bougies sur la table, puis ôta son manteau, et s'assit. Retirant ses chaussures d'une main, elle pressa avec l'autre le téléphone contre son oreille.

— Dis-moi tout, Maisie — surtout s'il s'agit d'une bonne nouvelle.

Au bout du fil, son amie gloussa.

— Plusieurs cabinets médicaux de la région se sont rapprochés des autorités de la Santé pour monter un groupe de volontaires, équipé de 4x4. L'idée, c'est d'aider les médecins et les infirmières qui ont du mal à se rendre chez les patients. Pour demain, tu auras ton escorte personnelle.

— Génial ! Qui est-ce ? Quelqu'un du coin ?

— Il habite à Leminster, mais il vient du Canada, alors je suppose qu'il s'y connaît en matière de neige !

— Ça s'annonce bien, alors.

— Plutôt. Joe est un gentil garçon qui aime la vie au grand air. Il s'est installé ici juste avant Noël, l'année dernière. Il se déplaçait avec des béquilles, mais ça n'a duré que deux mois. L'été dernier, il a construit un porche pour Edie Wilcox, avec une rampe pour qu'elle ne tombe pas en rentrant ou en sortant de chez elle.

— Qui est Edie Wilcox ? demanda Neve.

Maisie, qui avait toujours vécu dans la région, semblait connaître la vie de tous les habitants dans un rayon de cinquante kilomètres.

— Elle habite à Leminster. Elle avait épousé ce vieux Stan Wilcox, et ils se sont disputés sans arrêt pendant trente-sept ans jusqu'à ce que Stan meure subitement d'une crise cardiaque. Elle ne s'en est pas remise et, pendant deux ans, elle n'est plus sortie de chez elle…

— Et maintenant ?

— Ça va ! Cette histoire remonte à une vingtaine d'années. C'est un personnage avec un sacré caractère, et avec elle, il ne faut pas se laisser intimider. Elle refuse que les assistantes sociales viennent la voir, mais avec Joe, c'est différent. Elle a dû se prendre d'affection pour lui parce qu'il a pu apporter quelques modifications chez elle afin qu'elle puisse plus facilement se déplacer.

Neve commençait à s'y perdre. Maisie l'avait énormément aidée à s'installer et à être acceptée par les gens du coin, mais elle déversait toujours un tel flot d'informations…

— Donc, le garçon avec le 4x4 s'appelle Joe ?

— Oui. Joe Lamont. Il voulait te rendre visite ce soir, juste pour prendre contact, mais il a dû te rater si tu viens de rentrer. Il n'a pas laissé de message ?

— Non, je n'ai rien eu.

— Dans ce cas, je vais lui téléphoner pour lui dire que tu es joignable.

— Ne te dérange pas, je vais l'appeler tout de suite…

Neve trouva un stylo et nota sur le dos de sa main le numéro que récitait Maisie.

— Ça va aller chez toi, j'espère ? poursuivit celle-ci. Tu sais que tu peux toujours venir chez nous.

— Ça ira très bien. Merci. J'ai tout ce qu'il me faut.

Elle avait de la nourriture, de la chaleur, et une bonne

quantité de bougies. La cuisine de la ferme, qui occupait toute la largeur de l'arrière de la maison, permettait de loger sans difficulté une table et des chaises près de la cuisinière, plus un canapé-lit à l'autre bout de la pièce, à côté de la vieille cheminée en pierre. En cet instant précis, justement, elle rêvait de s'allonger.

— O.K. Je t'appellerai demain matin. Reste bien au chaud ! ajouta Maisie avant de raccrocher.

Une tasse de thé, pensa Neve, ensuite, un coup de fil à cet homme et, enfin, elle pourrait se coucher.

Elle remplit la bouilloire, et elle venait de la poser sur le poêle quand il y eut un bruit à la porte d'entrée, comme si quelque chose de lourd l'avait heurtée. Neve envisagea d'aller voir ce que c'était, puis y renonça. Si la toiture du porche s'était effondrée sous le poids de la neige, elle le verrait demain matin, cela pouvait bien attendre.

Mais deux nouveaux coups résonnèrent, puis l'écho indistinct d'une voix. Il y avait quelqu'un. Prenant une bougie, Neve s'aventura dans l'entrée.

Un mouvement et une lumière devant elle la firent sursauter. Quelle idiote ! C'était juste son reflet dans la glace de l'entrée ! Avec la flamme tremblotante de la bougie, elle avait l'air sortie d'un film d'horreur : son visage était blanc de craie avec des cernes noirs sous les yeux. Agacée, elle s'adressa une grimace et passa sa main libre dans ses boucles blondes en désordre dans un effort pour se rendre vaguement présentable.

— Qui est là ?

— Joe Lamont. Je cherche le Dr Harrison.

Quand Neve ouvrit la porte, une bouffée d'air glacial éteignit la flamme de la bougie, et elle ne vit devant elle qu'une grande silhouette sombre.

— Entrez. J'allais justement vous appeler.

— Merci…

La silhouette tapa ses grosses bottes contre le seuil, puis entra, et referma la porte derrière elle.

— Votre sonnette ne marche pas.

— Panne d'électricité, expliqua Neve. Attendez ici une minute. Je vais ouvrir la porte de la cuisine. Ça nous donnera un peu de lumière…

Soudain, le faisceau d'une lampe torche faillit l'aveugler, et une main gantée saisit la sienne.

— Tenez. Prenez ça.

Tout ce que Neve put enregistrer, ce fut un parfum agréable, le genre de parfum produit par la peau et le savon, et non par un liquide sorti d'un flacon.

Le visiteur lui plaça sa lampe torche dans la main et se recula aussitôt, comme pour lui laisser de l'espace.

— Merci, dit-elle.

Intriguée, elle eut envie de diriger la lumière en direction de Joe, mais elle y résista et, se détournant, se dirigea vers la cuisine.

— Venez par ici.

Elle referma derrière eux la porte de la cuisine puis regarda Joe ôter ses gants et baisser la fermeture Eclair de son épaisse veste. Il était grand, avec ce qui lui sembla des épaules larges, mais peut-être était-ce seulement dû à l'épaisseur de ses vêtements.

— Vous vous débrouillez, ici, toute seule ? demanda-t-il.

Il possédait une voix grave, avec une trace d'accent canadien. C'était le genre de voix qui devait rassurer si on avait des problèmes, et Neve commençait presque à regretter de ne pas en avoir…

— Bien. J'ai du chauffage et de la lumière.

Elle éteignit la lampe torche et, dans la lumière de la bougie, les traits du visage de Joe parurent plus doux.

— Et pour les provisions ?

— Il m'en reste quelques-unes. Je vais faire du thé. Est-ce que vous en voulez ?

Joe parcourut rapidement la pièce du regard, l'air un peu sceptique, puis il hocha la tête.

— Oui, merci. Ce serait bien.

— Asseyez-vous. Si vous enleviez votre manteau ? Vous allez avoir trop chaud ici.

Il jeta le vêtement sur le dossier d'une chaise puis s'assit, passant distraitement la main sur le chêne abîmé de la table.

— Vous faites chauffer de l'eau sur le poêle ?

— Oui. Il y a des coupures de courant de temps en temps, alors j'ai fait installer un poêle à mazout.

Apparemment, l'interrogatoire n'était pas terminé, mais cela ne dérangeait pas Neve : elle avait toutes les réponses.

Un sourire malicieux releva les commissures des lèvres de Joe.

— Je vous agace peut-être avec ma sollicitude de voisin ?

— J'apprécie, mais, effectivement, elle n'est pas nécessaire.

Dissimulant son amusement derrière la porte du garde-manger, Neve prit la boîte à biscuits et la posa sur la table à côté de la théière.

— Servez-vous.

Joe la remercia d'un hochement de tête, et saisit le mug de thé qu'elle faisait glisser dans sa direction. Il avait l'air… tendu ? Non, ce n'était pas le mot. Attentif à tout ce qui se trouvait autour de lui, plutôt. Et Neve regretta de ne pas avoir eu le temps de replier le canapé-lit, ce matin… Mais avec un peu de chance, un éventuel sous-vêtement oublié dessus passerait inaperçu dans la faible lumière de la bougie.

— Vous n'êtes pas d'ici ?

Joe regardait Neve avec attention, et, par réflexe, elle remit rapidement de l'ordre dans ses cheveux.

— Du Sud ? reprit-il.

— Londres.

Il parut satisfait.

— Je fais des progrès. Quand je suis arrivé dans ce pays, je trouvais que tout le monde avait le même accent.

— Et vous, vous venez du Canada ?

Le sourire qu'il afficha rehaussa encore son physique superbe.

— Cela s'entend !

— En fait, Maisie me l'a dit… Vous devez avoir bien plus d'expérience que moi en matière de conduite sur neige, alors.

Il valait mieux revenir au travail. Ce sourire, et cette attitude à la fois détendue et attentive, c'était si troublant…

— Un peu. Là-bas, c'est quand même différent.

— La neige, c'est toujours de la neige, non ?

— Ma grand-mère inupiak ne serait pas d'accord avec vous sur ce point. Elle vivait dans le Grand Nord quand elle était enfant, et elle pourrait écrire un livre sur les différents types de glace.

Cela expliquait son physique, pensa Neve — des cheveux noirs qui effleuraient le bord du col de son épais chandail, des yeux noirs, et des pommettes bien dessinées.

— Mais comment avez-vous atterri ici ?

— Mon autre grand-mère était originaire de cette région. Sa famille a émigré au Canada quand elle était petite, mais elle me racontait souvent des histoires sur l'Angleterre, alors j'ai décidé de venir voir le pays et, finalement, j'y suis resté… Et puis, c'est une bonne base pour voyager en Europe.

— Vous voyagez beaucoup ?

— Un peu. J'ai vu une bonne partie de l'Europe. De l'Afrique et de l'Asie aussi, répondit-il, évasif, comme si tout cela n'était presque rien. Depuis combien de temps vivez-vous ici ? reprit-il.

— Huit mois.

— Le coup de foudre ?

— Pardon ?

Soudain, elle eut l'impression qu'elle tombait dans les profondeurs de ce regard sombre. Cet homme-là avait vraiment quelque chose…

— Je veux dire : vous êtes tombée amoureuse de cet endroit. Comme moi.

Ce n'était pas tout à fait le cas, pensa Neve. Le Yorkshire avait seulement représenté pour elle une sorte de refuge, loin de Londres.

— J'apprécie de plus en plus. Maisie a été très gentille avec moi.

— C'est un personnage, n'est-ce pas ? Quand elle m'a appelé pour me demander de l'aide, il n'était pas question de refuser...

— Mais je croyais que vous étiez volontaire ?

— Maintenant, oui.

Neve ressentit un pincement au cœur.

— Donc, Maisie vous a convaincu d'assurer cette mission. Ecoutez, si vous ne voulez pas...

— Tout va bien. Je tournais en rond chez moi, à ne rien faire, et je cherchais un moyen de me rendre utile. Maisie m'a juste rendu service. Sur mon SUV, j'ai des pneus hiver qui permettent d'affronter n'importe quel temps, et des chaînes, en cas de problèmes. Vous serez en sécurité.

— Je n'en doute pas.

Joe n'avait pas besoin de la rassurer puisque Maisie l'avait recommandé, mais, de toute façon, il avait quelque chose de spécial. Par ailleurs, leur brève conversation incitait Neve à lui faire confiance.

— Maisie m'a dit qu'on vous a attribué la partie nord du secteur du cabinet médical...

Il sortit une carte de la poche de sa veste, et l'étala sur la table.

— Cette zone..., ajouta-t-il, décrivant une boucle avec le bout du doigt.

— C'est exact. Nous avons partagé la clientèle en trois, et chacun de nous couvre un secteur. Nous organisons aussi temporairement des consultations dans des salles paroissiales pour les gens qui ont du mal à venir au cabinet médical. Cela réduit nos déplacements.

Joe regardait pensivement la carte.

— J'imagine que vous êtes quand même très occupée. Vous n'avez pas eu de chance en tirant à la courte paille certains des coins les plus difficiles. N'auriez-vous pas pu échanger avec un médecin possédant plus d'expérience de la région ?

Neve se raidit. Elle n'aimait pas qu'on lui dise ce qu'elle

pouvait ou ne pouvait pas faire : c'était une des raisons pour lesquelles elle était venue là.

— Chacun a pris le secteur le plus proche de son lieu de résidence. Je suis capable de faire face.

Il lui adressa un sourire désarmant.

— Mais je n'en doute pas le moins du monde ! A quelle heure voulez-vous que je vienne, demain ?

« A 6 heures, avec une tasse de café et un croissant chaud... », répondit mentalement Neve.

Elle chassa ce fantasme, le trouvant tout à fait déplacé.

— Si rien d'urgent ne se présente, je commencerai à Leminster à 9 heures demain. Je peux conduire jusque là-bas pour vous rejoindre...

Il replia la carte et se leva.

— Non. Je passe vous prendre ici à 8 h 30. Maintenant, il faut que je me sauve. Je vais en ville, au supermarché.

— A cette heure-ci ?

— J'ai promis à une personne de faire des courses pour elle. Avez-vous besoin de quelque chose ?

De la main, il désignait le bocal largement entamé qui trônait sur le comptoir de la cuisine.

— Du beurre de cacahuètes, par exemple ?

Un peu insistant, pensa Neve. Mais, effectivement, elle allait se trouver à court de certaines denrées...

— Eh bien... peut-être une chose ou deux — si ça ne vous dérange pas.

— Pas du tout. Donnez-moi une liste.

2.

Un bol de porridge bien chaud, une banane qui avait connu des jours meilleurs, du café, du pain grillé et le beurre de cacahuètes qui restait… Voilà qui devrait suffire pour tenir toute la matinée. Vers 8 h 20, Neve avait replié le canapé-lit, et elle se demandait s'il était sage de ranger sa couette dans la chambre glaciale de l'étage quand elle entendit le bruit d'une voiture dans l'allée. Abandonnant la couette, elle s'aventura dans l'entrée et jeta un coup d'œil en direction du jardin.

Les arbres étaient couverts de neige fraîche tombée pendant la nuit. Le ciel était bleu clair, et les champs, d'un blanc étincelant. Le paysage possédait une beauté rude.

Et à propos de beauté rude…

Joe venait de descendre de son SUV blanc. Le haut châssis et les grandes roues semblaient tout à fait aptes à affronter le terrain difficile de ce jour-là, tout comme Joe. Après avoir observé pendant quelques instants le ciel et la route au loin, il jeta sur son épaule un grand sac en toile avant de se diriger vers la maison. Le portail, gainé de neige et de glace, refusa de s'ouvrir, alors il sauta sans effort par-dessus le muret.

Elle ouvrit la porte sans attendre qu'il ait frappé, consciente de trahir ainsi une légère impatience.

— Bonjour ! Vous avez réussi à passer…

Il eut un haussement d'épaules, comme si cela n'avait aucune importance. Ensuite, il ôta ses bottes et entra d'un pas décidé dans la cuisine, où il posa le sac aux pieds de Neve.

— J'espère que c'est bien ce que vous vouliez…

Neve se pencha pour vérifier rapidement. Il y avait tout ce

qui était indiqué sur sa liste, et même davantage. Des bananes, des pommes et un petit panier de fraises.

— J'ai vu que votre coupe à fruits était presque vide, dit Joe, désignant l'unique pomme ridée que contenait le saladier.

L'idée qu'il avait tout observé était un peu embarrassante.

— C'est vraiment très gentil de votre part. Merci.

— De rien.

Il plongea la main dans sa poche et en ressortit une note et de la monnaie qu'il posa sur la table.

— Vous avez dû dépenser davantage ! dit Neve.

— J'ai fait plusieurs magasins, et les fraises, quelqu'un me les a données hier.

Qui ? Neve décida de ne pas poser de question. Elle se hâta de ranger les denrées non périssables dans la cuisine puis elle ouvrit la porte du cellier où elle prit une caisse en plastique qu'elle alla poser sur la table.

Joe suivait tous ses gestes du regard, et Neve sentit l'anxiété la gagner. Ce vieux sentiment d'avoir quelque chose à prouver, elle pensait l'avoir laissé derrière elle, quand elle avait emprunté l'autoroute à la sortie de Londres, et mis le cap au nord.

Comme elle s'escrimait en vain sur les attaches de la caisse, Joe intervint.

— Laissez-moi faire.

Sans lui laisser le temps de protester, il tapa sur le couvercle pour en détacher un morceau de glace puis le souleva.

A l'intérieur de la caisse, il y avait un quart de litre de lait et une brique de jus de fruits, tous les deux gelés. Comme Joe ouvrait des yeux étonnés, Neve se sentit agacée par sa question muette.

— Qu'y a-t-il ? demanda-t-elle.

Ayant rangé le reste des courses, elle remit le couvercle en place.

— Rien… Si j'avais su que vous manquiez à ce point de provisions, j'aurais apporté plus de choses.

— Tout va bien — je vous l'ai dit hier soir.

Neve s'entendit parler sèchement, et se rappela que Joe

faisait cela par pure gentillesse. Elle devait faire un effort pour se montrer plus agréable.

— Est-ce que nous y allons ?

— Dès que vous m'indiquerez la destination, répondit Joe.

Neve s'assit à la table de la cuisine. Elle réagissait peut-être d'une manière excessive. Ce n'était pas la faute de Joe si la curieuse sensation qui naissait au creux de son estomac chaque fois qu'elle le voyait lui rappelait la promesse qu'elle s'était faite : ne plus jamais se laisser dominer par un homme !

Elle poussa en direction de Joe une feuille de papier posée sur la table.

— Voici ma liste. Nous devons aller d'abord à Leminster, et pour les autres visites, nous pourrons adopter l'ordre le plus facile en termes d'itinéraire.

— Bien.

Joe sortit une carte de sa poche, l'étala sur la table, et désigna du doigt les autres destinations de la liste.

— Donc, si en partant de Leminster, nous roulons vers le nord…

Dessinant un cercle approximatif, il traça quarante-cinq kilomètres de conduite à travers des routes verglacées.

— Ce serait très bien, commenta Neve. Mais est-ce que c'est faisable ?

— Ça, c'est mon problème.

— Dans ce cas, allons-y.

Joe récupéra ses gants sur la table de la cuisine puis replia la carte, semblant soudain pressé de partir. Une lueur pugnace dans ses yeux semblait adresser un avertissement au monde entier : les obstacles n'étaient pas un problème.

Elle saurait bien assez tôt si Joe était à la hauteur. Elle prit un de ses sacs de matériel médical qui attendait, tout prêt, à côté de la porte, et Joe saisit le second.

Pendant qu'il roulait sur le chemin sinueux et dangereux qui menait au village de Leminster, Neve demeura silencieuse. Peut-être se méfiait-elle de lui ?

Joe chassa cette pensée. C'était le genre de femme qui n'avait peur de rien, c'était évident ! Quand il avait vu la lueur résolue de ses yeux bleus, il avait senti tous ses sens se ranimer, lui rappelant qu'il avait longtemps vécu pour le genre de défi qu'elle affrontait maintenant. Son parfum et sa manière de bouger ajoutaient à la tentation… Ces pensées-là, il les chassa aussi.

Joe s'était mis à l'épreuve. Quand il était arrivé dans le village, il avait délibérément évité tout ce qui pouvait avoir un rapport même lointain avec sa vie d'avant, mais, maintenant, l'occasion lui était offerte de combler un besoin. S'il pouvait aider, sans s'impliquer dans l'aspect médical des choses, il franchirait une étape décisive, et rejetterait vraiment son ancienne vie dans le passé.

A Leminster, il s'arrêta devant la salle paroissiale où un dispensaire avait été aménagé pour ceux qui pouvaient se déplacer. A l'extérieur, la neige fraîche était déjà piétinée par le passage des patients. A l'intérieur, le rassemblement s'était transformé en un café du matin improvisé.

A voir le sourire détendu sur le visage de Neve quand elle entra, on n'aurait jamais deviné qu'elle comptait probablement les têtes, se demandant combien de temps elle devrait rester là. D'un pas vif, elle fendit la petite foule bruyante, et tapa dans ses mains.

Aussitôt, le silence se fit. C'était en soi un petit exploit, et Joe se surprit à sourire.

— Qui est venu pour moi ? demanda-t-elle.

A l'entendre, on aurait cru qu'il s'agissait d'une fête, et qu'elle était ravie de voir que tant de gens étaient présents.

Six mains se levèrent. En réponse, elle afficha un sourire lumineux.

Elle possédait des manières agréables. D'expérience, Joe savait que si on voulait connaître un médecin, il fallait d'abord regarder ses patients. Et à en juger par les expressions des gens présents, Neve était un excellent médecin — doté d'un style incontestablement différent du sien ! Avec les patients, elle se comportait d'une manière plus familière et moins cavalière que lui, mais ce n'était pas une mauvaise chose…

Joe se rappela mentalement à l'ordre. Il était là pour lui servir de chauffeur. Point.

— Qui est le premier ?

— Fred Hawkins ! répondit une voix.

Le patient en question, assis dans un coin de la pièce, prit sa canne pour se lever.

— Finissez tranquillement votre thé, Fred, il me faut deux minutes pour m'installer.

Neve adressa un sourire à Joe puis se dirigea vers l'intendant qui la guida jusqu'à une des petites pièces au fond de la salle.

En organisant une consultation dans cet endroit, Neve n'avait pas l'intention de mener une enquête sur Joe Lamont, mais beaucoup d'informations surgirent. Pendant qu'elle auscultait la poitrine de Fred Hawkins, celui-ci lui confia que Joe était un « assez bon charpentier ». Lisa Graham parla sans cesse de lui pendant que Neve examinait une grosseur sur la jambe de son fils, et Ann Hawkins, directrice de l'école primaire et épouse d'un cousin de Fred, raconta que Joe avait construit un terrain de jeux pour l'école, quelques mois auparavant.

— Pendant quelque temps, on a beaucoup parlé de lui…

Ann s'interrompit avec une moue de douleur quand Neve ôta le pansement de son doigt enflé, révélant une coupure.

— Est-ce que vous sentez quand je touche ici ? Et là ? demanda-t-elle en palpant doucement la main.

— Oui… C'est un vrai plus pour nous, ce terrain de jeux. Les enfants en sont fous.

— Bien. Je vais poser des points, et je vous prescrirai des antibiotiques par sécurité.

— Merci. Il n'a pas l'air d'avoir quelqu'un. Pourtant,

plusieurs jeunes femmes ont tenté leur chance. J'ai dû remettre les pendules à l'heure avec nos aides-enseignantes qui le regardaient par la fenêtre, toutes béates d'admiration au lieu de faire leur travail.

Neve réprima une envie de sourire. Apparemment, le charme de Joe ne se limitait pas aux aides-enseignantes. La directrice de l'école elle aussi avait été atteinte par l'épidémie Joe Lamont, comme, semblait-il, la moitié du village.

— Mais qu'est-ce qu'il fait exactement comme métier ? demanda-t-elle, cédant à la curiosité.

— J'ai entendu dire qu'il avait été militaire, mais je me demande si c'est vrai. Il n'a pas l'air de travailler maintenant — en dehors, bien sûr, de ce qu'il fait tous les soirs sur internet.

Sur internet… Joueur professionnel ? Joe aurait le parfait visage du joueur de poker s'il le voulait. Ecrivain ? Cyber-entrepreneur ? Une combinaison des trois, peut-être ?

— Quelques rumeurs ont circulé, mais ce n'étaient que des bavardages, poursuivit Ann. Quand même, les gens se posent des questions.

C'était assez vrai. Le secret, pour garder un secret, c'était de ne jamais laisser personne soupçonner qu'on en avait un ! Neve n'avait jamais parlé à quiconque de son mariage, et donc, personne n'avait eu l'idée de demander pourquoi l'union avait tourné à la catastrophe…

— Attention, ça va piquer un peu.

Ann esquissa une grimace quand Neve nettoya puis désinfecta la plaie.

— Quand il est arrivé, il n'allait pas bien, c'était évident. Vous savez que sa grand-mère est née à Leminster ? Fred se souvient d'elle. Il l'a connue quand il était petit. C'était une jolie femme, paraît-il.

Peut-être était-ce pour cette raison que le village avait pris Joe en affection : le fils prodigue était revenu. Mais Neve savait d'expérience que le respect qu'on obtenait dans ces villages se gagnait en général, et ne s'obtenait pas par rapport à la personnalité d'une grand-mère.

Elle remit à Ann l'ordonnance qu'elle venait de rédiger.

— Bien ! Voilà pour vous. Pouvez-vous aller à la pharmacie aujourd'hui ?

Ann se leva.

— Oui, pas de problème. Vous allez reprendre la route maintenant, je suppose. Vous devez avoir beaucoup de travail.

— Oui, mais avec Joe qui conduit, c'est beaucoup plus facile.

— Mmm… Avec ce temps, vous avez bien besoin de quelqu'un pour vous aider, n'est-ce pas ?

Quand Neve termina sa consultation, on avait persuadé Joe de monter sur une échelle pour fixer des décorations de Noël aux poutres du haut plafond. Auparavant, il avait aidé à déplacer le piano pour faire de la place pour l'arbre de Noël. Aussi, ce fut avec soulagement qu'il remit sa veste avant de regagner la voiture avec Neve.

Celle-ci remarqua qu'il portait une petite boîte en plastique.

— Qu'est-ce que c'est ? demanda-t-elle.

— Du gâteau au chocolat. J'ai dit que c'était un peu tôt pour moi, alors on m'a donné deux grosses parts pour plus tard dans la journée. Il y en a une pour vous.

Neve allait peut-être accueillir cette proposition d'une manière un peu distante…

— Ah, c'est bien… J'aime le gâteau au chocolat.

Décidément, on ne savait jamais à quoi s'attendre avec elle ! pensa Joe, amusé.

Le premier véritable problème de la journée se présenta un kilomètre plus loin, sous la forme d'un minibus blanc. Presque invisible dans ce paysage enneigé — seul le logo de couleur vive sur le côté se distinguait nettement —, il bloquait la chaussée devant eux.

Joe ralentit et s'arrêta.

— Une équipe de télévision…

— Comment le savez-vous ?

— J'ai entendu dire qu'elle avait tourné dans le secteur de Leminster — sur les villages en crise, ce genre de chose.

— Apparemment, le village gère mieux la crise qu'eux ! commenta Neve.

— Oui. Ils pourraient peut-être se filmer eux-mêmes !

Dans un bruit de moteur vrombissant, les roues du minibus patinaient.

Joe sortit de la voiture pour se diriger vers le véhicule et interpeller le chauffeur.

— Hé ! Attendez. Ça ne sert à rien, ce que vous faites…

Le moteur s'arrêta brusquement, la portière s'ouvrit, et une femme descendit.

Joe n'eut guère de mal à la convaincre d'accepter son aide. Il revint au SUV, signalant à Neve son exaspération par une moue éloquente, et ouvrit le hayon.

— Qu'est-ce que nous allons faire ? demanda-t-elle en le rejoignant.

Dérapant sur le verglas, elle s'accrocha à Joe pour ne pas tomber.

— Vous devriez peut-être rester dans la voiture, suggéra-t-il.

— Et puis quoi encore ? Me recoiffer ? Retoucher mon maquillage ? répliqua-t-elle.

Son ironie agaça Joe. Comme elle était susceptible… Pourtant, il ne put s'empêcher de sourire — peut-être à cause de la vulnérabilité qu'on sentait sous une dureté apparente, ou peut-être à cause du courage de cette femme que rien ne semblait intimider.

— Si vous utilisez le rétroviseur, n'oubliez pas de le remettre ensuite dans la position où vous l'avez trouvé.

Après un instant d'indignation muette, elle se détendit.

— Excusez-moi. Vous comprenez, cela fait un certain temps maintenant que je me débrouille toute seule…

— Je sais.

Elle s'appuya contre la voiture.

— Qu'est-ce que vous comptez faire ?

— Les tirer de là avec un câble de remorquage. Mais avant, je vais devoir poser des chaînes sur mes pneus.

— Et ça, à quoi est-ce que ça va servir ?

Neve pointait l'index en direction d'un grand sac de litière pour chats qu'il avait posé à côté d'eux dans la neige.

— C'est pour absorber l'eau autour des pneus et améliorer l'adhérence.

Joe saisit la pelle rangée dans son coffre et la déplia rapidement.

— Vous avez un chat ? demanda Neve.

Le plus infime détail l'intéressait ! pensa Joe, amusé.

— Pourquoi est-ce que j'achèterais de la litière si je n'avais pas de chat ?

Il prit le sac et, foulant la neige épaisse, il se dirigea de nouveau vers le minibus immobilisé.

— Si vous avez besoin d'aide, dites-le-moi ! lança Neve.

— Bien sûr. Et si vous ne retrouvez plus votre peigne, dites-le-moi.

Neve s'appuya contre la portière arrière du SUV. Deux hommes étaient sortis du minibus, et Joe avait mis l'un d'eux au travail avec la pelle, pendant que lui-même répandait la litière pour chats autour des roues. Les laissant à leur besogne, la conductrice du minibus s'avança vers Neve.

— Je suis contente que vous soyez arrivés, dit-elle, affichant un large sourire. Votre ami sait s'y prendre, apparemment. Qu'est-ce que vous faites sur la route aujourd'hui ?

— Je suis médecin. J'ai des visites à domicile à effectuer.

— Ah, très bien ! Et lui ? Il est médecin aussi ?

— Non. Bénévole. Il fait office de chauffeur.

— C'est gentil. Pendant que nous sommes bloqués, vous pourriez peut-être m'accorder une interview.

Sans attendre la réponse de Neve, la femme fit signe au deuxième homme qui, debout près du minibus, regardait Joe travailler.

— Je ne crois pas que nous ayons le temps, répondit Neve. Il faut que nous reprenions la route…

— Ça ne prendra qu'une minute. Nous ne vous retarderons pas.

Neve faillit rétorquer qu'ils les retardaient déjà, avec leur minibus en travers de la route.

— J'ai des patients à voir…

— Je vous promets que ça ne prendra que quelques instants. Ou, si vous préférez, vous pouvez les rejoindre et faire semblant de donner un coup de main.

Elle n'allait quand même pas faire semblant d'aider Joe pour la caméra ! D'un pas décidé, elle se dirigea vers le minibus, où Joe, à présent, extrayait de la glace et de la neige de dessous le châssis.

— Nous partons bientôt, je pense ?

Quand il se redressa, Joe aperçut le trépied et la caméra déjà en place.

— Elle vous a demandé une interview, c'est ça ?

— Oui. Mais j'ai répondu que nous n'avions pas le temps, répondit Neve. Il faut que nous reprenions la route…

Joe sourit, sans doute amusé de la voir dans l'embarras — ce qui agaça Neve.

— J'ai peur que ce ne soit pas pour tout de suite. En plus, je travaille mal quand on me regarde, alors ce serait bien que vous détourniez leur attention pendant quelques minutes.

— Merci beaucoup.

— Je croyais que vous vouliez aider.

Ce n'était pas vraiment ce genre d'aide qu'elle avait envisagé ! Tournant les talons, elle retourna vers la caméra.

— Prête ? demanda la femme en souriant. Vous voulez bien enlever votre bonnet de façon qu'on voie votre visage ?

Résignée, Neve se plaça à l'endroit qu'on lui indiquait, ôta son bonnet, et fit un effort pour sourire.

La caméra balaya les collines enneigées puis s'arrêta sur elle.

— Comment faites-vous face à ces conditions difficiles ?

demanda la journaliste. Est-ce que vos patients se passent des soins médicaux dont ils ont besoin ?

— Non, nous voyons tout le monde. Nous nous en sortons très bien.

— Mais vos ressources doivent être drastiquement réduites, et proches du point de rupture. Combien de temps pourrez-vous tenir ainsi ?

— Aussi longtemps que nécessaire. Nous nous attendons à avoir de la neige ici pendant l'hiver, alors tout est prévu. Le travail se déroule comme d'habitude.

Neve avait essayé de mettre dans ses propos tout le sérieux de sa profession, ce qui était difficile car une bouffée de vent glacé venait de la gifler, lui coupant le souffle, et lui faisant couler le nez.

Elle se sentit sauvée en entendant les hoquets du moteur qui redémarrait. Assis au volant, Joe faisait lentement avancer le minibus et le sortait du bourbier de neige fondue qu'avaient produit les roues en patinant.

— Excusez-moi, il faut que j'aille aider.

Elle se hâta d'aller chercher le sac de litière vide et la pelle pliable qu'elle rapporta dans la voiture de Joe où elle s'installa. L'équipe de reportage tourna quelques dernières images de Joe regagnant le SUV puis remballa la caméra, non sans quelques difficultés, et repartit.

Joe suivit le minibus qui se frayait un chemin sur la route étroite et enneigée. Comme la chaussée s'élargissait, il actionna ses feux de route, et d'un bref coup d'avertisseur il demanda au chauffeur du minibus de le laisser passer.

Il le dépassa puis accéléra, les roues projetant une gerbe de neige.

— Frimeur ! lança Neve.

Il se mit à rire.

— Vous avez semblé un peu déconcertée par certaines questions de la journaliste.

Il avait remarqué. Pas étonnant : il remarquait tout.

— Enfin, à quoi est-ce qu'ils s'attendaient ? A ce que je

dise à la télé que mes patients auraient de la chance si je leur rendais visite la semaine prochaine ?

— C'est probablement ce qu'ils espéraient entendre.

— Eh bien, tant pis pour eux. Nous arriverons à effectuer toutes les visites.

Joe lui adressa un sourire qui la fit fondre.

— Bien sûr !

Onze heures plus tard, dont la moitié passée sur le siège passager, et l'autre moitié à voir ses malades, Neve, resplendissante, ne semblait pas du tout épuisée. D'expérience, Joe savait que cela demandait des efforts.

Quand ils s'arrêtèrent devant la ferme, ce soir-là, elle émit un profond soupir de soulagement.

— Regardez…

Une lumière accueillante brillait sous le porche.

— Le courant est rétabli ?

— Oui. Venez donc boire un thé !

La chaleur d'une cuisine de ferme pleine de coins et de recoins, et la chaleur du sourire de Neve… Dans une vie passée, qui lui paraissait si lointaine, à présent, au point que tout semblait être arrivé à quelqu'un d'autre, Joe aurait accepté sans hésiter.

— Non, merci, il faut que je rentre, répondit-il. A demain, même heure ?

— Demain, c'est samedi. Vous ne prenez pas votre week-end ?

— Et vous ?

Elle eut un haussement d'épaules.

— Pas celui-ci. Je serai en congé le week-end prochain.

Le sourire de Neve fit oublier à Joe les fatigues de la journée.

— A demain matin, alors. 8 h 30.

— Disons 9 heures, si ça vous va. Je crois que nous méritons bien une grasse matinée.

— 9 heures, c'est d'accord.

— Merci pour tout ce que vous avez fait aujourd'hui, Joe. J'apprécie vraiment.

Il l'avait fait avec un grand plaisir. Savoir qu'elle comptait sur lui, et l'avoir ramenée saine et sauve chez elle, avait donné à Joe le sentiment qu'il avait recouvré sa force — peut-être…

Il remonta l'allée avec les sacs de Neve, les posa devant la porte d'entrée, et fit demi-tour aussitôt, avant que la tentation d'un thé devienne trop forte. Réinstallé dans son SUV, il attendit que Neve soit rentrée avant de mettre le moteur en marche et de s'en aller.

3.

— Où allons-nous ? Que dit la liste ?

Depuis trois jours, la « liste » indiquant le nombre de personnes inscrites et leurs adresses constituait le principal objectif de leurs vies. C'était un défi, et une bonne raison pour Neve de passer ses journées avec Joe — qui commençait à adorer la « liste ».

Neve le laissait gérer sa partie : choisir l'itinéraire, conduire et, à l'occasion, déblayer la neige. Mais la liste, c'était sa responsabilité personnelle.

— Plus que quatre patients, dit-elle. Pas mal. Il faut aller à Holcombe Crag, et ensuite, il y aura trois autres visites entre ce village et Leminster.

— Par où commençons-nous ?

Joe laissait toujours Neve fixer les priorités en fonction de l'urgence.

— Ce serait peut-être mieux d'aller à Holcombe Crag tant qu'il fait jour. Qu'en pensez-vous ?

Saisissant le sachet de caramels sur le tableau de bord, elle lui en proposa un, et quand il secoua la tête, elle en prit un pour elle-même qu'elle sortit de son emballage.

— Probablement, mais ne vous inquiétez pas pour ça. Si d'autres patients ont besoin d'être vus en premier…

— Non, ce ne sont que des visites de routine. Ces patients pourraient attendre demain si nous n'avions pas le temps aujourd'hui. Mais Nancy Olsen a un petit bébé, alors j'aimerais la voir cet après-midi.

Approuvant de la tête, Joe mit le moteur en marche.

— Holcombe Crag. C'est parti.

Neve observa les nuages qui envahissaient le ciel.

— Est-ce que nous allons y arriver ? Apparemment, le temps se couvre.

— Nous avons largement le temps d'aller là-bas et de revenir avant la nuit… C'est votre téléphone ou le mien qui sonne ?

— Le mien, je pense.

Neve ouvrit sa veste pour prendre son téléphone dans la poche intérieure, et scruta le petit écran.

— C'est un texto de Maisie.

— Une autre visite à domicile ?

— Non… Elle dit : « Nouvelle de la radio locale. Voiture transportant père et jeune fils trouvée abandonnée dans votre secteur ce matin. Recherches en cours. Ouvrez l'œil. »

Neve envoya un bref accusé de réception à Maisie puis remit son téléphone dans sa poche.

— Avec ce temps, n'importe quelle personne à pied risque de mourir gelée !

— Oui. Espérons qu'ils auront pu trouver un abri, répondit Joe, l'air inquiet. C'est dommage qu'ils ne soient pas restés dans leur voiture.

— J'espère qu'on va bientôt les retrouver.

— En arrivant là-bas, j'inspecterai les alentours. Qui sait ? Avec un peu de chance…

Joe bifurqua pour emprunter la piste qui grimpait en direction de Holcombe Crag. La pente de la colline était raide et, à présent, le verglas et la neige apparaissaient comme des obstacles infranchissables. Mais Joe prenait les choses avec calme et détermination, confiant dans les possibilités de sa voiture sans toutefois lui demander l'impossible.

Quelques minutes plus tard, il s'arrêtait devant une maison de pierre à étage qui se dressait sur la pente, aux trois quarts de la colline.

— Si je monte jusqu'au sommet, j'aurai une bien meilleure vue.

Joe sortit des jumelles du coffre de la voiture — que Neve considérait de plus en plus comme une caverne d'Ali Baba remplie d'objets utiles.

— Pour combien de temps en aurez-vous ?

Elle consulta sa montre.

— Disons ici dans une demi-heure, si ça vous convient ?

Il acquiesça de la tête et lui confia son trousseau de clés. D'ordinaire, il portait toujours ses trousses médicales jusqu'à la maison du patient, et Neve se sentit perturbée par ce soudain manquement à ce qui était devenu entre eux un petit rituel confortable. Il devait être inquiet…

Elle le regarda s'éloigner rapidement. Fort et résolu. Elle essayait de ne pas dépendre de lui car il ne fallait pas qu'un homme influence sa vie, mais Joe devenait pour elle un soutien indispensable dans ce paysage hostile.

Ecartant cette pensée, elle se dirigea vers la maison.

Quand Nancy ouvrit la porte et l'invita à entrer, Neve fut accueillie par une appétissante odeur de pain tout chaud.

— Merci d'être venue, docteur. Je suis vraiment confuse de vous avoir fait faire toute cette route, mais je m'inquiète pour Daniel…

Neve posa une main sur le bras de la jeune mère.

— Vous avez bien fait d'appeler. Allons voir ce bébé.

Neve prenait son temps avec chaque patient car étant donné les conditions du moment, elle ne pouvait guère demander aux gens de revenir la voir plus tard au cabinet médical si leur état s'aggravait. Après un examen complet, elle conclut que Daniel ne souffrait que d'un petit rhume. Après avoir rassuré Nancy, elle se laissa tenter par du pain frais et de la confiture de fraises.

— Vous voulez bien le tenir pendant que je branche la bouilloire ? proposa la jeune mère. Je vais faire du thé.

Elle sourit à son fils qui lui rendit son sourire.

Le lien entre eux était tellement précieux, tellement beau, que Neve ne put réprimer un pincement d'envie.

Daniel émit un gloussement de joie quand Nancy déposa un baiser sur son front avant de l'installer dans les bras de Neve.

— Sois sage, mon trésor…

Les tout petits doigts de l'enfant saisirent l'index de Neve quand elle lui chatouilla la paume, et il la regarda d'un air sérieux.

A présent, elle n'avait plus besoin de se raidir quand elle se trouvait en présence d'un bébé. Le chagrin avait peu à peu cédé la place au regret de ce qui aurait pu être, et quand elle sourit à Daniel, elle se sentit soudain en accord avec le monde entier.

— Est-ce que vous apercevez Joe ? demanda-t-elle.

Pour mieux voir par la fenêtre, Nancy se pencha au-dessus de l'évier.

— Non. Il était en haut de la colline il y a quelques minutes de cela, mais il doit être en train de redescendre vers nous, maintenant. Je n'arrête pas de penser à ces gens dehors. J'espère que quelqu'un va bientôt les retrouver.

— Est-ce que vous avez entendu des hélicoptères de recherche ?

— Oui, j'en ai entendu passer un, une demi-heure avant votre arrivée. Quand j'ai entendu l'appel à la radio, j'ai appelé Daryl et je lui ai dit d'ouvrir l'œil.

On se passait le mot de femme à mari, d'ami à ami… Tout le monde dans la région devait être en alerte.

— On va les trouver, dit Neve.

— Je l'espère. Il recommence à neiger, et il va bientôt faire nuit.

Comme son téléphone sonnait, Neve le sortit de sa poche.

— Oui, Joe ?

— Je les vois. L'homme marche. Je me dirige vers eux.

Joe respirait fort, comme s'il courait.

— Où êtes-vous ? Je vais vous rejoindre.

— Non… J'ai besoin que vous restiez là-bas.

— Je suis médecin ! Je peux aider ces gens…

— Raison pour laquelle il faut que vous organisiez les choses. Vous ne pourrez pas les rejoindre avant moi, et la priorité, c'est de les mettre au chaud. Je vous les amène…

Il avait raison. Neve n'aimait pas beaucoup les ordres, mais ce n'était pas le moment de se chamailler.

— O.K. Nous allons tout préparer pour les recevoir ici. Appelez quand vous les rejoindrez et dites-moi dans quel état ils sont.

Un acquiescement confus résonna au bout du fil, puis Joe raccrocha. Il devait consacrer toute son énergie à rejoindre l'homme et son fils.

Nancy prit le petit Daniel dans les bras de Neve pour le remettre dans son transat.

— Qu'est-ce que je peux faire ?

— Nous avons besoin d'un endroit chaud pour eux.

— O.K. Le mieux, ce sera le salon. Il y a du feu dans la cheminée.

— Parfait… Avez-vous des couvertures ou un duvet que nous pourrions utiliser ?

— Oui, bien sûr. Pourquoi pas un bain chaud ?

— Pas avant que nous ayons évalué leur état.

Si l'homme et son fils étaient restés dehors un certain temps, le garçon risquait d'être en hypothermie, son petit corps étant moins résistant que celui d'un adulte aux températures glaciales. En le réchauffant trop vite, on l'exposerait à un état de choc ou à des problèmes cardiaques.

Neve aida Nancy à préparer des couvertures et à remplir des bouillottes.

L'attente d'un nouvel appel devenait insupportable quand son téléphone sonna de nouveau.

— Joe ?

— Je suis avec eux. Le garçon a des frissons et il est somnolent, mais conscient. Son père est capable de marcher.

C'était laconique, mais Neve n'avait pas besoin d'en savoir davantage. Si le garçon avait des frissons, cela signifiait que son corps luttait encore pour maintenir sa température.

— C'est bien. Est-ce que vous pouvez revenir ici avec eux ?

— C'est ce que je compte faire.

— Parfait. Il faut que vous portiez le garçon, mais avec précaution pour lui éviter tout choc. C'est important.

Avec un peu de chance, le froid n'avait pas provoqué de lésions internes, mais sans avoir examiné l'enfant, Neve ne pouvait être sûre de rien.

— Bien reçu… Je veux que vous fassiez quelque chose pour moi.

— Oui ?

— Nous sommes à environ un kilomètre et demi de vous, à l'ouest par rapport à vous. Il faudrait que vous tourniez ma voiture dans cette direction et que vous allumiez les phares. Ne raccrochez pas, je vous entends dans mon oreillette. Allez-y maintenant.

— O.K. Tout de suite.

Pourquoi cette décision ? Peu importait. Enfilant en hâte sa veste, elle prit les clés de la voiture, et précisa à Nancy qu'elle revenait dans cinq minutes.

Elle laissa échapper un soupir de soulagement quand la voiture démarra au premier essai. Prudemment, elle manœuvra pour la placer perpendiculairement à la maison, espérant que c'était à peu près la bonne direction.

— Joe… Joe ?

— Je vous vois. Déplacez-vous de dix degrés environ vers votre droite…

Elle fit avancer puis reculer la voiture de nouveau. A présent, elle voyait la raison de cette demande. La tempête qui menaçait était sur eux et il neigeait à gros flocons. Comme Joe ne devait pas voir la maison, les feux de croisement lui servaient de repère.

— Qu'en dites-vous ?

— C'est bon ! répondit Joe.

A en juger par sa respiration, il s'était déjà mis en marche. Chaque pas le rapprochait.

— Une chose encore…

— Oui, Joe ? Je vous entends.

— Si nous ne réussissons pas à rentrer, je veux que vous restiez où vous êtes. Vous ne pourriez pas nous retrouver avec ce temps, et vous vous perdriez aussi. Vous avez appelé les secours ?

— Oui, j'ai joint Maisie. Elle est en liaison avec eux.

— Bien. Restez là et attendez-les... Nous sommes en route, à un kilomètre et demi de la voiture, dans la trajectoire des phares. Est-ce que vous avez tout compris ?

Neve ne put répondre. Comment lui promettre qu'elle le laisserait là où il était s'il ne revenait pas ?

— Est-ce que vous avez compris ? insista-t-il.

— Compris, Joe.

Cela n'arriverait pas. Un kilomètre et demi — il parviendrait à marcher sur cette distance, et malgré ces conditions difficiles.

— Bien.

Il y eut une autre pause : Joe reprenait son souffle.

— A bientôt, conclut-il.

— Oui... A très vite.

L'émotion faillit submerger Neve, mais la détermination reprit le dessus.

— Ne coupez pas, Joe. Je vais continuer de vous parler.

— Oui... Bonne petite...

— Bonne petite ?

Malgré son angoisse, elle sourit.

— Je vous ferai regretter ça, Joe Lamont. Revenez tout de suite, et je vous montrerai...

Elle lui montrerait à quel point elle était femme.

— Oui, madame.

— Taisez-vous et marchez.

Nancy était allée chercher Daryl, son mari, dans l'atelier qui se trouvait à une dizaine de mètres derrière la maison, mais il ne pouvait rien faire d'autre qu'attendre. Neve l'envoya à l'intérieur avec Nancy, avec la consigne de rester à côté du téléphone pour tenir Maisie au courant. Elle resta dans la voiture, parlant à Joe tout en guettant un signe de lui dans la nuit qui s'épaississait.

Il commençait à faiblir. Elle l'entendait dans les quelques mots qu'il parvenait à articuler, d'une voix tremblante à cause du froid et de l'effort. Neve consulta sa montre. Il devait approcher. Peut-être, si elle se plaçait en lisière du faisceau lumineux, parviendrait-elle à l'apercevoir.

Joe lui avait dit — lui avait ordonné — de rester là, et elle lui avait obéi ! Quand les choses avaient-elles basculé ?

Mais qu'importaient les conséquences inévitables de cette pente dangereuse ? Retenant sa respiration, elle scruta la neige qui tourbillonnait et, lentement, les silhouettes de deux hommes se dessinèrent. La veste de Joe enveloppait la forme qu'il portait et qui devait être l'enfant. Accroché à son épaule, un homme l'accompagnait, la démarche trébuchante.

— Je vous vois, Joe !

Sans répondre, il continua d'avancer. Neve se hâta d'ouvrir la portière et se dirigea vers lui. Daryl, qui était sorti de la maison, courait aussi vers le petit groupe et ils l'atteignirent en même temps. Daryl se chargea de l'inconnu dont il plaça le bras sur ses propres épaules pour le soutenir et Neve vit que Joe semblait se redresser, soulagé de son fardeau. Quelque chose l'empêcha de lui prendre l'enfant. Il l'avait porté sur plus d'un long et pénible kilomètre, et il méritait d'être celui qui l'emmènerait à l'abri.

Quand Nancy les fit entrer dans le vestibule, il déposa son précieux chargement dans les bras de Neve.

— Charlie… Quatre ans. Son p-père… Michael.

Neve évalua de son mieux la situation. Le chandail de Joe était trempé et il tremblait de froid et d'épuisement. Michael, lui, portait une grosse veste qui l'avait protégé, mais il semblait sur le point de s'écrouler. Quant à Charlie, il frissonnait contre elle.

— Daryl, emmenez Michael dans le salon. Nancy, vous voulez bien aider Joe, s'il vous plaît ? Il doit ôter ces vêtements mouillés.

Neve suivit Daryl et, ensemble, ils allongèrent Charlie sur les couvertures étalées devant la cheminée.

Avec précaution, elle débarrassa l'enfant de son manteau et de ses bottes en caoutchouc. Par miracle, Charlie était sec. Mais ce miracle avait des noms : son père qui devait l'avoir porté sur des kilomètres, et Joe qui l'avait enveloppé dans sa veste pour le protéger de la tempête de neige.

Daryl aida Michael à ôter sa veste et l'installa dans un fauteuil devant le feu.

— Daryl, vous voulez bien vérifier que les vêtements de Michael ne sont pas humides ? Je viendrai le voir dans une minute, dit Neve.

— Non... Occupez-vous de Charlie. S'il vous plaît, demanda Michael d'une voix étranglée.

— C'est ce que je fais. Restez où vous êtes et reposez-vous.

Neve avait déjà sorti de son sac le matériel médical dont elle avait besoin, et l'avait disposé sur la table. Elle contrôla rapidement le pouls et les réactions de Charlie. Les résultats n'étaient pas si mauvais. Le thermomètre indiquait trente-deux degrés, et c'était beaucoup mieux qu'elle ne l'aurait espéré.

Par prudence, elle suivit la procédure des cas graves. Elle enveloppa les bouillottes préparées par Nancy qu'elle plaça sous les aisselles et au niveau de l'aine de l'enfant. Ensuite, elle enveloppa Charlie dans le duvet, ne laissant libres que ses bras et ses jambes.

Comme une larme s'échappait sous les paupières closes du garçon, Neve se pencha sur lui pour le calmer et le réconforter.

— Tout va bien. Reste tranquille, mon cœur.

4.

Neve avait effectué sur l'enfant un examen complet. Il n'y avait aucun signe de gelures, et la température interne commençait à remonter un peu. Michael la laissa contrôler rapidement son pouls et ses réactions, avant de la renvoyer auprès du petit Charlie.

Nancy apparut, seule, sur le seuil du salon.

— Est-ce que Joe va bien ? demanda Neve.

Elle avait réprimé son envie de le voir car Charlie et Michael représentaient ses priorités.

— Oui. Je lui ai prêté un des pulls de Daryl et il m'a expulsée de la chambre. Il est timide, sûrement, répondit Nancy, malicieuse.

Neve retint un sourire, s'efforçant de ne pas penser au corps dénudé de Joe.

— Allez frapper à la porte, s'il vous plaît. Demandez-lui s'il va bien, et dites-lui de venir ici, près du feu.

— Entendu. Daryl, peux-tu aller jeter un coup d'œil à la soupe sur le poêle ?

Nancy disparut, et Daryl se leva de son siège improvisé sur l'accoudoir du canapé, laissant Neve seule avec Michael et Charlie.

— Michael, je vais vous enlever vos chaussures pour jeter un coup d'œil à vos orteils.

Elle se pencha, mais Michael retira ses pieds.

— S'il vous plaît… Allez plutôt voir Charlie.

— Il est là, Michael, et je l'ai déjà examiné de près.

— Non. Je ne veux pas. Allez le voir.

Au plan légal, elle ne pouvait pas faire grand-chose.

Michael était peut-être stressé, mais il était en état de prendre ses décisions.

— Je vous assure que j'ai fait tout mon possible pour lui.

— Je connais la loi. Vous posez un seul doigt sur moi, et je porte plainte pour agression.

Les yeux de Michael lançaient des éclairs, et Neve savait que toute la science médicale ne pourrait rien pour lui s'il ne l'autorisait pas à le toucher.

Joe se sécha avec une serviette-éponge et enfila le T-shirt et le chandail que Nancy avait posés sur le lit. Les frissons avaient pratiquement cessé, mais la sensation de froid qui le gelait douloureusement jusqu'aux os mettrait du temps à disparaître.

Il s'assit sur le lit, résistant à la tentation de s'enrouler dans les couvertures, et de dormir. Peut-être y avait-il quelque chose à faire pour aider Neve.

Quand il était dans la neige, luttant pour voir les feux de la voiture, elle ne lui avait laissé aucun répit. Elle ne lui avait pas murmuré de doux mots d'encouragement ! Au contraire, elle l'avait poussé à continuer, d'une voix plus forte et plus irrésistible que la tempête. Avait-elle vraiment envisagé de mettre à exécution les menaces qu'elle lui avait adressées ? Cette idée le faisait sourire quand on frappa à la porte.

— Neve veut savoir si vous allez bien, dit Nancy. Je prépare une boisson chaude !

Neve pensait à lui ! Cette idée le fit instantanément se lever.

— Merci, Nancy. J'arrive tout de suite.

Il approchait du salon quand il entendit la voix forte et paniquée de Michael, et celle, plus calme, de Neve.

— Je connais la loi. Vous posez un seul doigt sur moi, et je porte plainte pour agression.

Michael pointait l'index en direction de Charlie, insistant pour que Neve retourne s'occuper de lui. Le respect de Joe pour cet homme s'en trouva renforcé.

— Neve, si vous alliez voir Charlie ? dit-il, entrant dans la pièce. J'aiderai Michael à ôter ses chaussures.

En l'entendant, Neve se retourna, et le scruta, visiblement sceptique quant à ses capacités.

Elle lui fit signe de s'approcher.

— Il faudra faire très attention. S'il a des gelures, vous risquez de lui abîmer les orteils. Ne lui frottez pas les pieds pour les réchauffer.

— Je sais comment il faut se comporter avec des lésions dues au froid. J'ai déjà vu des gelures.

— O.K. Mais tenez-moi au courant. Décrivez-moi ce que vous voyez, et laissez-moi prendre les décisions sur le traitement.

— Compris. C'est vous la patronne.

Affichant un sourire décontracté, Joe se dirigea vers Michael.

— Pas de chance, Michael : c'est moi qui vais vous aider.

— Excusez-moi…

— Vous n'avez pas d'excuses à me faire.

Joe enviait presque Michael. Le genre d'amour qui avait soutenu ce dernier sur des kilomètres de terrain gelé, et qui l'avait ensuite poussé à refuser les soins de Neve pour qu'elle s'occupe de Charlie, cet amour-là était très spécial.

Ce genre de sentiment, Joe en avait rêvé, mais il y avait renoncé.

— Neve… Je regrette, je n'aurais pas dû m'en prendre à vous.

— Ce n'est pas grave, Michael. Charlie a de la chance d'avoir un papa aussi aimant, répondit-elle, son regard exprimant une tendresse qui impressionna Joe.

— Nous avons tous les deux de la chance que vous ayez été là, vous et Joe, reprit Michael.

— Si nous enlevions ces chaussures, maintenant ? proposa Joe.

Comme Michael ne protestait pas, Joe défit les lacets et desserra les chaussures au maximum avant de les ôter. Il fit de même pour les chaussettes. Ensuite, il demanda à Neve d'examiner les orteils puis il les enveloppa dans une couverture avant de reporter son attention sur les doigts de Michael.

— Les deux derniers doigts de la main gauche sont gonflés et rouges, froids et durs au toucher. Pas d'ampoules.

Il savait qu'il s'agissait de gelures, mais il garda pour lui son avis, se contentant de rendre compte de ce qu'il voyait, sans poser de diagnostic.

— O.K., dit-elle, sortant son téléphone de sa poche. Je ne veux pas essayer de les réchauffer sans avoir la certitude que nous pouvons le faire. Je vais appeler Maisie, pour savoir où en sont les secours.

— J'aurais dû rester à ma voiture, dit Michael, le regard fixé sur Charlie.

— Rétrospectivement, c'est toujours facile de savoir ce qu'il aurait fallu faire, répondit Joe pour ne pas culpabiliser Michael davantage.

— Tout ça est ma faute…

— Arrêtez. Vous avez porté votre fils sur des kilomètres, alors ne sous-estimez pas l'importance de ce que vous avez fait.

— Je n'aurais pas dû m'engager sur la route.

Neve venait de raccrocher, et elle posa son téléphone sur le parquet, à côté du lit improvisé de Charlie.

— J'ai entendu dire que votre voiture avait quitté la chaussée.

— Oui, nous avons dérapé sur une plaque de verglas, et atterri dans le fossé. Comme nous n'avons plus d'électricité à la maison, mon portable était déchargé… Nous sommes restés un moment dans la voiture, mais personne ne passait, j'ai cru que je pourrais marcher jusqu'au prochain village, et je me suis perdu. C'est tellement bête…

— L'accident a dû vous secouer, sûrement ?

Neve avait posé la question d'un ton dégagé, mais Joe comprit où elle voulait en venir.

— Oui. Je n'avais plus les idées claires… mais ce n'est pas une excuse !

— Vous étiez probablement en léger état de choc. C'est fréquent après un accident de voiture, dit Joe, intervenant pour appuyer le point de vue de Neve. Vous avez agi par instinct, et cet instinct visait à mettre Charlie en sûreté.

Michael se tut. Même s'il n'était pas d'accord avec cette vision des faits, au moins, il y réfléchissait. Joe croisa le regard de Neve qui lui sourit.

— Qu'a dit Maisie ? demanda-t-il.

— Les secours arrivent — deux voitures, dont une ambulance qui pourra emmener Michael et Charlie à l'hôpital. Apparemment, l'hélicoptère ne peut pas venir.

— Oui. Trop peu de visibilité pour se poser.

Joe s'aperçut que Neve posait sur lui un regard intrigué. Il avait encore laissé tomber une partie du masque, involontairement cette fois.

— C'est bon à savoir, dit-elle. Donc, nous allons commencer à réchauffer les doigts de Michael. Il nous faut un bol d'eau chaude.

— Entre trente-sept et trente-neuf degrés centigrades. Pendant trente minutes.

Cette fois, Joe la taquinait en étalant délibérément ses connaissances. Ou bien peut-être essayait-il juste de lui montrer qu'il était compétent, et qu'elle avait eu raison de lui faire confiance.

— De l'aspirine ? reprit-il.

— Oui. Il y en a dans mon sac. Inutile de vous rappeler la liste des contre-indications ? dit-elle, mi-amusée, mi-agacée.

Quand les secours arrivèrent, Charlie était éveillé et vif, apparemment peu affecté par sa mésaventure. Michael semblait avoir repris des forces dès qu'il avait vu que son fils se remettait, et sous l'œil vigilant de Neve, ils avaient réussi tous les deux à avaler un peu de soupe.

— Ils s'en sortiront ?

Avec émotion, Nancy déposa un baiser sur le front de Charlie avant que le petit garçon, sous des couvertures, parte pour l'hôpital.

— J'appellerai demain matin pour m'en assurer. Ils sont sauvés maintenant, répondit Neve, lui tapotant la main.

Joe reprit sa veste.

— Je pense que nous devrions nous mettre en route, nous aussi… Nous ne vous remercierons jamais assez, Nancy.

Elle eut un haussement d'épaules.

— C'était un privilège.

Neve partageait ce point de vue. Maintenant que c'était fini, elle éprouvait l'envie de se réfugier dans un coin — ou, encore mieux, contre l'épaule de Joe — pour pleurer en pensant à tout ce dévouement qui avait abouti au miracle du jour.

Elle donna une rapide accolade à Nancy, et s'écarta avant que l'émotion la submerge.

— Merci pour tout. Je vous appellerai dans la matinée.

Soudain, la porte s'ouvrit, et Daryl entra en trombe, apportant une bouffée d'air froid.

— Je crois que vous n'irez nulle part ce soir, dit-il, laissant tomber dans la paume de Joe les clés du SUV. J'ai déneigé la voiture, puis j'ai voulu mettre le moteur en marche pour actionner les essuie-glaces. La batterie est à plat !

Neve porta la main à ses lèvres. C'était sa faute. Soulagée de voir Joe et Michael émerger de la tempête et pressée de les mettre à l'abri, elle avait oublié d'éteindre les phares.

— Joe… Je suis vraiment désolée…

Il allait être fâché. Qui à sa place ne le serait pas ?

Mais il réagit par un haussement d'épaules.

— Ce n'est pas grave. J'ai un jeu de câbles de démarrage. Daryl, si vous pouvez m'aider à démarrer, j'irai faire rouler la voiture pour recharger la batterie, et ensuite, je reviendrai chercher Neve.

— Sûrement pas ! protesta Nancy. Je vais préparer un dîner et vous restez tous les deux ici ce soir. Daryl peut mettre la batterie à recharger dans le garage.

— C'est trop de dérangement…

Neve se sentait mortellement embarrassée : elle ne voulait pas que Joe sorte seul par ce temps, mais, d'un autre côté, Nancy et Daryl avaient déjà tellement aidé !

— Pas du tout, répondit Daryl en souriant. Si vous dites à Nancy que vous voulez partir, vous allez avoir des problèmes !

— Pendant que je prépare le dîner, vous pouvez aller à l'atelier de Daryl, reprit Nancy. Il brûle d'envie de montrer ses derniers dessins…

Daryl était depuis un moment dans son atelier avec Joe, et quand Neve, à la demande de Nancy, était allée les chercher pour dîner, ils étaient en pleine conversation devant les meubles que fabriquait Daryl avec un succès croissant.

Après le dîner, Nancy montra la chambre d'amis à Neve, et un lit fut préparé pour Joe dans le salon. Nancy et Daryl leur souhaitèrent une bonne nuit, et les laissèrent assis devant le feu.

— Je pense que je devrais aussi aller me coucher, dit Neve.

Pourtant, elle n'était pas fatiguée, et les événements de la journée se bousculaient encore dans sa tête. Mais maintenant qu'elle était seule avec Joe, elle ne savait pas comment poser les questions qui l'avaient intriguée tout l'après-midi.

— Ah bon ? En ce qui me concerne, je vais veiller encore un peu.

Joe était enfoncé dans un fauteuil, les jambes allongées devant lui.

— Est-ce que vous souffrez ?

— Pourquoi est-ce que je me sentirais mal ?

— J'ai remarqué que vous… boitiez légèrement.

— Quand avez-vous remarqué ça ?

Joe avait posé la question doucement, mais avec une pointe de contrariété.

— Quand je marchais derrière vous, en quittant l'atelier de Daryl. Vous vous appuyiez davantage sur votre jambe droite. Je suis médecin, alors je remarque ce genre de chose.

— C'est une vieille blessure qui me fait encore boiter un peu quand je suis fatigué. Rien de grave.

— Vous en êtes sûr ? Je peux jeter un coup d'œil…

Là, devant le feu, « un coup d'œil » risquait de ne pas rester strictement professionnel, pensa Neve. Ce n'était peut-être pas une bonne idée. Mais en fait, les vraies raisons de la proposition n'étaient pas strictement professionnelles, elles non plus.

— Je vais bien. Très bien.

Le silence de la pièce les enveloppa, doux et chaud, comme s'ils étaient blottis ensemble sous une épaisse couverture.

Joe eut un sourire paresseux.

— Mes jambes vous intriguent. Vous n'arrêtez pas de les regarder. Fracture comminutive du fémur gauche.

Elle regardait ses jambes ? Neve sentit qu'elle rougissait.

— On m'a mis un clou intramédullaire en titane, ajouta-t-il. Ça remonte à dix-huit mois. J'ai bien récupéré.

— Vous… avez dû beaucoup souffrir.

— Oui. Mais on m'a bien réparé.

Il y avait des ondes étranges qui flottaient dans l'air entre eux, et que Neve n'arrivait pas bien à définir. Peut-être était-ce un effet de la fatigue, rien de plus.

Elle se leva et chancela légèrement.

— Je devrais aller dormir. A demain matin.

— Oui. Moi, je vais rester là un moment.

Etait-ce une invitation, ou juste un fait ? Il était difficile de savoir ce que pensait Joe.

— Bonne nuit, alors.

— Neve…

— Oui ?

— Merci pour…

Il s'interrompit, fixant sur le feu un regard pensif.

— Merci pour les mots que vous m'avez dits, au téléphone. *Tous* les mots.

Neve sentit ses joues s'empourprer davantage.

— Je… regrette, je…

— Ne vous excusez pas. A un moment, je portais pratiquement Michael et Charlie, et je pensais que je n'irais pas loin comme ça. Ensuite, vous m'avez dit de me bouger les…

— J'ai dit ça ?

— Oui. Et je pense même que vos mots exacts, c'était…

Elle attendit, au supplice.

— J'ai oublié vos mots exacts, ajouta-t-il.

Il était vraiment temps de s'esquiver ! pensa Neve.

— Dormez bien, Joe.

Il lui adressa un large sourire.

— Bonne nuit.

Joe entra dans la cuisine et remplit un verre d'eau qu'il but à grandes gorgées. Cela faisait peut-être trop longtemps qu'il menait une vie tranquille. Cette journée lui avait ramené le goût de son ancienne vie — les défis, et l'exaltation de les relever. Seulement, il y avait une différence. Avant, il se battait pour un principe, pour l'idée abstraite de sauver le monde. Aujourd'hui, c'était vers Neve qu'il était revenu, c'était son visage qu'il avait imaginé devant lui dans la neige.

Regagnant le salon, il prit le couvre-lit et l'étendit sur le parquet devant la cheminée. Ensuite, il ôta son jean et son chandail avant de s'asseoir. Depuis un an, il faisait cela presque chaque soir pour être plus calme et s'endormir plus facilement.

Fermant les yeux, il massa doucement les muscles noués de sa jambe. Puis il étira ses bras et ses épaules, laissant son esprit et son corps se détendre en une routine bien éprouvée. Et il parvint... presque à chasser de ses pensées le visage de Neve.

5.

Assise sur le lit de la chambre d'amis sur lequel Nancy avait déposé une chemise de nuit, Neve entendit Joe se déplacer tranquillement dans la cuisine, puis le silence régna.

Allant à la porte, elle regarda le couloir, incapable de réprimer le sentiment qu'il se passait quelque chose entre elle et Joe. La porte du salon, entrouverte, laissait passer un rai de lumière qui l'attira instinctivement.

Au lieu de frapper à la porte, comme elle en avait l'intention, elle s'arrêta net. Joe était assis, les jambes croisées, devant le feu, seulement vêtu d'un boxer et d'un T-shirt. Sous la fine étoffe, elle pouvait voir rouler les muscles de son dos et de ses épaules au rythme des mouvements lents qu'il s'imposait.

Malgré sa stature imposante, il était souple, et Neve se demanda si sa propre colonne vertébrale pourrait supporter un tel degré de rotation. Elle avala sa salive avec difficulté, essayant de ne pas penser à la force et à la grâce de ce corps.

Ce fut alors qu'elle vit les cicatrices. Sur la jambe, comme elle s'y attendait — une longue cicatrice chirurgicale, avec une estafilade déchiquetée à l'endroit où la fracture avait dû se produire. Mais le bras gauche, lui, offrait une vision frappante. Une large marque sombre montait au-dessus du coude et disparaissait sous la manche du T-shirt. Une autre, plus mince celle-là, et portant des traces de suture, marquait l'avant-bras.

Retenant sa respiration, Neve se mordit la main pour réprimer un sanglot.

Elle ferait mieux de partir, d'aller pleurer ailleurs pour lui…

— Pourquoi n'entrez-vous pas ? demanda-t-il sans la regarder.

— Excusez-moi, murmura-t-elle. Je ne voulais pas… vous interrompre.

Il tourna les épaules et la tête dans sa direction.

— Vous ne m'avez pas du tout dérangé. Je faisais quelques étirements, mais j'ai terminé.

Elle ne pouvait plus partir. Entrant dans la pièce, elle referma la porte derrière elle.

Au lieu de s'asseoir sur le canapé, où elle aurait regardé Joe de haut, elle s'assit en face de lui, sur la vaste courtepointe.

— Cela vous fait du bien ? Votre jambe…

— Oui.

— C'est… une mauvaise blessure. Une fois qu'on sort de l'hôpital, les soins postopératoires sont…

Elle s'arrêta, cherchant désespérément que dire.

Joe passa les doigts le long de son bras en appuyant fort, comme pour ôter les cicatrices.

— Vous pouvez me poser des questions. Ou peut-être savez-vous déjà…

Neve faillit protester qu'elle ne savait rien, qu'elle n'avait pas réfléchi à la question et tiré de conclusion, mais Joe n'était pas stupide.

— Vous êtes médecin, n'est-ce pas ? Vous étiez dans l'armée et… vous avez été blessé.

Joe eut une moue d'approbation.

— Médecin militaire dans l'armée canadienne. Comment avez-vous trouvé ça ?

— J'ai entendu quelqu'un dire que vous étiez dans l'armée, avant.

— Potins de village ?

— Oui. Et vous avez des connaissances médicales, et… je ne peux pas l'expliquer, mais j'ai compris en voyant comment vous vous y preniez avec Michael et Charlie.

Joe secoua la tête comme s'il avait redouté d'entendre ces mots.

— On ne peut pas se défaire de ces choses-là, apparemment.

— Pourquoi vous en déferiez-vous ?

Neve ne pouvait pas imaginer de se défaire d'un passé de médecin. C'était pour son métier qu'elle se levait le matin. C'était la seule partie de son identité que son ex-mari n'avait pas réussi à lui arracher.

— Je n'exerce plus.

— Pourquoi ? demanda Neve.

Joe parut exaspéré. Allait-il lui dire de s'en aller et de s'occuper de ses affaires ?

Son regard se radoucit.

— Mon contrat avec l'armée a expiré deux semaines après ma blessure, et je n'ai pas rempilé. Il m'a fallu du temps pour me remettre, et entre-temps, j'ai réfléchi.

Cela ne répondait en aucune manière à sa question, pensa Neve. Elle en posa une autre.

— Comment avez-vous été blessé ?

— Une embuscade. Je ne me rappelle pas tous les détails.

— Vous avez eu d'autres blessures ?

— Eclatement de la rate, lésions à un rein. Eraflures, lacérations… Trois doigts fracturés.

Joe énonçait la liste d'un ton dégagé que Neve connaissait. Ce détachement était censé mettre la souffrance à distance.

Quand il leva la main droite et plia les doigts, Neve remarqua que l'un d'eux était incliné suivant un angle légèrement différent des autres. Curieusement, ce doigt tordu rendit presque palpable l'horreur des autres blessures, et Neve ressentit une légère nausée.

Elle lutta pour refouler ses larmes.

— C'est courant, je pense, de ne pas arriver à se rappeler ce genre de chose, dit-elle.

Avant qu'elle ait pu réagir, il essuya du bout des doigts une larme qui coulait le long de sa joue.

— Ne pleurez pas, voyons, ou d'une minute à l'autre je vais m'apitoyer sur mon sort.

— Et vous ne voulez pas ?

— Non. C'est incroyable, ce que peut faire la médecine moderne. Ce n'est pas très esthétique, mais tout fonctionne.

Neve ne sut que répondre. Elle avait parlé des centaines de fois de cicatrices à des patients. Mais là, c'était différent, elle n'était pas au travail.

— Les cicatrices ne sont pas ce que je vois en premier chez vous.

Joe eut un sourire incrédule.

— Merci…

Si seulement elle pouvait lui dire ce qu'elle voyait en lui. Une tête au port altier, un corps qui avait survécu à tant d'épreuves et qui était pourtant resté harmonieux et fort. N'importe quelle femme le désirerait…

Elle chassa cette pensée.

— Vous avez vraiment été très bien avec Michael aujourd'hui.

— Oh ! j'ai juste donné un coup de main ! C'est vous qui avez géré la situation.

— Et je vous ai dit ce qu'il fallait faire ! Je me sens un peu bête maintenant.

— Il ne faut pas. Michael et Charlie étaient vos patients, alors c'était normal. De plus, comme je l'ai dit, je n'exerce plus.

Il n'y avait aucune raison physique à cela. Peut-être une raison émotionnelle ? Syndrome dépressif post-traumatique ? Neve n'arrivait pas à croire que Joe ne veuille plus être médecin : durant l'après-midi, il avait semblé renaître.

— C'est ma décision, Neve, reprit-il.

— Je la respecte.

— J'apprécierais que vous n'en parliez à personne.

— Bien sûr. Ce n'est pas à moi de le faire… Je devrais aller me coucher, et vous laisser dormir un peu. Je suis contente que vous alliez bien. Je m'inquiétais pour votre jambe.

Elle mourait d'envie de le toucher, mais Joe était trop fier — et trop fragile en cet instant — pour accepter un geste qui pouvait ressembler à de la pitié.

— Attendez.

Ce fut lui qui lui tendit la main.

Il n'avait pas l'intention de lui faire comprendre ses décisions. Tout ce qu'il savait, c'était qu'elle était une femme, et qu'il était un homme. Qu'elle était belle dans la lueur des flammes et qu'il la désirait. Ce n'était pas plus compliqué que cela.

Elle eut l'air surpris, mais quand il posa un baiser sur ses doigts fins, elle ne résista pas. C'était la vision qu'il avait gardée en tête, celle qui l'avait aidé à avancer en portant le poids de Charlie.

— Il faut vraiment que je m'en aille, dit-elle — sans bouger d'un pas.

— Oui, vous devriez.

Joe l'emprisonna entre ses bras. Comme elle sentait bon… Ses cheveux soyeux frôlaient sa joue mal rasée.

Elle leva le visage vers lui, et attendit. N'y tenant plus, il l'embrassa.

Son corps contre le sien, sa douceur, tout semblait parfait pour lui. Et ses lèvres aussi. Après leur baiser, elle sourit, et ses beaux yeux bleus pétillèrent. Elle le taquina quelques instants encore puis lui donna ce qu'il voulait : un autre baiser.

— Ce n'est pas l'endroit…, murmura-t-elle, lui caressant doucement la joue.

— Non, en effet, répondit Joe avant un nouveau baiser.

— Ni le moment…

Elle l'embrassa encore.

— C'est vrai.

— Et il existe une centaine de raisons pour lesquelles je devrais regagner ma chambre.

Le petit soupir de regret dont Neve ponctua sa phrase fit vibrer les sens déjà enflammés de Joe.

— Bonne nuit, dit-il.

Un désir presque douloureux le taraudait. Neve était le genre de femme qui pourrait faire réagir une pierre, et il la laissait s'en aller !

Un dernier regard ému de ses beaux yeux, et la porte se referma doucement sur elle. Joe bascula sur le dos devant le feu, les mains sur le visage. Qu'allait-il faire maintenant ?

Neve entendit les voix à l'extérieur et se retourna dans le lit, couvrant sa tête avec l'épais et chaud duvet. Juste quelques instants encore. Deux minutes pour se convaincre qu'elle pourrait encore sentir le goût des baisers de Joe sur ses lèvres.

Entre ses moments d'insomnie, elle avait rêvé de lui la tenant contre lui, l'embrassant. Puis ces rêves avaient tourné au cauchemar — des images de Joe avec des fractures et des plaies sanguinolentes. Aussi, quand elle se glissa hors du lit pour regarder par la fenêtre, ce fut presque une surprise pour elle de le voir en pleine forme, et occupé à ôter la neige de sa voiture avec la force et la grâce qui caractérisaient tous ses gestes.

Quand elle arriva dans la cuisine, elle apprit que la batterie avait été remise en place sous le capot, et que la voiture démarrait. Le petit déjeuner était prêt, et Neve nota avec satisfaction que la toux du petit Daniel se calmait. Ils remercièrent Daryl et Nancy puis prirent congé.

Dans la voiture, tout se passa comme si rien n'avait changé. Joe était le genre de gentleman à l'ancienne qui ouvrait les portes et portait les sacs. Et il ne dit pas un mot de leurs baisers de la veille !

— Si nous passons chez vous maintenant, je pourrai ensuite vous emmener à Leminster pour votre consultation. Je rentrerai chez moi, et vous pourrez me rejoindre quand vous aurez terminé.

— Oui, merci. Je changerais volontiers de vêtements avant de commencer ma matinée. Et je prendrais bien un autre café.

— Je vais en faire.

Joe referma la porte d'entrée de son cottage et ôta sa veste qu'il jeta sur le canapé. Il n'avait pas beaucoup dormi la nuit précédente, et au petit matin, les faibles rayons du soleil avaient mis en lumière une situation qu'il entrevoyait déjà.

Il avait cru qu'il pourrait rester détaché de la médecine.

Mais Neve, belle et dévouée, lui rappelait toutes les raisons pour lesquelles il était devenu médecin. A présent, il voulait revenir dans ce monde-là. Et il voulait Neve.

Si une jambe cassée et quelques cicatrices avaient représenté le seul obstacle, cela aurait été assez facile. Il aurait pu surmonter le traumatisme émotionnel et physique. Mais la terrible culpabilité après qu'une femme était morte sur sa table d'opération, c'était une autre affaire. Après ce genre d'erreur, on ne méritait plus le titre de médecin.

Gravissant les marches deux à deux, il gagna sa chambre.

— Tu sais que tu n'as pas le droit d'entrer ici.

Il adressa un regard sévère à la petite chatte noire blottie sur le lit, mais Amande n'en tint aucun compte.

Comme il lui caressait le cou, elle roula sur l'autre flanc.

— Tu veux ton petit déjeuner, je suppose.

Dans la cuisine, Joe lava les bols d'Amande, les remplit de nouveau d'eau et de pâtée, et les posa sur le parquet avant de regagner l'étage.

Dans la salle de bains, il ôta ses vêtements et braqua un œil désapprobateur sur son reflet dans le miroir.

— Imbécile…

Derrière lui, un miaulement lui répondit. Le petit animal avait l'habitude de le suivre partout où il allait.

— Pas toi, Amande… L'idiot, c'est moi.

Un idiot qui avait la migraine à force de penser à toutes les choses qu'il ne pourrait pas avoir…

Comme il faisait couler le robinet de la douche, Amande battit en retraite derrière un drap de bain suspendu au porte-serviettes.

Comment avait-il pu penser que Neve voudrait de lui ? Quand il se tournait, son miroir lui montrait la sombre cicatrice qui lui zébrait l'épaule et le dos, et les balafres sur son côté et son bras. Et aussi la courte entaille irrégulière de sa tempe, habituellement cachée sous ses cheveux. Et la liste n'était pas close. Il était une marchandise abîmée.

La douche pouvait attendre. Neve n'arriverait pas avant

deux heures, ce qui lui laissait du temps pour évacuer ces idées stupides. Ce qu'il lui fallait, c'était de l'exercice physique bien épuisant. Et il fallait aussi qu'il arrête de penser au sourire irrésistible de Neve.

6.

Le cottage de Joe se trouvait au bout de la rue principale.

Quand la porte d'entrée s'ouvrit, un petit chat noir sortit, posa une patte hésitante sur le verglas, puis battit en retraite contre la jambe de Joe. Celui-ci se pencha pour saisir l'animal qui enfonça ses griffes dans son sweat-shirt sombre à capuche et se mit à ronronner.

Les joues de Joe étaient rasées de près, ses cheveux coiffés en arrière, et encore un peu humides. Le petit chat blotti contre lui accentuait la largeur de ses épaules.

— Entrez.

La porte d'entrée s'ouvrait directement sur un salon petit et confortable où, d'un geste, Joe invita Neve à entrer.

C'était une jolie pièce. Au plafond, de vieilles poutres contrastaient avec le ton pâle de la peinture. Il y avait une petite cheminée en brique, une télévision placée dans l'angle et cernée de piles de livres, un fauteuil de couleur vive, et un vieux canapé en cuir.

— Comment s'appelle-t-il ? demanda Neve.

Au lieu de toucher Joe, comme elle en mourait d'envie, Neve replia l'index et le tendit au chat qui le renifla avant de se laisser caresser le cou.

— *Elle* s'appelle Amande.

Joe sourit. Sa manière de bouger, ses cheveux humides et une légère odeur de savon prouvaient qu'il avait fait de l'exercice avant de prendre une douche. Neve imagina des muscles tendus, une peau luisante de sueur…

— Avons-nous le temps de déjeuner ? Je meurs de faim, dit-il, dissipant la vision.

— Oui. J'ai appelé Maisie et il n'y a pas de visites à faire cet après-midi. Apparemment, le club de tout-terrain local s'implique dans la conduite, donc, les autres médecins pourront facilement couvrir le reste de la journée : nous avons notre après-midi.

Joe hocha la tête. Il n'était visiblement pas pressé de la ramener chez elle.

— Nous pouvons déjeuner, alors.

Il avait conduit Neve dans la cuisine, située dans une extension à l'arrière de la maison, et il inspectait l'intérieur du réfrigérateur quand le téléphone sonna. Braquant sur l'appareil un regard contrarié, il décrocha et prononça sèchement son nom, ce qui était clairement une invitation à être bref.

— Edie ? Que se passe-t-il ? Du sirop pour la toux ? Oui, bien sûr, j'irai en acheter, mais vous ne croyez pas que vous feriez mieux de voir le médecin ?

Il se raidit et éloigna le téléphone de son oreille, pendant qu'un flot de paroles incompréhensibles s'échappait de l'appareil.

— On verra bien, Edie. J'amène le médecin pour qu'il vous examine… Non, vous n'avez pas le choix. Positivez, et supportez le mieux possible.

Visiblement amusé, il raccrocha.

— Qui était-ce ? demanda Neve. J'ai bien entendu le mot « médecin », je crois ?

— Oui. Ça m'ennuie vraiment, mais c'est Edie Wilcox. Elle dit qu'elle tousse beaucoup, et elle n'a pas l'air bien, mais elle ne veut pas voir le médecin.

— Donc nous allons là-bas.

Joe afficha un large sourire.

— Oui. Merci.

Il prit deux barres énergétiques dans le réfrigérateur, en donna une à Neve, et mordit dans l'autre en enfilant sa veste. Ensuite, il saisit le sac à main de Neve et tint la porte ouverte pour elle.

— Après vous, docteur Harrison.

Neve devait hâter le pas pour ne pas se faire distancer par Joe.

— J'ai entendu dire que vous faisiez des travaux pour Edie.

— Oui. Elle peut être terrible. L'astuce, c'est de ne pas montrer sa peur.

Ils atteignirent le porche, bordée d'une solide rampe de sécurité.

Edie mit du temps à répondre au coup de sonnette, et quand elle ouvrit, chaussée de pantoufles, elle portait un épais manteau sur une chemise de nuit. C'était une petite femme au physique d'oiseau, avec des yeux vifs et enfoncés, et des joues rouges.

— Je… n'ai pas besoin…, protesta-t-elle quand Joe s'avança.

— Je sais.

Il passa un bras protecteur derrière le dos d'Edie, sans la toucher, pour parer une éventuelle défaillance. Avec Neve, ils entrèrent dans le petit séjour impeccable, et la vieille dame se laissa tomber dans un fauteuil.

— J'ai juste besoin de sirop pour la toux. Et d'un peu de cognac, ajouta-t-elle d'un air de défi.

Mais Neve nota que ses yeux racontaient une autre histoire. Fixés sur Joe, ils le suppliaient presque de rester.

— Bien sûr. Mais faites-moi plaisir et laissez le médecin vous examiner d'abord, vous voulez bien ?

— Tu te tracasses trop.

— Vous connaissez le Dr Harrison, Edie ?

— Non.

Neve affronta un regard hostile, et se souvint des mots de Joe. Ne pas se montrer intimidée.

Elle s'avança et tendit la main.

— Bonjour, madame Wilcox. Je m'appelle Neve.

— Enchantée, docteur Harrison.

Se redressant de toute sa taille, Neve posa sur la vieille dame un regard assuré.

— J'aimerais examiner votre poitrine, si cela ne vous dérange pas.

Edie croisa les bras, refermant son manteau.

— Si vous le dites, docteur.

— Je vais faire du thé, intervint Joe.

— Ne mets pas de désordre dans ma cuisine !

Edie avait parlé d'une manière autoritaire, mais son visage s'était adouci.

— Je rangerai chaque chose à sa place ! répliqua Joe depuis le couloir.

Neve ferma la porte derrière lui.

— C'est vous, ce docteur que Joe conduit partout, dit Edie.

— Oui. Je ne m'en serais pas sortie sans son aide, ces derniers jours.

— Avant-hier, il m'a apporté mes courses à 20 h 30 !

Neve réprima un sourire.

— Nous n'avons terminé qu'à 19 heures, ce soir-là.

Edie eut un petit hochement de tête.

— C'est un homme bien.

Elle desserra suffisamment son manteau pour que Neve puisse l'examiner, mais elle regarda le stéthoscope comme s'il s'agissait d'un instrument de torture.

— J'espère que vous allez réchauffer ça. Le Dr Johnstone ne le fait jamais !

Neve savait que son gentil collègue médecin senior du cabinet médical réchauffait toujours le diaphragme de son stéthoscope avant de le poser sur la peau d'un patient. Mais peu désireuse de contrarier la vieille dame, elle lui tendit l'instrument.

— Tenez. Réchauffez-le dans votre main pendant que je vérifie votre température.

Joe prit tout son temps pour préparer le thé. L'obstination d'Edie pouvait parfois être sans limites, mais Neve possédait un sourire irrésistible, alors il ne donnait pas cher des chances d'Edie…

Ni des siennes, d'ailleurs. Il avait envisagé de trouver une excuse pour ne plus accompagner Neve, mettant ainsi un point final à leur relation, mais il avait fait une promesse et il ne reviendrait pas dessus. De toute façon, l'idée qu'un autre volontaire le remplace lui était insupportable.

Que cela lui plaise ou non, il assumerait donc cette mission jusqu'au bout !

Il plaça des tasses et des soucoupes sur un plateau, mais ne versa pas l'eau bouillante dans la théière afin que le thé n'infuse pas trop longtemps. Ensuite, il trouva des biscuits dans l'office, et tenta de se distraire en les disposant joliment sur une assiette.

Neve entra, affichant un large sourire.

— Edie veut savoir ce que vous faites. Elle dit que votre grand-mère serait horrifiée par votre manière de préparer le thé.

— J'en conclus qu'elle est en pleine forme. Sa poitrine ?

— Elle a pris froid, mais, dans quelques jours, tout ira bien. Il vaudrait quand même mieux surveiller ça.

— Elle a une fille au village. Je l'appellerai.

Neve reporta son attention sur le thé.

— Edie m'a dit de vous rappeler de chauffer la théière. Je vous laisse faire. Moi, je vais me laver les mains.

De toute évidence, Neve avait eu tort de laisser traîner son stéthoscope dans le salon, car quand Joe y revint, Edie, les embouts dans les oreilles, auscultait la poitrine de son vieux chat. De toute évidence, elle se sentait mieux, et son intérêt pour la vie refaisait surface.

Joe posa le plateau et tapota l'épaule de la vieille dame.

— Si vous posez l'embout à cet endroit, tout ce que vous allez entendre, c'est Errol en train de digérer son petit déjeuner. Que pense le médecin de votre cœur ?

Edie lui décocha un regard noir. Les gens disaient que certains de ses regards pouvaient les figer sur place, mais Joe y semblait insensible, peut-être parce qu'il possédait le même sens de l'humour que son amie.

Celle-ci reposa le stéthoscope.

— Le docteur dit que tu te tracasses pour rien. Assieds-toi, tu fais désordre, là, debout.

Joe s'assit. Edie ne demandait aucune pitié, et n'en accordait aucune. Elle n'avait jamais fait la moindre allusion aux blessures de Joe, mais elle possédait un cœur d'or.

— Gentille jeune femme. Gentille, et jolie… As-tu chauffé la théière ?

— Oui.

— Alors, le thé sera peut-être buvable, commenta Edie, un éclair malicieux dans ses yeux bleu pâle. Mais je ne prendrai pas de biscuits afin de ne pas gâcher cette jolie assiette avant que le docteur l'ait vue.

En sortant de chez Edie, Joe avait proposé à Neve d'aller déjeuner avec lui au pub, et elle avait accepté aussitôt.

Pendant le repas, et plus tard, quand Joe la raccompagna chez elle, ils n'abordèrent que des sujets anodins. Joe préférait sûrement qu'entre eux cela se passe ainsi, pensa Neve. Ils se trouvaient dans un *no man's land* entre amitié et amour, sans vouloir retourner en arrière, et sans oser avancer.

— A demain, alors, dit-elle quand la voiture s'arrêta devant chez elle.

— Oui. 8 heures ?

— Ce serait super, merci.

Un instant, Neve se dit qu'il allait peut-être lui tendre la main. Elle rêvait en permanence qu'il la prenne dans ses bras, qu'il brise sa porte d'entrée, et l'emmène à l'étage pour faire d'elle tout ce qu'il voudrait…

— Bien.

Il descendit de la voiture et sortit du coffre les sacs qu'il porta jusqu'au porche. Neve suivit, indécise, attendant qu'il fasse le premier geste, et se demandant si elle ne devrait pas le faire elle-même…

Mais il déposa les sacs sur le seuil et, pivotant sur ses talons, regagna sa voiture d'un pas décidé.

7.

La sonnerie de la porte d'entrée retentit en même temps que les bips de 8 heures à la radio. Joe avait-il attendu dehors pour arriver exactement à l'heure ? Neve décida de ne pas le lui demander : il n'aimait pas les questions.

Ce matin-là, visiblement plus détendu et moins inquiet, il lui adressa un bonjour chaleureux. Ensuite, ils prirent la route sinueuse de Cryersbridge, traversèrent le village, et se dirigèrent vers la maison de retraite. Là, ils s'arrêtèrent dans la large allée enneigée.

Joe resta assis au volant.

— Vous devriez entrer, dit Neve. J'en aurai pour un moment car j'ai plusieurs personnes à voir, et j'ai promis d'effectuer certains soins à la place de l'infirmière du secteur. Si vous restez là, vous allez geler sur place !

Acquiesçant de la tête, il sortit de la voiture.

La directrice de la maison de retraite vint leur ouvrir.

— Docteur Harrison… Merci d'être venue. On m'a prévenue de votre visite, mais je ne vous attendais pas si tôt.

— J'ai eu de l'aide. Voici Joe Lamont, qui est mon chauffeur depuis une semaine. Joe, je vous présente Jane Matthews.

Le sourire de Joe rendit instantanément la directrice plus chaleureuse.

— On sert encore le petit déjeuner dans la salle à manger. Allez prendre un thé et installez-vous dans le salon si vous voulez, monsieur Lamont.

L'invitation n'était pas seulement un geste d'hospitalité. Neve supposa que les résidents n'avaient pas reçu beaucoup de visites les jours précédents : un nouveau visage serait apprécié.

— Oui, merci, répondit Joe, visiblement heureux de cette proposition.

— Est-ce que nous avons terminé ? demanda Neve.

Elle avait vu six résidents. Elle avait refait le pansement d'un ulcère à la jambe, et s'était assurée qu'un œil qui pleurait et divers hématomes et problèmes respiratoires ne présentaient aucun caractère de gravité, et pouvaient être soignés sur place.

— Il reste Stuart, répondit Jane. D'habitude, c'est le Dr Johnstone qui s'occupe de lui…

— Bien. Je lis sur sa fiche : « résident depuis peu, très déprimé quand il est arrivé ». Le Dr Johnstone l'a mis sous antidépresseur. Comment va-t-il ?

— Beaucoup mieux, répondit Jane. Maintenant, il prend part à certaines activités. Il est encore renfermé, mais c'est peut-être par choix. Il a de bons et de mauvais jours, mais au final, les bons deviennent plus fréquents.

— O.K. Je vais trouver un coin tranquille pour avoir une petite conversation avec lui.

— C'est bien. Merci.

Jane ramena Neve dans le salon principal, et depuis le seuil, elle parcourut du regard les visages présents.

— Hallie, est-ce que tu as vu Stuart, ma chérie ?

La fille adolescente de Jane avait apparemment été priée de participer au service car la maison manquait de personnel, et elle distribuait le thé et les biscuits qui attendaient sur une table roulante.

— Dans le petit salon, je pense. Avec le nouveau. Qui est-ce ?

En voyant le large sourire de Hallie, Neve comprit aussitôt qu'elle parlait de Joe.

— M. Lamont. Il s'en va bientôt. Il a juste amené le Dr Harrison.

L'adolescente esquissa une moue, et dirigea vers Neve un regard d'envie.

Il faisait bon dans le petit salon baigné de lumière où de

hautes fenêtres captaient le soleil du matin qui faisait briller la neige. Joe était assis dans un fauteuil, à côté d'un homme âgé à la tenue soignée. Celui-ci était maigre, et son visage buriné attestait d'une vie passée à l'extérieur.

— Et alors, qu'est-ce que vous avez fait ? demanda Joe avec un intérêt évident.

Neve s'arrêta sur le seuil pour étudier la réaction de Stuart.

— Je l'ai sortie de là avec un tracteur. Mais cette route est toujours comme ça, en hiver. Sûrement à cause du vent. La neige arrive par là et s'accumule.

Le vieil homme se pencha en avant et passa le doigt sur la carte posée devant eux.

Joe indiqua un autre point, environ un kilomètre et demi plus au sud.

— Et si je passais par ici ?

— Ça dépend, répondit Stuart.

Sa voix exprimait la colère et l'incertitude. Son dossier signalait qu'il souffrait d'une légère démence sénile, d'où sa réaction typique : il se montrait agressif pour ne pas admettre que sa mémoire était défaillante.

Joe n'insista pas — comme tout médecin soucieux de ménager son patient, pensa Neve.

— Oui. Il vaut probablement mieux ne prendre aucun risque. Je pense que le mieux, c'est de passer par là. C'est plus long, mais moins exposé.

Stuart examinait la carte avec attention. On ne pouvait pas dire s'il suivait vraiment l'idée de Joe, mais peu importait. Joe avait esquivé le problème de mémoire du vieil homme qui, ainsi, ne se sentait pas diminué.

— Oui. Par là, c'est moins exposé. C'est mieux par là.

— Bien. Merci, Stuart. C'est bon à savoir.

— Soixante-dix ans sur le terrain, par tous les temps, ça vous en apprend. Je vous conduirais bien moi-même, mais…

— Vous avez fait votre part, j'imagine ? dit Joe.

— Ça, c'est sûr. Ce truc, là-bas, il est tordu.

Stuart changeait brusquement de sujet, comme si dans sa tête, différentes pensées luttaient pour émerger.

Joe suivit son regard, dirigé vers le sapin de Noël placé dans un coin de la pièce.

— L'arbre ?

— Non, l'étoile en haut. Elle est trop haute pour les filles…

Joe comprit le sous-entendu, et alla redresser l'étoile.

— C'est mieux ?

— Ça ira.

— Qui est-ce ?

Joe se retourna et aperçut Neve.

— Le médecin. Apparemment, il faut que je m'en aille.

Il prit sa carte sur la table basse et échangea une poignée de main avec Stuart.

— Merci pour tous vos conseils.

— Pas de problème. Je suis toujours ici maintenant, alors si vous avez besoin d'un autre renseignement…

— Merci. Je saurai où vous trouver.

Joe avait fait ce pour quoi Neve était venue : amener Stuart à parler, sans montrer que c'était pour évaluer son humeur et sa mémoire.

Elle s'assit à côté du vieil homme.

— Je suis venue pour bavarder un peu. Si vous restiez un moment, Joe ?

Elle avait accompagné sa proposition d'un regard appuyé. Si Joe pouvait parler encore un peu avec Stuart, elle écouterait, et en tirerait toutes les informations sur l'état du patient. Mais de toute évidence, Joe voyait les choses autrement car il secoua la tête.

— Il faut que j'aille déneiger la voiture… et que je donne quelques coups de pied dans les pneus, n'est-ce pas, Stuart ?

— Mmm… Qu'est-ce que vous avez comme pneus ?

— Des pneus neige à haute teneur en silice. Au Canada, presque tout le monde roule avec ça.

Stuart gloussa.

— C'est un tracteur qu'il vous faut, mon garçon ! Ça passe partout.

— Sûrement. Mais c'est un peu frisquet pour les passagers, quand même.

Joe lui adressa un dernier sourire avant de sortir.

Neve était fâchée, cela se voyait. Elle avait eu du mal à avancer dans soixante centimètres de neige, mais avec ses joues rosies par l'effort et ses lèvres pincées, elle était superbe. Essayant de penser à autre chose, Joe tourna la clé de contact. Le moteur hoqueta puis se tut.

— Merci bien, marmonna-t-il.

Il exprimait par ces mots son amertume envers la traîtrise du destin. Une nouvelle tentative noierait le moteur, et il fallait donc attendre un peu. Les prochaines minutes s'annonçaient interminables.

Il sortit de la voiture et ouvrit le hayon de façon que Neve puisse ranger son sac à l'intérieur.

— La voiture ne veut pas démarrer ?

Elle leva vers lui ses jolis yeux bleus, et leur éclat donna à Joe une brusque envie de l'embrasser.

— Laissez-lui une minute, et elle va se décider.

— O.K.

Ouvrant la portière du passager, elle monta dans la voiture. Joe donna un coup de pied dans un pneu afin de gagner du temps puis, sans se hâter, il alla reprendre sa place au volant.

Les poings fermés sur les genoux, Neve regardait fixement devant elle, et Joe envisagea de ressortir pour aller nettoyer une fois de plus le pare-brise.

— Vous auriez pu rester avec Stuart et moi, marmonna-t-elle.

Oui, il aurait pu. Mais il ne faisait plus ce genre de chose.

— Il fallait que je sorte pour faire démarrer la voiture.

Il fut bouleversé par le regard brillant de colère qu'elle tourna vers lui.

— Bon. Démarrez, alors.

— Pas tout de suite. Je ne veux pas noyer le moteur… Ecoutez, c'est vous, le médecin de Stuart. Il aurait été mal venu que je reste.

— C'était à moi d'en juger, vous ne croyez pas ? Je ne vous demandais pas d'effectuer une évaluation complète, mais seulement de le faire parler encore un peu.

— Vous n'êtes pas capable de parler avec lui ?

— Si, bien sûr que je pouvais lui poser des questions. Les questions habituelles, destinées à évaluer les patients atteints de démence sénile. Stuart avait déjà dû subir cet interrogatoire-là, et il s'en souvenait peut-être. S'il ne parvenait pas à répondre cette fois, il pouvait ressentir un sentiment d'échec et d'humiliation.

— Et vous ne l'avez pas fait, c'est ça ? Vous savez, je ne crois pas savoir moi-même quel est le nom du Premier ministre ici, en Angleterre…

Dans l'habitacle, la tension monta d'un cran.

— Arrêtez de faire l'idiot. Evidemment que je n'ai posé aucune question. Mais la carte, et les routes de la région, c'était un excellent moyen d'évaluer sa mémoire.

Joe n'avait jamais eu cette intention — il s'était juste mis à bavarder avec Stuart. Il avait agi en être humain, et non en médecin. Mais Neve avait raison, et cela le remplissait de remords.

— Ecoutez, nous avons tous les deux une mission à remplir, répliqua-t-il. Nous ne sommes pas obligés d'en être enchantés, mais nous avons besoin l'un de l'autre. Alors continuons, vous voulez bien ?

Neve s'empourpra.

— Ah bon ! Alors comme ça, j'ai besoin de vous. Et vous avez besoin de moi ? Je ne vois pas très bien comment…

Joe ne le savait pas davantage, mis à part le fait que l'air semblait rare et presque irrespirable quand elle n'était pas là.

Soudain, on frappa avec insistance à la vitre embuée.

Joe la descendit, dévoilant Hallie qui frissonnait dans sa veste et son chemisier.

— Stuart dit de pomper avec l'accélérateur, et de démarrer en seconde.

Sans attendre de réponse, l'adolescente tourna les talons, et regagna en courant la chaleur de la maison.

Joe savait comment démarrer, mais il ne voulut pas priver Stuart de son moment de gloire. Saluant de la main la silhouette debout derrière la fenêtre, il tourna la clé de contact, et quand le moteur démarra, il leva les pouces à l'intention du vieil homme.

— Prochaine destination ? demanda Joe alors que la voiture quittait le parking.

— Traversez le village et prenez la deuxième à gauche. Il y a une maison environ deux cents mètres plus loin.

8.

Le silence avait cédé la place à une froideur polie. Quand ils s'arrêtèrent devant chez elle, Neve se sentait épuisée.

Elle se dit qu'elle ne pouvait pas laisser Joe s'en aller sans dénouer la situation.

— J'ai réfléchi…

— Mmm ?

Laconique, pensa-t-elle.

Il se carra dans son siège, allongeant ses jambes autant que le lui permettait l'espace restreint.

— J'étais en colère.

— Je crois que je m'en étais aperçu, dit Joe, amusé.

— Excusez-moi.

— Inutile : vous aviez raison. Je n'exerce pas, mais rester pour discuter un peu avec Stuart, n'importe qui l'aurait fait.

De toute évidence, il avait réfléchi, lui aussi, conclut Neve. Et il s'était rapproché de la façon dont elle-même voyait les choses. Voilà qui était nouveau.

— Venez prendre un thé.

— Vous êtes fatiguée, objecta Joe.

Son regard prouvait qu'il se posait la même question qu'elle : le thé n'était-il pas un simple prétexte ?

— J'aimerais bien un peu de compagnie, ajouta-t-elle.

Il lui prit la main, et quand il lui ôta son gant, elle eut l'impression qu'il la déshabillait. Alors que leurs doigts s'entremêlaient doucement, Neve se pencha, et ses lèvres effleurèrent celles de Joe.

Il se débarrassa très vite de la ceinture de sécurité pour approfondir son baiser.

— Entrez. Ce sera plus facile, murmura Neve.

Dès qu'ils eurent refermé la porte d'entrée derrière eux, Neve passa les bras autour du cou de Joe, et l'attira à elle pour un nouveau baiser. Aussitôt, il la prit par les hanches pour la soulever et la plaquer contre lui. Ce qui balayait tous les doutes et annonçait clairement ce qui allait se passer ensuite.

A travers les couches de duvet grand froid et de textile imperméable, Neve ne sentait pas vraiment le corps de Joe, mis elle percevait sa force. Il la soulevait et la serrait contre lui à lui couper le souffle.

Elle interrompit brièvement leur baiser.

— Ma chambre… à l'étage, murmura-t-elle.

— Je veux te déshabiller, vêtement par vêtement.

— Et ensuite ?

— Et ensuite, je veux te caresser, chuchota-t-il, son souffle taquinant l'oreille de Neve.

C'était trop. S'il n'arrêtait pas ce petit jeu, elle allait s'évanouir…

Se dégageant, elle le prit par la main pour l'entraîner dans sa chambre où régnait un froid glacial. Elle allait allumer la lampe quand Joe lui saisit le poignet et lui déposa un baiser sur les doigts. Dans l'obscurité, elle sentit qu'il lui ôtait son manteau et son gilet matelassé puis il l'obligea à reculer jusqu'à ce qu'elle tombe sur le lit. Se penchant, il lui retira ses chaussures puis ses épaisses chaussettes de laine, et l'air froid la fit frissonner.

Dans la lumière du couloir qui filtrait par la porte entrouverte, elle put voir que Joe retirait son blouson et ses bottes puis son chandail. Revenu près d'elle, il déboutonna l'épais cardigan qu'il fit glisser sur ses épaules juste avant de la débarrasser du sweater qu'elle portait dessous.

— Joe…

Elle tira sur la chemise qu'il fit passer par-dessus sa tête. Les doigts de Neve défaisaient déjà le bouton de son jean qu'il enleva lestement.

— Des préservatifs. Dans le tiroir…, murmura-t-elle.

— Plus tard. Je veux prendre mon temps pour toi, ma chérie.

Elle sentit qu'il déposait des baisers sur ses cuisses à mesure qu'il lui retirait doucement son pantalon.

— Et toi…

Il la réduisit au silence en posant une main sur son sein, en caressant la pointe, et elle eut l'impression que du feu liquide se mettait à couler dans ses veines.

— Toi d'abord.

D'une main, il dégrafa le soutien-gorge avec une rare dextérité puis elle sentit le coton doux du T-shirt de Joe lui frôler le ventre.

— Attends, Joe.

Elle dut faire appel à toute sa volonté pour le repousser, et il s'écarta immédiatement.

— Qu'y a-t-il, chérie ?

— Pas comme ça.

Ce fut un choc pour Joe. Il n'avait même pas pensé à ce rejet instinctif parce qu'il avait un corps brisé et abîmé.

Le laissant étendu sur le lit, Neve roula sur elle-même pour se lever et gagner la fenêtre d'un pas décidé pour tirer les rideaux. Ensuite, elle prit les allumettes posées sur la cheminée à côté de quatre bougies devant un grand miroir encadré. Quand elle les alluma, la lumière glissa sur les contours de son corps et en caressa les courbes. Elle était époustouflante. Des membres fins, des seins magnifiques… De quoi mettre un homme à genoux.

— C'est mieux comme ça, non ?

— Comme tu es belle, répondit-il, soulagé d'avoir fait fausse route.

Cette voix enrouée par l'émotion ne lui ressemblait pas du tout.

— Et toi…

D'un pas léger, elle revint vers le lit.

— Tu ne vas pas t'en tirer comme ça, ajouta-t-elle.

L'obligeant à rouler sur le dos, elle s'assit à califourchon sur lui, le remplissant d'un délicieux sentiment d'anticipation.

Elle se pencha sur lui et, du bout de la langue, elle lui caressa le bord de l'oreille, puis elle tira sur son T-shirt.

— Qu'est-ce que tu croyais ? Que je ne voulais pas te voir ? Ou est-ce que tu pensais me faire crier de plaisir en premier, avant d'enlever ça pour que je ne voie pas trop ?

Il la serra contre lui. Elle avait tout deviné !

— Pas mal pensé. J'aime particulièrement le passage où tu cries…

Elle pouffa. De toute évidence, elle aimait cette idée, elle aussi.

— De toute façon, je ne crie pas dans le noir. C'est triste, l'obscurité.

Soudain, Joe eut envie qu'elle le voie, tout entier, comme il était. Et, peut-être, qu'elle l'accepte un peu…

— Nous avons de la lumière. Que faisons-nous maintenant ?

Elle aurait peut-être le courage qu'il n'avait pas…

Neve ouvrit d'une main le tiroir de la table de nuit et en sortit des ciseaux dont les lames brillèrent dans la lumière.

— Enlève-le, Joe.

— Et si je ne le fais pas ? demanda-t-il, glissant les mains sous sa nuque.

— J'espère que ce n'est pas ton plus beau T-shirt.

Elle tira sur le bas du vêtement, et donna un premier coup de ciseaux. Avec ce bruit, Joe eut l'impression que toutes ses inhibitions s'envolaient. Ensuite, il y eut la première longue entaille, et il sentit l'acier froid sur son ventre.

— Doucement…

Il savait qu'elle ferait attention, mais, de toute façon, cela lui était égal. Seul comptait l'espoir né en lui. D'un regard, elle pouvait le détruire.

— Tu me fais confiance ?

Elle glissa la main sous le T-shirt avec un sourire qu'il trouva incroyable.

— Oui. Entièrement confiance, chérie.

Lentement, Neve découpa le T-shirt puis marqua une pause pour déposer des baisers sur le torse dénudé. Elle aimait ce qu'elle voyait, et voulait que Joe le sache. De toute façon, son propre corps ne pouvait pas mentir : ce qu'elle voyait l'excitait. Joe la caressa, et elle frissonna, lâchant les ciseaux qui tombèrent avec fracas sur le carrelage.

Elle tira sur le boxer de Joe qui souleva les hanches pour qu'elle puisse l'ôter.

— Très prometteur, murmura-t-elle, l'embrassant sur les lèvres.

Il referma les mains sur sa taille fine.

— C'est à cause de toi, répondit-il.

— Regarde…

Elle l'obligea d'une pression à tourner la tête, et il s'aperçut qu'il y avait un autre miroir dans la chambre, sur la coiffeuse. En allant allumer les bougies, elle devait l'avoir orienté en direction du lit.

— Qu'est-ce que tu vois, Joe ?

— Toi et moi…

Elle lui sourit dans le miroir.

— Seulement ?

— Seulement…

Rien d'autre que deux corps, à la fois tendus et tremblants, prêts l'un pour l'autre. Les cicatrices étaient toujours là, mais, en cet instant, elles n'avaient aucune importance.

Joe l'attira à lui pour embrasser ses seins. Il l'entendit soupirer, alors il continua…

Bientôt, le désir devint insoutenable.

— Maintenant, Joe, s'il te plaît… tout de suite, murmura Neve.

— Je me demande où j'ai la tête, lui chuchota-t-il à l'oreille. J'adore tellement sentir ta peau contre la mienne…

Sans effort, il la fit basculer sur le dos. Il lui enleva sa petite culotte, et le bruit excitant du tissu qui se déchirait prouva leur hâte.

Quand Neve sentit les doigts de Joe descendre le long de son ventre, elle faillit s'évanouir de désir, et son corps réagit immédiatement à sa caresse légère et habile.

Proche de l'orgasme, elle chercha en vain les préservatifs dans le tiroir. Ce fut Joe qui les trouva. Il vida la boîte sur la table de chevet, et saisit un des petits paquets.

Quand il enfila le préservatif, Neve ne le remarqua même pas parce qu'il lui murmurait à l'oreille ce qu'il s'apprêtait à faire. Puis, lentement, il vint en elle. Comme elle ondulait doucement, il l'immobilisa sous lui.

— Pas si vite, chérie. Je ne tiendrai pas longtemps si tu continues comme ça.

Elle se délecta en regardant sa peau mate, les muscles de ses épaules et de ses bras. Il marquait une pause avant chaque caresse, la lui laissant anticiper avant de la recevoir.

Puis, d'une pression, il lui souleva un peu plus les jambes et les plaça autour de sa taille.

— Neve, murmura-t-il d'une voix étranglée.

Quand il s'enfonça plus profondément en elle, Neve laissa échapper un cri de plaisir. Jamais elle n'aurait imaginé éprouver des sensations aussi incroyables.

En la voyant s'abandonner à la jouissance dans un long frissonnement, Joe eut l'impression qu'un picotement électrique descendait le long de son dos, comme si, par une sorte d'osmose, leurs âmes fusionnaient, et qu'il pouvait comprendre ce qu'elle ressentait. Ensuite, tout se brouilla dans un délicieux vertige.

Encore submergé par l'émotion, il dut faire un effort pour ne pas s'allonger sur elle. Lentement, il bascula sur le côté, l'entraînant avec lui, et la couvrit de la couette.

Il émit un soupir de pure satisfaction en la sentant se blottir contre lui. La plus belle femme du monde le trouvait attirant ! Cela pourrait peut-être marcher. Peut-être pourrait-il tenter de s'installer et d'assembler le puzzle de sa vie. Jusque-là, il avait pour seul projet de ne faire aucun projet… Et si tout changeait ?

9.

Neve dormit un moment, la tête contre son épaule marquée de cicatrices qu'elle ne sembla même pas remarquer à son réveil.

Il se leva, non sans avoir déposé un baiser sur une douce épaule arrondie, et descendit au rez-de-chaussée, où il trouva dans le réfrigérateur de quoi confectionner des sandwichs au bacon.

Revenu dans la chambre, il passa l'assiette devant le nez de Neve qui ouvrit les yeux.

— Tu es un ange, Joe…

Ils mangèrent et parlèrent. Burent du café et parlèrent encore, enlacés dans la tiédeur du lit de Neve.

Comme il lui avait demandé d'où provenait ce lit aux montants en laiton, elle lui expliqua qu'elle avait meublé sa maison avec des meubles d'occasion restaurés et cirés qui se mariaient bien avec le style de la vieille ferme.

— Mais alors, tu as jeté tout ton mobilier d'avant ?

Elle, qui ne parlait jamais de son passé, raconta Londres, sa famille, son enfance, et ses études de médecine, mais s'en tint là.

— J'ai habité six mois chez mes parents avant de m'installer ici, conclut-elle, tirant la couette sur elle comme si, soudain, elle avait froid.

— Et avant de retourner chez eux ?

Neve avait un problème avec ce qui s'était passé juste après ses études, c'était évident : on aurait dit un animal pris au piège. Mais c'était trop tard, pensa Joe. Il avait posé la question, et le malaise ne s'effacerait pas s'il changeait de sujet. Mieux valait l'aider à répondre.

— Je suppose que tu as vécu avec quelqu'un ?

Elle acquiesça de la tête sans le quitter des yeux.

— J'étais mariée… Et pendant deux ans, il n'y a eu que lui.

— Un homme jaloux, c'est ça ? J'ai un aveu à te faire : moi aussi, dit-il, d'un ton volontairement trop solennel.

— Oui ?

— Toi non plus, tu n'es pas ma première.

Comme il l'avait espéré, elle se mit à rire, libérée. Son passé, c'était de l'histoire ancienne, et ce soir, c'était lui, Joe, qui la tenait dans ses bras.

— Tu veux dire que tu ne t'es pas gardé pour moi ? Je suis déçue ! répliqua-t-elle, malicieuse.

— Non. J'ai eu une amie avant… Deux, peut-être.

— Des centaines, je suppose.

Elle lui caressait le torse en un geste possessif, et il s'aperçut qu'il adorait cela.

Il feignit de compter sur ses doigts.

— Des centaines ? Pas tout à fait autant.

— Et jamais… marié ? demanda Neve, s'efforçant d'adopter un ton dégagé.

— Non. J'ai beaucoup bougé.

Joe n'avait jamais manqué de compagnie féminine, mais il avait toujours fait passer sa carrière avant. Et quand tout s'était effondré, il avait tout perdu.

De nouveau, il attira Neve contre lui, trouvant quelque chose de rassurant dans le contact de sa peau.

Elle lui saisit le poignet pour consulter sa montre.

— Tu as faim, chérie ?

— Un peu.

— Je vais te préparer quelque chose si tu veux.

— Tu fais la cuisine ?

— Bien sûr : je mange ! Tu peux me croire : une fois que tu auras goûté ma crème brûlée, je ferai ce que je veux de toi.

— A ta place, je ne m'avancerais pas autant.

— Tu n'aimes pas la crème brûlée ?

— Si, mais personne ne fait ce qu'il veut de moi.

Apparemment, elle avait pris sa boutade au sérieux. Joe lui prit la main et déposa un baiser dans le creux de sa paume.

— Je m'en souviendrai. Mais je ne suis pas sûr que toi, tu ne feras jamais ce que tu veux de moi.

— A propos de règles de base…

— C'est ce que nous sommes en train d'établir ?

Elle se redressa et s'enveloppa dans un angle de la couette.

— Je ne suis pas du genre collant. J'aime beaucoup être avec toi, mais je ne te demanderai pas de passer tout ton temps avec moi. Tu n'es pas obligé de te sentir responsable de moi.

Joe se sentit déçu. N'était-ce pas ce qu'il voulait ? De toute façon, comment pourrait-il faire la moindre promesse ? Il ignorait où il serait et ce qu'il ferait dans six mois ! En même temps, cela l'attristait. Il aimait beaucoup Neve, et souhaitait prendre soin d'elle, bien au-delà de deux nuits divines par semaine passées à faire l'amour.

— Cela implique que je ne peux pas faire la cuisine pour toi ?

— Non, évidemment. Je ne veux pas que tu me croies dépendante de toi… Enfin, tu comprends ce que je veux dire.

Non, il ne comprenait pas vraiment. Jamais il n'aurait imaginé une telle chose. Neve était d'une indépendance farouche, une qualité évidente chez elle et qu'il respectait.

— Tu t'inquiètes pour rien, chérie. Est-ce que les choses ne sont pas très bien comme elles sont ?

Elle se pencha pour l'embrasser, et la conversation qu'ils venaient d'avoir perdit soudain tout intérêt.

— Nous allons manger ?

— O.K.

Maintenant, il fallait qu'elle aille travailler — mais la ruée vers la douche et le petit déjeuner avalé à toute vitesse, c'était quand même bien plus amusant quand Joe était là ! Et quand Maisie appela pour lui donner la liste des visites de la journée,

Neve ne se préoccupa nullement de la longueur du trajet car cela signifiait que Joe allait rester avec elle.

Très différent de son ex-mari, Joe n'était pas jaloux, ne contrôlait pas ses faits et gestes, et n'éprouvait pas le besoin de régler le moindre détail de sa vie… Mais, en fait, Matthew n'était pas ainsi quand elle l'avait rencontré, et elle s'était souvent demandé quel rôle elle avait joué dans ce changement catastrophique qui les avait menés au divorce.

Cette fois, en tout cas, il fallait qu'elle fasse mieux. Elle poserait dès le début des règles de base, et s'y tiendrait, pour ne pas donner à Joe de raisons de changer.

Pour l'instant, en tout cas, rien ne pourrait ternir son bonheur présent, ni ce sentiment de se réveiller après un demi-sommeil qui avait duré trop longtemps. Les questions délicates attendraient.

— Donc, nous avons terminé ? Veux-tu aller manger quelque chose ? proposa Joe alors qu'ils rentraient au cabinet médical.

— Je viens de recevoir un message de Maisie. Nous avons une visite supplémentaire.

Il acquiesça en silence, gardant pour lui la déception qu'il devait éprouver à l'idée du dîner encore une fois reporté. C'était une autre différence avec Matthew. Celui-ci aurait téléphoné en avance pour réserver une table dans un restaurant, et si quelqu'un avait contrarié ses projets, il aurait été furieux.

Neve suivit Joe jusqu'à la voiture et consulta son téléphone pour lire les détails concernant son prochain patient.

— Tatouage infecté.

— Où ?

— Je ne sais pas, Maisie ne me l'a pas dit. Mais, apparemment, c'est très enflé et la plaie commence à suppurer.

Joe leva les yeux au ciel.

— Je veux dire : où est la maison, pas le tatouage ! Moi, je conduis, je te le rappelle.

Neve lui sourit. La séparation des rôles était devenue entre eux un sujet de plaisanterie.

— A trois kilomètres d'ici seulement. Voici l'adresse.

Neve et Joe attendirent longtemps sous le grand porche avant que la porte s'ouvre sur un jeune homme vêtu d'un pantalon de pyjama. Apparemment, il venait de se réveiller, et semblait surpris de trouver quelqu'un sur le seuil.

Neve lui sourit.

— Dr Neve Harrison. Je viens voir Andrew Martin.

— Ouais. C'est moi.

— Est-ce que nous pouvons entrer ? demanda Joe.

Acquiesçant d'un haussement d'épaules, Andrew se détourna pour les précéder, et Neve ouvrit de grands yeux. Sur l'omoplate du patient, le tatouage, enflé, était à présent brouillé par des croûtes suintantes. Elle adressa un rapide coup d'œil à Joe qui soutint le patient jusque dans le salon, où il l'installa sur un canapé en cuir. Andrew s'affaissa sur lui-même, la tête sur les genoux, pendant que Neve enfilait des gants chirurgicaux. Elle en tendit une autre paire à Joe qui les prit sans les mettre.

— Qu'en penses-tu ? demanda Joe, restant en retrait, comme d'habitude.

— Il se pourrait que ce soit une réaction à l'encre. On distingue du rouge et du bleu, les couleurs les plus susceptibles de provoquer une réaction allergique. Ou bien, plus vraisemblablement, il y a infection.

Neve tapota doucement la joue du jeune homme.

— Andrew… Andrew.

— Ouais…

— Quand avez-vous fait faire ce tatouage ?

— La semaine dernière. Moi et mes copains, on est allés en ville, et on s'est tous fait tatouer.

— Y a-t-il quelqu'un d'autre ici, Andrew ?

— Non. Mes parents sont partis en vacances, répondit-il.

Son haleine sentait l'alcool… Par signes, Neve demanda à Joe d'aller inspecter la cuisine.

Andrew se crispa quand elle palpa doucement la grosseur.

— Aïe !

— Ça a l'air très douloureux.

— Plutôt, ouais, répondit-il avec une ironie nonchalante.

— O.K. Qui a appelé le cabinet médical ?

— Ma copine. Elle travaille dans un bar. Il a fallu qu'elle aille au boulot.

Neve rejoignit Joe qui était apparu sur le seuil de la pièce.

— La cuisine est pleine de bouteilles de bière, de boîtes de pizzas, et de cendriers. Et ça sent la marijuana.

— Ou bien il a trop fumé, ou il a trop bu, ou il fait une infection. Les trois, probablement.

— Il faut l'hospitaliser ?

— Oui, nous ne pouvons pas le laisser ici, répondit Neve en sortant son téléphone.

— Nous allons l'emmener.

— Ça ne te dérange pas ? Ce sera probablement plus rapide. Les services d'urgences sont encore débordés.

— Oui… S'il vomit sur ma banquette arrière, j'enverrai la note à ses parents !

Joe se dirigea vers Andrew.

— Venez, mon vieux, réveillez-vous. Nous allons faire un tour.

Neve appela Maisie et envoya Joe chercher des vêtements pour Andrew. Le garçon protesta quand elle voulut poser un pansement temporaire sur la grosseur, et Joe réapparut pour l'immobiliser avec douceur. Ensuite, il lui fit enfiler ses vêtements et, avec l'aide de Neve, il le soutint jusqu'à la voiture. Là, Neve l'installa aussi confortablement que possible sur la banquette arrière pendant que Joe le sanglait dans sa ceinture de sécurité.

— Prêt ?

— Oui. En route.

A l'hôpital, on examina le jeune homme dès que Neve eut mis au courant l'infirmière chargée du tri des patients.

Ensuite, elle rejoignit Joe dans la salle d'attente des urgences, où il lisait une revue sur les machines agricoles.

— Où en est-on ? demanda-t-il.

— Ils le gardent ce soir, vu son état psychologique troublé. Et il y a un début de septicémie.

— Bon. Des nouvelles de Maisie ?

— Oui, elle a réussi à joindre la mère d'Andrew sur le numéro de mobile d'un dossier médical de la famille. Ses parents rentreront de Londres demain matin.

Il posa la revue sur la chaise voisine et étira ses bras.

— Donc, nous avons terminé ?

— Oui, mais si ça ne te dérange pas, est-ce que nous pourrions faire un saut au bureau ? J'aimerais bien regarnir ma trousse médicale, et comme nous sommes tout près…

— Aucun problème. Je pourrai prendre une tasse de thé avec Maisie. Je veux la remercier de m'avoir nommé chauffeur du plus beau médecin de la ville.

— Tu ne feras pas une chose pareille !

— Tu as honte de moi ? demanda Joe avec un sourire un peu triste.

Neve s'avança entre ses jambes allongées pour lui déposer un baiser sur la joue, sous les regards indifférents des patients présents.

— Non. Je veux seulement que tu restes mon petit secret pendant quelque temps, murmura Neve.

— Un *petit* secret ?

Elle sentit les mains de Joe sur sa taille.

— Un grand et beau secret.

— Oui. C'est mieux.

Il lui déposa un chaste baiser sur la joue, et se leva.

— Comme nous sommes en ville, nous pourrions acheter quelques provisions et faire d'autres achats si tu veux. Les magasins restent ouverts tard cette semaine.

— Le shopping de Noël ! Il ne reste qu'une semaine, c'est vrai.

— La plupart de mes cadeaux sont déjà en route vers le Canada, mais il me manque encore un parfum pour Edie. Sa fille m'a écrit un nom sur un bout de papier, très gênée parce qu'il s'agit d'un parfum luxueux, mais j'ai insisté : Edie a été très gentille avec moi, et avec sa petite retraite, elle ne peut jamais s'offrir ce genre de chose. Et toi ? As-tu des achats à faire ?

— Oui. Une perceuse pour mon père.

— Super… Je serai ravi de visiter un magasin de bricolage. Surtout avec toi.

10.

Le dégel avait commencé. Quand Neve se réveilla, le lendemain matin, elle vit, par la fenêtre de Joe, que la neige avait presque disparu dans la rue principale de Leminster. Ensuite, dans la campagne, ils trouvèrent des chaussées dégagées.

Le soir, ils terminèrent vers 17 heures. Le lendemain serait un samedi. Neve dit à Joe qu'elle avait besoin de sommeil et il ne fit aucun commentaire, esquissant simplement une moue de déception.

— Le cinéma demain après-midi, alors, peut-être ? Est-ce qu'il y a un film qui te tente ?

— Oui, deux films, même. Si tu venais déjeuner avant ?

Pour Neve, il y eut ensuite le rituel de descendre de la voiture et de laisser Joe porter ses sacs jusqu'à la porte, puis un baiser sur les lèvres, léger, comme pour éviter une trop grande tentation.

— Bonne nuit, chérie.

Cela faisait plus de soixante heures d'affilée qu'ils étaient ensemble et, pour le quitter, Neve eut plus de mal qu'elle l'aurait cru.

— Bonne nuit, Joe.

La maison était propre, il y avait un bouquet de fleurs posé sur la table de la cuisine, et les pommes de terre attendaient dans une casserole, sur le poêle.

A midi pile, on sonna à la porte d'entrée. Neve abandonna

le couteau qu'elle venait d'utiliser pour éplucher deux oignons et courut ouvrir.

— Bonjour ! dit Joe, lui adressant un large sourire.

Ce sourire lui avait manqué, comme ce corps chaud couché près d'elle dans le lit. Le canapé-lit de la cuisine, qui avant lui semblait si confortable, ne lui convenait plus du tout maintenant.

— Bonjour.

Il se pencha pour ramasser le courrier sur le paillasson et le lui tendit puis il entra dans la cuisine. Sans un baiser.

Mais dès qu'elle eut déposé les lettres sur la table, il la prit dans ses bras et la serra contre lui.

— Tu m'as manqué hier soir, dit-il.

— Ah bon ? Je croyais que tu dormirais comme un bébé…

— Non. Je pensais à toi.

— Et plus précisément ?

En réponse, il l'embrassa. Elle aussi, elle y avait pensé.

— Je me demandais ce que tu allais me préparer pour le déjeuner d'aujourd'hui.

Elle se dégagea doucement, se dirigea vers la cuisinière, et saisit la poêle à frire.

— Saucisses-purée.

— Tu es vraiment mon genre de femme, répondit Joe, hilare. Une sauce à l'oignon pour accompagner ?

— Je pensais que tu t'en chargerais.

Neve se dirigea vers la table et regarda son courrier : deux factures, qu'elle mit de côté, et plusieurs enveloppes colorées.

— Pourquoi ne les ouvres-tu pas ? demanda Joe, désignant de la tête le manteau de la cheminée déjà encombré de cartes de vœux.

Elle sourit et entreprit de décacheter les enveloppes.

— Ah… C'est bien. Ma tante Maureen.

Joe prit la carte qui représentait une scène de Noël.

— Est-ce que tu as un sapin ? demanda-t-il.

— Pas encore. Je n'ai pas eu le temps.

— Veux-tu que je t'en procure un ? Je pourrais y aller lundi, si tu n'as pas besoin de moi pour tes visites.

— Tu n'auras pas à m'emmener. Nous pensons reprendre la rotation normale lundi prochain, alors je serai au cabinet médical. Et je ne ferai peut-être pas d'arbre cette année étant donné que je rentre à Londres pour Noël.

— Pour trois jours, mais Noël dure plus longtemps que ça !

— D'accord, alors, si ça ne te dérange pas… Merci.

Neve déchira la dernière enveloppe. Elle contenait une carte épaisse, lourde, et à la fois sobre et artistique, comme une carte envoyée par une entreprise.

Quand elle l'ouvrit, son sourire disparut instantanément.

« Joyeux Noël

Je t'ai vue à la télé l'autre jour, et j'ai compris que je t'aime plus que jamais.

Je voudrais te revoir.

Matthew »

Neve referma la carte puis, d'un geste aussi désinvolte que possible, elle la déchira en deux avant de s'en débarrasser dans la poubelle de la cuisine. Ensuite, pour faire bonne mesure, elle jeta par-dessus les pelures d'oignons restées sur la planche à découper.

— Je ferais mieux de préparer tout de suite le déjeuner si nous voulons arriver à l'heure au cinéma.

Le regard perplexe, Joe ne répondit pas, et Neve se concentra sur les oignons qu'elle coupa en deux.

Elle n'entendit pas Joe traverser la cuisine, et sursauta quand il passa les bras autour de sa taille et déposa un baiser sur sa nuque.

— Il y a quelque chose dont tu veux parler ?

— Pas vraiment.

Il lui ôta le couteau de la main et le posa sur la table puis il obligea Neve à se retourner, et d'un doigt, lui essuya la joue.

— Et ça, c'est à cause des oignons, je suppose ?

— Exactement.

La carte de Matthew l'avait surprise et troublée. Rien de

plus. Pour lui, il ne lui restait ni larmes ni amour, et s'il tentait de nouveau de la joindre, elle le lui dirait.

— Alors tu ne veux pas me dire qui t'a envoyé cette carte.

— Mon ex-mari, répondit Neve, se décidant. Je ne savais même pas qu'il avait mon adresse.

— Tu ne lui as pas dit où tu habitais ?

— Quand j'ai quitté Londres, j'ai voulu tourner la page, mais Matthew m'a sûrement vue à la télé dans cette stupide interview, et il n'a pas dû avoir trop de mal à me trouver.

— Il t'a fait tant de mal que ça ?

— C'est de l'histoire ancienne.

— Oui, mais parfois, le passé laisse des traces…

— Je n'aurais pas dû te parler de ça.

— Tu n'as rien à te reprocher. C'est arrivé, c'est tout. Parfois, je me réveille en pleine nuit et je me crois là-bas.

— Mais… tu m'as dit que tu ne te souvenais pas…

— Quand on est blessé, dans son corps ou dans ses sentiments, le choc reste en soi. On se croit guéri, on a l'air guéri, mais il faut du temps avant que les émotions suivent…

— Il est peut-être temps que j'en parle.

— Si je préparais une tasse de thé ?

En s'activant, Joe laissa à Neve du temps pour réfléchir, et dès qu'il s'assit, les mots jaillirent.

— Quand j'ai épousé Matthew, j'avais vingt-trois ans, et je n'avais pas encore terminé mes études. Il était intelligent et charmant. Il avait gagné beaucoup d'argent quand il était très jeune, et il voulait tout me donner.

— C'était un bon début.

Joe prit la théière et remplit deux tasses.

— Oui, je le croyais, moi aussi. Ensuite, Matt a commencé à avoir des sautes d'humeur que j'attribuais au stress parce qu'il travaillait très dur. Assez vite, il s'est mis à décider de tout : où nous vivions, qui nous voyions, quel genre de vêtements et quel parfum je devais porter…

— Et tu l'as quitté.

— Non. J'aurais dû le faire, je sais, mais je voulais que notre mariage marche. Je pensais que tout était ma faute.

Une larme coula sur la joue de Neve, et un soupçon s'incrusta dans la tête de Joe, lui donnant la nausée.

— Est-ce qu'il t'a fait du mal ?

Voyant Neve hésiter, Joe lui prit les mains par-dessus la table.

— Nous pouvons gérer ça ensemble.

Leurs regards se mêlèrent, et Neve inspira profondément.

— J'étais enceinte. Ce n'était pas prévu, mais j'étais folle de joie. Je pensais que Matt serait aussi content que moi, mais il a déclaré que ce n'était pas le moment. Il valait mieux que j'attende quelques années, que je sois mieux installée dans ma carrière et, ensuite, *il* y penserait. J'ai compris depuis qu'il mourait de peur que l'enfant prenne sa place et devienne ma priorité… Dans mon cœur, je savais que notre foyer n'était pas l'endroit idéal pour élever un enfant, mais j'ai tenté de convaincre Matt. Les discussions ont duré des semaines mais, pour une fois, je n'ai pas cédé. Et puis un soir, je lui ai dit que je le quittais. Il m'a frappée en plein visage.

Un accès de rage secoua Joe. Il fallait qu'il trouve ce type ignoble… Mais exploser de colère parce qu'il ne pouvait pas corriger la brute qui avait fait du mal à Neve était la dernière chose dont elle avait besoin.

Lentement, il lui caressa la joue.

— Que s'est-il passé ensuite ?

— Je me suis enfuie, mais il m'a rattrapée. J'ai pourtant réussi à me dégager, et je me suis sauvée en voiture. Je n'aurais pas dû conduire, mon œil commençait à enfler, mais…

— Tu protégeais ton enfant.

— En tout cas, je le croyais. Je tournais dans la rue de mes parents quand un adolescent à moto a surgi de nulle part. En faisant un écart pour l'éviter, j'ai heurté une voiture venant en face.

— Tu as été blessée ?

— Je ne roulais pas très vite et l'airbag m'a sauvée. Mais comme je saignais du visage, quelqu'un a appelé une ambulance qui m'a emmenée à l'hôpital. Ma mère leur ayant expliqué que j'étais enceinte, on m'a examinée et on m'a dit que tout allait bien… Mais deux jours plus tard, j'ai perdu mon bébé.

— C'est affreux, murmura Joe.

Neve lui adressa un sourire tremblant qui le bouleversa.

— Quand Matthew est venu me voir et qu'il a dit que c'était mieux comme ça, que nous pouvions oublier et prendre un nouveau départ, je l'ai jeté dehors. Ensuite, mon père ne l'a plus laissé entrer dans la maison.

— C'est bien que tes parents aient été là pour te soutenir.

— Mais je dois assumer aussi ma part de responsabilité.

— Tu sais bien que l'accident de voiture n'est sûrement pas la cause de ta fausse couche. Au cours du premier trimestre, le bébé n'est pas très bien accroché…

— La question n'est pas là. Si j'étais partie tout de suite, dès que j'ai su que j'étais enceinte…

S'interrompant, Neve secoua tristement la tête.

— Tu peux tourner éternellement en rond avec tes questions.

Joe se surprit à utiliser la formation psychologique qu'il avait reçue. Voilà qu'il se raccrochait à cette profession qu'il avait promis de ne plus jamais exercer…

— Je ne vais pas te laisser croire que c'était ta faute ! Je sais que tu tenais à ton enfant et que tu as fait de ton mieux.

— Mais je ne peux quand même pas oublier…

— Tu ne dois pas oublier… Jamais. Mais le deuil est un processus qui permet de faire la paix avec le passé de façon à aller de l'avant.

— Oui, mais tu connais les deux rêves que j'ai toujours eus : être médecin, et être mère.

— Et pas « être femme » ?

— Oui, une femme aussi, mais je n'ai pas voulu mentionner ça de peur de t'effrayer.

Elle émit un petit rire et, soudain, la tension qui régnait se dissipa.

— Tu ne me fais pas peur ! Et je pense que tu seras une mère formidable. Je sais déjà quel excellent médecin tu es.

En parlant, Joe eut un pincement au cœur. Si Neve avait compris qu'elle devait tourner la page pour trouver l'homme qui serait un bon père pour ses enfants, lui, il savait qu'il n'était pas cet homme-là. Son passé lui avait prouvé qu'on ne pouvait pas lui confier d'autres personnes.

Mais l'espoir sur le visage de Neve était si précieux… Il devrait se concentrer sur lui, et non sur ses propres doutes.

— Merci pour tout ce que tu m'as dit.

— Je t'ai seulement dit ce que je vois.

Elle quitta sa chaise pour venir s'asseoir sur ses genoux, et, heureux, Joe la berça contre son épaule, oubliant tout le reste.

— Puisque je ne te fais pas peur, tu veux bien prendre le risque de déjeuner avec moi ? demanda-t-elle en souriant.

— Mmm… Vivons dangereusement.

11.

Pour Joe, les heures, délicieuses, avaient passé très vite. Il y avait eu le déjeuner, puis ils s'étaient rendus en ville pour aller au cinéma.

Dans la salle obscure, il ne put tenir plus longtemps ses pensées à distance. Quand les lumières revinrent, il avait perdu le fil de l'histoire, mais le scénario qui avait germé dans sa tête était très clair pour lui.

De retour chez Neve, celle-ci lui donna un petit coup de coude dans les côtes alors qu'ils se dirigeaient vers la porte d'entrée.

— Tu es bien silencieux. Tu n'as pas aimé le film ?

— Si, il était bien…, répondit-il sans conviction.

— Moi, j'ai trouvé un peu exagéré le moment où le héros attendait de recevoir les informations sur son ordinateur portable. S'il avait glissé l'ordinateur sous son bras et s'il s'était enfui avec, il aurait été loin quand les soldats sont arrivés.

Joe ne put s'empêcher de sourire. De toute évidence, Neve n'avait pas plus apprécié le film que les autres spectateurs dont il avait entendu les commentaires à la sortie. Mais elle ne laissait jamais les petites choses de la vie l'abattre, elle se contentait d'en sourire… Il ressentit comme un devoir de ne pas étouffer cet irrépressible optimisme.

— Je suppose que le réalisateur devait absolument caser la séquence de poursuite sur les toits, dit-il.

C'était à peu près la seule partie du film dont il se souvenait.

— Tu as dormi, sûrement : ça, c'était après.

Neve sortit ses clés. Ils entrèrent tous les deux, et Joe pénétra derrière elle dans la cuisine.

— C'était quelque chose aussi, cette poursuite sur les toits, reprit-elle. Il aurait dû se briser une jambe en atterrissant sur le trottoir après une chute pareille. Au lieu de ça, il s'est relevé, et il est parti en courant…

Elle s'interrompit, et Joe sut qu'elle avait perçu son malaise.

— Tu n'enlèves pas ta veste, Joe ?

Il décida de se montrer prudent. Neve était vulnérable, et elle n'avait rien à voir dans cette affaire. C'était son problème à lui, et à lui seulement.

— Je… ne vais pas rester.

Une petite moue trahit la déception de Neve.

— Comme tu voudras. Mais tu peux quand même prendre une tasse de thé ?

— Non… Ecoute, je pense que nous devrions faire une pause.

Elle se mordilla la lèvre inférieure. Bon sang, c'était exactement ce qu'il ne voulait pas : qu'elle se fasse des reproches.

— Eh bien… d'accord. Comme tu voudras.

— Cette pause, ce n'est pas ce que je souhaite profondément. Mais je ne t'ai pas tout dit.

Neve se laissa tomber sur une chaise.

— Je peux tout entendre…

Il le savait. Mais c'était compliqué, et le moment n'était pas idéal pour l'accabler avec son problème.

— Je rentre au Canada. Dans deux semaines.

— Ce n'est pas possible !

— Je sais que j'aurais dû t'en parler… Ecoute, je…

— Enlève ta veste, dit Neve, les yeux brillants de larmes.

Il s'exécuta, la jetant sur le dossier d'une chaise, puis s'assit en face d'elle.

— J'ai pensé à certaines choses et… Quand tu m'as parlé de ton mariage, j'étais furieux contre le type qui t'a fait du mal. Ensuite, quand j'y ai pensé, je me suis aperçu que je ne valais pas mieux que lui. Je ne veux pas te voir souffrir de nouveau, tu ne mérites pas ça. Voilà pourquoi je m'en vais. Je ne peux pas te donner ce que tu veux, et ce serait malhonnête de ma part de te bercer de faux espoirs.

— C'est une manière de me dire que tu as changé d'avis ?

— Non ! C'est une manière de te dire que je ne peux pas te donner ce que tu veux. Il m'est arrivé beaucoup de choses quand j'étais dans l'armée, et je me débats avec ça. Je ne veux pas, ou plutôt, je ne peux plus, prendre la responsabilité d'autres vies.

— Mais tu n'as pas à te sentir responsable de moi !

Neve semblait se raidir, s'éloigner de lui. C'était le début de la fin et, à présent, Joe n'avait plus qu'une envie : en finir rapidement.

— Ecoute, je sais que c'est un projet d'avenir très lointain, mais si un jour ça marche entre nous, ce sera naturel de vouloir s'installer et avoir des enfants. Ça, je ne peux pas le faire, ni maintenant ni plus tard, je pense.

— Je ne t'ai jamais demandé ça, Joe. Nous nous connaissons depuis… quoi… deux semaines ? Peut-être moins, même…

— Je sais. Mais si, au lieu de deux semaines, c'était deux ans, ma réponse serait toujours la même. Sinon, ensuite, je resterais pour toi celui qui t'a donné de faux espoirs, qui ne t'a rien dit… Alors je veux tout te dire maintenant. Tu mérites quelqu'un qui veut la même chose que toi. C'est un homme comme ça qu'il te faut.

La colère fit briller les yeux de Neve. La colère — le dernier rempart contre le chagrin.

— Pour qui te prends-tu ? Qui es-tu pour me dire de quoi j'ai besoin ?

« L'homme qui t'aime, et qui va te quitter », répondit mentalement Joe en reprenant sa veste.

— Si tu pars maintenant, ne reviens jamais.

Joe se leva, et se dirigea rapidement vers la porte avant que son courage l'abandonne, mais il espérait un peu qu'elle le suivrait. Elle n'en fit rien. Alors il referma la porte derrière lui, monta dans sa voiture, et s'en alla.

A quoi bon ressasser tout cela ? Il était arrivé quelque chose à Joe, et Neve n'avait aucune idée de ce dont il pouvait s'agir. Le syndrome dépressif post-traumatique incluait un sentiment de culpabilité et une incapacité à s'engager, mais cela n'expliquait pas tout…

Il fallait remettre les choses en perspective. Cela ne faisait que deux semaines qu'elle le connaissait, et il ne voulait pas aller plus loin. Cela ne faisait pas de leur histoire la romance du siècle ! Trois jours chez elle avec sa famille pour les fêtes de Noël l'empêcheraient de penser à lui le jour, et de rêver de lui quand elle parviendrait à dormir.

La semaine passa avec un défilé de toux, de rhumes et d'entorses, et, enfin, arriva le vendredi matin, veille de Noël. Neve se leva tôt pour faire ses valises afin de prendre le train pour Londres à midi. Il faisait froid dans la chambre, et quand elle ouvrit les rideaux, elle comprit pourquoi : une épaisse couche de neige recouvrait la rue.

Prenant son ordinateur portable, elle se réinstalla sous les couvertures et se renseigna sur le trafic ferroviaire.

Les trains pour Londres rouleraient normalement et, malgré une météo pessimiste, aucun retard pour les trains intercités n'était mentionné. Elle devrait peut-être se rendre à la gare à pied, mais ce n'était pas un problème insurmontable.

Rassurée, elle referma son ordinateur.

Deux heures plus tard, et une heure et demie avant le départ du train, elle était prête à partir — et à mettre presque cinq cents kilomètres entre elle et Joe…

Son téléphone sonna. Etait-ce Joe qui l'appelait pour lui souhaiter un joyeux Noël ?

Ce n'était pas lui.

— Maisie… Bonjour. As-tu essayé ma recette de vin chaud ?

— Ecoute, je suis désolée de te faire ça…

La main de Neve se crispa sur le téléphone.

— Que se passe-t-il ?

— Emma a appelé. Elle se trouvait dans le train pour

venir passer Noël ici, et celui-ci est tombé en panne dans le tunnel, juste avant d'arriver à Leminster. Apparemment, ils ont attendu une heure avant qu'une équipe de maintenance arrive. Le conducteur est descendu de sa machine pour aider les autres à déblayer la neige et, tout à coup, il s'est écroulé. On l'a ramené dans un wagon et Em fait tout son possible pour lui. Son téléphone ne fonctionne pas dans le tunnel, mais elle a fait passer des messages par un employé de la maintenance qui a parlé à Ted. Il dit que ça ressemble à une crise cardiaque.

— O.K. Je pars. Préviens Emma si tu peux. Est-ce que tu as contacté les secours ?

— Oui. Ted aussi est en route, mais il vient d'appeler pour dire qu'il y a beaucoup de neige et qu'il progresse très lentement.

— Il va falloir que j'y aille à pied, mais ce n'est pas loin. Je devrais arriver sur place plus vite que l'ambulance ou que Ted. Dis-lui de rentrer. Je vous tiendrai au courant.

— Merci. Ce serait peut-être bien que j'appelle Joe ?

Joe ? Surtout pas. Elle pouvait régler cela toute seule.

— Non, ça va aller. Il ne pourrait pas arriver là-bas avant moi.

— Entendu. Si tu as besoin de quelque chose, appelle-moi.

— O.K. Merci d'avoir appelé.

— Tu ne le penses pas.

— Oui et non. Si tu ne l'avais pas fait, je ne te l'aurais pas pardonné.

Neve raccrocha puis, résignée, elle parcourut du doigt sa liste de contacts.

Joe répondit à la deuxième sonnerie.

— Neve… Bonjour.

Il semblait détendu, et content qu'elle appelle. Avait-il déjà oublié qu'ils s'étaient brisé mutuellement le cœur ?

— Il y a un train en panne dans le tunnel juste à la sortie de Leminster, avec une urgence probable à bord…

— Tu as besoin que je t'emmène ?

— Non. A pied à travers champs, j'arriverai plus vite

sur place. Mais il se peut que j'aie besoin d'une assistance médicale, et tu es le seul médecin à part moi dans les environs immédiats.

— Ecoute… je ne crois pas que ce soit très judicieux…

Elle avait mis sa fierté de côté pour l'appeler, et il la rejetait !

— Comme tu voudras.

Sans attendre de réponse, Neve raccrocha. Pourquoi perdre du temps à parler avec lui ? Chaque minute comptait.

En hâte, elle fourra du matériel médical dans un sac et enfila sa veste et ses chaussures, puis elle mit de côté ses deux valises. Noël attendrait !

Dans des conditions normales, il fallait dix minutes pour arriver au tunnel par un sentier piétonnier qui contournait les champs avant de longer la voie ferrée. Mais avec un lourd sac médical à porter, et dans la neige épaisse, au mieux vingt minutes seraient nécessaires.

Concentrée, afin de marcher vite et sans glisser, Neve ne vit pas tout de suite la silhouette qui se dirigeait vers elle à travers les champs. Et quand elle leva la tête, l'homme n'était plus très loin.

Joe. Son capuchon cachait son visage, mais son imposante stature et son aisance dans la neige épaisse le rendaient reconnaissable sans risque d'erreur.

Neve ravala la joie qui l'avait envahie.

— Tu ne devais pas venir ! lança-t-elle, peu aimable.

— J'ai changé d'avis.

Il l'avait rejointe, et il se mit à marcher à côté d'elle.

— Laisse-moi prendre ton sac.

— Je peux me débrouiller.

— Donne-moi ce sac, insista-t-il.

Elle le lui tendit après avoir fait passer la bandoulière au-dessus de sa tête et il l'accrocha aussitôt à son épaule.

— Merci…

Ils iraient plus vite de cette façon, et c'était tout ce qui comptait.

— Qu'est-ce que tu fais là, Joe ?

— Tu m'as demandé de venir.

— Oui, mais ce n'était pas « judicieux » ! Tu as décidé de venir juste pour regarder ?

— Non, j'ai pensé que ce serait peu judicieux de ma part de ne pas proposer mon aide dans cette situation.

Il n'était pas venu pour elle, mais pour les gens de ce train. A cette idée, Neve ne put réprimer une légère déception.

— Quelle expérience as-tu ? demanda-t-elle sèchement.

— Chirurgien militaire — chirurgie générale. Et soins d'urgence en zone de combats.

12.

A présent, il fallait qu'elle travaille avec lui, et non contre lui. Qu'elle lui apporte un peu de soutien, et qu'elle cesse de le traiter comme l'homme qui lui avait brisé le cœur six jours auparavant.

— Pour résumer la situation, dit Neve, il y a dans le train un homme qui a sans doute fait une petite crise cardiaque, plus, peut-être, d'autres problèmes médicaux, mais je n'en sais pas davantage.

— Nous allons bientôt être fixés : je crois que j'aperçois l'arrière du dernier wagon.

Loin devant eux, la voie, bordée de talus enneigés, disparaissait dans un tunnel. Il neigeait beaucoup, mais on distinguait à l'entrée du tunnel une tache de couleur vive — une silhouette qui portait une tenue haute visibilité et qui agitait les bras pour attirer leur attention.

Derrière Joe, Neve glissa prudemment sur la pente qui descendait vers les rails. Ensuite, il se fraya un chemin à travers les buissons qui formaient une haie dissuasive de part et d'autre de la voie ferrée, écartant les branches afin que Neve puisse passer.

L'homme en tenue haute visibilité les attendait de l'autre côté de la haie.

— Nous sommes les médecins, Neve Harrison et Joe Lamont.

C'était la première fois que Neve entendait Joe se présenter de cette façon, mais elle n'eut pas le temps de réfléchir à ce que cela impliquait.

L'homme coupa les fils de fer barbelés, et elle faillit perdre l'équilibre en suivant Joe sur la pente raide, mais il la retint.

— Tiens-toi à distance des rails et ne touche rien, dit-il.

Le conseil semblait des plus sensé, et Neve opina.

— Nous sommes presque en bas, ajouta-t-il. Laisse-toi glisser et je te rattraperai.

Neve fit de son mieux pour que Joe n'ait pas à la toucher, mais ce fut impossible : après avoir dérapé sur les derniers soixante centimètres de talus, elle se retrouva dans ses bras.

Leurs regards s'évitèrent soigneusement. Joe la lâcha, et se tourna vers l'entrée du tunnel.

— Il faut que vous voyiez Adam Grimshaw ; c'est mon patron, dit l'employé des chemins de fer.

— O.K., merci. Là-haut ?

Joe pointa l'index en direction d'une passerelle en pente raide, faite de planches assemblées permettant d'accéder à la dernière porte du wagon de queue.

— Oui. Vous voulez un coup de main ?

— Non, merci. Ça va aller.

Joe accéda à la porte ouverte et, après avoir déposé les sacs à l'intérieur, il aida Neve à monter en la prenant par le bras.

A l'intérieur du wagon, il faisait sombre. Ouvrant son sac, Joe en sortit deux lampes torches. Il en donna une à Neve, et alluma l'autre pour regarder ce qui les entourait.

Neve avisa un autre cheminot qui se hâtait de les rejoindre, une main en visière pour protéger ses yeux de la lumière de la lampe torche.

— Vous êtes médecin, madame ?

— Drs Harrison et Lamont, répondit Neve, s'avançant dans sa direction. On nous a dit de demander Adam Grimshaw.

— C'est moi. Je gère la situation ici à bord du train en attendant qu'on puisse faire descendre tout le monde. Merci d'être venus aussi vite. Le conducteur est malade, et on a une blessée.

Neve se tourna vers Joe.

— Je vais me charger de la crise cardiaque, tu t'occupes de l'autre personne.

— Comme tu voudras, répondit-il sèchement.

L'homme les emmena dans le wagon voisin où des groupes de passagers étaient assis dans l'obscurité. Tous les visages, blafards dans la lumière de la lampe, se tournèrent vers eux.

La voix d'Adam s'éleva au milieu des murmures interrogateurs.

— Tout va bien. Restez à vos places, s'il vous plaît. C'est le médecin qui arrive.

Dans le wagon suivant, bondé, il y eut les mêmes visages tout pâles, et les mêmes questions, mais cette fois, des pleurs d'un jeune enfant déchirèrent l'air. Dès qu'elle aurait vu les urgences, il faudrait qu'elle trouve la mère de cet enfant pour voir si tout allait bien, pensa Neve.

— Nous avons rassemblé tout le monde dans les voitures du milieu pour conserver la chaleur, expliqua Adam en empruntant rapidement devant eux l'allée du wagon. Le conducteur ne va pas bien du tout — votre jeune Emma est avec lui dans la voiture de tête. Il y a aussi une passagère qui a été blessée quand le train a stoppé brusquement. J'ai fait tout le train pour demander à tout le monde si ça allait. Il y a quelques blessés légers — des plaies et bosses —, mais je laisse ces personnes-là à leurs places. Parmi eux, il y a une petite fille. Sa mère la garde à l'écart des cas plus graves.

Calme et assurée, la voix de Joe résonna derrière Neve.

— C'est bien. Est-ce que vous pouvez faire encore le tour ? Si quelqu'un a l'air très somnolent, ou désorienté, signalez-le-nous. Parfois, l'adrénaline peut masquer pendant un temps un choc ou d'autres blessures.

— Entendu.

Adam tenant ouvertes les portes de communication, ils entrèrent dans la voiture de tête.

Neve se dirigeait vers Emma qui se trouvait au bout de l'allée quand une main sortie de la pénombre lui agrippa le bras. C'était un homme.

— Vous êtes le docteur ? Ma femme est blessée…

Joe saisit le poignet du passager, et celui-ci lâcha Neve.

— Ça va aller, dit Joe. Je verrai votre femme…

Neve notifia son accord d'un bref hochement de tête et

continua d'avancer. Cette fois, Joe n'avait pas le choix, il allait devoir se surpasser.

La jeune femme pleurait doucement. Une autre passagère, assise à côté d'elle, lui tenait le bras, tendu dans une position inconfortable : une tige de métal semblait avoir transpercé la manche et le membre.

Joe s'adressa au mari de la blessée.

— Comment s'appelle-t-elle ?

— Jan. Vous êtes médecin ?

— Oui. Dr Joe Lamont. Je vais m'approcher un peu…

Se penchant, Joe dirigea la lumière de sa lampe sur la tige métallique, une aiguille à tricoter.

— Jan, je m'appelle Joe Lamont. Je suis médecin.

La blessée était pâle, les joues striées de larmes, mais elle semblait en pleine possession de ses moyens, et Joe discerna une lueur de soulagement dans son regard.

— Je vais chercher du matériel, mais ça ne prendra que quelques instants. Ensuite, je vous examinerai. D'accord ?

— Oui. Merci.

A l'extrémité de la voiture, Neve était à genoux sur le plancher et, penchée, elle parlait doucement à un quinquagénaire allongé sur un lit fait de manteaux entassés.

Joe émit un soupir de soulagement. L'homme était conscient, et Neve semblait contrôler la situation. Très vite, il prit dans le sac ce dont il avait besoin, et quand il se retourna, il faillait heurter le mari de Jan qui l'avait rejoint dans l'obscurité.

— Est-ce que je peux faire quelque chose, docteur ?

— Oui. Je voudrais que vous vous asseyiez en face de votre femme. Quand je vais couper la manche de son vêtement, elle aura mal, et elle aura besoin de vous.

Ayant rejoint la blessée, Joe lui soutint avec précaution le bras pendant que s'écartait la passagère qui l'avait aidée. Ensuite, il s'assit à côté de Jan, et dirigea la lumière de sa lampe sur l'aiguille à tricoter tordue par l'impact qui devait l'avoir plantée dans le bras. Mieux valait la laisser en place.

— Jan, je vais essayer de vous rendre les choses un peu plus faciles avant l'arrivée de l'ambulance. Avant tout, je veux m'assurer que vous n'avez pas d'autre blessure. Pas de choc à la tête ?

— Non.

— Bon. Je vais ouvrir votre manteau et palper votre abdomen et vos jambes afin d'être bien sûr.

Il confia la lampe torche à la passagère et lui indiqua où diriger le faisceau. Ensuite, il enfila des gants et, ouvrant le manteau de Jan, il lui palpa doucement le ventre, le dos et les jambes pour détecter d'éventuels signes de douleur ou épanchements de sang.

— Est-ce que ça vous fait mal ?

— Non.

Il referma le manteau.

— Vous allez bien. Mais, malheureusement, je vais devoir couper votre manche pour voir la plaie.

— Pas de souci. Ce manteau ne m'a jamais beaucoup plu.

Jan semblait calme, mais la prudence s'imposait car, chez un patient, le choc de voir son propre corps transpercé pouvait être violent.

— Je ne vais pas toucher l'aiguille. Il vaut mieux laisser un chirurgien de l'hôpital vous l'enlever.

— Oui. Ça fait un drôle d'effet, quand même…

— Je sais. Je voudrais que vous preniez la main de votre mari et que vous le regardiez. Vous pouvez faire ça ?

Jan parvint à sourire.

— Oui, bien sûr. Un regard amoureux, c'est ça ?

Joe pouffa.

— Exactement. Droit dans les yeux.

Il entreprit de découper l'épais tissu de laine du manteau, de part et d'autre du pic de métal, puis l'autre étoffe au-dessous.

Un peu de sang perlait autour de la plaie.

— Ça ne saigne pas trop, commenta Joe. Je vais placer

des tampons d'ouate autour pour protéger un peu et immobiliser le tout.

Jan esquissa un sourire tremblant.

— Merci… Ça fait très mal.

— Je m'en doute. Nous allons nous en occuper. Tenez bon, je vais chercher quelque chose contre la douleur.

Joe quitta son siège et indiqua au mari de Jan comment soutenir le bras en attendant qu'il revienne.

— Joe ! Arrêt cardiaque.

La voix de Neve venait de s'élever parmi les voix tranquilles du wagon. Joe se figea. Il avait déjà connu ce genre de situation : un jour, il avait quitté un patient pour s'occuper d'un autre et, ce jour-là, il avait fait le mauvais choix.

Soudain, sa confiance en lui-même, qui s'était affermie pendant qu'il s'occupait de Jan, vola en éclats.

— Joe…

Neve, de nouveau… Il prit sa décision.

— Je reviens dès que je peux. Restez là, comme vous êtes.

Le mari de Jan enregistra la consigne d'un hochement de tête.

Neve était toujours à genoux sur le plancher à côté de son patient. Visiblement désemparée, une autre jeune femme, qui devait être Emma, s'était reculée, la main plaquée sur la bouche avec une expression d'horreur.

Joe se pencha sur le patient à côté de Neve.

Alors, soudain, tout se mit en place, comme deux pièces d'une machine qui s'emboitent et fonctionnent harmonieusement. Sans un mot, Joe souleva l'homme, et le tint ainsi pendant que Neve ôtait les coussins placés sous lui.

— Combien de temps ?

— Vingt secondes. Commence la réa.

— Dis-moi que tu as un défibrillateur dans ton sac !

— Oui. Emma, il nous faut de la lumière, s'il te plaît.

Neve n'eut pas le temps de remercier Joe d'être venu à sa rescousse. Quand elle était arrivée, Gerry était conscient et il parlait, quand, brusquement, son cœur, déjà affaibli par la crise cardiaque, avait cessé de battre : cet homme était en train de mourir sous ses yeux…

Elle ouvrit sa trousse médicale pour en sortir le défibrillateur, et dégagea les électrodes de leur étui protecteur.

Joe avait déjà ouvert les vêtements du malade afin de lui dénuder le torse.

— Tu as un rasoir ?

— Oui, répondit Neve.

Elle sortit le rasoir jetable de la petite poche extérieure du sac, et pendant que Joe poursuivait la réanimation, quelques rapides coups de rasoir dessinèrent dans l'épaisse toison thoracique deux carrés assez grands pour que les électrodes adhèrent correctement.

— Prêt pour défibrillation, dit-elle.

— O.K.

— Dégagez.

Joe se recula.

Neve pressa le bouton.

— Il ne réagit pas. Reprends la réa.

Joe posa de nouveau les mains sur la poitrine du patient, effectuant des pressions régulières pour remplacer le battement du cœur défaillant, une pratique qui maintiendrait une circulation sanguine dans le corps jusqu'à ce que le défibrillateur soit rechargé pour un autre choc.

— Prêt.

— O.K.

— Attention… Dégagez.

Ils suivirent la même procédure. Comme s'ils avaient tout prévu, et réglé chaque geste à l'avance, leurs expériences, acquises sur des continents différents, fusionnaient tout naturellement.

— J'ai un battement cardiaque normal ! dit Neve.

Un petit sanglot résonna derrière elle, et le faisceau de la torche vacilla. Emma… C'était un spectacle pénible pour une étudiante en droit de vingt ans dont la seule expérience médicale provenait de son père !

— Tout va bien, Emma, dit doucement Joe. Vous vous en êtes très bien sortie. Tenez encore quelques minutes, pour nous, et ensuite, je vous promets que vous pourrez pleurer autant que vous voudrez. Dites-moi : comment s'appelle ce monsieur ?

— Gerry.

La lumière s'immobilisa de nouveau : Emma avait inspiré profondément et ravalé ses larmes.

Joe la remercia puis il se pencha sur l'homme dont les paupières frémissaient.

— Gerry ! Est-ce que vous m'entendez ?

Le patient ne répondit pas, mais il ouvrit les yeux.

— Gerry, surtout, ne bougez pas.

A présent, le cœur battait avec régularité. Neve ne quitta pas du regard le petit moniteur du défibrillateur pendant que Joe plaçait un coussin sous la tête du patient, lui parlant sans cesse pour le rassurer.

— Donne-moi la torche, Em, dit-elle. Pourrais-tu aussi, s'il te plaît, poser mon sac près de moi ? Merci.

Elle trouva l'oxymètre de pouls, le fixa au doigt du patient pour évaluer le taux d'oxygène dans le sang, et nota avec satisfaction qu'il n'était pas alarmant.

— Son état est stable. Rassurée ? murmura discrètement Joe.

— La prudence s'impose quand même. Pourquoi ?

— J'ai une femme là-bas au bout du wagon qui a une aiguille à tricoter plantée dans le bras.

— Une quoi ?

— Une aiguille à tricoter. Je veux lui donner un antalgique.

— Regarde dans mon sac. J'ai du paracétamol, ou, si ça ne suffit pas, de la morphine.

— Du paracétamol devrait suffire pour l'instant. Je n'en ai pas pour longtemps.

— Bien. Est-ce que tu pourrais aussi te renseigner pour l'ambulance ?

Gerry avait repris conscience, mais il restait très faible.

Ils disposaient d'un délai de quatre-vingt-dix minutes pour le transporter à l'hôpital avant que surviennent des complications irréversibles.

— J'y vais.

Dès que Joe s'éloigna, Neve ressentit une bouffée de tristesse qui remplaça la calme confiance qu'elle avait éprouvée en sa présence.

Elle inspira à fond et se concentra sur Gerry.

— Comment l'ambulance va-t-elle arriver jusqu'ici ?

Le visage d'Emma était pâle dans la lueur de la lampe torche. Joe était reparti depuis dix précieuses minutes.

— On trouvera un moyen, Em. En attendant, nous allons juste gérer la situation ici. D'accord ?

— Oui. Et si je tenais la main de Gerry ?

— Bonne idée. Il faut qu'il reste calme. Rassure-le.

Emma s'exécuta.

— Gerry, reposez-vous bien tranquillement. Le médecin est là. Vous allez vous en sortir.

Neve ignorait si elle pourrait tenir cette promesse-là, mais elle le souhaita ardemment en voyant le patient serrer la main d'Emma.

Joe, revenu, se plaça à genoux près d'elle.

— La première ambulance est à cinq minutes d'ici et il y en a une autre avec elle.

— Comment vont-elles parvenir jusqu'à nous ? On ne va pas transporter Gerry à travers champs !

— Elles arrivent par la route qui longe l'autre côté des voies.

— Ce n'est pas bloqué ?

— Si, mais un chasse-neige leur ouvre la route.

Neve sentit les doigts de Joe se poser doucement sur son dos. Ne savait-il pas qu'il avait perdu le droit de faire cela ? Tout de même, ce petit geste de réconfort lui fit du bien.

Moins de cinq minutes plus tard, du bruit à l'entrée du

wagon annonçait la venue des ambulanciers. Neve se leva et informa rapidement le médecin blond qui les accompagnait.

Les ambulanciers installèrent avec précaution Gerry sur un brancard, l'enveloppèrent dans des couvertures, et lui mirent un masque à oxygène.

— Comment ferez-vous pour sortir d'ici ? demanda Neve au médecin.

— Les voitures sont tout près, et votre collègue aide les cheminots à tracer un sentier jusqu'en haut du talus.

Neve s'était demandé où Joe était passé. Elle avait supposé qu'il se tenait à l'écart maintenant que l'ambulance était là. Elle aurait dû se douter qu'elle se trompait.

— Prêt à partir, docteur ? demanda un des ambulanciers.

Le jeune médecin consulta les notes de Neve qui mentionnaient les médicaments administrés à Gerry et les données fournies par le défibrillateur portable.

— Oui. Nous sommes prêts.

— Bonne route, dit Neve.

— Merci. Tout ira bien. La route du retour sera dégagée comme à l'aller. Est-ce que vous venez avec nous ? Il y aura un siège libre à l'avant.

— Non, il faut que je reste ici avec les passagers. Est-ce que tu veux partir, Emma ?

— Je reste aussi.

Le jeune médecin adressa un sourire chaleureux à Emma qui lui sourit aussi, puis il se hâta de rattraper les ambulanciers et le brancard.

Neve ravala les larmes qui montaient inexplicablement et se dirigea vers la passagère dont Joe s'était occupé, au milieu de la voiture.

Elle n'avait pas terminé son travail.

13.

Neve inspira profondément et s'avança vers la blessée.

— Bonjour. Je m'appelle Neve. Comment vous sentez-vous ?

— Pas trop mal. Comment va le monsieur ?

— Son état est stable. La bonne nouvelle, c'est qu'il est parti pour l'hôpital. Et l'autre bonne nouvelle, c'est qu'une ambulance devrait arriver très bientôt pour vous.

— Merci.

De toute évidence, la jeune femme souffrait, mais Joe avait réussi à l'installer confortablement, le bras soutenu par deux sacs, eux-mêmes posés sur le coussin improvisé d'une veste moelleuse. Elle était enveloppée d'une couverture de survie, et quand Neve toucha son autre main, elle était chaude.

— Pas de problème à part votre bras ?

La jeune femme eut un sourire.

— Non, rien. L'autre médecin m'a demandé ça lui aussi, et il m'a examinée en entier.

De toute évidence, elle avait apprécié l'attention de Joe.

— Comment vous êtes-vous fait ça ? demanda Neve, inspectant le pansement pour déceler une éventuelle trace d'hémorragie.

Ce fut l'homme assis à côté de la blessée qui répondit.

— Jan tenait son tricot en l'air pour compter les rangs quand le train a stoppé, et elle est tombée sur l'aiguille.

— Avec un choc pareil, j'ai eu de la chance que ce soit seulement mon bras, dit Jan.

— Est-ce que Joe vous a donné quelque chose pour la douleur ?

Avec un sourire, Jan passa la main sous la couverture de

survie et en ressortit un morceau de carton épais, coupé en forme d'étiquette et fixé à son cou par des bandes de gaze et du sparadrap. Clairement inscrites sur le carton, il y avait l'heure, la date, et la dose de paracétamol administrée.

— Bien. Il ne nous reste qu'à attendre l'ambulance, alors.

La seconde équipe d'ambulanciers arriva dans le wagon quelques minutes plus tard. Ils aidèrent Jan à se lever et à s'installer sur un brancard. Avant de partir, son mari serra la main de Neve.

— Merci. Et remerciez le Dr Lamont de notre part, dit-il.

— Je n'y manquerai pas.

Elle n'en aurait sûrement pas l'occasion, pensa Neve. Joe était parti maintenant, et il ne reviendrait pas. Bientôt, il rentrerait au Canada. C'était peut-être mieux ainsi. Mais avec l'obligation de s'occuper des autres passagers du train, pas question de se blottir dans un coin pour pleurer ! Elle redressa les épaules et ouvrit la porte de la deuxième voiture, à la recherche d'Adam Grimshaw.

Des visages se tournèrent dans sa direction et des murmures s'élevèrent puis quelqu'un se mit à applaudir. Puis quelqu'un d'autre, et quand elle arriva au centre du wagon, tout le monde applaudissait.

Elle n'était pas aussi seule qu'elle le pensait, mais la seule personne qu'elle voulait n'était pas là…

— Merci. Merci, tout le monde. Les deux personnes blessées sont en route pour l'hôpital…

Il y eut un murmure d'approbation.

— Quand pourrons-nous sortir ? demanda une voix d'homme.

— Je n'en sais pas plus que vous. Je vais demander.

— On pourrait suivre les rails — passer par le même chemin que vous quand vous êtes arrivée, suggéra une autre voix.

— Non. Ce ne serait pas très sûr. Nous sommes bloqués à plusieurs kilomètres du premier village sans aucune possibilité de transport, et, dehors, il fait encore plus froid qu'ici.

— Il vaut mieux rester ici, conclut une autre voix, dominant le brouhaha.

Enfin un avis raisonnable ! pensa Neve. Quelques autres personnes s'y rallièrent, et l'opinion bascula : on attendrait là.

Voyant Adam entrer par la porte opposée, elle se hâta de le rejoindre.

— Est-ce que vous avez passé tous les wagons en revue, comme mon collègue l'a demandé ?

— Oui. Il y a deux autres blessures bénignes que vous devriez voir. Une femme avec une main enflée, et l'enfant de tout à l'heure. Voulez-vous qu'on vous les amène ?

— Oui, tant que la voiture est stable. Elle penche, on dirait.

— C'est exact. Les roues ont heurté un bloc de glace et ont quitté les rails, mais elles sont bloquées maintenant.

— Vous en êtes sûr ? Il n'y a pas de danger que cela bascule davantage ?

— Non. Je suis allé voir. Les roues de devant sont coincées. Nous allons évacuer tout le monde dans un train de secours.

— Certains passagers parlent de marcher le long des voies. Je leur ai dit que c'était une mauvaise idée et que nous devrions attendre.

— Oui. Très bien. Si quelqu'un d'autre pose des questions, faites passer ce message-là. C'est beaucoup trop dangereux de faire marcher tous les passagers d'un train le long de voies électrifiées. Je vais faire circuler des pots de café, et avec un peu de chance, ça fera patienter tout le monde.

— Du café ? répéta Neve, alléchée.

Adam eut un sourire.

— Je vais vous en faire apporter. C'est la moindre des choses… Merci pour Gerry… Voyez-vous, je le connais depuis trente ans et c'est quelqu'un de bien.

Neve prit la main que lui tendait Adam et il la serra avec effusion.

— J'ai été contente de pouvoir aider.

— Je veux remercier aussi Emma. Il n'y avait personne du

corps médical dans le train, et elle s'est proposée courageusement alors qu'elle tremblait comme une feuille.

— Je vais lui parler, répondit Neve, émue en imaginant Emma seule et effrayée. Elle est un peu choquée, et si vous avez une minute, je serais contente que vous lui disiez quelques mots.

— Je le ferai, dit Adam. Je vais chercher le café et je reviens.

Quand Neve regagna la voiture de tête, elle se hâta de rejoindre Emma assise seule à l'autre bout, serrant son manteau autour d'elle, les joues marbrées de larmes.

— Emma…

Elle s'assit à côté d'elle et lui prit la main.

— Où est Joe ? demanda Emma.

— Il est parti avec l'ambulance, répondit Neve d'une voix qui tremblait légèrement.

— Tu crois que Gerry va s'en sortir ?

— Il est en route pour l'hôpital.

— Je n'ai pas su quoi faire, Neve.

— Ne t'inquiète pas. Tu n'as pas perdu ton sang-froid, et tu as appelé à l'aide. Ensuite, tu as suivi les indications de ton père jusqu'à ce que j'arrive avec Joe. C'était déjà beaucoup !

— Mais si j'avais su reconnaître les signes, j'aurais peut-être pu agir plus tôt, et il n'aurait pas fait cet arrêt cardiaque.

— Son cœur était affaibli par la crise cardiaque, et c'est ce qui a favorisé l'arrêt. Tu n'aurais rien pu faire. C'est grâce à toi que Joe et moi avons pu agir à temps.

— Je vais apprendre à réanimer, déclara Emma.

— Très bonne idée. Tout le monde devrait savoir le faire.

Emma s'essuya les joues d'un revers de main.

— Peut-être que Joe voudra bien m'apprendre.

— Peut-être, répondit Neve.

Il y avait peu de chances qu'il puisse, sauf s'il pouvait trouver un peu de temps avant son départ pour le Canada…

— Qu'est-ce que je voudrai peut-être faire ? demanda derrière elles une voix grave.

Neve n'osa pas lever les yeux.

— Joe ! Vous êtes revenu ! murmura Emma.

— Bien sûr.

— Je te croyais parti avec l'ambulance, dit Neve.

Sa voix tremblait. Elle avait tellement rêvé qu'il revienne… Bonheur provisoire. Il allait bientôt partir pour de bon, et elle souffrirait terriblement.

— J'étais sur le talus. J'aidais les ambulanciers.

Il adressa un sourire à Emma.

— Comment ça va, Em ?

— Nous sommes contentes de vous voir.

Elle se leva vivement et gratifia Joe d'une accolade spontanée. Celui-ci la berça contre son épaule, dans le but évident de la rassurer.

Adam venait d'entrer, portant une Thermos de café et des tasses en polystyrène.

— Tu devrais aller chercher du café, Em, suggéra Neve. Je crois qu'Adam veut te parler.

— Du café !

Réconfortée par l'accolade et par la perspective d'une boisson chaude, la jeune femme se dirigea vers l'autre extrémité de la voiture.

Neve pensait que Joe trouverait un prétexte pour s'esquiver, mais il s'assit en face d'elle.

— Où va-t-elle ? demanda-t-il, désignant de la tête Emma qui s'éloignait.

— Adam voulait la remercier personnellement d'avoir proposé son aide.

Joe esquissa une moue approbatrice.

— Elle a besoin de reconnaissance. Ça a dû être très dur pour elle.

— Oui. Et pour toi aussi. Merci d'être là.

Il se pencha en avant, les coudes sur les genoux, et derrière les hauts dossiers de leurs sièges, ils eurent l'impression d'être seuls au monde.

— Je ne mérite aucun remerciement, Neve.

— Ta présence a fait une énorme différence.

Durant un instant, des ondes précieuses vibrèrent de nouveau entre eux. Mais Joe secoua la tête.

— Tu sais bien que ce n'est pas vrai.

— Je sais surtout que je ne t'ai guère encouragé à venir !

— Tu m'as appelé !

— Et je t'ai raccroché au nez.

— Tu avais le droit d'être en colère. Quelqu'un qui pense que sauver une vie n'est pas « judicieux », cette personne-là ne vaut guère la peine.

— Une personne qui surmonte ses sentiments personnels et qui fait ce qu'il faut vaut vraiment la peine.

Joe lui avait fait beaucoup de mal, mais elle s'en était prise à lui par dépit, et cela n'aidait ni l'un ni l'autre. Il méritait mieux que cela — et elle aussi, peut-être, pensa Neve.

— Je m'en souviendrai la prochaine fois où je rencontrerai ce genre de situation…

— Ce qui se situe très loin dans l'avenir, j'imagine.

Joe émit un bref rire désabusé.

— Probablement, oui.

— En attendant, souviens-toi de ce nom : Gerry. C'est celui de l'homme que tu as aidé à sauver.

Comme s'il se sentait soudain fatigué, Joe passa une main sur ses yeux puis il scruta Neve, et un frisson brûlant la traversa.

— Tu es un médecin formidable et… la prochaine fois que quelqu'un te dira que tu dois changer, je te suggère de lui rire au nez, d'accord ?

— J'y songerai.

— O.K. C'est parfait.

Il n'y aurait pas de prochaine fois pour elle et lui, pensa-t-elle tristement. Et pas de miracle. Joe n'allait pas dire qu'il avait eu une révélation, qu'il avait retrouvé sa confiance en lui et qu'il revenait à la médecine… et qu'ils pourraient se donner une seconde chance. De toute façon, dans quelques jours, il prendrait l'avion pour retourner au Canada.

— Ah, Emma… Merci.

Joe se leva soudain et, se retournant, Neve vit Emma qui

s'avançait dans leur direction, portant trois gobelets de café. Joe en prit un et le tendit à Neve.

— Génial… Ça va me faire du bien, dit-elle.

Le froid qui régnait dans le train recommençait à la glacer.

— Est-ce qu'on a amené nos autres patients ? reprit-elle.

— Ils arrivent. Le premier est déjà là, répondit Emma.

Se tournant vers l'autre extrémité de la voiture, Joe fit signe qu'il arrivait.

— Reste là et bois ton café, Neve, dit-il. Si j'ai besoin de toi, je t'appellerai.

Elle sirota son café, et sourit en écoutant Emma lui raconter fièrement ce qu'Adam lui avait dit. Mais elle ne put rester longtemps assise et se dirigea vers Joe, comme attirée par une force irrésistible.

Il était assis à l'autre bout du wagon, à côté d'une jeune femme, et il avait une fillette de trois ans environ assise sur les genoux. Il persuadait sa petite patiente de le laisser désinfecter la coupure qu'elle avait au bras.

— D'abord, je vais nettoyer ton bras avec ça, Daisy.

Il avait dans la main une lingette antiseptique qu'il avait prise dans le sac de Neve. S'en emparant, Daisy la frotta contre la manche du chandail de Joe.

— Non, ma chérie, sur la peau.

Tout en gardant l'enfant dans le cercle de ses bras, il lui remonta sa manche, et elle le regarda avec intérêt se frotter l'avant-bras sans ménagement.

Il esquissa une petite grimace de douleur feinte.

— Ouille… Ça pique un peu, mais c'est parce que ça marche bien.

Il tira du paquet une autre lingette et Daisy lui sourit.

— Fais le bruit avec ton gant, dit-elle.

— Bien sûr. J'ai oublié.

Il fit claquer sur son poignet le bord d'un des gants de chirurgien qu'il portait.

— Tu es prête, maintenant ?

Daisy acquiesça de la tête, et Joe entreprit de nettoyer

doucement la plaie, tenant fermement la fillette contre lui quand elle geignait.

— C'est presque fini, ma chérie.

C'était insupportable pour Neve, cette douceur d'un enfant contrastant avec la rudesse d'un homme déchiré par la guerre. Le pire, c'était que Daisy ressemblait un peu à Joe, avec ses cheveux bruns et ses grands yeux. Il ferait un père formidable…

Mais elle n'avait pas le droit de penser à cela. Absolument aucun droit d'imaginer que Joe avait le même projet qu'elle. Il avait sa propre vie, et ses propres aspirations, qui n'avaient rien à voir avec les siennes.

— Tu es très courageuse, Daisy. Maintenant, je vais mettre un petit sparadrap sur ta blessure, et tu ne devras pas l'enlever… Mais avant, ceci. Ça s'appelle une suture, et ça ne fait pas mal du tout.

— Fais le bruit.

— Ah oui. Merci de me le rappeler.

Joe fit claquer ses gants, et Daisy leva vers lui un visage hilare devant une Neve au supplice.

Il décida de poser deux points, ce qui était l'option la plus sûre. Il le fit si rapidement, et d'une main si experte, que la fillette eut à peine le temps de s'en apercevoir.

— Maintenant, je vais coller un pansement dessus pour que tout tienne bien en place…

C'en était trop pour Neve. Comme Adam entrait dans le wagon avec une quinquagénaire dont il portait les sacs, elle se tourna vers eux et arbora un large sourire.

14.

Maintenant, il ne restait plus qu'à attendre et les minutes s'étiraient interminablement. Daisy avait demandé à Joe de lui raconter une histoire, et il l'avait fait avant de la rendre à sa mère. Neve, elle, s'occupait d'une femme qui souffrait d'une entorse du poignet, et Emma était assise à l'autre bout du wagon.

Joe gagna la queue du train pour aller retrouver Adam, et voir aussi s'il pourrait obtenir une meilleure réception sur son téléphone. Mais les deux barres qu'il obtint ne lui servirent pas à grand-chose parce qu'il n'y avait personne qu'il souhaitait appeler. En fait, tout ce qu'il avait toujours souhaité se trouvait là, à portée de sa main, mais hors d'atteinte.

En proie à une profonde insatisfaction, il regagna la voiture de tête, et se laissa tomber sur une banquette en face d'Emma et Neve.

— Quelles sont les nouvelles ? demanda Emma.

— Ça va prendre du temps, répondit-il.

— On pourrait rentrer à pied, tous les trois, suggéra-t-elle avec un large sourire.

— Nous ne pouvons pas marcher le long des voies.

Emma étira ses bras avec impatience.

— Ça ne doit pas être bien dangereux puisque vous l'avez fait, avec Neve.

En entendant son nom, celle-ci sembla sortir de sa rêverie.

— Nous avons marché pour venir ici en urgence, mais nous nous trouvons à des kilomètres de la gare de départ, et pour arriver à Leminster, nous devrions longer tout le tunnel dans le noir.

— Très bien. Alors qu'est-ce qu'on peut faire ? demanda Emma, remuant sur son siège.

— On nous envoie un train de secours, répondit Joe. Il s'approchera aussi près que possible du wagon de tête pour qu'on puisse s'y réfugier. Ensuite, direction Leminster.

— Alors ça ne sera plus très long, maintenant ? demanda Neve, les yeux pleins de larmes.

— Non, plus très long.

Une heure plus tard, enfin, le train de secours arrivait en gare de Leminster. Tous les passagers gagnèrent en hâte la salle d'attente où beaucoup de gens les attendaient. A l'écart, Joe regarda Neve s'assurer que la femme avec l'entorse au poignet et la mère de Daisy avaient quelqu'un pour les ramener chez elles.

Emma aussi avait quelqu'un qui l'attendait. Un homme fendit la foule, et elle tomba dans ses bras en lui adressant un flot de paroles. L'homme l'écouta avec un regard empli de fierté et de soulagement, et Joe, se sentant indiscret, s'éloigna discrètement. C'était leur monde, pas le sien.

Neve, elle, était seule à la gare. Personne n'était venu la chercher. Il la vit glisser la bandoulière de son sac à son épaule et se diriger vers la sortie.

Neve en avait assez de se forcer à sourire. Tout le monde lui souhaitait un joyeux Noël alors qu'elle n'avait aucune hâte de voir le lendemain arriver. De toute façon, il fallait qu'elle s'en aille. Il faisait déjà sombre et elle avait un long chemin à parcourir à pied.

— Neve ! Attendez !

C'était la voix de Ted. Elle se retourna, et le vit qui se hâtait de la rejoindre avec Emma.

— Merci pour tout, Neve. Maisie aussi vous envoie ses amitiés.

Le regard de Ted exprimait une profonde reconnaissance pour être venue au secours de sa fille.

Neve lui sourit. Soudain, elle n'était plus le jeune médecin du cabinet médical qui avait besoin d'être soutenue et guidée. Elle était devenue l'égale des autres praticiens ; elle avait bien fait son travail et gagné le respect de Ted.

— Je vous raccompagne, dit-il.

— Merci, mais ça va aller. Je vous obligerais à faire un détour qui prendrait un temps fou. Ce sera sûrement plus rapide si je rentre à pied.

— De nuit, et avec ce gros sac ?

— Vous pourriez peut-être le mettre dans le coffre de votre voiture, et je passerais le prendre après Noël.

— Je te raccompagne.

La voix de Joe derrière elle la fit sursauter.

— Joe Lamont, je suppose ? dit Ted.

Les deux hommes échangèrent une poignée de main.

— Je suis Ted Johnstone, le père d'Emma. Heureux de faire votre connaissance. Ma femme ne tarit pas d'éloges sur vous.

— Ma voiture n'est qu'à cinq minutes d'ici, Neve. Et je me suis renseigné : les trains pour Londres roulent.

— Dans ce cas, la chose est réglée, commenta Ted. Soyez prudents sur la route.

— D'accord… A bientôt.

Neve s'apprêtait à dire qu'elle ne partirait pas avec Joe, mais elle savait que Ted insisterait alors pour la déposer. Mieux valait dissuader un seul bon Samaritain à la fois.

Tandis que Ted entraînait Emma vers sa voiture, Joe prit la trousse médicale et tourna les talons, mais il dut s'apercevoir que Neve ne le suivait pas car il se retourna.

— Qu'y a-t-il ?

— Je n'ai pas besoin qu'on me dépose.

— Nous allons juste passer chez toi pour prendre tes valises… Si tu as toujours l'intention de partir pour Londres ce soir.

— Non. Il est trop tard. Les services de trains locaux sont sûrement désorganisés, et ça va me prendre des siècles.

— Je t'emmène à Leeds, et là, tu pourras prendre l'intercités.

— Merci pour ta proposition, Joe. Mais je dois d'abord rentrer chez moi pour prendre mes affaires, et ensuite, Dieu seul sait combien de temps il faudra pour arriver à Leeds. C'est trop tard pour partir.

— Essayons. Il y a peut-être une chance…

— Il n'y en a aucune.

Même s'il y avait eu une chance, Neve ne serait pas partie avec lui. Il fallait que cesse cette perversité : souhaiter qu'il soit là quand il n'y était pas, et ensuite, quand il arrivait, souhaiter qu'il s'en aille. Elle devait lui dire au revoir.

Il demeura pensif pendant quelques instants.

— Entendu, alors. Je te ramène chez toi.

Neve allait protester, mais il leva la main pour l'en dissuader.

— Ted ne t'a pas raccompagnée parce qu'il pensait que je le ferais. Tu te considères toujours comme quelqu'un pouvant se débrouiller toute seule, et je pense que tu en es capable effectivement. Mais pour une fois, tu vas venir avec moi, même si je dois te jeter sur mon épaule pour te porter.

Il ne ferait pas une chose pareille ! pensa Neve — mais elle n'en fut pas sûre en voyant son air décidé.

— Entendu. Mais tu me raccompagnes, et ensuite, tu t'en vas.

— D'accord.

Cette fois, Neve le suivit.

Joe aurait volontiers emmené Neve à Londres, plutôt que de la laisser dans sa maison sombre et silencieuse pour y passer seule le reste de cette soirée de Noël. Mais elle ne voulait pas.

Le problème était bien là. Elle ne voulait pas ce qu'il pouvait lui donner, et il ne pouvait pas lui offrir ce qu'elle désirait. Alors s'il n'avait aucun moyen d'exaucer les rêves de Neve, il ne lui restait qu'à s'en aller.

La voiture de Joe se trouvait garée devant son cottage, et le chemin le plus rapide pour s'y rendre était un sentier piétonnier qui contournait Leminster.

Après quelques minutes de marche, Joe s'arrêta pour attendre Neve.

— Ça va ?

— Oui, répondit-elle, essoufflée.

Attendri, il réprima une envie de la prendre dans ses bras.

Arrivés à la voiture, ils ôtèrent la neige fraîche qui la recouvrait, et Joe éprouva un pincement de tristesse. Ils travaillaient ensemble et en silence, seuls dans une rue vide, et il avait quand même l'impression que ces moments étaient merveilleux parce que Neve était près de lui…

Sa résolution s'en trouva renforcée : il fallait qu'il parte, et le plus tôt serait le mieux.

Neve avait remonté seule l'allée de sa maison et y était entrée — seule. Le coup final… Après tout ce qu'ils avaient traversé pendant cette journée, Joe était resté résolument au volant, sans même descendre pour porter son sac.

La maison était froide et sombre, sans aucune décoration puisqu'elle n'avait pas prévu d'être là pour Noël. Elle laissa tomber son sac dans le hall puis envoya un texto à ses parents pour leur raconter ce qui s'était passé et leur dire de ne pas l'attendre. Ensuite, montant à l'étage, elle abandonna son manteau sur le parquet du couloir devant la salle de bains. Avec un soupir, elle fit couler un bain chaud avec l'espoir de se réchauffer et détendre ses membres fatigués.

L'eau chaude l'apaisa, mais n'eut aucun effet sur son chagrin. Si Joe ne se laissait pas fléchir un soir de Noël, il ne le ferait jamais. Tout était fini entre eux.

Elle commençait à peine à se décontracter quand son téléphone sonna. Elle répandit de l'eau partout en sortant de la baignoire à la troisième sonnerie avant d'extraire le téléphone de la poche de sa veste à la cinquième sonnerie.

— Oui ?

Elle frissonnait, nue dans le couloir, espérant malgré tout…

— Neve ? Où es-tu ?

La voix de Maisie anéantit ses espoirs.

— Dans le bain. Ne quitte pas.

Revenant dans la salle de bains tiède, Neve s'enveloppa dans une serviette-éponge puis se dirigea vers sa chambre.

— Je suis chez moi, ajouta-t-elle.

— Ted me l'a dit. Tu n'es pas partie pour Londres, alors !

— Je me suis dit que c'était trop tard.

« Pour beaucoup de choses », ajouta-t-elle mentalement.

— C'est dommage que tu ne l'aies pas dit à Ted. Il aurait pu te ramener ici ce soir. Il va venir te chercher…

— Non, merci, Maisie. Je voudrais me coucher tôt.

— Tu viens chez nous demain, alors. Et ne discute pas.

— J'apprécie beaucoup, mais…

— Nous viendrons te chercher demain matin. Je t'appellerai vers 10 heures et tu me diras quand nous pourrons venir.

Il ne restait qu'à accepter. Joe n'appellerait pas, ne viendrait pas, et il était donc inutile de rester là à souhaiter qu'il le fasse. Elle devait reprendre le cours de sa vie.

La gentillesse de Maisie lui donna soudain envie de pleurer.

— Je ne sais pas quoi dire…

— C'est facile : simplement oui. Et promettre aussi que tu seras réveillée à 10 heures quand je t'appellerai !

— Ce sera super. Merci, Maisie. Vraiment…

Neve raccrocha et, pensive, posa le téléphone à côté d'elle sur le lit. C'était Noël, après tout. Peut-être pas celui dont elle avait rêvé, mais elle avait des amis, et elle allait essayer de passer le meilleur moment possible.

15.

On ne pouvait pas rester couché un matin de Noël, même si aucun cadeau et aucune famille ne vous attendaient ! Neve se leva tôt et enfila des chaussettes et une veste épaisse sur son pyjama puis descendit dans la cuisine. Deux doses de café, avec une petite cuillerée de chocolat en poudre, un peu de lait mousseux et un soupçon de muscade, lui permettraient de bien commencer la journée.

Elle s'assit confortablement à la table de la cuisine pour siroter la première gorgée, puis elle ferma les yeux, tentant de trouver au breuvage un goût délicieux alors qu'une boule de chagrin lui serrait la gorge.

Quelques chants de Noël, peut-être ? Elle mit la radio en marche et elle posait le doigt sur le bouton des fréquences quand elle entendit frapper à la porte. Elle gagna l'entrée pour jeter un coup d'œil par la boîte aux lettres, mais une branche gênait la vue.

Une branche ? A cet endroit ?

D'une main mal assurée, elle poussa le verrou et ouvrit la porte.

La première chose qu'elle vit fut un grand sapin de Noël qui occupait presque tout le petit porche. La chose suivante fut Joe assis dans sa voiture. Le moteur tournait et il s'apprêtait visiblement à partir. Quand il l'aperçut, il afficha l'air penaud d'un enfant et baissa la vitre.

— Je t'ai laissé quelques petits trucs…, lança-t-il en agitant la main.

Neve franchit le seuil et faillit tomber en trébuchant sur deux boîtes en carton.

— Mais… Joe…

— Il faut que je m'en aille. Joyeux Noël ! ajouta-t-il avec une jovialité forcée.

La vitre remonta puis la voiture s'éloigna lentement.

Suffoquée par l'émotion et incapable de réfléchir, Neve s'élança en courant dans l'allée sans même sentir le froid.

— Joe !

La voiture s'arrêta net et Joe en sortit pour se précipiter vers elle. Elle sentit une vague de bonheur l'envahir.

— Mais qu'est-ce que tu fais, bon sang ?

Il la souleva et, la portant, il se dirigea à grands pas vers la maison. C'était tout ce qui comptait. Ce moment. Tout le reste pouvait attendre. Blottie contre lui, elle était à sa place.

Pourtant, elle frissonnait quand il referma la porte avec le pied et entra dans la cuisine. Lui, il semblait en colère. L'installant sans façon sur le canapé, il s'agenouilla devant elle pour lui ôter ses chaussettes et lui frictionner les pieds, l'air désapprobateur.

— Mais enfin, qu'est-ce qui t'a pris ? On peut avoir des orteils gelés après seulement deux minutes d'exposition au froid !

Elle n'avait pas de réponse, et le sentiment de s'être conduite comme une idiote étouffa la bouffée de bonheur ressentie la minute d'avant.

— Je pourrais te poser la même question. Qu'est-ce qui t'a pris de déposer des choses devant ma porte et de t'en aller tout de suite ?

Elle dégagea ses pieds sans ménagement et replia ses jambes sous elle.

— Je savais que tu n'avais pas d'arbre de Noël, alors j'ai pensé que ça te ferait plaisir.

— Ah bon ? Alors tu crois que tu peux comme ça faire l'amour avec moi puis me plaquer, et ensuite, tu réapparais, tu me proposes de me raccompagner, tu m'apportes un arbre de Noël…

— Si je me rappelle bien, c'est toi qui m'as appelé hier matin !

— J'avais une urgence à traiter. Qu'est-ce que je pouvais faire ? Et ce matin, je ne t'ai pas appelé !

— Alors, il faut juste que tu me pardonnes mon excès de sollicitude envers toi.

Ils échangèrent un regard noir et, finalement, ce fut Joe qui détourna les yeux.

— Tu as raison. Je n'aurais pas dû le faire. Tu m'as dit que si je partais, je ne devrais plus revenir, et j'aurais dû respecter ta volonté. Excuse-moi.

Il reprit ses gants jetés sur le parquet puis se redressa. Une fois encore, elle avait parlé, Joe l'avait écoutée, et il partait. Alors il était temps pour elle d'oublier sa fierté, de ne plus tenter d'imposer son point de vue et de renoncer à avoir raison — mais aussi, d'exprimer ses désirs, quoi qu'il lui en coûte.

Les pieds engourdis, elle se leva gauchement et fit quelques pas incertains, agrippant le bord de la table.

— S'il te plaît, reste un moment, Joe.

— Je ne peux pas.

— Bon sang, j'ai besoin que tu restes ! Je t'en supplie.

Il se retourna, visiblement aussi surpris par cette demande que l'était Neve elle-même.

— Tu l'as dit toi-même : nous voyons bien tous les deux que ça ne va pas marcher.

— Comment puis-je en être sûre quand il y a des choses que tu refuses de me dire ? Parle-moi, Joe. S'il te plaît…

Parler ? Cela ne servirait qu'à rouvrir ses blessures et n'aurait aucune influence sur le cours des choses. Mais il lui avait montré qu'il ne pouvait pas rester loin d'elle. Et maintenant, elle le suppliait de rester…

— Assieds-toi. S'il te plaît.

Laissant tomber ses gants sur une chaise, il ôta sa veste et fronça les sourcils en respirant le parfum qui s'échappait du mug sur la table.

— Finis ton… Qu'est-ce que c'est ?

— Du chocolat, du café et de la muscade, avec du lait battu. C'est bon.

Quand elle fut assise près du poêle, il lui tendit le mug dont elle sirota une gorgée.

— De quoi veux-tu que je parle ?

— Dis-moi ce qui t'est arrivé. Tu ne veux plus exercer, tu refuses de t'engager avec moi… Je veux savoir pourquoi.

— Je ne veux pas en parler.

— Tu as mis ma vie sens dessus dessous, alors j'ai bien le droit de savoir ce qui t'éloigne de moi !

— C'est mieux comme ça.

— Tu ne me respectes pas assez pour au moins me dire pourquoi ? Je mérite au moins ça, non ?

Elle était honnête et courageuse. En cet instant, Joe l'admira plus que n'importe qui au monde.

— Oui. Tu mérites ça.

Il alla se servir un verre d'eau à l'évier pour soulager sa gorge sèche. Neve attendait, calme et silencieuse.

— J'exerçais dans le cadre d'une force de maintien de la paix en tant que chirurgien dans un hôpital de campagne. Nous traitions des blessures de toutes sortes sur des civils pris dans les combats aussi bien que sur nos propres soldats. Nous venions de travailler pendant vingt-quatre heures d'affilée quand on a amené de nouvelles urgences. Parmi elles, il y avait une femme sous sédatif avec un éclat de shrapnel dans la jambe.

Avant de poursuivre, il but une autre gorgée d'eau.

— Je l'ai examinée rapidement, j'ai lu sa fiche, et j'ai décidé d'opérer en premier un autre blessé dont l'état était plus grave. La femme, elle, semblait stable. Mais je me trompais. Elle souffrait de lésions internes qui n'avaient pas été décelées au premier examen, et elle est morte sur ma table d'opérations.

Neve sentit une boule se former dans sa gorge.

— C'est affreux, mais ce n'était pas ta faute. Tu ne pouvais que t'appuyer sur les informations qu'on t'avait données ! C'est ce que nous faisons tous !

— Mais c'est moi qui ai pris la décision de ne pas l'opérer en priorité. Qu'est-ce que tu aurais ressenti à ma place ?

— Je pense que je me serais sentie responsable, moi aussi, mais ça ne veut pas dire que tu l'étais. Est-ce qu'il y a eu une enquête ?

— Oui. Je n'ai reçu aucun blâme.

— C'est une chose à prendre en compte, tu ne crois pas ? Je sais que c'est difficile — c'est une tragédie, même — mais… perdre des patients, cela fait partie de notre métier.

— Cette fois-là, c'était différent.

— Je ne comprends pas… Quel rapport cela a-t-il avec tes blessures ?

— Deux jours plus tard, je suis allé voir la famille. J'y suis allé seul, ce qui était contraire au règlement, mais je voulais expliquer… comme je pourrais. Son père et sa mère ont accepté de me rencontrer, et ils ont écouté ce que j'avais à leur dire. Mais quand j'ai quitté leur maison, j'ai été entouré par une foule. Plus tard, on m'a dit que les frères de la femme avaient appris que j'étais là, et ils étaient venus pour demander justice.

— Quelle… sorte de justice ?

— Il y a eu quelques coups de poing et j'ai tenté de regagner ma voiture. Dans la bousculade, j'ai trébuché, et quand quelqu'un m'a donné un coup de batte de base-ball, j'ai entendu… et ressenti… un craquement.

— Ta jambe…, conclut Neve, horrifiée.

— Oui. Au début, j'ai cru que c'était une simple chute et que j'avais du mal à me relever.

A cette évocation, Joe sentit la panique l'envahir, et il lutta pour reprendre le contrôle, assailli par les images sombres qui hantaient ses rêves.

— Je suppose qu'on t'a sûrement donné des coups de pied. C'est ce qui a provoqué l'éclatement de ta rate, dit doucement Neve en lui prenant les mains.

— Oui.

— Et l'insuffisance rénale ? C'est un coup qui l'a provoquée ?

— Plusieurs coups.

— Les cicatrices sur tes épaules ressemblent plus à des lacérations qu'à des coups de poignard…

— C'est exact, répondit Joe avec un humour forcé. Tu es très douée. Tu n'as jamais pensé à la médecine légale ?

— Un jour, peut-être, tu me diras tout, de ta propre initiative, et du début à la fin.

Un jour, il serait peut-être capable de tout raconter, mais ce ne serait pas tout de suite, et quand le jour viendrait, il serait rentré au Canada.

— As-tu pensé que le syndrome post-traumatique a peut-être alimenté ton sentiment de culpabilité ? Et que les deux choses ensemble t'ont piégé, et t'ont rendu incapable d'avancer ?

— Oui, bien sûr, mais cela ne m'entraîne pas bien loin. Quelles que soient les raisons, je ne peux quand même pas te faire de promesses. Je ne suis pas un homme avec qui tu dois avoir une histoire.

— Ecoute, si tu ne veux pas de moi, il faut que tu me le dises…

— La question n'a jamais été là, tu le sais bien.

— Alors, je vais te dire ce que moi, je veux. Je veux une famille, une carrière, une jolie maison. Et surtout, quelqu'un à aimer.

— Ce n'est pas moi, répondit tristement Joe.

— Laisse-moi en juger. Les choses ne marcheront peut-être pas entre nous, mais je m'engage dans cette histoire en connaissance de cause, et je veux prendre ce risque.

Voilà… Elle l'avait dit, et elle eut l'impression qu'un poids quittait ses épaules.

— Mais… tout ce que tu as vécu avec ton ex-mari… Je ne peux pas te faire revivre ça !

— Avec Matthew je me suis perdue, moi et mes désirs ou mes envies, parce que tout tournait autour de ce qu'il voulait. Je ne laisserai jamais cela recommencer. Ce que je veux, c'est ce que je viens de te dire, et aucun de tes arguments ne pourra me faire changer d'avis. Qu'est-ce que tu en dis ? Ça ne va pas être facile, c'est vrai…

— Non, sûrement pas.

Elle lui sourit.

— Mais ce sera très agréable…

Joe afficha son merveilleux sourire.

— Je n'en doute absolument pas.

— Alors pourquoi ne pas faire un essai ?

Il demeura pensif. Neve le connaissait assez bien pour savoir que s'il acceptait, ce serait pour lui un véritable engagement qui méritait réflexion.

— Si… nous décidons de le faire, il faudrait que nous allions lentement.

— Je suis d'accord.

Leurs deux premières semaines avaient été un tourbillon d'émotions. Ni l'un ni l'autre n'avaient marqué de pause pour réfléchir. C'était peut-être pour cette raison que tout avait mal tourné.

— Je veux dire… Je vais me détester d'avoir dit ça, mais… je pense que nous devrions d'abord nous contenter de partager certaines choses pratiques. Si ça marche, alors peut-être l'étape suivante pourrait être de dormir ensemble… Est-ce que cela te convient, Neve ? Il faut que je sache.

Joe était un vrai gentleman, et elle adorait cet aspect de lui. Cela lui plaisait qu'il veuille attendre un peu jusqu'à ce qu'ils aient assimilé tout ce qui venait de se passer.

— Oui, cela me va… à condition que tu ne me fasses pas attendre trop longtemps, ajouta-t-elle avec son sourire le plus suave. Dans l'immédiat, il faut que je monte à ma chambre pour m'habiller. Comme je ne voudrais pas que tu t'ennuies pendant ce temps, tu pourrais installer là, à côté de la cheminée, l'arbre que quelqu'un a laissé sur mon seuil.

— Bien, madame.

16.

Joe roula ses manches sur ses avant-bras et se mit au travail. La journée n'avait pas vraiment commencé comme il l'aurait voulu, mais il avait éprouvé un sentiment de liberté qu'il avait oublié depuis longtemps. C'était comme si le monde s'était ouvert. Les possibilités qu'il avait refusé d'envisager jusqu'alors n'avaient pas encore été testées, mais elles existaient, brillantes et toutes neuves, comme les fragiles décorations de Noël sur un sapin.

Quand Neve était réapparue après la douche, les joues roses, et vêtue d'un chandail rouge orné de motifs de houx en l'honneur de cette journée, il avait installé le sapin devant l'âtre, et il le revêtait avec précaution de lumières régulièrement espacées.

— Waouh ! Comme il est beau ! s'exclama-t-elle.

— Content qu'il te plaise.

— Comment as-tu su que je n'en avais pas ?

— Eh bien… hier soir, j'ai arrêté ma voiture pas loin d'ici et, à pied, je suis venu regarder par les fenêtres de ton séjour et de ta cuisine. Frank Somersby a accepté que je coupe un des arbres qu'il cultive pour le marché de Noël.

— Alors, comme ça, tu as rôdé autour de ma maison, et tu as regardé par les fenêtres…, répliqua Neve, son regard taquin démentant son ton de reproche. Et ce matin, tu as laissé un sapin devant ma porte. Selon toi, j'allais croire que le Père Noël était passé pendant la nuit ?

— J'avais l'intention de t'envoyer un texto.

— Bon. Dans ce cas, ça va…

Neve se pencha pour examiner les boîtes qu'il avait transportées du seuil au pied du sapin.

— Des décorations… Tu es très organisé.

— Je les avais dans mon placard. Je voulais me procurer un arbre, mais, pour dire la vérité, je n'avais guère le cœur à la fête ces dernières semaines.

— Je vais brancher la bouilloire.

— De l'eau chaude ? Pour quoi faire ?

Neve leva les yeux au ciel.

— Pendant qu'on décore, on boit du café et on mange des tartes au *mincemeat*. Tu ne le sais pas ? Mais nous devrons nous contenter de biscuits.

Joe ouvrit une boîte dont il sortit un paquet de tartelettes aux fruits secs et aux épices achetées toute faites, mais Neve les reçut comme s'il s'agissait d'un trésor.

— Tu penses à tout ! Je vais les faire réchauffer dans le four. Pendant ce temps, commence à sortir les décorations.

Joe brancha les guirlandes électriques, et Neve exécuta une petite danse joyeuse, tapant des mains avec ravissement.

— C'est beau, tu ne trouves pas ?

— Très beau.

Comme elle était belle, elle aussi, pensa Joe.

Elle le serra dans ses bras.

— Merci, Joe. Merci.

Il rêvait de l'embrasser, mais l'horloge sur la cheminée sonna dix coups.

— Maisie va bientôt appeler.

Il se dégagea et se dirigea vers la table où il entassa les cartons vides dans un carton plus grand.

— Oui, probablement… Comment le sais-tu ?

Il le savait parce qu'il avait téléphoné à Maisie pour lui dire que Neve n'était finalement pas partie pour Londres. Il avait organisé la journée comme une opération militaire — la surprise déposée devant sa porte, les amis qui inviteraient

Neve à déjeuner. La seule chose qu'il n'avait pas prévue, c'était qu'il prendrait part à tout cela.

— J'ai… euh… parlé à Maisie, hier.

Neve fixait sur lui de grands yeux attentifs. Il était impossible de cacher quelque chose à ces yeux-là…

— Tu viens aussi, alors.

— Maisie me l'a proposé. Je ne devais pas y aller, mais… finalement, oui, je viens aussi. Il faudra que je rentre chez moi après pour donner à manger à Amande.

— Nous pourrions aller chez toi avant d'aller chez Maisie, pour prendre Amande et l'amener ici avec son panier qu'on mettra dans la cuisine. Elle sera bien.

Une étape supplémentaire. Un lien de plus entre leurs deux vies.

— Tu veux prendre mon chat en otage, c'est ça ? Pour être sûre que je reviendrai ici après le déjeuner ? Bon, je reviendrai. Pas de problème.

Il faisait nuit quand Joe s'arrêta devant la maison de Neve. Chez Maisie, ils avaient passé une excellente journée dans une atmosphère chaleureuse et Joe n'avait jamais eu l'air aussi détendu.

Quand Neve ouvrit la porte de la cuisine, Amande leva une tête ensommeillée. Elle s'avança vers Joe et se frotta contre ses jambes jusqu'à ce qu'il la prenne dans ses bras pour la caresser.

Après une aussi belle journée, l'idée qu'il pourrait rentrer chez lui était tout simplement impensable.

— Tu veux manger quelque chose ? proposa Neve.

Il se laissa tomber sur le canapé.

— Manger ? Sûrement pas. Je ne pourrai plus rien manger pendant une semaine !

Neve ouvrit un placard et tira de derrière la boîte à biscuits e cognac qu'elle gardait pour les cas d'urgence. Ensuite, elle rit deux verres et revint vers Joe.

— Tu peux boire quelque chose, quand même ? Tu as

boudé le vin pendant le dîner et tu as refusé un porto parce que tu allais conduire.

— Je ne devrais pas.

— Joe, je sais que nous avons dit que nous irions lentement, et j'apprécie, vraiment. Mais rien ne nous empêche de prendre notre temps ensemble, tu ne crois pas ? Je voudrais que tu restes ici, et le canapé-lit est assez confortable…

— Tu préférerais peut-être que je m'en aille pour te laisser un peu de temps pour réfléchir…

Neve s'assit à côté de lui.

— J'aimerais vraiment que tu restes ce soir. Nous pourrions réfléchir ensemble.

Il afficha un large sourire.

— Ça me plairait à moi aussi… Un cognac ?

— Volontiers.

Ils parlèrent jusqu'à bien après minuit, blottis sur le canapé. Joe raconta son enfance au Canada et des histoires de sa vie dans l'armée, et Neve, ses études à Londres.

Finalement, Joe lui déposa un baiser léger sur le front et la lâcha doucement.

— Nous devrions vraiment dormir. La journée a été longue, dit-il.

— Je pourrais te tenir dans mes bras ? Juste un moment encore.

— Aussi longtemps que tu voudras.

Le rez-de-chaussée, avec l'odeur du sapin de Noël et les lumières scintillantes, semblait l'endroit idéal. Joe ouvrit le canapé et Neve alla chercher un duvet et des couvertures. Elle monta à sa chambre pour se mettre en pyjama, et quand elle redescendit, elle trouva Joe sous le duvet.

— Viens là, dit-il en tapotant la place à côté de lui. Bien installée ? ajouta-t-il quand elle fut allongée.

— Oui.

La faisant doucement basculer sur le côté, Joe enroula l

duvet autour d'elle, et la serra contre lui. Une couche moelleuse de duvet les séparait, mais elle sentait la présence rassurante de son corps imposant.

— Ça va comme ça ?

— Oui, c'est bien… Dis-moi, le bail de ton cottage, tu l'as résilié, je crois ?

— J'appellerai l'agence pour dire que j'ai changé d'avis. Je serais étonné qu'ils aient reloué à cette période de l'année.

— Je… ne voudrais pas…

— Tu ne vas pas changer d'avis maintenant ? J'allais partir à cause de toi, et maintenant, je reste pour toi. Le Canada attendra. Peut-être qu'un jour, je pourrai te le montrer.

— Peut-être. Je pense que ça me plairait.

Il trouva la main de Neve qu'il pressa doucement.

— Il est tard. Tu veux une histoire avant de t'endormir ?

— Une des histoires de ta grand-mère inupiak ?

— Bien sûr. Celle du garçon qui est allé pêcher…

L'histoire était longue, et Neve n'en entendit jamais la morale car elle s'endormit bien avant la fin.

17.

— Oh non !

Le canapé-lit qui tanguait obligea Neve à sortir du sommeil. Il y eut un miaulement étonné d'Amande qui jugea plus prudent de s'écarter et les pas de Joe qui courait.

— Que se passe-t-il ?

Neve tira le duvet sur sa tête. Si la maison était en feu, il l'éteindrait sans son aide !

— Nous sommes en retard.

— En retard ? Pour quoi ?

Elle repoussa le duvet et ouvrit les yeux. Joe enfilait son jean.

— C'est le lendemain de Noël, Joe ! Que peut-il y avoir de si important ?

Il se retourna — superbe.

— Le match de foot de Noël commence à 11 heures.

— Mais il n'est que 9 heures !

— Il faut que nous arrivions en avance pour aider à déneiger le terrain. Et il faut que je rentre chez moi pour prendre mon équipement avant de revenir te chercher.

— Tu joues ?

Il arbora ce large sourire pour lequel Neve aurait fait cent kilomètres à pied dans la neige — et en pyjama.

— Si tu veux être ma petite amie, il faut que tu me voies jouer au foot !

Il se pencha pour prendre ses chaussures.

— Je reviens te chercher dans une demi-heure.

Finalement, s'activer dans un air glacé était exactement ce dont Neve avait besoin, et le match de Noël traditionnel de Leminster contre Cryersbridge combinait froid intense et exercice physique. Bien emmitouflés, tous les villageois s'étaient en effet rendus à l'école locale qui avait ouvert ses portes pour l'occasion, et ils ôtaient la neige du terrain.

Joe disparut avec le reste de l'équipe pour se changer. Les guides locaux étaient présents, et leur vente de boissons chaudes rencontra un franc succès, mais dès le coup de sifflet final, les deux équipes ainsi que la plupart des spectateurs gagnèrent en hâte le pub voisin.

— Tu as fait une chute sévère dans la première mi-temps. Est-ce que ça va ? demanda Neve.

— Oui, très bien.

Joe montra la bande élastique qui lui entourait le poignet.

— Je crois que notre entraîneur adoré en a un peu trop fait. Ce n'est qu'une égratignure.

— Est-ce qu'il l'a désinfectée ?

Joe leva les yeux au ciel.

— Non ! Nous avons préféré créer une culture microbienne, alors nous avons laissé toute la saleté à l'intérieur.

Neve le saisit par le devant de sa veste et le toisa.

— Ça ne va pas faire une cicatrice de plus à ajouter à ta collection, j'espère ?

Il la prit par la taille pour la serrer contre lui.

— Si ça se produit, ça me fera un souvenir de toi.

— De moi ? Ce n'est pas moi qui t'ai taclé.

— Mais c'est ton visage que j'ai vu quand j'ai heurté le sol, lui murmura-t-il à l'oreille.

— Tu n'as pas heurté le sol si fort que ça ! Et si tu souffrais d'hallucinations, tu aurais dû quitter le terrain.

La fête se prolongea. Joe but une chope de bière avec un entrain étonnant, ses coéquipiers le gratifièrent de grandes claques dans le dos, et il félicita le jeune Adrian, auteur du but décisif. Puis il rejoignit Neve.

— Prête à partir ?

Neve termina son verre de jus d'orange.

— Oui. Prête.

Dehors, sur le parking, elle lui prit la main.

— Je voudrais que tu m'embrasses.

Il l'enlaça par la taille et lui effleura les lèvres d'un baiser léger.

— Pas comme ça, idiot.

— Comme ça, alors ?

La serrant fort contre lui, il lui donna un baiser passionné.

— Beaucoup mieux.

Soudain, un sifflement résonna derrière Neve qui se retourna. Un joueur de Leminster agita la main dans leur direction avant de s'engouffrer dans le pub.

— A ton avis, combien de temps faudra-t-il pour que Maisie soit au courant ? demanda Joe, hilare. Je parierais que tu l'as fait exprès.

— Est-ce que ça te gêne ?

— Moi ? Gêné ?

Il lui donna un autre baiser avant de poursuivre.

— J'envisageais justement de te ramener à l'intérieur et de faire la même chose pour que tout le monde nous voie.

— Un baiser suffit pour lancer la rumeur. Mais tu peux me ramener chez moi et recommencer là-bas !

Joe se lança sur les routes enneigées avec une impatience inhabituelle, faisant même patiner les roues de la voiture à une ou deux reprises. Neve n'eut pas besoin de demander la raison de cette hâte…

Ils laissèrent tomber leurs vestes tout en gagnant la cuisine, et quand ils y arrivèrent, Joe assit Neve sur la table. Il lui ôtait ses chaussures quand, soudain, il se figea.

— Nous avions décidé d'attendre !

— Beaucoup de choses peuvent changer en une journée.

— Oui, mais… Ecoute, je ne veux rien brusquer avec toi. C'est bien trop important pour moi.

— Je sais ce que je veux. Promets-moi seulement de ne jamais me mentir.

— Tu as déjà ma parole, mais je peux te la donner encore…

C'était inutile. Elle l'attira à elle et l'embrassa, transportée par la douceur de ses lèvres.

— Je ne veux plus attendre.

Il la serra contre lui.

— Tant mieux, parce que tu me rends fou…

— Jusqu'à quel point ?

Il sourit.

— Il va me falloir un moment pour te l'expliquer en détail.

Il gravit l'escalier en la portant, et comme elle lui avait déjà ôté son chandail et sa chemise, elle savoura le contact de sa peau nue contre sa joue.

Quand ils arrivèrent dans la chambre, il la posa sur le lit et elle le prit par le cou pour qu'il s'allonge près d'elle.

Leurs regards se mêlèrent.

— Il y a une chose que j'aimerais te demander, Neve.

— Tout ce que tu voudras.

— Attends d'avoir entendu de quoi il s'agit. Il se pourrait que ça te déplaise.

— Si c'est le cas, je te le dirai. C'est ça, la confiance.

Il l'embrassa.

— Oui, bien sûr. Ecoute… Ne prends pas mal ce que je vais te dire, mais je veux être le seul sur qui tu comptes vraiment. Je n'ai pas l'intention de te dire ce que tu dois penser ou faire, mais…

— Je sais, Joe. Je veux la même chose.

Il afficha ce sourire qui lui donnait envie de briser elle-même les barrières qu'elle avait dressées pour se protéger.

Lentement, très lentement, il lui ôta ses vêtements puis retira son propre jean, et ils échangèrent des caresses en prenant tout leur temps.

— Regarde-moi, Neve.

Joe se plaça entre ses jambes puis il se glissa lentement en elle sans la quitter des yeux. Des ondes presque palpables, et d'une intensité effrayante, semblaient vibrer dans l'air.

Lui prenant une main, il lui referma les doigts autour d'un des barreaux de cuivre du lit. Puis il fit la même chose avec l'autre main. La sensation d'être étendue sous lui était délicieuse, et Neve serra plus fort les barreaux quand il commença à bouger.

Le regard de Joe reflétait son propre regard. Il lisait en elle et réciproquement, et trouvait d'infinies variations à chaque caresse — longue et lente, ou rude et exigeante.

Ils atteignirent ensemble le point culminant du plaisir, et l'onde de jouissance les laissa le souffle court et comblés.

— Ça va, ma chérie ? murmura-t-il, lui écartant du front une mèche de cheveux dorés.

— Mais… qu'est-ce que tu as fait ?

— Eh bien… Je t'ai simplement aimée, mon ange, balbutia Joe, déconcerté lui aussi.

C'était plus que cela, et ils le savaient tous les deux. Elle s'était donnée à lui. Allait-elle le nier ?

— Mmm… Tu es un voleur. Tu as volé mon cœur.

— Les voleurs n'ont pas pour habitude de donner le leur en retour !

Il la fit basculer sur lui, l'emprisonnant entre ses bras. Elle avait la peau claire et douce, et il laissa ses doigts descendre le long de son dos délicat.

— J'ai le même nombre de vertèbres que toi, tu sais, dit-elle, malicieuse, en se lovant contre lui.

Comme il serait facile de s'habituer à cela, pensa-t-il.

— Simple petite vérification.

Elle pouffa et forma dans l'air un baiser avec ses lèvres.

— Tu pourras faire un inventaire complet. Dans un petit moment.

— Prends tout ton temps.

Si elle imaginait qu'elle allait bientôt sortir de ce lit, elle se trompait. Il savait maintenant qu'il avait le pouvoir de la garder là, et il n'avait aucun scrupule à user de ce pouvoir.

Elle lui prit doucement la main qu'elle porta à ses lèvres.

— Tu as des mains géniales, tu le sais, ça ?

Ses mains ? Elles étaient les servantes dévouées de Neve, prêtes à faire tout ce qu'elle voudrait, songea-t-il.

— Je t'aime, Neve.

Elle leva la tête et le regarda droit dans les yeux.

— C'est vrai ? Moi aussi, je t'aime, Joe.

18.

Les cinq mois précédents avaient été plus forts en émotions que Neve n'aurait pu l'imaginer. Il avait fallu du temps, une aide professionnelle et beaucoup d'amour, avant que Joe se sente capable de tout lui raconter, et quand il l'avait fait, ses cauchemars étaient réapparus avec une grande violence. Mais il avait persévéré avec un courage obstiné qu'elle avait trouvé bouleversant. Elle avait partagé avec lui ces nuits difficiles, et quand il avait été guéri, il avait retrouvé sa passion pour la médecine.

Il lui disait chaque jour qu'il l'aimait et l'avait prouvé en mainte occasion, ce qui lui inspirait la plus grande confiance.

Maintenant, l'heure était à la fête. Joe avait terminé haut la main ses six semaines de période d'adaptation à l'hôpital et il pouvait à présent se porter candidat pour un poste auprès des autorités de la Santé. Ses parents et son jeune frère étaient venus du Canada, et Joe et Neve passaient une semaine avec eux à Londres.

Ce soir, ils seraient sept au dîner car les parents de Neve allaient se joindre à eux.

Joe avait réservé dans un bel hôtel, et, installé dans un fauteuil, il regardait Neve s'habiller.

— Tu es superbe, dit-il.

— Ma robe te plaît ?

— Elle est très belle, mais toi, tu es superbe.

Décidément, il savait faire les compliments ! Neve le rejoignit et se plaça entre ses jambes étendues.

— Donc, les heures que j'ai passées à la choisir, c'était une perte de temps ?

Joe sourit.

— Non, parce que si je ne savais pas que tu as mis toute la matinée à faire ton choix, je l'aurais déjà déchirée pour te faire l'amour. Une fois de plus.

— Mais tu n'ignores pas que si tu déchires un seul point de cette robe, tu auras de sérieux ennuis.

— Absolument. Qui plus est, nous serions en retard pour le dîner.

Neve s'assit sur son genou.

— Tu es particulièrement élégant, toi aussi.

Il portait une chemise blanche dont il n'avait pas encore fermé le col, et un pantalon noir. La veste coordonnée attendait, négligemment jetée sur le dossier du fauteuil.

— Merci. J'ai une raison particulière de soigner ma tenue…

— A cause de nos parents ? Ma mère et mon père te trouvent déjà merveilleux, et tes parents n'ont pas l'air tellement à cheval sur les convenances.

Neve n'avait rencontré les parents de Joe que la veille, mais elle avait déjà l'impression de les connaître après ses longues conversations avec eux via internet.

— Non. Il y a autre chose. Deux autres choses, même. La première, c'est que j'ai un travail.

— Un autre ? Et de quoi s'agit-il cette fois ?

Joe, constamment demandé, s'occupait de plusieurs projets au village. A deux reprises, Neve avait craint qu'il prenne trop de choses en charge, mais il relevait tous les défis.

— Devine…

— Je vois à ton regard qu'il s'agit de quelque chose d'un peu spécial.

— Oui. Très spécial, même.

— Quelque chose… qui a un rapport avec la médecine ?

— Tu chauffes.

— A l'hôpital ?

— Tu brûles.

— C'est insupportable ! Dis-moi, Joe.

— Quand je faisais ma période d'adaptation, un poste s'est

libéré en chirurgie. C'est un poste senior, mais j'ai demandé si je pouvais quand même me porter candidat, et on m'a répondu positivement. Et cet après-midi, j'ai reçu un e-mail avec une proposition.

Neve se pencha pour l'embrasser.

— Pourquoi ne m'as-tu rien dit ?

— Parce que je voulais te faire la surprise.

Neve lui enfonça le bout de l'index dans le côté.

— Ça, tu me le paieras. Attends un peu. Je vais trouver un moyen de te surprendre et de te rendre aussi heureux que moi maintenant.

— Tu me surprends chaque jour, mon ange.

Il lui donna un tendre baiser et elle eut l'impression de fondre entre ses bras.

— Tu crois que ton père sera content ? reprit-il.

— Je le pense. Qu'a-t-il à voir dans tout ça ?

— Je ne voudrais pas qu'il imagine que sa fille s'installe avec un type sans avenir…

— Il ne penserait pas une chose pareille. Il sait juger les gens.

— Tant mieux. Parce que je t'ai dit qu'il y avait deux choses, en fait.

Il l'écarta doucement et se leva.

— Viens ici.

Il lui prit la main et l'entraîna vers les hautes portes-fenêtres qui ouvraient sur un balcon de pierre donnant sur les jardins à l'arrière de l'hôtel où ils avaient pris le thé l'après-midi.

— Que fais-tu ? Tu sembles bien mystérieux… Ne prends pas cet air innocent. Je suis sûre qu'il se passe quelque chose.

— Eh bien, oui. Tu as raison.

Lui lâchant la main, il prit quelque chose derrière lui puis mit un genou à terre.

Neve ouvrit des yeux stupéfaits. Allait-il… Non, ce n'était pas possible.

— Joe, qu'y a-t-il ?

— Veux-tu m'épouser ?

Emue, elle essuya d'un revers de main la larme qui coulait

sur sa joue. Joe était ainsi : pas de longs discours ni de déclarations. Ils avaient parlé de leurs rêves, et Joe lui avait promis d'exaucer les siens. En lui faisant cette demande, il tenait sa promesse.

— Oui, répondit-elle.

— Je te promets d'être un bon mari et un bon père.

— Je sais.

— Et de t'aimer toujours !

— J'ai dit oui ! Est-ce que tu m'entends ?

Le sourire de Joe fit subir au pauvre cœur de Neve une nouvelle accélération. S'il continuait comme cela, elle allait mourir de bonheur.

— Oui, je t'ai entendue. Je voulais juste que tu le dises encore.

Elle se pencha pour l'embrasser.

— Oui. Oui, je veux t'épouser. Je préparerai ton dîner.

— Je préférerais que nous le fassions à tour de rôle.

— Je laverai tes vêtements…

— Nous avons un lave-linge.

— Je te réchaufferai ton lit…

— Oui. Ça, j'insisterai pour que tu le fasses.

— Je ferai des bébés avec toi.

— Donne-moi ta main… Non, pas celle-là.

Quand il lui prit la main gauche, Neve aurait sauté de joie si elle n'avait pas porté des talons aussi hauts.

Sortant un écrin de sa poche, il l'ouvrit. Une bague…

— Écoute, c'était beaucoup trop agréable la première fois pour qu'on ne recommence pas. Reprenons à partir du début. Veux-tu m'épouser ?

— Oui, Joe. Je veux te dire oui chaque jour de ma vie, et le premier commence maintenant.

Lui déposant un baiser sur la main, il glissa la bague à son doigt. Neve suivait ses gestes, le regard brillant de larmes.

— Dis quelque chose, demanda-t-il, un peu inquiet.

— Elle est magnifique. Je t'aime. Je suis si heureuse…

Elle le releva et l'embrassa.

— Moi aussi. Tu es tout pour moi, Neve.

Un bruit fusa dans le jardin puis il y eut une explosion, et le ciel se remplit d'étoiles multicolores.

— Ça doit être une fête, dit Neve.

— Exact. Mon frère est chargé du feu d'artifice, en bas, avec deux personnes de l'hôtel.

D'autres fusées sifflèrent dans les airs et explosèrent dans le ciel nocturne.

— Tout ça était prévu ?

— Il devait faire partir les fusées quand il me verrait t'embrasser.

— Apparemment, il a manqué le moment.

— Nous devrions peut-être recommencer jusqu'à ce qu'il trouve le bon rythme, ma chérie.

Elle passa les bras autour du cou de Joe.

— Continuons…

Quand un nouveau baiser les réunit, des étoiles explosèrent dans le ciel et le monde tangua sous les pieds de Neve.

BLANCHE

HARLEQUIN

Dans les bras d'un confrère, de Janice Lynn - N°1528

Chirurgienne cardiaque en pédiatrie, McKenzie adore son métier et se bat comme une lionne pour ses petits malades. Hélas, sa famille ne comprend pas qu'elle fasse passer sa carrière avant sa vie privée et soit encore célibataire. Impossible pour elle de se rendre seule au mariage qui réunira bientôt tous ses proches. Acculée, elle propose au Dr Ryder Andrews, son irascible confrère, d'être son cavalier…

Le mystérieux Dr Becker, de Becky Wicks

Le Dr Mila Ricci est ravie d'intégrer pour quelques semaines le prestigieux Medical Arts Center, pionnier en matière de chirurgie cicatricielle et bâti sur une île paradisiaque d'Indonésie. Dès son arrivée, elle tombe sous le charme de son fondateur, le milliardaire Sebastian Becker, dont l'intelligence n'a d'égale que la beauté. Un homme captivant mais auréolé de mystère…

Le protégé du Dr Marcus, de Lynne Marshall - N°1529

Tyrannique et arrogant : le Dr Sam Marcus incarne à la perfection le type d'hommes qu'Andrea déteste. Aussi, quand il vient la trouver dans le service de chirurgie qu'elle dirige, est-elle bien décidée à le fuir. Pourtant, face à sa requête – il voudrait qu'elle opère elle-même Dani, le petit garçon qu'il a adopté quelques mois plus tôt –, Andrea se sent terriblement émue… et se surprend à accepter.

Pour te retrouver, de Charlotte Hawkes

Ben est à Londres ! se répète Thea, le souffle court. Hélas, c'est le service de traumatologie du Royal Hospital de Chelsea qui le lui a appris. Doit-elle se sentir heureuse, en colère ou effondrée à l'idée de le revoir ? Bien sûr, Ben a dû vivre des choses traumatisantes en Afghanistan. Et, à n'en pas douter, il est grièvement blessé. Pourtant, elle ne sait comment réagir face à celui qui l'a abandonnée le lendemain de leurs noces…

ur mission : sauver des vies.
ur destin : trouver l'amour.

BLANCHE

Le pardon d'un chirurgien, de Molly Evans - N°1530

Trois ans plus tôt, la vie d'Emily a volé en éclats, en même temps que le couple heureux qu'elle formait avec Chase. Le retrouver dans les couloirs de l'hôpital où ils vont devoir collaborer la bouleverse donc. Après la souffrance qu'elle a endurée, Emily saura-t-elle pardonner à cet homme qui n'a pas su la protéger naguère, mais qu'elle n'a jamais cessé d'aimer ?

Docteur sans cœur ?, d'Alison Roberts

« Évite-le comme la peste ! » Voilà ce qu'on a conseillé à Summer à propos de Zac Mitchell, réputé pour être un célibataire sans morale. Le problème, c'est que Summer n'arrive pas à le chasser de ses pensées. Et, lorsqu'ils échangent, un matin, un baiser romantique, la situation se corse. Pour elle, c'est impossible : le charmeur sans cœur qu'on lui a dépeint ne peut pas être l'homme doux et courageux qu'elle fréquente tous les jours…

HARLEQUIN

Leur mission : sauver des vies.
Leur destin : trouver l'amour.

HARLEQUIN
www.harlequin.fr